Inimputável

Os personagens e as situações desta obra são reais apenas no universo da ficção; não se referem a pessoas e fatos e não emitem opinião sobre eles.

Copyright 2025 © Cris Vaccarezza

Produção e Coordenação Editorial: Ofício das Palavras
Capa e Diagramação: Mariana Fazzeri

———————————

Dados Internacionais de Catalogação na Publicação (CIP)
(eDOC BRASIL, Belo Horizonte / MG)

Vaccarezza, Cris.
V114i
Inimputável: à margem da loucura / Cris Vaccarezza.
São José dos Campos, SP: Ofício das Palavras, 2025.
363 p.: 16 x 23 cm
ISBN 978-65-5201-058-2
1. Ficção brasileira. 2. Literatura brasileira - Romance. I. Título.
CDD B869.3

———————————

www.oficiodaspalavras.com.br

À margem
da loucura

Sobre estar preso:

A melhor maneira de impedir que um prisioneiro escape, é garantir que ele nunca saiba que está em uma prisão.

Dostoiévski

Sobre o direito:

Não há melhor maneira de exercitar a imaginação do que estudar Direito. Nenhum poeta jamais interpretou a natureza com tanta liberdade quanto um jurista interpreta a verdade.

Jean Giraudoux

Dedico esse livro à minha filha, Tacilla, que ora se aventura nos meandros do Direito. Que ela trilhe o caminho da luz, em meio às densas sombras do que aí está.

E a meu esposo, meu irmão e meu pai, três dos homens mais direitos que conheci.

À Janaína, sempre, pela confiança.

Por fim, agradeço a Deus e à minha família por me aturarem ao passar dos anos enquanto esta história era elaborada.

UM

Rodrigo se aproximou da entrada da velha cela e deslizou o ferrolho externo, abrindo a pequena janela na grade enferrujada. O bafo quente e úmido do lugar atingiu seu rosto, carregando um odor pesado. Lá dentro, um homem estava encolhido no canto escuro, imóvel, como se dormisse, embora o relógio de Rodrigo marcasse meio-dia. Quando a réstia de luz invadiu a cela, ele não reagiu. Permanecia estático, alheio ao mundo ao seu redor. Curioso com a apatia do paciente, Rodrigo voltou-se para seu acompanhante na visita daquela manhã:

— E nesse quarto, quem está?

— Ah, esse é um velho político. Completamente louco — respondeu o encarregado, abanando a mão no ar em sinal de desprezo. Tentando encerrar a conversa e abreviar a visita, virou-se em direção à próxima cela.

No entanto, o médico continuava parado junto à porta, mantendo o olhar inquisitivo fixo para dentro, como se esperasse os detalhes. Contrariado, revirando os olhos e praguejando entre dentes, o encarregado se viu forçado a voltar e continuar. Pigarreou, coçando a cabeça.

— Senhor, esse é Marcos Alcântara, assassino famoso, envolvido num crime medonho, há cerca de 20 anos. Estripou uma mulher e enlouqueceu. Foi um crime macabro que gerou muita revolta. O senhor deve ter ouvido falar dele.

— Shhh! — O médico levou o dedo indicador à boca. — Por favor, fale baixo. Não queremos ofendê-lo.

— Ah, doutor, não ligue, não. Ele não interage mais. Está aqui há mais de uma década. Era um baita advogado quando chegou, ativo, escrevia, conversava com os outros. Por anos, auxiliou os internos, voluntariamente. Mas, de um dia para o outro, se fechou para o mundo. Desde então, não sai daquele canto nem para as necessidades básicas. Vem desenvolvendo escaras e seus membros estão atrofiando. Já tentamos contato com ele várias vezes, mas os médicos dizem que está em um estado canastrônico.

— Catatônico — corrigiu o jovem médico.

— Ninguém fala com ele. Quer dizer, falar, até falam. Mas ele não responde. Morreu para o mundo. É melhor deixá-lo em paz.

E, dizendo isso, apressou-se a antecipar a próxima visita. Aquele paciente o incomodava. Tinha medo dele, embora não ousasse confessar.

— Hum, caso interessante — resmungou o jovem médico, pensativo, roçando com a ponta dos dedos a barba rala por fazer. Apressando o passo e dirigindo-se ao encarregado, que já se afastava a passos largos, pediu: — Por favor, me mostre o restante dos prédios. Vamos terminar a visita à instituição e voltarei para esse paciente. Vamos começar por aqui.

Nestor, o encarregado, franziu o nariz e pensou: Quem esse jovem médico pensa ser? Eu trabalhava aqui há anos. Nunca consegui contato com esse homem. E agora essa? Começar por ali... Esse doutorzinho não sabe o vespeiro em que está mexendo. Recém-formadinho de merda, com o diploma recém-tirado de xerox e se achando o tal.

Alheio às conjecturas do encarregado, para o médico, tudo era empolgação e novidade. Era a sua primeira visita, seu primeiro dia como o novo chefe.

O anfitrião, em parte, tinha razão quanto à sua experiência acadêmica. Não era recém-formado, nem tão jovem. Fizera duas pós-graduações em saúde mental e acabara de concluir com louvor a residência em psiquiatria, tendo excelentes referências de seus mestres. Diziam que ele não errava um diagnóstico, nem que levasse anos em terapia com o paciente. Embora alguns de seus colegas discordassem a respeito do "elogio", ele mesmo nunca recebera sua demora como uma crítica, ao contrário, via a observação como reconhecimento à sua dedicação.

Rodrigo era ótimo com a teoria. Praticamente devorara os compêndios de psiquiatria. Mas, na prática, além dos estágios supervisionados, não tinha muita bagagem. Acompanhara, era verdade, alguns pacientes em ambulatório. Mas estar à frente de uma unidade hospitalar, de um internamento, isso era inédito para ele. Principalmente tendo feito a opção por um lugar como aquele: uma colônia penal, um manicômio judiciário, que abrigava não apenas doentes mentais, mas pacientes psiquiátricos que haviam cometido algum crime. Mesmo assim, queria muito trabalhar ali. Candidatou-se, estudou, preparou-se, sendo aprovado para um cargo ainda melhor, o de gestor.

O chefe anterior sofrera um acidente, pouco após ter sido lançado o edital do concurso. Não havia candidatos para a vaga, nem interessados, nem qualificados para o cargo. Muitos jovens psiquiatras queriam um emprego na instituição, mas a responsabilidade do cargo, nem tanto. Ele foi aprovado em primeiro lugar no concurso e, por seu currículo e desempenho, além da urgência em encontrar um gestor para a instituição, foi convocado para a chefia. Aceitou prontamente. Até meio sem pensar. Algo o atraia meio que à revelia. Como bom médico, não costumava acreditar em destino ou acaso. Mas costumava, sim, aceitar, de bom grado, as coisas que a vida lhe oferecia. Principalmente, à revelia.

Agora, frente a frente com o desafio, não sabia se o que sentia era excitação em relação ao novo ou um certo medo. Alguns portadores de doenças mentais, comum e pejorativamente chamados de loucos, possuem um faro aguçado para as fraquezas e falhas de caráter. De alguma maneira, sondam as pessoas, como se analisassem a alma, e qualquer indício pode ser um fator de desestabilização emocional.

De um jeito ou de outro, não poderia aparentar nem aqueles sentimentos que poderiam ser interpretados como fragilidade.

Em sua posição, não poderia se deixar desestabilizar. Era preciso foco. Estava começando em seu novo emprego. Lutara muito para ser profissional de saúde mental naquele hospital. No concurso, tivera que superar adversários tanto tecnicamente bem-preparados quanto politicamente bem-amparados. Ele não. Chegara lá de mãos limpas. Sem padrinhos, sem poderes. E acabara alçado a um cargo ainda maior.

Agora vinha a parte mais empolgante, começar o seu trabalho e tentar mudar vidas. Fazer a diferença. Sua missão era fazer a justiça ser cumprida. Todos devem ter direito a um tratamento digno, voluntária ou involuntariamente. Quer tenham consciência da necessidade ou não. E não seria um paciente amuado que o impediria. Cuidaria dele no dia seguinte.

Passou o restante da tarde em seu gabinete, se instalando e ultimando os detalhes. A secretária havia faltado, e o encarregado que apresentou a unidade, por algum motivo, parecia ter pressa em retornar às suas atividades. Não quis prendê-lo mais.

— Meu caro Nestor, muito obrigado pela companhia durante a visita, tenho muito trabalho por aqui. Pode voltar à sua rotina habitual. Vou terminar de me instalar e me viro com o resto. Deixe as chaves, por favor, na saída, tranco tudo e amanhã conversaremos melhor.

— Como quiser, doutor — despediu-se aliviado. Já estava quase na hora de sair e ainda tinha que cuidar de alguns internos. A perda de tempo em companhia do novo doutor não poderia ser usada como pretexto para deixar atribuições de seu turno para os próximos enfermeiros. Para Nestor, era fato que o médico chegou querendo mostrar serviço, mas só precisava de alguns dias para o médico se tornar farinha do mesmo saco dos corruptos anteriores. Já vira esse filme. Ia cuidar de sua vida.

O médico, por outro lado, aproveitou para dar uma breve olhada em alguns prontuários, velhas prescrições e exames dos internos. Apesar de vir de uma família humilde, o salário era o que menos importava. A quantia representava muito mais do que sonhava em seus duros tempos de faculdade. Rodrigo sabia que médicos ganhavam bem, mas não esperava que a ventura o alcançasse assim, recém-saído da residência. A bem da verdade, o oferecido era astronômico para seus padrões e expectativas, então pretendia dar total valor a ele, dedicando-se com afinco.

Tinha o senso moral desenvolvido por uma educação rígida, herança da avó amorosa e enérgica, e uma ética inata, praticamente, inabalável.

Era avesso a mentiras e, com um salário daqueles, incorruptível. Continuou examinando os papéis nos arquivos, fichas e prontuários. Notou algumas receitas antigas, que precisavam ser revistas, no fármaco e na dose. Ainda na manhã seguinte, verificaria a dispensação dos medicamentos.

Tinha o hábito de anotar tudo em seu caderninho de bolso. Em tempos de modernidade, era um homem de caneta e papel. Fez, então, um breve relatório das atividades do dia, alguns planos e notas a respeito de suas conclusões iniciais sobre os internos, inclusive o último:

Paciente M.A., sexo masculino, 65 anos, leucoderma. Alojado no pavilhão 9. Apresentando depressão, comportamento antissocial, mutismo e súbito catatonismo há alguns anos. Funcionários informaram ser réu confesso de um crime e estar cumprindo medida de segurança em função de insanidade mental. Revisar o prontuário do paciente.

Parou a caneta sobre a ficha, pensou por um instante e, por fim, completou: *Investigar.*

Feito isso, foi para casa. Se ficasse, sabia que perderia o horário. *Como são sedutoras as tarefas que nos dão prazer.* No dia seguinte, começaria cedinho. Sabia que mal dormiria ou acabaria emendando um dia no outro, como nos tempos da residência. *Melhor não.* Precisava dormir, estar física e mentalmente bem.

No entanto, ao cruzar as portas brancas de seu apartamento de dois quartos, mobiliado com conforto, mas bastante sobriedade, seus planos de descanso foram frustrados pela ansiedade diante do novo desafio. Preparou o solitário, mas indispensável, café com leite e pão quentinho, espalhou a manteiga que derreteu imediatamente. Ligou a TV na esperança de relaxar, lavou os pratos, desligou a TV, tomou um banho morno e foi para a cama. Pegou um livro, leu algumas páginas, imaginou que dormiria em seguida, mas o paciente da tarde não saía da cabeça. Ficara intrigado com o caso, e embora fizesse todo o ritual de relaxamento, não foi capaz de conciliar o sono. Sua mente, curiosa por natureza, fervilhava com planos e indagações.

Rodrigo cochilou, mas ao contrário do que pretendia, o corpo mal descansou. Deitado, ainda de olhos fechados, virava-se de um lado para outro, tentou exercícios de respiração, mas era inútil insistir, estava completamente consciente de que não conseguiria mais pregar o olho, decidiu levantar e se arrumar para o trabalho.

Abriu os olhos e tateou no escuro a mesinha de cabeceira em busca do relógio de pulso. Quatro horas da manhã. Não admirava, apenas 35 minutos haviam se passado desde a última vez em que consultara as horas. Obstinado, esforçou-se para arrancar o corpo cansado da cama. Vamos lá!, pensava, tentando animar-se. Temos um longo dia pela frente.

O curto percurso até o banheiro lhe pareceu uma verdadeira maratona. Sabia que somente após a primeira xícara de café estaria meio desperto. Desde os tempos de residência, essa fase noturna era um desafio. *Dormir é necessário, meu filho. Quem não dorme fica doido.* Recordava nitidamente dos conselhos da avó, que praticamente o criara sozinha. Ela repetia aquilo diuturnamente, e seus conselhos adensaram-se justamente quando começaram os plantões da faculdade. Lembrou-se dela com carinho. Eu tentei dormir, vó, pensou.

Tateando a parede fria do banheiro, alcançou o interruptor e acendeu a luz. Maldito astigmatismo. Maldita fotofobia. Rodrigo franziu o cenho e apertou os olhos doloridos e irritados com o excesso de luz. Arrastou-se até a pia e encarou o espelho. Sua avó tinha razão. Com aquela barba por fazer e aquelas olheiras, estava mesmo parecendo um doido. Deve ser para compreendê-los melhor, vó, pensou ele, enquanto abria a torneira e lavava o rosto cansado. Tinha que fazer a barba, tomar um banho e despertar.

DOIS

Rodrigo desceu do carro no estacionamento da casa de detenção. Abriu a porta de trás do veículo, pegou a pasta com seus documentos e seguiu para o interior do prédio. Passou pela portaria, cumprimentou o porteiro. Ao passar em frente ao adro da capela, benzeu-se, fazendo o sinal da cruz. Imerso em seus pensamentos e ainda sonolento, percorreu todo o *hall*, cumprimentando um e outro funcionário com quem cruzava no caminho.

O prédio era enorme, antigo, todo pintado de um branco rachado, envelhecido pelo tempo, cheio de corredores e alas que se intercomunicavam num pátio central, onde os internos apanhavam sol diariamente. Mesmo durante o dia, o ambiente era carregado e, mesmo na presença do sol, havia sombras indeléveis e um certo ar fantasmagórico. Sentiu um arrepio percorrer a espinha e tratou de apertar o passo, seguindo pelo corredor à direita, tangenciando a ala que conduzia ao prédio anexo, da diretoria. Subiu as escadas. Chegando ao seu gabinete, nem se sentou à mesa, guardou rapidamente seus pertences e saiu para sua primeira ronda matinal.

Gostava de acompanhar pessoalmente todo o serviço dos internos. Percebeu, pelos olhares espantados dos funcionários, que parecia fazer algo inusitado. Não sabia como se dava o processo de conduzir uma instituição daquele porte. Não encontrara manuais ou protocolos. Aliás, pouco sabia a respeito da antiga diretoria. Soube apenas que o antigo diretor abandonara o cargo às pressas. Nada sabia da rotina diária no complexo penal, mas sabia que, dali em diante, seria assim que os dias se iniciariam, com a ronda matinal do diretor administrativo.

Enquanto serviam o café da manhã dos internos, aproveitou para visitar a farmácia da unidade. Verificou pessoalmente as medicações, fez anotações e algumas perguntas à equipe. Constatou que infelizmente não teria à sua disposição os fármacos mais novos do mercado. *Naturalmente*, pensou. Tratava-se de uma instituição pública. Esses medicamentos tinham um custo elevado. Dava-se preferência sempre aos tradicionais, de dosagem elevada e muitos efeitos colaterais indesejáveis ou desejáveis, a depender de quem os administrava e para quem. A presos de um manicômio judiciário parecia não importar a qualidade, ou a marca das medicações usadas. Esse era o sistema. E era realmente uma pena.

Na área de psiquiatria, como na maioria das áreas médicas, os melhores medicamentos, os mais eficazes, eram os que mais passavam por pesquisas e, consequentemente, apresentavam os custos mais altos. Também eram os que mais rendiam aos laboratórios. Assim, na realidade do sistema público de saúde local, empregá-los seria tão útil quanto utópico.

Enquanto inspecionava algumas caixas dos ditos medicamentos de uso controlado, foi surpreendido por um burburinho nos corredores da unidade. Olhou pela janela empoeirada e percebeu que as pessoas corriam para a ala oposta. Enfermeiros, auxiliares, pareciam se deslocar rapidamente para lá.

Os internos, em sua maioria atabalhoados em meio à desordem, corriam no sentido contrário, como que fugindo de algo assustador. Outros, mais alheios, pareciam não se incomodar, enquanto os mais centrados tentavam de alguma maneira chamar a atenção dos servidores, pedir ajuda. Era certo, aconteceu alguma coisa muito grave. Não entendia a geografia do hospital, mas parecia ser nas proximidades dos pavilhões 7 a 9.

Rodrigo deixou a prancheta sobre a mesa, abandonou as caixas de medicamento e, passando às pressas pela porta da farmácia, seguiu em direção ao tumulto, visando assenhorar-se do ocorrido. Foi parado no pátio central por uma enfermeira, que, pálida e esbaforida, o interpelou, pedindo:

— Doutor, venha depressa, por favor!

— O que está acontecendo?

Rodrigo acompanhou a enfermeira, que, dando meia volta, corria de volta pelo corredor de onde surgira. Sem se virar, ela gritou quase sem fôlego:

— Um interno, doutor... houve um acidente. Ele pode estar morto.

Mas que falta de sorte eu tenho.

Enquanto lutava contra os próprios pensamentos, algo lhe pareceu familiar. Viu-se sendo conduzido de volta a uma das alas que já visitara. Pior, foi reconhecendo o caminho que o levara em direção à mesma cela do homem que ele vira prostrado no dia anterior e que lhe chamara a atenção durante a ronda. Um frio percorreu a sua coluna vertebral. *Não pode ser.* Uma ambulância do serviço de urgência passou por eles com sua sirene estridente, abrindo caminho para a sua emergência habitual. Suspirou. O caso parecia sério.

Ao chegarem à porta do quarto, encontraram toda a equipe de pronto atendimento em torno do velho que jazia imóvel. Parecia estar morto. Mas a equipe ultimava a imobilização para o transporte. Iam removê-lo, o que indicava que ainda estava vivo. Sabia que, normalmente, equipes de socorro e urgência não removem corpos.

Uma vez constatado o óbito, a polícia civil é chamada para proceder ao levantamento cadavérico e posterior necropsia. Só então o laudo com o atestado do óbito é expedido. Se eles o imobilizaram e estavam se preparando para removê-lo, ainda havia uma esperança.

Foi abrindo espaço entre os presentes e conseguiu chegar bem próximo. Seu lado humano teve vontade de dizer que o velho não se movia há dias, pedir que dispensassem todo aquele aparato e ultimassem logo a remoção que salvaria a sua vida. Mas como médico, que tinha que manter a calma em momentos de crise, sabia perfeitamente que era rotina. Paciente algum podia ser removido sem a devida imobilização cervical.

Tentando, de alguma forma, ser útil, ajoelhou-se junto à equipe e dirigiu-se a um dos socorristas:

— O que houve? Como ele está?

— Ainda inconsciente, senhor. Quando chegamos aqui, o paciente apresentava bradicardia, respiração fraca e difícil. O senhor pode observar que seu rosto continua congestionado, com veias saltadas e a pele arroxeada. Imediatamente iniciamos os procedimentos visando a remoção para a unidade de pronto-atendimento, mas ele teve uma parada cardíaca, há alguns minutos, já o reanimamos. — O socorrista o encarou e continuou. — Não posso garantir nada, mas creio que ficará bem desde que não tenha tido uma lesão na medula. Estamos colocando o colar cervical, não sabemos a extensão do dano.

— Você é o médico da unidade de pronto-atendimento?

— Sou enfermeiro, senhor. Paramédico. O médico da unidade estava atendendo a uma vítima de tiroteio, não pode vir a essa ocorrência. Não poderíamos esperar.

— Eu compreendo. — Rodrigo fez uma pausa e perguntou. — Consegue imaginar o que aconteceu com ele? Passou mal? Caiu? Nós ainda não sabemos de nada.

— Aparentemente, tentativa de suicídio. Ele foi encontrado com o lençol em torno do pescoço e amarrado à grade.

— Tentativa de suicídio...

— Enforcamento — adiantou-se Nogueira, um dos enfermeiros do hospital, intrometendo-se no diálogo. — Acontece muito frequentemente aqui, doutor. — Rodrigo achou estranha tanto a intromissão quanto a pressa do enfermeiro em justificar, mas preferiu contemporizar. Nessas horas de tumulto, as pessoas agem por impulso. Se bem que a expressão facial gélida do enfermeiro interno não indicasse nenhuma preocupação ou simpatia pelo agonizante.

— Não está descartada a possibilidade de tentativa de assassinato — sugeriu o socorrista, como se lesse a mente de Rodrigo.

— Há câmeras de segurança?

— Não em todas as alas. Apenas nas áreas externas. Será inútil procurar — tornou o enfermeiro, antes que Rodrigo pudesse raciocinar.

— Então, somente a perícia dirá. Ele não morreu por pura sorte — concluiu o socorrista. — Deve ter atentado contra a própria vida há pouco, o barulho provavelmente atraiu a atenção dos internos que chamaram o socorro. Sua equipe foi competente, doutor, quando chegamos, os enfermeiros já tinham descido o laço. Imaginaram que ele estivesse morto, quase não era possível sentir pulsação. Conseguimos reverter a apneia, mas não há como saber se houve ou não dano à coluna cervical, ou sequelas cerebrais, sem exames mais detalhados.

— O fato de estar respirando e vivo não indica que não houve a fratura do pescoço? — perguntou uma das assistentes.

— Na verdade, indica que não houve a ruptura das vértebras cervicais, nem a secção da medula espinhal, o que teria provocado a parada da função respiratória e a morte instantânea. Mas mesmo não tendo ocorrido uma ruptura, pode haver fratura ou instabilidade em uma ou mais vértebras, por isso o colar. Um movimento indevido no transporte poderia levá-lo à paralisia de um ou mais membros — explicou Rodrigo, percebendo de repente que estava muito nervoso e praticamente debruçado sobre a equipe que tentava auxiliar.

Rodrigo notou que não podia ajudar naquele momento e, se não fazia parte da solução, era parte do problema. Aquela postura era muito mais de um residente afobado que do diretor de uma unidade de saúde mental daquele porte. Controlando a própria ansiedade, deu por encerrada a conversa:

— Perfeito. Por favor, me mantenham informado. — Dito isso, levantou-se, tentando recompor a roupa amarrotada e saiu do recinto. Aproveitou para pedir aos auxiliares que permaneciam abarrotando o quarto, que organizassem os internos e reestabelecessem a ordem do pátio.

Rodrigo tratou, ele mesmo, de tentar retomar a sua rotina, dirigindo-se de volta ao escritório. Não tinha a cabeça fria para dar mais determinações. Na verdade, não sabia nem mesmo o que fazer a seguir. Era inexperiente, de fato. Precisava pensar, precisava de um tempo a sós. Percebeu que não tinha ainda auxiliares, conselheiros, nada.

Na falta de um manual ou de um protocolo operacional, precisaria de experiência humana, e se deu conta de que ainda não tinha feito uma reunião com a equipe, aliás, nem conhecia a equipe. Tudo aconteceu tão depressa. Fora tomado de tamanha surpresa com a velocidade dos acontecimentos que se seguiram, que nem tivera tempo de fazer um planejamento. Planejamento. Era isso o que mandava fazer o seu plano de gestão. Estudara tanto, e agora, na prática, o mundo tomava-lhe as rédeas das mãos. Precisava esfriar a cabeça e recomeçar, ou tudo fugiria ao controle.

Ao passar pela chefe de enfermagem da ala, "Mirtes" escrito no crachá, pediu:

— Mirtes, por favor, redobre a atenção aos outros internos, você sabe como são essas coisas, uma ideia pode puxar outras. Peça aos enfermeiros e auxiliares que se desdobrem em zelo para evitar outros incidentes.

A mulher, erguendo levemente a sobrancelha direita, olhou para ele um tanto quanto incrédula, mas não questionou:

— Sim, senhor, pode deixar.

— E assim que tiver notícias, por favor, me informe. Mais tarde, faremos uma reunião. Avise aos outros — concluiu o médico, já começando a se afastar.

— Pode deixar.

TRÊS

Pouco a pouco, os ânimos foram se acalmando e as pessoas começaram a voltar à rotina. Lentamente, boa parte dos internos, ainda assustados, retornaram aos banhos de sol ou aos seus passeios pelas dependências do hospital, e os demais, permaneceram em seu mundo paralelo, perdidos nos próprios pensamentos, alheios à turba que se acalmava.

Não havia plateia. Apenas Rodrigo observava pela janela do escritório, quando a ambulância com as sirenes e os giroflex ligados, levando o corpo desacordado do paciente, cruzou os portões da instituição e abriu caminho pelo trânsito pesado.

Pensativo, soltou a cortina e retornou para sua mesa. Sentou-se na cadeira, apoiou os cotovelos no tampo de vidro, depois os antebraços cruzados, e pousou a cabeça sobre eles.

Seu ar denotava cansaço. Mas mais que cansaço, precisava pensar. Sentia-se oprimido pelo peso da responsabilidade. Estaria pronto para tamanha tarefa? Na teoria, sabia que sim, mas, e, na prática? Encontraria uma saída.

Alguns minutos depois, mais calmo, passou a mão no telefone antigo à sua direita e tentou ligar para a recepção. Mas que número discar? Olhou em cima da mesa, procurou alguma anotação, nada.

Levantou-se, abriu a porta da sala, e viu uma senhora sentada em uma mesa de trabalho. Antes, não havia. Dirigiu-se até ela, esboçando um sorriso.

— Bom dia.

— Bom dia, Dr. Rodrigo.

— Vejo que já me conhece. Eu, no entanto, não tive a oportunidade de conhecê-la. As coisas aconteceram rápido demais. Estou tentando recolocá-las no lugar. Vamos começar por uma breve apresentação. Suponho que seja a secretária da diretoria, correto? — Ela assentiu. — Qual o seu nome?

— Amélia, doutor. É um prazer.

— O prazer é meu, Dona Amélia. Peço que me perdoe. Ocorreu que ontem vim a essa unidade muito rapidamente, apenas para conhecer as instalações. E hoje pela manhã, cheguei muito cedo, não tinha nem iniciado o expediente, e você não estava aqui.

— O prazer é todo meu, doutor. Peço que me desculpe também. Pelos mesmos motivos, não tinha tido a oportunidade de me apresentar. Ia aguardar que tudo se acalmasse um pouco para bater à sua porta e me colocar a serviço e saber se o senhor precisava de algo. A propósito, o senhor aceita uma água ou um café?

— Nesse momento não, obrigado. Talvez mais tarde.

— Soube que veio muito bem recomendado. Seja bem-vindo. Espero que consiga desenvolver um excelente trabalho aqui no Hospital de Custódia e Tratamento São Lázaro. — A mulher abriu um sorriso sem graça. — É mais fácil chamar de HCT.

— Obrigado, Dona Amélia. Eu gostaria de me inteirar a respeito de tudo o que for preciso. Estou iniciando meu planejamento. Hoje ocorreu esse lamentável incidente, mas gostaria de me reunir com a senhora mais tarde para planejarmos uma reunião maior com todo o corpo de funcionários do hospital.

— Pois não, doutor. Na hora que o senhor quiser.

— Penso que no turno da tarde. Tenho algumas ideias para colocar em ordem, com sua licença.

Dizendo isso, o jovem foi se dirigindo para a sua sala. Já ia fechando a porta, quando se voltou a tempo de surpreender Dona Amélia com o cenho franzido, na típica cara de dúvida. Não sabia o que lhe passava pela cabeça, mas parecia a ele que algo a intrigava. Ela corrigiu rapidamente o gesto involuntário, voltando a sorrir para ele com simpatia.

— Mais alguma coisa, doutor?

— Sim, o número do ramal para contatá-la, Dona Amélia.

— Ah, me perdoe, doutor. O ramal é o 22202. Todos iniciam com 22. O 201 é o principal, da sua sala. Não se preocupe, vou deixar uma lista detalhando os contatos de todos os setores.

Rodrigo confirmou com a cabeça, entrou na sala e lá permaneceu, em silêncio, trabalhando por longas horas. Por volta das 11h30, Dona Amélia bateu de leve na porta, aguardou a ordem para entrar e colocando meio corpo para dentro da sala, viu que ele erguera a cabeça de seu trabalho e a encarava, aguardando, então informou:

— Doutor, a enfermeira Mirtes esteve aqui e não quis interrompê-lo. Relatou que o paciente Marcos Alcântara foi removido para a unidade hospitalar, onde permanecerá para atendimento e exames complementares.

— Obrigado, Dona Amélia.

Era o que ele imaginava. Depois de um episódio como aquele, teria que ficar algum tempo internado, faria também exames de imagem que informariam se houve ou não sequelas.

— O senhor deseja algo para o almoço?

— A senhora vai sair?

— Não, senhor. Vou até o refeitório. Se quiser, posso trazer o seu almoço.

— Por favor, salada de frango, obrigado.

— Não por isso, doutor. — E saiu, fechando a porta com cuidado.

* * *

Lá pelo meio da tarde, tudo parecia ter voltado ao normal. Parecia. Instabilidade era uma constante ali e qualquer incidente quebraria a placidez daquele lago congelado. Era duro, mas sabia que seria assim. Fora esse o caminho que escolhera. Não desistiria.

Ensimesmado, sentindo a tensão do primeiro dia de trabalho, do incidente com o paciente Marcos, somado ao fato de não ter dormido na noite anterior e talvez se sentindo culpado por omissão, Rodrigo passou o dia no escritório se inteirando dos assuntos burocráticos do hospital. Conferia balanços, verificava verbas, estudava futuras licitações, mas volta e meia, a imagem daquele homem lhe voltava à mente. Não fazia sentido para ele a tentativa de suicídio do paciente. Rememorava as poucas referências que recebera: um velho político, que teria cometido um crime hediondo e enlouqueceu. Enlouqueceu ou já era louco e por isso cometeu o crime? E mais... após quase 15 anos de reclusão em um hospital psiquiátrico, o que teria feito o quadro agravar-se assim, repentinamente? Por que um homem que aguentara tanto tempo, de repente, desistira de viver? Questionava-se e sua mente investigativa vasculhava mentalmente os compêndios de psiquiatria que havia lido, mas nada parecia fazer sentido.

Balançou a cabeça, tentando afastar as suposições, e tornou a mergulhar na pilha de papéis à sua frente sobre a mesa. Havia muito trabalho a fazer. Sabia que lutava contra si para se concentrar. Suas mãos tremiam. Sua testa transpirava um suor frio, e sua boca estava seca. Embora disfarçasse bem, sua apreensão revelava-se. E as notícias do homem eram escassas, como supunha que seriam. Não foi sua culpa, repetia para si, como a confortar-se, mas sabia estar longe disso.

A intervalos regulares, ia das fichas à janela, agitado demais para chamar de produtivo o seu dia de trabalho.

Por volta das 15h, bateram outra vez na porta do gabinete do diretor. Só pode ser a Dona Amélia com as notícias do mundo lá fora, pensou, dando permissão para a entrada.

A maçaneta girou e a porta se abriu lentamente, não sem um ruído incômodo. Naquele lugar, tudo parecia aquém da manutenção necessária. Tudo parecia ranger ou trincar. Tudo carecia de cuidados.

Pela fresta, uma mão enrugada agarrou-se à porta e uma simpática senhora esgueirou-se pela abertura, colocando parte do corpo para dentro da sala:

— Se me dá licença, doutor, vim trazer um café. O senhor aceita?

— Ah, obrigado. Entre, por favor. Pode servir o café.

Autorizou a sua entrada, o rosto sério, mas simpático. Sua expressão, no entanto, denotava preocupação.

A senhora entrou calma e timidamente. Quando ergueu levemente o rosto, mostrou um sorriso de boas-vindas discreto nos lábios descorados, os dentes coloridos de cigarro. O diretor apenas observou em silêncio. Era uma senhora parda, alta e magra, na faixa dos 60 anos. Meio encurvada, parecia um pouco mais. Mas sorria, um sorriso caloroso e honesto, de gente simples. Cordial.

Pela primeira vez naquele lugar, Rodrigo sentiu-se acolhido. Ela era a primeira que lhe dirigiram um sorriso verdadeiramente acolhedor, à prova de suspeitas. Não se sentira assim na presença de Nogueira, nem de sua secretária, Dona Amélia, tampouco da enfermeira Mirtes, apesar de seu sorriso aparentemente caloroso. Alguma coisa não o deixava à vontade com eles. Era como se estivesse sendo observado, medido, investigado. Não sabia definir, mas, desde que entrara naquele hospital de custódia, experimentara mais sensações que o que considerava normal para um homem de ciências, acostumado a fatos.

— Seja bem-vinda. Ainda não fomos apresentados, a senhora é?

— O senhor me desculpa, doutor, não me apresentei. — A mulher terminou de servir o café e enxugou a mão no avental meio esgarçado pelo tempo, mas incrivelmente branco. — Sou Eulália. Cuido dos serviços gerais e da copa, auxiliando na cozinha dessa ala nas horas vagas. Faço de tudo um pouco, doutor. É ruim ficar sem ter o que fazer.

Findo o aperto de mãos, ela deu uma pausa, pensativa.

— Açúcar?

Ele fez que sim com a cabeça. Ela serviu uma colher de açúcar e aguardou.

— Duas colheres, por favor.

Eulália colocou mais açúcar na xícara e encarou-o com delicadeza.

— Mas o senhor seja muito bem-vindo. Que Deus abençoe o seu trabalho. E no que precisar de mim... — completou, levemente corada.

Rodrigo percebeu também que Eulália falava pausadamente, como se quisesse sublinhar o que dizia. Por puro instinto, ia procurar prestar mais atenção nas palavras dela. Alguma coisa lhe dizia ser mulher de bem, que conhecia muitas coisas e que poderia ser uma grande aliada ali dentro. Talvez a única.

— Prazer, Dona Eulália. Que possamos, juntos, desenvolver um excelente trabalho. — O diretor deu uma pausa, tomou um gole do café, fez uma cara de evidente aprovação e continuou. — Parece com o café da minha avó. Saudades dela. — Evidentemente emocionado, pigarreou, tentando contextualizar, e continuou: — Mas a limpeza das alas já não é tarefa pouca. A senhora deve ser muito dinâmica, para encontrar tempo para auxiliar nas outras áreas.

A zeladora limitou-se a afirmar com a cabeça. Foi o próprio diretor quem quebrou o silêncio:

— Que dia, hein, Dona Eulália. Aquele paciente quase morre, faltou muito pouco. E no meu primeiro dia... lamentável.

— É, o mudo quase morreu. Quero dizer, o Seu Humberto...

O diretor assentiu lentamente, com a cabeça.

— Humberto? — repetiu o médico. — Mas o nome do político do incidente não é Marcos Alcântara?

— Para a gente, ele se apresentava como Humberto —Eulália deu de ombros.

Rodrigo coçou a cabeça, sem entender a questão do nome do paciente. Observando-o, Eulália percebeu, numa ruguinha de leve na testa, uma preocupação genuína do novo diretor com seu estado. Acostumada a ver o descaso com o qual os internos eram tratados pela direção, até estranhou o tom sincero. Será que finalmente há alguém que se preocupa com a gente e com eles? Pensou ela.

Esperava que sim, não estava acostumada a ver aqueles trapos humanos sendo tratados como gente pelos funcionários, muito menos pela direção. Doido é tudo igual, diziam, com escárnio.

Em silêncio, continuou observando o jovem médico, que se levantou com a xícara e o pires nas mãos, mexendo levemente o café, como que para esfriá-lo, enquanto se dirigia até a janela da sala que dava para o pátio. Por que esse rapaz se importa com a sorte do pobre mudo? Pensava. Por que a vida de um velho preso em suas recordações deixaria um moço nesse estado? Será que ele tem medo de perder o trabalho? Duvido muito. Deve ser moço rico, filho de família nobre. Para conseguir um cargo desses, não deve ser um pé-rapado qualquer. Alguns minutos se passaram, e o rapaz permanecia junto a janela, com a testa colada ao vidro e o olhar perdido em algum ponto do pátio lá embaixo.

Eulália começou a se sentir incomodada de estar ali de pé. Deveria perguntar se poderia ir embora? Ficou na dúvida, mal conhecia o diretor. Ao fim do que lhe pareceram longos cinco minutos de espera, pigarreou e resolveu falar:

— O senhor ainda vai precisar de mim, doutor? Ou posso me retirar? Quer que eu passe depois para pegar a xícara? — finalizou, num fio de voz meio titubeante.

O diretor se virou lentamente, como que voltando de uma longa viagem imaginária e olhando para ela, lhe dirigiu um sorriso triste.

— Vou, sim, Dona Eulália. Vou precisar muito da senhora. Creio que, na sua função, conheça quase tudo aqui. Gostaria de contar com seus olhos. Quem sabe, com seu auxílio. Mas, a princípio, penso que olhos atentos como os seus poderiam evitar que algo grave assim acontecesse outra vez. A senhora me parece uma das poucas pessoas que realmente se importava com ele.

— Nem me fale, doutor. Uma pena que isso tenha ocorrido justo hoje, em sua chegada aqui. Fiquei com meu coração na mão. Mas acho que não foi culpa de ninguém. Nem sei se dava para evitar. Ele já estava, como vocês dizem, muito deprimido — Eulália fez uma de suas costumeiras pausas. — O homem era quase um morto vivo. Não sei, o senhor me desculpa, sou ignorante, mas, sim, acho que já era esperado. Ele vai ficar bem?

— Parece que sim, Dona Eulália. Difícil dizer com certeza. As notícias não chegam. Hospital público, a senhora sabe como é, tem que aguardar vaga. Não queria perdê-lo, ainda mais em meu primeiro dia. É quase uma questão pessoal. — O médico fez uma longa pausa, perdido nos próprios pensamentos. — Mas, me diga, a senhora o conhecia bem?

— Praticamente acompanhei toda a história dele, doutor. Conheço o Seu Humberto desde os tempos em que não era mudo.

— A senhora quer dizer, catatônico, imagino... Ele já tinha feito isso outras vezes?

— Ficar mudo? Bom, isso aconteceu há cerca de quatro anos. No início, ele não era mudo, só andava meio calado. Mas depois foi piorando, foi se isolando cada vez mais, até que se calou.

— Não, senhora — interrompeu, calmamente. — Eu digo, atentar contra a própria vida — completou, com um ar um pouco menos tenso que pareceu a ela um breve sorriso.

— Quem, o mudo, se matar? Jamais! Pelo contrário, ajudou a livrar muitos da morte certa, salvou vários outros pacientes do suicídio. Quando falava, parecia um pregador. Desses pastores, sabe? Conversava com todos os internos. Antigamente, nem tinha terapia aqui, a diretoria achava que era frescura contratar psicólogo. Todo mundo conversava com ele. Chamavam ele de "dotô". Ele ouvia os outros, se sentava lá fora no pátio, recebia as queixas e escutava todo mundo.

— Ele já está aqui há muitos anos, não é?

— Muitos, nem sei quantos. Já estava aqui quando eu cheguei — respondeu ela, com um tom levemente nostálgico, e continuou. — Quando o conheci, ele cooperava, não tinha jeito de ser esse assassino que falam por aí.

— Dona Eulália — O médico sentou-se novamente atrás da velha mesa. — Por favor, tenha a bondade, sente-se. E pousou o pires com a xícara sobre a mesa, fazendo um gesto largo e indicando a cadeira à sua frente.

Eulália vacilou. Não estava acostumada a ser tratada com tanta educação e ficou ainda mais sem jeito, diante do convite do diretor. Corou. Eu, sentada aqui na mesa do diretor, imagina se a Mirtes sabe de uma coisa dessas, pensou. Vacilou, mas atendeu à ordem. Sabia que, mesmo em tom de pedido, ordens eram ordens. Virando-se, ajeitou o uniforme puído, como se lhe tirasse a poeira, e sentou-se na cadeira em frente ao diretor. Estava ainda mais atenta e curiosa agora. Nunca se sentou ali. Que homem diferente aquele, que, sem tirar os olhos dos dela, voltava a falar como se tivesse um plano incrível:

— Repito, a senhora está aqui há muitos anos, conhece muita gente, sabe de muita coisa.

— É verdade, doutor. Se eu puder ajudar...

— Dona Eulália... além desse café delicioso, quero que a senhora me abasteça com todas as informações que puder. Vejo que tem o dom da observação. Agradeceria muito se pudesse me contar tudo o que sabe. — Eulália arregalou um pouco os olhos, talvez admirada com o "tudo o que sabe", era muita coisa. E o jovem médico fez uma expressão divertida com o alarme da senhora. — Um pouco a cada dia, Dona Eulália — sorriu — Espero que a senhora me traga ainda muitos cafés iguais a esse.

— Pode deixar, doutor. Eu espero, em Deus, poder ajudar. No que o senhor precisar, pode perguntar que respondo o que souber, sem tirar nem pôr.

— Muito bom. Poderia então me contar mais sobre o Sr. Humberto, ou Sr. Marcos Alcântara? O que será que o levou a tentar se enforcar hoje pela manhã?

— Bom, isso eu não sei, doutor. Só sei que há muito tempo ele estava muito descontente da vida. Ter deixado de falar trancou seu mundo por dentro. Levou o que restava de felicidade embora.

— Ter deixado de falar trancou seu mundo por dentro? *Interessante*. E o que o levou a deixar de falar? Quando e por que isso aconteceu?

— Ah, foi há muitos anos, cerca de quatro ou cinco. Deixou de falar depois de uma visita.

— Uma visita?

— É doutor. Ele recebeu a visita de um homem, foi coisa de um ano depois que comecei aqui, esse homem veio e pediu pra falar com o Seu Humberto. Pronto, depois disso, ele era outra pessoa. Morreu por dentro. Nunca mais falou comigo, nem com ninguém. Os meninos da enfermagem sempre dizem que eu fui a última pessoa do hospital que falou com ele. Eu e a visita dele. Mais ninguém.

— Hum... E quem era essa visita, Dona Eulália? Quem era esse homem?

— Ah, isso eu não sei, doutor. Perguntei a ele muitas vezes, depois. Mas ele não respondeu. Falar sobre isso lhe fazia muito mal. Ele ficava ainda mais amuado, ou agitado, mais atacado, o senhor me entende?

— Entendo, sim, a senhora evidentemente não sabe o teor da conversa.

— Não, senhor. Deixei os dois na cela, conversando. Quando esse homem chegou, era um gordo, baixinho, com cara de esperto, ele não esboçou muita reação. Eu lembro de ter até tentado animá-lo. Falei pra ele que aquele era o senhor... Ah, o nome dele não me vem à mente. Sinto muito! Ele me disse o nome e contou, enquanto íamos pra cela, que era amigo dele. Achei que ele ia gostar da visita. Ninguém visitava o mudo. Mas acho que mentiu pra mim. Não era amigo do mudo, não.

— Entendi. É verdade, essa conversa deve ter sido muito importante para ele ter deixado de falar depois disso. Uma pena não termos como saber o que foi dito.

— Pois é. E eu vi que, quando o homem saiu, parecia feliz, vitorioso, sabe? O mudo nunca mais falou. — Ela se calou, como se recordasse. — Desde então, ele só escreveu.

Rodrigo afastou o queixo das mãos, como se tomado por uma esperança.

— Escreveu?

— Sim, ele escrevia muito. Mas ninguém podia ler. Eram segredos dele.

— Escrevia como? Escrevia em quê?

— Ele sempre teve muitos livros em sua cela. Sempre. Chamava de seus tesouros. A família, quando ainda o visitava, trazia livros, lápis, canetas e papéis. Um dia, desapareceram. Há muitos anos. E ele passou a pedir pra gente. Dizia que era pra desenhar. E desenhava a gente. Pedia um lápis a um, uma caneta a outro, pedia emprestado, depois perguntava se podia ficar. Quem ia fazer caso de um lápis ou uma caneta, não é, doutor? A gente dava. Ele era homem bom. A gente fazia vaquinha e comprava caderno pra ele. Nessa época, ele escrevia poesia e lia pra nós. Depois dessa visita, mudou, escrevia, mas não deixava ninguém mais ler. A gente continuou fazendo vaquinha e dando caneta e papel. Só assim ele comia. Quando faltavam caneta e papel, ele entristecia na cela e não queria comer. E foi piorando, doutor. Há algum tempo, parou de escrever, mesmo a gente dando papel e caneta. Não quis mais, foi parando de comer, atrofiando, há alguns dias estava lá, jogado, calado, sujo e só. Até que, hoje, fez essa besteira com a vida dele. É triste, doutor.

— É, sim, Dona Eulália. Mas talvez ainda haja um jeito de ajudar esse senhor.

— Que jeito, doutor?

— Por favor, me leve até a cela dele, vamos ver o que ele escrevia.

— Já devem ter feito a limpa. Eu mesma pedi a Felício que ajeitasse aquela bagunça.

— O quê? Temos que impedir isso.

QUATRO

Eulália teve que correr para alcançar o diretor, que ziguezagueava apressado pelos corredores, entre os internos. Seguia a passos largos, mas sem correr, como convinha a um diretor, em direção à ala sul.

Os funcionários, vendo aquele homem atlético, jovem demais para o cargo que ocupava, passar quase correndo, curiosos, esticavam pescoços e comentavam entre si, perguntando de um ouvido a outro o que teria acontecido. Percebiam então Eulália, franzina, vindo atrás, a segurar o avental e as saias enquanto corria no encalço do diretor. Se pudessem gritar, perguntariam a ela o que estava havendo, mas quem se atreveria?

E foi correndo que chegaram à cela de Humberto e viram Felício fazendo a limpeza pesada, recolhendo as roupas deixadas no chão, varrendo os papéis espalhados. Ia empilhando e já se preparava para empacotá-los quando o diretor chegou, arfando, quase sem ar, o interrompendo.

— Por favor, não remova nada da cela!

Felício parou onde estava, com os papéis na mão, e arregalou os olhos, assustado. Era estranho ver um senhor daquela idade e tamanho, assustado como uma criança pequena. O diretor ficou penalizado.

— Me perdoe, não quis assustar. Mas não podemos perder qualquer pertence do paciente. O senhor jogou alguma coisa fora?

— Não, senhor. Estava limpando tudo primeiro. O que tirei está empacotado ali.

— Graças a Deus — suspirou Rodrigo, sentando-se num canto do catre.

Eulália surgiu na porta ofegante.

— Não sente aí, doutor! Essa cama é suja. O lençol ainda não foi trocado. Felício, como você deixou?

— Eu nem vi, Dona Eulália. Nem deu tempo. — O médico parecia não se incomodar, olhou em volta e fez sinal de pouco caso.

— Nada que um banho não limpe, Dona Eulália. Pior devia se sentir quem aqui vivia dia e noite. Vamos nos preocupar com o tesouro que o amigo Felício — se dirigiu ao funcionário — tem guardado aqui nesses sacos, não é?

Começou a recolher algumas folhas soltas, passou os olhos nos escritos, desenhos, rabiscos, percebeu que aquele era um material muito rico. Precisava ler tudo com calma. Sentou-se no chão, avaliando as muitas folhas, para desespero de Eulália.

— Deixe que eu faço isso, doutor. Vai sujar a sua roupa — apressou-se em dizer, agachando-se com dificuldade. A essa altura, já tinham assomado à porta da cela, alarmados pela correria, Mirtes e Nogueira.

Felício também se juntou para catar as folhas e os sacos do chão sujo, colocando-os sobre o catre velho e amarfanhado do paciente. As condições do quarto eram inquietantes. Como esperar melhora em um paciente confinado em um lugar assim? — ponderou Rodrigo.

— Bem, pessoal, realmente, as condições de higiene desse quarto não são as melhores. Mas tenho certeza de que não é por falta de esforço de vocês. Falta material, não é?

— Falta é tudo, doutor — resmungou o velho Felício.

— Felício! — repreendeu Eulália, imaginando que o homem tivesse faltado com o respeito.

— Deixe, Dona Eulália, a verdade tem que ser dita. Vamos tentar mudar tudo isso.

Percebendo que sua ação investigativa já estava chamando mais atenção do que o desejado, resolveu recolher as provas e removê-las dali antes que mais gente começasse a chegar. Dirigiu-se ao velho servidor, tocando-lhe o ombro:

— Tem toda razão, Felício. Está faltando tudo. Mas estamos aqui para trabalhar. No que depender de mim, vou me empenhar para oferecer melhores condições a vocês e aos internos. Vamos começar recolhendo as coisas do Sr. Humberto. Preciso de tudo isso no meu escritório, por favor — pediu o diretor, levantando-se, recompondo as roupas.

— Pode deixar, doutor.

Com um cumprimento de cabeça, passou pelos enfermeiros ladeados, um de cada lado da porta, que, curiosíssimos, perguntaram:

— Está tudo bem, doutor?

Percebendo, no tom, mais a curiosidade do que a utilidade da informação, o diretor limitou-se a responder sorrindo.

— Está, sim, tudo sob controle, obrigado.

E passou, saindo da cela em direção ao próprio escritório. Mirtes e Nogueira se entreolharam sérios, mas o médico fingiu não perceber sua apreensão.

Rodrigo não compreendia exatamente por que se sentia impelido a buscar nos registros de Humberto as respostas para sua doença. Racionalmente, nada sugeriria que aqueles escritos pudessem ter algo de terapêutico. Estava certo de que precisaria de muita paciência para ler páginas e mais páginas em busca de algo revelador. Uma chave. Estava convencido de que seria como buscar uma agulha em um celeiro abarrotado de feno.

De volta ao escritório, chamou Dona Amélia. Sentou-se com ela, agendou uma reunião com seu quadro funcional para o dia seguinte e elaborou os modelos de relatório que pediria a cada um a partir do dia seguinte.

Pouco antes do fim do expediente, Rodrigo recebeu das mãos de Eulália os papéis em uma caixa e saiu com eles do hospital para casa. A inquietude o acompanhava. Uma intuição ou talvez a culpa de quase ter perdido um paciente em seu primeiro dia de trabalho, o impeliam a continuar.

CINCO

Não era um homem dado a intuições. Era um médico. Um homem da ciência, por que agora essas inclinações para o subjetivo? Tinha que ser prático. Afinal, não causara o incidente com o paciente. Aquilo era uma bomba-relógio, prestes a explodir.

Como aquele, deveria haver muitos outros casos crônicos, muitos suicidas em potencial.

Logo após o banho e um rápido jantar, como um ritual de concentração, Rodrigo coou o café, pegou uma caneca no armário, adoçou, mexeu e, quase mecanicamente, levou a xícara fumegante aos lábios. Quente demais! Ele sempre fazia isso. Era um hábito idiota. Quase instintivo. Praguejou mentalmente e pousou a xícara de volta no pires.

Estava tenso. Uma pontada de solidão o invadiu. Preferiu concentrar-se na tarefa, para evitar a melancolia. Assim, munido da caneca fumegante e de seu café preferido, Rodrigo foi até o canto onde colocara a caixa com os papéis de Humberto. Trouxe-a para perto do café, sentou-se no tapete da sala, desembrulhou o conjunto de cadernos como criança que desembrulha o presente esperado na manhã de Natal e se pôs a examiná-los avidamente, apesar do cansaço físico. Perdido por dez, perdido por mil. Não conseguiria dormir mesmo.

A caixa continha inúmeras folhas soltas, juntadas às pressas e de maneira aleatória por Dona Eulália e Felício em um saco preto de lixo, fragmentos ou folhas completas, algumas pautadas, outras não, com muitas linhas cada uma. Como ordená-las em uma sequência lógica? Começou a folhear as páginas. Tudo feito à mão, claro. Humberto não dispunha de luxos datilográficos na cela.

Havia dois cadernos do tipo universitários cheios de escritos. Quase que totalmente preenchidos, para ser mais exato. O primeiro, mais densamente escrito. O segundo começava com páginas sequenciadas, que iam rareando, mais e mais, até que, lá pelo meio, os escritos se interrompiam.

Aleatoriamente, pegou uma das folhas soltas. Observou a letra, legível. Não era exatamente bonita. Mas era legível. Seguramente, letra de alguém muito acostumado a redigir. Um ponto positivo para o Humberto, que facilitaria o trabalho de Rodrigo em ler tudo aquilo.

A caligrafia era ordeira, incrivelmente limpa para as condições em que os papéis foram encontrados. Embora a letra, por si, não fosse das mais bonitas, o alinhamento e as margens eram perfeitos. Os insondáveis mistérios da mente humana, pensou. Minha letra é horrorosa diante dessa.

Após gastar algum tempo desamassando e ordenando as folhas amontoadas, embora se sentisse tentado a começar a ler imediatamente a folha que tinha entre as mãos, sentiu as pálpebras pesarem de cansaço, olhou para o relógio, 23h49. Um pouco de sono, para um insone, talvez fosse como um comando do cérebro para deitar-se e tentar descansar, já havia perdido a noite anterior.

Deixou a folha sobre a mesa. Sim, era tarde. Amanhã daria uma olhada naquilo. Uma lufada de vento fez uma folha oscilar sobre a mesa, ameaçando levantar voo pela janela. Instintivamente, voltou-se e pousou a mão sobre o papel. Parou por um segundo. Pegou a folha, sentou-se no sofá e leu:

"Folhas soltas de um aprisionado".

Era assim que Marcos ou Humberto intitulava a sua narrativa. Que título intrigante para uma pessoa com doença mental. Rodrigo virou a página e começou a ler.

* * *

Uma angústia inominável. Era o que invadia minha alma naquele momento. Um aperto, uma falta, uma agonia, uma necessidade. Algo que carecia, que incomodava, algo que doía, discordava. No entanto, não consegui encontrá-la, que dirá bani-la. Uma angústia sem porquês e sem precedentes. Sem começo e, pior, parecia sem fim. Não tem motivos nem causas. Nenhuma novidade no caso. Nenhum novo depoimento, ninguém me acusou ou defendeu.

Ao contrário, todos me esqueceram. Ninguém mais fala a meu respeito. O caso estava encerrado, eu mesmo estava enterrado, morto ali dentro. Mas a angústia vive. Parecia tomar formas de mulher enraivecida, parecia partir para cima de mim com unhas enormes e afiadas. Ameaçava me sufocar, de tanto que apertava o pescoço, a garganta, como um nó. Quis gritar, não podia. Quis chorar, não conseguia. Fazia tudo o que era possível para lutar contra aquele monstro que, de dentro para fora, se avolumava, tomava corpo, crescia. A vida resumia-se a levantar do catre simplório e andar pela cela abafada, da janela gradeada para a parede e de volta até a grade.

As mãos calejadas se agarravam às grades na esperança vã de afastá-las, nem que seja para aspirar um pouco de ar puro. Do ar puro da liberdade.

* * *

Com que maestria esse homem descrevia a própria angústia. Com que clareza descrevia a própria situação. Ele atuava como um duplo. Mais que isso, descrevia uma angústia que, desde a sua chegada àquele lugar, Rodrigo são, cuidador, o encarregado de trazer a cura, partilhava. Aquele lugar parecia ter o poder de aprisionar a mente das pessoas.

Calma, Rodrigo! Você está se envolvendo na história e nem sequer sabe qual o tipo de patologia é esse. Pode ser um sedutor, um sociopata, um assassino em série.

Agora, sim, finalmente se dava conta de sua incompetência. Quem era o misterioso Humberto, aquela mente que descrevia sentimentos com tamanha clareza. Daqui a algumas horas, descobrirei tudo a seu respeito. Seja quem for, o suicida deve ter uma ficha.

Sentindo-se em paz com a própria angústia, pela primeira vez desde o incidente daquela manhã, Rodrigo levantou-se, decidido a dormir as horas que lhe restavam de sono, até o próximo despertar precoce. Naquela noite, surpreendentemente, dormiu bem e acordou apenas às 5h30, para banhar-se, barbear-se, tomar um rápido café da manhã na padaria da esquina, a caminho do trabalho.

SEIS

AO ENTRAR NO HOSPITAL NAQUELA MANHÃ, Rodrigo estava determinado. Iria diretamente ao arquivo, buscar as informações. A sala parecia um mausoléu, devia medir cerca de três metros quadrados, as paredes com o reboco caindo, a pintura fofa pela umidade. Não tinha janelas e as paredes eram cercadas por armários de ferro altos, enfileirados lado a lado, do tipo fichário, repletos de pastas que ninguém parecia consultar há séculos. Histórias trancafiadas nas grades do Hospital de Custódia e Tratamento. Centenas de custódias, algum tratamento?

Depois de alguma pesquisa, ele encontrou as fichas do paciente. Surpreendentemente, não apenas fichas, mas pastas mais grossas, contendo o histórico detalhado da chegada de Humberto à instituição, resultados de exames, histórico familiar, anamneses, avaliações de diversos psiquiatras. Uma infinidade de papéis. Muitas informações. Todas elencaram sintomas e corroboraram veementemente a necessidade de sua permanência no hospital de custódia.

Pela primeira vez, o homem começava a ter um nome completo, uma idade, uma história. Então era isso: chamava-se Humberto Marcos Alcântara Lustosa, nascido em 26 de abril de 1953. Tinha 57 anos. Jovem, mas parecia ter muito mais. A pele macilenta, enrugada, com aspecto desidratado, o corpo acentuadamente encurvado para a frente, como se quisesse esconder-se ou ensimesmar-se. Talvez pelo longo internamento. Foi internado em 1991, há 19 anos, estava então com 34 anos, no auge de uma carreira promissora como advogado, era o diretor-chefe e sócio majoritário de um dos maiores escritórios de direito do país. Que ironia, pensou Rodrigo. Um advogado foi preso após ser acusado de homicídio doloso. Doloso é aquele homicídio cometido com a intenção de matar, não por acidente, pensou. Assassinato intencional, crime premeditado, com crueldade. Assassinato?

Segundo a ficha, fora preso e levado a júri popular. Crime hediondo, grifado em vermelho, pensou. Em um júri popular, seria certamente julgado culpado e condenado à prisão perpétua. Mas ele não foi condenado. Antes do final do julgamento, os advogados alegaram inimputabilidade, baseados em laudos que atestavam esquizofrenia hebefrênica.

Esquizofrenia hebefrênica diagnosticada em um homem adulto?, pensou, coçando o queixo. Rodrigo tirou os óculos, para limpar o suor do rosto. O lugar era abafado. Fez uma pausa. Estranho... esquizofrenia costuma dificultar contatos sociais, que seriam fundamentais para esse homem ter o sucesso profissional. O que acontece com alguns diagnósticos em psiquiatria? Relatos de boa interação com os internos, raros episódios de depressão, nenhuma crise alucinatória durante toda a internação, nenhum surto psicótico. Pensava em como um quadro desse poderia culminar, repentinamente, nessa tentativa de suicídio.

Rodrigo balançava negativamente a cabeça. Um esquizofrênico que não alucina? Raro... ainda assim, era muito vago. Não havia registros digitais. Uma história propositalmente feita para desintegrar-se.

Como iniciar um bom trabalho assim? Como lidar com essas informações vagas? Difícil encontrar informações confiáveis nesses papéis. Aqui só tem bláblábla... Tenho que encontrar algo mais, pensou, e continuou a pesquisar entre os papéis, até que sua atenção se deteve em um papel amarelado no fundo da pilha.

Esse laudo em particular, emitido por um psiquiatra, ao contrário dos demais, vinha acompanhado de um extenso relatório médico que informava uma série de crises psicóticas. Atestava também alterações frequentes de humor, mudanças de comportamento, quadros constantes de agitação e agressividade contra membros da família.

O relatório era assinado por um colega psiquiatra de quem nunca ouviu falar e continha o carimbo do conselho de medicina de outro estado. Por que um paciente psiquiátrico, alucinando em crise psicótica, iria se consultar com um médico tão distante? Psiquiatras são o tipo de médico que pacientes psicóticos e suas famílias fazem questão de manter por perto. Ainda mais um paciente que apresentava as tais crises tão frequentes, relatadas pelo psiquiatra, o Dr. Esdras de Mattos.

Quem, em sã consciência, manteria um paciente psiquiátrico em tratamento com um médico de outro estado, a quilômetros de distância? Só se fosse por questões curriculares... Essa burguesia e sua mania de achar que só se encontram bons médicos nos grandes centros, lamentável.

Rodrigo voltaria ao relatório depois, com mais atenção. O próximo papel da pilha era emitido por uma delegacia de polícia. Era a cópia de um boletim de ocorrência. Era uma queixa prestada por Cibelle, a esposa de Humberto, por agressão. Havia sido espancada e incluía até fotos do exame de corpo delito: vários hematomas e escoriações. Nesse caso, esse crime que o condenou, o assassinato, não foi o seu primeiro crime. Interessante. Isso muda um pouco os fatos.

Os documentos não poderiam sair dali nem por um minuto, eram as regras. As regras de quem, se sou membro da diretoria? Não importava, Dona Amélia foi bem clara quanto à regra. Rodrigo notou que havia ainda o relato de abuso de seu filho mais jovem e o depoimento da filha mais velha, atestando que a mãe de Humberto sofria violência doméstica constante e que eles eram abusados psicologicamente, desde a mais tenra infância.

Um fato curioso chamou a atenção de Rodrigo. Todos os relatos e ocorrências policiais, no entanto, tinham data posterior ao do relatório médico do psiquiatra de outro estado. Finalmente, encontrou um pequeno envelope com alguns papéis e fotos gastos, mas que transmitiam com veracidade, os tons sangrentos de um crime. "ASSASSINATO", estava escrito em caixa alta no alto do envelope pardo. A vítima, encontrada em um terreno baldio, às margens de uma rodovia pouco movimentada de uma cidade vizinha, havia sido espancada e violentamente torturada, até a morte.

As fotos quase o desencorajaram: o corpo jogado no chão lamacento, todo macerado. A pele, parcialmente arrancada ou carcomida, como se tivesse sido esfolada ou ralada, o rosto praticamente irreconhecível; as vestes, rasgadas... uma cena pavorosa. Um crime brutal. Ficou chocado.

Calma, homem. Isso é comum por aqui. Você não pode se impressionar com essas coisas.

Como aquele homem de aparência tão frágil foi capaz de causar tamanha destruição? Se não bastasse a tortura, a necrópsia constatou que havia um tiro. A brutalidade era tamanha que não se sabia se ele atirou e depois a desfigurou, ou o contrário. Impressionante. A expressão de um verdadeiro psicopata frio e cruel.

Rodrigo deixou os papéis sobre a mesa, levantou-se exausto, precisava de um pouco de ar fresco, de um copo de água, precisava sair dali imediatamente. Sua claustrofobia, há algum tempo controlada, dava sinais de estar de volta no momento menos indicado.

Ele guardou as fichas de volta na pasta, fechou a pesada gaveta, a porta e saiu. Cruzou com Dona Amélia, que, vigilante, ergueu os olhos da leitura que fingia fazer e entrou apressado em seu gabinete, lançando-se pesadamente à cadeira. Foi muito para um dia só. Sentia-se, além de tudo, triste e decepcionado. Sem laços com pacientes, Rodrigo... Isso é uma lei.

SETE

Dona Eulália bateu e entrou no gabinete de Rodrigo, no meio da tarde, trazendo-lhe, além do cafezinho, mais três folhas soltas dos escritos de Humberto, que encontrou no trajeto do dia anterior. Folhas frágeis e valiosas. Os dados nas fichas do arquivo haviam sido um duro golpe em suas primeiras impressões sobre Humberto. Acreditava, agora, que nem sempre a primeira impressão é a que fica. Rodrigo serviu-se de uma xícara de café quentinho, no ponto, e sentou-se para examinar os relatórios de gestão do hospital. Havia muita coisa a ser corrigida. Planejaria tudo nas reuniões subsequentes. Após despachar com Dona Amélia, assinar prontuários, pedidos e licitações, às 17h40, arrumou seus pertences e rumou de volta para casa. Podia dedicar total atenção aos escritos de Humberto, com calma, sem a censura de Dona Amélia.

Folheou as páginas. Nos cadernos havia folhas escritas em lápis e outras em caneta azul, algumas em caneta preta e poucas grifadas em vermelho, como se acentuassem algum trecho.

Noutras partes, havia folhas em branco em meio aos textos, como se ele deixasse, propositadamente, espaços a serem preenchidos, ou áreas para reescrever trechos da sua própria história.

Decidiu abrir o primeiro dos dois volumes encadernados, e viu serem dispostos em uma ordem crescente e numerados na contracapa. Examinou o primeiro volume, um caderno do tipo universitário, preenchido por páginas e páginas de uma caligrafia ordeira. Passou os olhos pelas páginas e examinou o segundo volume. Igualmente ordeiro, o segundo caderno universitário era parcialmente preenchido, com apenas algumas páginas em branco. Folheou a maioria, mas foi a última que lhe chamou a atenção. Datada de dois dias atrás, data da chegada de Rodrigo ao hospital e véspera do incidente com Humberto.

Era o último escrito, o resumo da história de Humberto, a dedicatória e, paralelamente, sua de despedida. Foi, por onde resolveu começar a desvendar o mistério do estranho assassino que tentou se suicidar. Então começou a ler.

* * *

Eu poderia ter dedicado estas memórias a muita gente. Aos meus pais, que, me deram à luz e que de algum jeito também a tiraram; à minha esposa, com quem troquei juras empíricas de fidelidade, ou aos filhos.

Poderia dedicar aos amigos que supunha meus; a Gregório, um mestre querido nas artes mais escusas; ao povo que me trouxe ascensão ou ao povo que me condenou. Poderia ter dedicado essas memórias a ela, Marcela, a mulher que me construiu, ou a Arlene, a que me arruinou. A todos os companheiros de calvário, que padeceram vítimas da própria insanidade.

Poderia dedicar também este livro a quem certamente jamais o lerá, a este homem morto que vos narra sua vida, repleta de escolhas insensatas. Mais que um compêndio de memórias rotas, uma réstia de lucidez.

Mas, a exemplo de Machado de Assis, em *Memórias Póstumas de Brás Cubas*, prefiro dedicá-lo ao verme que primeiro roeu as carnes frias; ele, sim, seria, de todos, o mais presente em minha vida. E esse verme se chama loucura. Portanto, e sem mais delongas, visto que a minha própria vida já se alongou por demais: À loucura, em gratidão pela companhia.

Sou um zumbi, um cadáver ambulante. Sou um louco. Porque assim o escolhi.

* * *

Incrédulo, Rodrigo mantinha o caderno entre as mãos e olhava o papel com uma emoção difícil de descrever. A princípio, pareceu dó. A dedicatória era forte. Parecia querer passar alguma mensagem. Por isso citava Machado de Assis. Por isso escrevia como um morto. Decerto que já planejava o suicídio.

O prefácio indicava que há muito ele resolveu elaborar suas confissões por escrito. Talvez por isso tivesse decidido calar-se. Incapaz de encontrar muita lógica, resolveu seguir o fluxo de pensamentos do paciente, lendo mais uma parte do que estava escrito.

* * *

Creio, sinceramente, que algumas das patologias psiquiátricas são meramente uma questão de ponto de vista. E digo mais uma vez, essa é apenas a minha opinião. Todos, sem exceções, têm as suas crenças, manias, esquisitices. Todos têm seus esqueletos no armário. De perto, nenhum de nós pode ser considerado normal.

Além disso, ao contrário de outras doenças físicas, esse louco padecer é tão somente um parecer, não há um exame diagnóstico diferencial. Não é como uma gripe, uma DST, uma fratura, um tumor que se sinta, note, veja, palpe, examine ou delimite.

As bordas da loucura podem ser facilmente encaradas como simples excentricidade. Depende do ponto de vista, depende do grau. Por outro lado, há sociopatas que matam por décadas, praticam crimes em série e ninguém ousaria pensar que tivessem qualquer desvio de comportamento, até que tudo venha à tona. Todos somos normais até o dia em que, inadvertidamente, surtamos. A mente é, por vezes, traiçoeira.

No entanto, a loucura é uma pecha dura, frequentemente imposta por diagnósticos subjetivos, às vezes, sem direito a uma segunda opinião. Fulano é doido, o médico falou. Quando se é diagnosticado louco, perde-se tudo, inclusive o direito à opinião: Não liga para o que ele diz, é louco.

A história da psiquiatria está repleta de histéricos, neuróticos, fóbicos e diferentes no geral, que foram promovidos a loucos e trancados em manicômios pelo resto de seus dias, simplesmente porque incomodavam a sociedade. Uma vez considerados loucos, tornavam-se mudos. Nada mais do que dissessem, lógico ou surreal, verdade ou imaginação, seria levado em consideração. Era uma condenação sem volta, sem recurso.

Desde a Idade Média, quantos não foram enlouquecidos de propósito por serem perigosos aos interesses do poder vigente? Julgados e condenados à pior das prisões. Trancafiados em si e coletivamente junto a outros alienados. Desse lado, quem escreve é um louco. Legalmente atestado e juramentado. Não o louco típico, aquele que atira pedras nas ruas, ou como dizem, rasga dinheiro. Sou o louco que se calou, que carrega sobre os ombros, o peso de sua pena, somado ao do repúdio da sociedade. Não bastasse ser portador de um mal, ser rejeitado pelos seus iguais. Rechaçado como um desigual, um anormal. Isso, antes e independentemente de ser o autor, o culpado de um, ou de vários crimes, apenas por ser louco.

Eu vos convido a me acompanhar a uma visita ao meu mundo. Partam da premissa de que é um insano que narra histórias da vida em um manicômio judiciário e que vos manda notícias da vida exilada.

Antes de tudo e de qualquer coisa, gostaria de ressaltar que essas são as minhas memórias. As memórias das quais não tenho nada de que me orgulhar. As memórias de um condenado.

São os maiores pesadelos que eu mesmo teci a partir da teia intrincada dos meus sonhos, das minhas ambições. São as piores memórias, mas são minhas. O meu legado, o que ainda resta de mim. E por serem meu legado e minha herança, e como posso fazer delas o que quiser, resolvi dividi-las. Mas também posso decidir queimá-las e jogar ao vento as cinzas desse passado sujo.

Aqui, não encontrarão o circo de um tribunal armado para a crucificação. Aqui não encontrarão promotores ou defensores, juízes nem réus. Aqui, encontrarão despido um homem repleto de pecados, mas como tu, um ser humano. Que não tem mais direitos, mas se resguarda o dever de fornecer a sua versão dos fatos, o seu depoimento adiado, mesmo depois do caso encerrado. Essa é, pois, apenas a minha opinião.

Esta história fala de escolhas. Conto-a na íntegra, como aconteceu. Como a conheço. Sem mais, sem menos. Estou aberto a julgamentos, mas não mais disponível para condenações.

Uma moeda tem apenas duas faces: ou é cara, ou é coroa. Um fato, um acontecimento, uma história, ao contrário, têm sempre diversas facetas. Um diagnóstico chega a ter dezenas de possibilidades, de variáveis. Um crime pode ter incontáveis autores, mas esse teve apenas um réu.

Julgar, baseado nessa verdade, é muito perigoso. Corre-se o risco de condenar um inocente. E, desse ponto de vista, quem é o culpado e quem é o inocente?

Neste caso, em particular, não há motivos para preocupação. Esta é a minha história. Sou o único narrador e, nas condições em que me encontro, embora não tenha a necessidade de me confessar, tampouco pretendo não esconder nenhum detalhe da verdade. Relatarei *ipsis litteris* os fatos e deixo o julgamento a cargo de cada um dos que se dispuserem a ler.

* * *

Intrigante... quem é esse homem? Um lunático que conhece filosofia? Que comentário preconceituoso para um profissional da psiquiatria, escapou o pensamento. Às favas, sou humano, ainda assim, me corrigi depressa. Um paciente psiquiátrico que pesquisou a história da loucura? Esse não é um paciente comum. E a riqueza de detalhes com que escreve? Escreve em latim. Fantástico.

A forma que Humberto descrevia a institucionalização dos pacientes psiquiátricos e os relatos da duplicidade de fatos eram absolutamente reais. Mas quem daria ouvidos a um doido? A alguém que alucina? A escolha do tratamento é sempre unilateral. O paciente não opina porque está incapacitado, a família não opina porque não entende, pelo contrário, teme o doente, seus surtos, sua violência. O médico define, todos acatam. O paciente sofre sozinho os efeitos colaterais.

Todo profissional alega que o tratamento de eleição no caso do paciente é o que lhe geraria maior custo-benefício, mas raramente a contraparte é ouvida, pois são loucos. Os loucos são sistematicamente desacreditados. Mas era evidente que por trás de seu balbuciar, há algo a ser dito.

Suspeitava desde o início dessa necessidade do paciente de falar de si. Muitas vezes pacientes institucionalizados, mesmo em terapia, evitam queixar-se do sistema, ou estão tão alheios que não elaboram essa análise crítica. O cliente não tem como reclamar do serviço. A parentela agradece aliviada por ser poupada de conviver com um problema: alguém tão instável que representa perigo para a própria vida e a dos outros. Nenhum serviço pode melhorar sem o empoderamento de quem usufrui desse serviço, sem a queixa, sem a avaliação. Por isso, talvez, o serviço psiquiátrico daquele lugar fosse feito tão à revelia. Exceto, é claro, quanto à remoção de documentos, esse setor, exigia vigilância ininterrupta.

Mas quem era ele para questionar? Um aprendiz bem-intencionado, cujo cabedal de experiência era inversamente proporcional à boa vontade. Em sua vivência, que não podia ser chamada de longa além da residência, era quase virgem, nunca tinha tido a oportunidade de ouvir a opinião sincera de um paciente institucionalizado, com tamanha lucidez. E seguia incapaz de parar, continuou lendo.

* * *

O fato de enlouquecer

Escaras são feridas de contato, que o doente desenvolve pela inércia prolongada. A incapacidade de se mover, em pacientes com limitação de movimento, ocasiona feridas causadas pelo atrito com o tecido ou o colchão, por mais macio que seja. São feridas fétidas, graves, profundas, extremamente dolorosas.

Aqui, dentro desses muros altos, a impossibilidade de movimento causou escaras mentais ainda mais limitantes que as escaras físicas, mas igualmente fétidas, graves, profundas e dolorosas. São sequelas de dores para as quais não há remédio simples. As dores que mais aniquilam as almas, que se desenvolvem silenciosamente, sem sintomas aparentes. Num mundo que só valoriza a aparência, as feridas emocionais são devastadoras.

Loucos, malucos, alienados, lunáticos, doidos, caducas, aluados. Pessoas cuja mente não corresponde ao que se convencionou chamar normalidade. Assim como a definição de verdade, a de normalidade é também subjetiva. Pessoas cujo padecer não pode ser quantificado. Ao contrário de outras doenças em que há imagens que diagnosticam fraturas, fissuras, corpos estranhos; exames que dosam, medem, quantificam antígeno, anticorpo, bactéria, vírus, testes que definem infecção, contágio; às vezes, a origem de suas dores nem pode ser determinada.

A mente humana é tão insondável, que não permite determinações matemáticas, estudos quantitativos. Pode no máximo ser avaliada, sondada, interpretada. Sempre através de outro ser humano. Para as escaras, os curativos. Para os cânceres, a quimioterapia. Para os vírus, os coquetéis. Para a loucura, o exílio.

Vista daqui, do interior dessas grades, a vida tem tons monótonos demais. Por mais ensolarado que seja o dia, tem sempre tons sombrios. Daqui, dessa janela, tudo meio que perde o sentido. Estar atrás dessas grades já informa subliminarmente que você não é querido. Que a sociedade não o aceita entre os seus padrões de convivas, iguais. De uma forma ou de outra, significa que você falhou. A vida detrás das grades tem outra forma de ser vivida. É como se vivêssemos assistindo ao mundo de fora dele. Não somos mais atores. Somos expectadores do palco no qual o mundo desenvolve o seu espetáculo teatral.

Sim, pois tudo o que há não passa de um teatro, um picadeiro. Canastrão ou galã, equilibrista ou palhaço, todos nós desempenhamos um papel. Ou vários, depende do contexto social em que se está inserido. Em resumo, é tudo uma farsa muito bem montada para parecer real.

Alguns dirão: Quanta bobagem. São só as palavras de um louco. Bem, não estou aqui por loucura. Não pela loucura tradicional, aquela que alheia, que aniquila. Estou aqui por vontade própria. Estou aqui pelo mal. Isso não significa que não sejam as palavras de um louco.

Para os que não compreendem, aquele que destoa é sempre desprovido de razão.

* * *

Rodrigo anotava, pesquisava, assustou-se quando o despertador rompeu o silêncio do pequeno apartamento, indicando que a manhã chegara e era hora de ir ao trabalho. Meu Deus! Já são seis horas da manhã! Mais um dia de cansaço mental.

O jovem médico mal pregou os olhos desde que começou a trabalhar no hospital. Sua avó diria que aquele era um péssimo emprego. Sentiu saudades da velha senhora. Por que partiu, vovó? Você me dava chão, limites, referência e juízo. Com esforço, levantou-se da cama. O corpo moído. Tinha que acordar. E a leitura teria de ficar para mais tarde. Levaria os escritos, quem sabe num intervalo conseguisse ler mais algumas páginas. Hesitou por uma fração de segundo... Melhor não, pensou. Aquele era apenas um dos muitos casos que requereriam a atenção de Rodrigo naquele hospital, e já que queria dar atenção especial a ele, que fosse fora do horário de trabalho.

OITO

A CHEGADA AO HOSPITAL FOI TUMULTUADA. Para começar, um cheiro de queimado forte exalava a três quadras do hospital, denotando que havia fumaça de incêndio vindo de algum lugar próximo, deixando o ar ainda mais carregado.

O trânsito dera um nó. Entre curiosos e lentos, os motoristas trafegavam a dez quilômetros por hora, como se nada tivessem para fazer. O hospital aproximava-se lentamente e o infortúnio de perceber que era de lá que vinha o burburinho fez a espinha de Rodrigo gelar. De novo, não. Não podia acreditar.

Ao alcançar o muro do HCT, esticando o pescoço ossudo para fora do velho carro, viu, através do pesado portão de ferro, que o pátio fervilhava novamente. Enfermeiros e internos corriam de um lado para outro com seus jalecos parcialmente abotoados e amarelados pelo tempo esvoaçando para os lados. Apesar de acostumados à rotina do hospital, já àquela distância, todos tinham feições preocupadas. Mais graves e deprimidas que o habitual. Outro incidente? Um por dia agora? Mas não é possível, meu Deus! Morri e fui transferido para o inferno, pensou. Para Rodrigo, não havia outra explicação. Mas tudo aquilo parecia bem mais real que seus piores pesadelos. Havia um carro da polícia civil, daqueles que transportam corpos, conhecido como rabecão, na porta e uma viatura do corpo de bombeiros impedindo a passagem dos veículos. No entanto, do lado de fora, não se via muita movimentação dessas equipes, pareciam estar lá no pátio interno.

Deu marcha ré no carro. Estacionou rente ao meio-fio. Ao passar pela capela, instintivamente, como fazia a avó, dirigiu a mão direita à testa, começando um sinal da cruz. Mas deparou-se com o olhar inquisitivo do porteiro, que pareceu erguer a sobrancelha em sinal de surpresa. Pego em flagrante, abortou o gesto instintivo de proteção. Não sou religioso. Sou um médico. E para disfarçar, passou nervosamente a mão nos cabelos, uma, duas vezes, como a ajeitá-los. Ao passar pelo porteiro, avistando de longe o pátio, tentou aparentar tranquilidade.

— Bom dia, Nestor.

— Bom dia, doutor.

Pousou a pasta de courinho com seus documentos no parapeito e apertou a mão do funcionário, tentando controlar o tremor da insegurança.

— O que houve?

— Uma interna tocou fogo na enfermaria.

— Na coletiva?

— Sim, do Pavilhão 6. As internas correram, foi um pega-pá-capá, uma fumaceira tremenda. Os plantonistas se viram doidos aqui, doutor. Foi um entra e sai de bombeiro...

— Meu Deus! E houve alguma vítima? Vi o carro da polícia técnica lá fora.

— Morreu uma interna. Parece que enfartou na confusão. Mas não morreu ninguém queimado. E olhe que os bombeiros demoraram. Doutor, essa noite foi um inferno!

— Por que não me ligaram?

— Não sei, doutor.

Após tantas notícias aterradoras, olhou instintivamente para a santa no alto da capela e fez o sinal da cruz, alheio ao que poderia pensar Nestor.

— Creio em Deus Pai, creio em Deus Pai.

— Crendeuspai! — repetiu Nestor. — Amém, doutor.

— Amém, Nestor, obrigado.

Afastou-se em direção ao prédio da administração. Passou pelos corredores, com indisfarçável pressa, sem ser interpelado por ninguém. Todos estavam muito ocupados com suas tarefas.

Ao chegar à sua sala, encontrou a secretária já no sopé da escada.

— Bom dia, doutor. Infelizmente, não tenho boas notícias.

— Bom dia, Dona Amélia. Eu já soube. Desde que horas está aqui?

— Desde às 7h, meu horário habitual, o administrativo não funciona em regime de plantão — respondeu num tom que poderia ser lido como tendo um fundo de ironia. Não sabia por que, tinha a impressão de que a secretária que lhe delegaram não o admirava. Mas não deu importância. Sua opinião a respeito não interessava.

— Por que não me chamaram?

— Isso é rotina aqui, doutor. Chamaram apenas o Mario, engenheiro, diretor de segurança, que organizou o resgate com os bombeiros e depois, com o passamento de Dona Sueli, chamou os policiais.

— E já se sabe de alguma informação? Ela não morreu de causas naturais?

— Aparentemente, sim, mas dessa vez, acharam melhor chamar os policiais. — Rodrigo ficou cismado. No dia anterior, para o incidente de Humberto, a perícia não foi chamada. Por ser novo ali e não saber ainda que protocolos adotar, não esboçou reação. Na verdade, na agonia do seu primeiro dia traumático, nem lhe passou pela cabeça, mas agora, vendo a viatura na entrada do prédio, ficou a matutar. Dois pesos, duas medidas. Melhor se certificar antes de julgar.

— Dona Amélia, me confirme por favor, no dia de Humberto, eles também vieram?

— Pois é, doutor, naquele dia não estiveram aqui. Me lembro que o Diretor de Segurança deu uma bronca porque o Seu Humberto foi liberado para o hospital naquele dia, o quarto limpo e os policiais não foram chamados. Mas eles mesmos não chamaram.

— Eles, quem?

— Os enfermeiros e os médicos do plantão.

— Que eram...?

— Mirtes e Nogueira, pelo que me contaram. Eles cobrem a maioria dos plantões noturnos. Ou um ou outro... um dos dois sempre está à noite. É verdade, não houve perícia no dia do Seu Humberto...

— E na noite anterior, Dona Amélia, quem eram os enfermeiros responsáveis pelo plantão?

— Eles dois, doutor — informou a secretária, consultando a prancheta de escalas.

— Mas não há uma escala aqui? — perguntou Rodrigo. — Uma dupla de enfermeiros que se revezam em noites alternadas, de repente estão juntos em dois plantões seguidos e temos problemas nos dois. Em um deles, uma interna morre e a perícia é chamada, no plantão anterior, um interno é encontrado quase morto, e a polícia não foi chamada?

Ela ficou olhando para Rodrigo, sacudindo a cabeça negativamente. — Por que será, doutor? — Limitou-se a dizer no final. — Se me dá licença, preciso arrumar os papéis que me pediu ontem.

O jovem médico assentiu com a cabeça e ela voltou-se para sair.

— Ah, Dona Amélia? — A mulher detenve o passo e virou-se a contragosto.

— Pois não, doutor? — respondeu, entredentes, como se praguejasse em pensamento.

— Preciso dos livros de protocolo do hospital.

Dona Amélia ficou meio perdida em relação ao que procurar.

— Protocolo?

— Sim, Dona Amélia. Para evitar que eu fique a interromper o seu serviço, preciso do livro que registra todos os protocolos e rotinas deste hospital. Tenho que saber como funciona esse lugar. Que horários cada um segue, inclusive os meus, quais os procedimentos padrão, como melhor gerir a minha área de responsabilidade. — Dona Amélia continuava estática, olhando sem imaginar onde poderia buscar o tal livro de protocolo. Franzia o cenho, com genuína preocupação.

— Preciso de um livro que me dê as diretrizes, Dona Amélia. Deve existir um. Entrei aqui por concurso. Estou trabalhando há quase duas semanas, sou o diretor de saúde, perdi uma paciente em um incêndio hoje, quase perco outro paciente por suicídio no início da semana, e até hoje, ninguém veio até a minha sala me explicar o que posso fazer para cuidar melhor da saúde dos internos.

Dona Amélia arqueou as sobrancelhas e olhava com uma expressão de surpresa a face quase estática. Parecia que, de uma hora para a outra, desenvolvera pelo jovem diretor um respeito que não esboçara antes.

— Doutor, não imagino a que livro o senhor se refira. Mas vou buscar qualquer registro no acervo e o manterei informado.

— Por favor, eu agradeço.

Ela já ia saindo da sala mais uma vez, quando se deteve da soleira da porta, voltando o corpo para dentro da sala. Levou a mão aos óculos de armação antiga, olhou para Rodrigo por baixo das lentes e perguntou ainda incrédula.

— O senhor realmente se preocupa, não é? Realmente acredita que pode cuidar disso aqui?

— Claro que sim, Dona Amélia. Por que o espanto?

Antes de puxar a porta pela maçaneta, comentou:

— Raridade, só isso. A maioria das pessoas trata isso aqui como um depósito de mortos-vivos.

Como poderia causar tamanho espanto o interesse do médico pela rotina daquele lugar? Como podia a secretária da diretoria de saúde de um hospital psiquiátrico daquele porte não ter noção do que seria um livro de protocolo de operações? Nem de sua existência. Que tipo de gerência dissociada praticavam ali dentro? Aliás, quem geria aquele lugar, afinal de contas? Eram muitas as perguntas a responder. Desde que chegara ali, eram só perguntas. Nenhuma certeza, nenhuma pista de que rumo tomar para seguir com seu trabalho.

Resolveu fazer a ronda matinal. Foi a todos os alojamentos, conversando com os enfermeiros e técnicos, e se deteve no pavilhão incendiado. A interna que incendiara o pavilhão fora mandada para a solitária, suspeitavam que estivesse em surto psicótico, já que o incêndio fora iniciado do nada.

Conversou com os bombeiros que ainda permaneciam no rescaldo. Felizmente, os danos haviam sido apenas internos. A estrutura do pavilhão não fora afetada. Os internos e trabalhadores do hospital começaram cedo o combate, e só não foram mais efetivos por não terem as ferramentas adequadas. Os extintores funcionaram adequadamente, mas não deram cabo do incêndio que começou no colchão de uma das enfermarias. Conversou também com algumas internas, ainda alvoroçadas ou em choque pelo acontecimento repentino. E foi uma delas que trouxe um possível estopim para o incêndio.

— A rosa estava com o bode aceso, doutor — relatou uma senhora magrinha, de rosto sulcado e sorriso falho e enegrecido pelo uso de cigarro de palha. Cabelos amarfanhados e roupas puídas, mas que vinha sorridente prestar sua contribuição para a elucidação do caso.

— Não dê atenção a ela, doutor — interrompeu uma jovem vestida de branco, que passava pelo corredor e, ao ver o médico conversando com a interna, puxou Rodrigo pelo guarda-pó e segredou-lhe ao ouvido: — Não fala coisa com coisa. Bode aceso? Quem já viu? Daqui a pouco, diz alguma saliência. — O jovem médico olhou com a cara amarrada para a mão dela, que lhe agarrava o braço direito, e dali diretamente para os olhos, fuzilando-a com o olhar e, demonstrando estar claramente incomodado com sua conduta invasiva, olhou-a mais uma vez de cima a baixo, questionando:

— Minha filha, me desculpe, mas qual o seu nome e a sua função aqui? Vejo que não está usando o crachá de identificação, conforme as normas do hospital.

— Eu sou Roberta, estagiária do curso de enfermagem, doutor — contou a moça, com um risinho sem graça, seguido de um lânguido e longo olhar. — Esqueci o crachá.

— Sei... Ora, que interessante! Esses jovens não esquecem as cabeças, por estarem atadas ao corpo. Enfim, tem alguma afinidade pela área de psiquiatria? — questionou Rodrigo, num claro tom de ironia.

— Sim, senhor. Me interessa. O senhor acha que poderia me conseguir uma vaga aqui? — perguntou, sorrindo, de uma maneira que Rodrigo considerou excessivamente insinuante para interesses meramente profissionais. Intuitivamente, seus olhos desceram até as mãos da moça e lá estava, na mão direita, uma aliança de noivado. *Pobre noivo*, pensou Rodrigo.

— Na verdade, Roberta... Com essa sua postura, não — respondeu Rodrigo. — Não tenho nenhuma vaga a oferecer. A primeira coisa que você deveria ter aprendido em sua graduação é que a escuta ao paciente é fundamental.

— Desculpe, doutor. — A mulher trocou imediatamente o sorriso insinuante por um sem graça, e tentando demonstrar conhecimento, continuou: — Mas a afirmação da paciente não faz sentido algum. Quis dizer o quê? Que a paciente Rosa, que supostamente iniciou o incêndio, estava com o bode aceso? O que viria a ser isso, se não uma clara referência às partes íntimas da paciente?

— Quê? O que ela diz faz todo o sentido — afirmou o médico, franzindo o cenho e fechando os olhos num sinal de impaciência. — Bode, minha querida, é um cigarro de palha, muito fumado por aqui. Se você não sabia, era só perguntar à paciente, antes de deixar o preconceito gritar.

A jovem encolheu-se, pediu licença e, a pretexto de outro compromisso, retirou-se sem graça. Rodrigo continuou a conversa com a paciente, que esclareceu que era comum as internas fumarem seus cigarrinhos de palha até tarde nas enfermarias, vendo TV.

— Quem dava bode para vocês? — perguntou o médico.

— A Mirtes e o Nogueira, doutor — confirmou a interna. — Eles sempre dão. Os outros não, mas eles sempre dão cigarro e cachaça pra gente. Dizem que é pra a gente ficar quieto — concluiu com um riso falho.

Rodrigo resmungou, preocupado. A mulher continuou.

— Onti, a Rosa tava bebaça. Parece que o remédio bateu, dormiu com o cigarro na mão e deu no que deu.

A mulher indicou com um gesto triste a mesa de ferro onde jazia, torrada, pelas chamas do incêndio, a velha televisão a tubo. Olhou e viu que a TV era a única diversão no interior daquelas paredes opressoras e solitárias. Compreendeu que aquela mulher devia estar sentindo mais falta da TV do que da companheira, que se fora com o incêndio.

— Não se preocupe, Dona Branca. Vamos providenciar outra TV para vocês. Por hoje, serão relocadas para o pavilhão ao lado, instaladas provisoriamente junto às outras internas e este pavilhão irá para a reforma. Em breve, estarão de volta para casa — afirmou Rodrigo. — Ela sorriu, um sorriso de cacos de dentes cheio de esperança. O coração do médico se aqueceu por ela.

* * *

De volta ao escritório, após a ronda e as deliberações da farmácia e enfermaria, e apurados os fatos do incêndio da enfermaria. No princípio da tarde, Rodrigo reuniu-se com Dona Amélia, que, sem esconder a vergonha, trouxera e pusera sobre a mesa os parcos registros do livro de ocorrências. Era um velho caderno em formato brochura de capa preta, com um par de folhas amarelas e desconjuntadas e poucas linhas escritas, onde constavam os registros de duas brigas entre internos e uma cena de nudez por parte de outro.

O mais curioso é que datavam de mais de três décadas, provavelmente dos meses de inauguração daquela instituição. Rodrigo se perguntou quantos gestores passaram por ali sem que ninguém soubesse ou registrasse o que ocorria atrás daqueles muros com aqueles degredados da justiça.

Olhou para Dona Amélia, que, com um sorriso sem graça de mea culpa, começou a se justificar.

— Ninguém nunca me pediu isso, doutor.

— Muito bem. Mas agora podemos dizer que temos mais ocorrências que registros. — Ela corou, ele continuou. — Mas isso está prestes a mudar. Vamos lá, Dona Amélia, temos dois dias de problemas para relatar.

Ela pegou a caneta e ia começar a escrever, quando foi interrompida.

— Não nessa relíquia. Leve isso para o arquivo, por favor. Traga um novo. Vamos começar a escrever uma nova história.

Com um "Sim, senhor" dito sem muito entusiasmo, ela se levantou para sair.

— Detalhadamente, Dona Amélia. Quero relatórios detalhados de tudo o que aconteceu aqui.

Dona Amélia trouxe de volta para o diretor um relatório pouco maior que as quatro linhas que compunham os relatórios da relíquia de ocorrências e precisou voltar mais oito ou dez vezes até que ele considerasse o trabalho razoável. Isso no que dizia respeito ao incidente com o velho

Humberto. A respeito do incêndio da enfermaria, o diretor pediu relatórios atualizados sobre as estruturas dos alojamentos e depoimentos dos funcionários e internos.

Talvez ela nunca tenha trabalhado tanto na vida. Estava prestes a se aposentar como funcionária daquele hospital e nunca fizera nada além de atender mecanicamente o telefone da diretoria. Dois dias depois, Dona Amélia pediu demissão. Foi transferida para a subdiretoria de uma escola pública que funcionava perto de sua casa. Tinha costas largas e interesse de permanecer no funcionalismo público pelos poucos anos que faltavam até a aposentadoria. Mas não tinha nenhum interesse em trabalhar. Por isso, pediu a algum padrinho político a transferência para um lugar onde pudesse permanecer em férias remuneradas até se aposentar. Rodrigo considerou que foi melhor assim.

Em seu lugar, entrou Rosana, uma mocinha magra e dedicada, recém-saída da faculdade de administração hospitalar, que viria a ser seu braço direito. Dali em diante, as rotinas organizacionais do hospital começaram a se profissionalizar.

***

Em casa, Rodrigo desceu até a padaria que ficava a uma quadra do apartamento. Lembrou do que dizia a velha avó: Meu filho, compre apenas o que vai consumir. Pegou quatro pães de leite e voltou para casa. Era o suficiente. Aproveitando a fome saciada e nada mais interessante a fazer, foi até a mesa da sala e sacou da pasta mais algumas das folhas das reflexões de Humberto, as últimas que faltavam ler. E, sentindo o prazer de quem volta para algo de que tem saudades, se pôs a desfrutar das reflexões em "Folhas soltas de um aprisionado". Serviu-se de mais uma xícara de café morno e sentou-se atrás da mesa com as folhas entre as mãos, continuando a leitura.

***

São quinze anos. Alguém tem noção do que são quinze anos? Quinze anos é tempo suficiente para qualquer um se arrepender de tudo o que fez.

De certo e de errado. Em quinze anos, muita coisa muda. Em quinze longos anos, renunciamos a muita coisa. Minha vida tristemente debutava ali. Quase duas décadas trancafiados em uma cela é muito tempo para refletir. Trancafiado em um manicômio, entre pessoas alheias, violentas, carentes de laços afetivos, então, é um convite à reflexão. Toda reflexão leva a uma mudança de atitude.

Antes que enlouquecesse completamente, como aquela gente que vivia ao meu redor, resolvi me dedicar à leitura. Lia e escrevia. Escrevia e lia para não enlouquecer. Era a única terapia disponível. Lia qualquer coisa, mesmo os rabiscos e arranhões que os colegas escreviam nas paredes. Até isso, lia avidamente.

Um dia, conseguiram alguns livros de doação. E eu os devorava ansiosamente. Devorava e procrastinava, alternadamente. Devorava-os, quando chegavam, lia o início com fervor juvenil, várias páginas, capítulos inteiros em uma hora. Então constatava que acabariam rapidamente, e procrastinava. Lia página por página, lentamente, para que me prolongasse por mais tempo na companhia daqueles personagens.

Um dia, me chegou às mãos *O Pequeno Príncipe*, de Exupéry. Torci o nariz, pensei em recusá-lo. Sempre achei que *O Pequeno Príncipe* era uma fábula pequeno-burguesa, feita para inspirar misses fúteis ou consolar conformistas. Naquele lugar, naquela condição, que meios teria de recusar uma leitura? Por pior que fosse? Não podia. Era isso ou ter que andar pelos corredores, vendo o tempo passar, era isso ou ficar contando os minutos no alterar da sombra no pátio para o anoitecer, receber o remédio, a janta e dormir aquele sono agitado e interrompido pelos gritos dos surtos dos outros. Pouco conhecia de Exupéry. Nunca, em sã consciência, li *O Pequeno Príncipe*. Creio que jamais leria, caso a minha vida tivesse seguido seu curso natural. Mas ali era um bálsamo. Do livro em si, sabia pouca coisa. Apenas que era sobre uma criança extraterrestre, que se sabe lá por que ganho de causa, tinha vindo parar na terra e se encontrava com um piloto de avião.

Conhecia apenas algumas frases, que considerava douradas demais, melosas demais e amplamente idiotas. A mais idiota delas? "Tu te tornas eternamente responsável por aquilo que cativas". Para mim, isso era um acinte. Que responsável, que cativar, que eternamente?

Ler um livro daquele era, a princípio, uma loucura. Loucura ainda maior que a que me rodeava, mas era o remédio de que dispunha no momento, para não passar a fazer parte do número efetivo de loucos.

Como de costume, comecei a ler achando aquela fábula idiota e infantil. Um carneirinho, um chapéu, um principezinho e uma jiboia que engoliu um elefante... ridículo. Depois vieram a rosa, a raposa e sua necessidade de ser cativada. Exupéry tornou-se um mago para mim. Eu lia e repensava a vida. Lia e desvendava os meus planetinhas. Lia e redescobria porque em minha vida não havia raposas a serem cativadas. As minhas raposas queriam me devorar. E lembrei da minha rosa. Aquela a quem dediquei um tempo para cultivar. Aquela que deixei na redoma, protegida no viés da memória, mas sozinha, no planetinha que abandonei. Aquela para quem eu adoraria poder voltar, por quem eu faria tudo diferente.

A parte que mais me emocionou, no entanto, foi a dos baobás. Repensar as escolhas, naquela altura da vida... Depois de todos os descaminhos, perceber que teria toda a eternidade ali dentro para me arrepender e enlouquecer. Descobrir que decidira pela morte em vida, me fez terminar o livro em prantos, sozinho em minha cela.

E o pior era admitir, ao final de tudo, que sim, tu te tornas eternamente responsável por aquilo que cativas. Ou pelo que é cativado. Pensei no quanto essa frase fizera sentido em minha vida, sem que eu sequer o soubesse. Lembrei de Feliciano e do quanto me cativara e fora cativado por mim. Entendi, então, que ele fora, um dia, a minha raposa, e que por ela, eu fora capaz de abandonar tudo o que pensei para mim.

Mas isso é assunto para mais tarde. Talvez seja hora de contar a história do início, e não em folhas soltas.

***

Talvez Humberto contasse 15 anos desde o assassinato, o ano em que viveu entre o fato e o desfecho. Sim, 15 anos é muito tempo para se viver à espera. Então, era aos livros que ele atribuía o poder de conservar a sanidade. Isso explicava o preparo intelectual e filosófico que demonstrava nos textos.

Um advogado, mesmo que tivesse lido muitos livros, demonstra raramente a sensibilidade com que Humberto colore seus textos. E com que cores ele pinta a fábula de Exupéry. Uma releitura capaz de arrancar alguém de seu refúgio ético e confrontá-lo com uma realidade da qual se esquivara por tantos anos. E havia a promessa de contar a história do início. Apenas um psicopata teria tamanha clareza de raciocínio, sem ser embotado pelas alucinações da esquizofrenia hebefrênica. Não faz muito sentido. Um psicopata talvez..., mas a empatia não parece embotada. Forjada, talvez, pelo intelecto apurado de um psicopata, isso, sim, justificaria a violência do ato, mas era tudo tão visceral.

Ler as reflexões de Humberto era uma descoberta fascinante. A penúltima página continha reflexões igualmente densas e ricas. Observar como se estrutura o pensamento de uma pessoa com transtorno mental era uma experiência inovadora. Tinha tido pouco ou nenhum acesso a relatos vindos do lado em um manicômio, especialmente judiciário.

Que aparente coerência e sanidade era essa demonstrada nas palavras, se ele veio justamente por conta da insanidade? Os relatos de Humberto, surpreendentemente, revelavam uma lucidez excepcional para um suposto louco. Parar de ler era praticamente impossível. E aquelas eram apenas as reflexões que ele denominara de folhas soltas, mal podia esperar para chegar ao caderno propriamente dito, por isso, Rodrigo continuou lendo.

* * *

Os puristas dirão, como tantas outras vezes disseram: nada disso justifica. Nada justifica as atitudes criminosas dele. Apontarão seus dedos e assinarão sentenças, como se juízes fossem. Como é prazeroso julgar e condenar o alheio. Não justifica! Claro que não. Não foi na pele deles. Feridas cicatrizadas não sangram mais. Mas quem dirá que as cicatrizes desaparecem? Nem sempre. Minha flácida consciência, no entanto, me obriga a admitir: em algum ponto eles têm razão, não justifica mesmo.

Realmente, as atitudes que tomei não foram feitas apenas nas sombras do mal. Estava lúcido quando pratiquei cada um dos meus muitos atos amorais. Mas da mesma maneira que o mal não justifica os meus atos, isso também não justifica os julgamentos desses falsos moralistas que não passaram por nada do que passei. Esses caras falam, falam e nada fazem. Eu tomei as rédeas do meu destino nas mãos. Paguei para ver.

No entanto, normalmente, esses caras da moral e dos bons costumes, olham para o rabo de todos os macacos do bando, menos para os próprios. Se olhassem, certamente encontrariam algum guizo pendurado. Todos têm seus guizos pendurados. Mas parece que somos surdos ao barulho que produzem. Só ouvimos os guizos dos outros. Todo mundo aponta o dedo para o interlocutor e diz: você errou nesse, nesse e naquele ponto. Mas raramente tem a coragem de se olhar no espelho e perguntar e eu, o que poderia ter feito diferente se estivesse no lugar dele? Ninguém se põe no lugar do outro.

É muito cômodo reclamar. Todo mundo reclama da sua situação. Normalmente, de barriga cheia. Quem está na merda mesmo, raramente se queixa. A dor é grande demais para sobrar tempo para lamúria.

Digo isso porque vejo gente em situação muito pior que a minha. Já vi muita gente na merda. Gente com fome no corpo e gente com fome na alma. Os primeiros, a nossa raça ajuda, dando um pedaço de pão, que vai matar a fome do corpo, que vai conquistar mais um voto, mais um crente, mais um fiel. Mas nenhum de nós os ensina a fazer o pão que os libertaria de nós.

O problema são os outros, os que têm fome na mente, esses, a gente não entende. Gente que só é gente na definição. Na verdade, vive em um mundo paralelo, completamente alheio ao nosso. Esses devem ter problemas demais para reclamar da vida.

Seus olhos vagam pelo infinito, sondam o que nós não alcançamos. O corpo coexiste entre nós, a mente se perdeu no espaço. Não entendemos essa gente. Eles também não nos entendem, não votam na gente, não pagam dízimos. Esses, a gente cala, manda prender, aliena ainda mais, tira de circulação. Quem tem problema de verdade não tem tempo para reclamar, ou já entendeu que reclamar não adianta. Mas quem está de barriga cheia, não. Reclama, questiona, se queixa, aponta o dedo. Alguns chegam ao ponto de enfiar o dedo na ferida alheia, fazendo sangrar ainda mais. Magoar a ferida alheia. Mas reclamar da sua vida e dos erros do outro é fácil. Quero ver se colocar no meu lugar. E eu, sai do convívio dos que tinham fome do corpo e votavam nos meus, me sustentavam no poder e tive que me refugiar entre os famintos da mente, que não delatariam a minha presença nefasta.

Hoje, eu consigo me colocar no lugar deles. Dos que reclamam e dos que foram calados. Dos que se acham os "bons" e dos que portam "o mal". Muito embora não sinta como eles. Só às vezes. Através dessas grades nas janelas, transito entre os dois mundos. É, eu poderia ser o elo. A ponte entre os extremos. Alguém que tem um pé de cada lado. Ademais, de que me importa a opinião dos puristas? Que me importa que me julguem, me condenem, se sei, com a maior das certezas e baseado nos longos anos de exercício do Direito, que a ética é plástica ao sabor do desejo e assim sendo, não existem puristas. Vistos de perto, todos temos nossos pecados. Só não vê, quem não quer admitir. Mas esses não são puristas, são cegos da própria conveniência. Só posso lamentá-los.

* * *

Após 45 minutos, Rodrigo ainda estava absorto na leitura, ávido por mais informações, e embora soubesse que seria muito difícil conciliar o sono após aquele dia extenuante, decidiu ler apenas a última página. Nenhuma além daquela. Só mais uma página.

* * *

Eu detestava os surtos. Via pessoas que já se encontravam à deriva no mar da lucidez se tornarem cada vez mais náufragos de si, após cada surto. Isso doía demais. Ver alguns companheiros que ainda falavam, contavam histórias de si, partindo, em surtos, rumo ao despenhadeiro da loucura, sem passagem de volta, tornando-se clones inanimados de si, era deprimente.

Nada podia fazer. Nesses momentos, me perguntava: e se eu tivesse escolhido a medicina? Será que minha vida teria vindo a desembocar aqui?

Provavelmente, não. Talvez, a lida com o ser humano, e não com o dinheiro e com as leis, tivesse me feito usar o conhecimento no rumo certo.

Mas, talvez, a cobiça e a ganância me fariam usar meu diploma para esfolar os necessitados. Quem precisa, costuma pagar caro. Sempre foi assim no meu ofício. Creio que também seja assim no campo dos médicos. Ou alguém já teria criado a cura para a loucura.

Evitava ver as pessoas em surto. Fugia delas. Eu odiava os surtos, embora ainda gostasse dos surtados. Fugia deles mesmo assim. De alguma maneira, lembravam meus pais.

* * *

Os pais de Humberto... talvez esse fosse o primeiro dos mistérios a desvendar. Que relação teve essa criança em sua infância, quem o influenciou? Encontraríamos algum sinal dessa psicopatologia que ele desenvolve mais à frente, que o levou à psicopatia e ao crime? Referiu-se a eles como surtados? Seriam loucos também? Teria Humberto sido vítima de maus tratos na infância? De alguma maneira, lembravam meus pais...

* * *

Tudo o que somos vem muito mais dos outros, do que de nós mesmos. Somos dez por cento índole, noventa por cento herança social. Não somos o que nascemos, somos, na maioria, o que aprendemos, e somos também uma enormidade do que queremos aparentar para os outros. Não quero de forma alguma me justificar. Longe de mim iniciar minhas reflexões já com justificativas vãs. Desde pequeno, ouvia da Velha Bá que aquilo que não foi avisado antes vira desculpa depois. Não quero me desculpar.

Mas creio que é fato. Qualquer néscio que pare um minuto sequer para pensar pode perceber algo muito simples em relação ao ser humano. Ninguém é bom ou mau, por si. Na verdade, ninguém é nada sozinho. Essencialmente, tudo o que somos é a soma das muitas personas que passaram por nós desde a mais tenra infância. Somos, queiramos ou não, um pouco dos pais, um pouco dos irmãos, um pouco dos tios, dos amigos, dos colegas de trabalho. Mais tarde, com a idade, virá o casamento, e os filhos, esposa, esposo, também exercerão suas pressões positivas e negativas em nós. Todos eles. Somos a soma das partículas de cada um deles. Ninguém é o mesmo, linear uma vida inteira. Mudamos. Graças a Deus. Uns para melhor, outros para pior. A nossa personalidade nos leva a fazer escolhas e essas escolhas são o mais fiel *curriculum vitae* que temos a apresentar.

Sim, quer queiramos, quer não, tudo o que somos é um pouco dos outros. Cada um deles, graças ao poder exercido sobre nós ou à força da sua própria personalidade, moldou, de forma mais ou menos intensa — a depender do tempo de convívio —, o nosso caráter. Em todas as fases da vida. Em todas as instâncias, pessoal, profissional etc. O que tenho de bom em mim, por exemplo, trouxe da Bá, e de sua sabedoria humilde, inata. Ela foi minha mãe, meu pai e meu evangelho. Da Bá e de Marcela, seria injusto não incluir seu cheiro de flor na minha poesia. E de Feliciano, meu provedor. Esses foram os bons, esse foi o bem que recebi de herança. O resto, foi escória.

Não, nada disso justifica tudo o que aconteceu até aqui. Reitero, não estou me justificando! Mas que somos o resultado de várias antíteses familiares, ah, isso somos sim!

* * *

Por mais que quisesse continuar a leitura, as folhas soltas haviam acabado, deixando uma sensação de vazio. Uma necessidade investigativa ímpar. Precisava saber mais. Mas não naquele dia. Era madrugada e precisava dormir.

Rodrigo guardou a última das folhas soltas no classificador que começava a usar para compilar as reflexões de Humberto. Foi ansioso para a cama e, embora exausto, custou a dormir. Daria uma pausa nas leituras para o dia de trabalho, mas ainda naquela noite começaria a ler o caderno de Humberto.

NOVE

O ÚLTIMO DIA DE TRABALHO DE DONA AMÉLIA reduziu-se a um apelo aflitivo por ajuda para narrar o incêndio na enfermaria. Por outro lado, os enfermeiros começavam a perceber que não havia outro superior a se reportar e, embora com certa resistência, começavam a prestar contas e cumprir as ordens de Rodrigo. Era muito difícil. Sentia-se como um homúnculo tentando carregar a cruz do Nazareno. Mas era determinado e desistir não estava em seus planos.

E nem a Dona Amélia, com toda a sua má vontade, nem nenhum dos funcionários acostumados ao desserviço prestado, o demoveriam de seu objetivo de fazer o melhor por aquelas pessoas que se encontravam amontoadas na instituição.

Finalmente, às 17h40, Rodrigo atravessou as portas do hospital, voltando para casa. Passou na padaria, levou um pão fresquinho, tomou um banho, preparou seu café e foi ao encontro da mente encarcerada de Humberto.

Sentou-se para ler por volta das 21h30.

Nem fome sentia, deixou o pão com manteiga na mesinha ao lado da poltrona de leitura. A fome que o mobilizava naquele momento era apenas o interesse pela história daquela mente fascinante e seus males de alma.

Como se tivesse Humberto sentado a seu lado, a contar-lhe a própria história, Rodrigo abriu novamente o caderno, e passadas as páginas já lidas da introdução, dirigiu-se ao início propriamente dito.

* * *

    Quantas vezes me chamaram de filho da puta, irmanado aos políticos que protegia, nos diversos comícios de que participei nos bastidores, não como apoiador, articulador, organizador, não efetivamente, mas por me calar frente aos absurdos. Meu silêncio me tornava tão filho da puta quanto os políticos de verdade. O adjetivo pejorativo gritado pelas oposições em gritos de ordem, definiam com propriedade a mim e a todos a quem eu representava. Quantas vezes o mesmo xingamento. Quantas vezes me acusaram de erros que cometi ou consenti que cometessem, fui conivente, ajudei. Coisas horríveis, faltas graves que cometi, mas jamais admiti.

    Compareci a diversos julgamentos, com os mais diversos réus, não aleguei pessoalmente sua inocência, não distorci os fatos, mas me calei, fechei os olhos, pus a venda da justiça, permiti que o fizessem em meu nome e, assim, muitos foram absolvidos. Quanto à justiça divina, alguns dirão, Deus não existe. Se existisse, não permitiria que injustiças como essas acontecessem. Não permitiria que corruptos como eu, continuassem a cometer crimes odiosos. Como cúmplice, escapei de inúmeros processos. Perdi as contas de quantas vezes roubei, fraudei, menti, omiti, enganei, superfaturei, subornei... embora não fossem minhas as mãos que pegavam no dinheiro sujo, no dinheiro suado do povo, que recheava os cofres dos poderosos no exterior, minha assinatura me tornava cúmplice. Meu escritório, defendendo cada um daqueles ladrões, me tornava ladrão também. Meu ofício me tornava réu.

    Um crime leva a outro e por fim, matei. Ironicamente, esse é o único crime de que não tenho consciência. Freud diria que meu inconsciente me acoberta. Depois de tudo o que corrompi e acobertei, não me admira.

    Mentir era o meu ofício. Foi inevitável.

    Mas sou inimputável: inimputável, é a pessoa que não pode ser penalmente responsabilizada porque, no momento da prática do ato ilícito, não tem plena consciência ou controle sobre suas ações. E segundo afirmaram meus advogados, eu sou louco, e como tal, não posso ser apenado. Isso me livrou da cadeia e me confinou indefinidamente em um manicômio.

No entanto, nunca a justiça humana conseguiu pôr as mãos em mim. Desde o início da minha carreira, defendi as mãos mais sujas deste país. Com provas ou sem provas, a verdade era sempre favorável a mim, ou aos que eu defendia por um bom preço. Não pelo preço justo. Pelo preço exorbitante. Pago sem questionar, pelos réus, não sei se pela gravidade do ilícito, ou pela facilidade da aquisição financeira.

Dinheiro sujo. Lavado das mais variadas formas, com o cinismo dos poderosos e as lágrimas dos inocentes. Não, nunca fui inocente. Nem eles. No entanto, desde que contratado e muito bem remunerado, sempre aleguei inocência. Convenci a mais alta corte. Sempre acreditaram. Ou fingiram crer. Muitas vezes, comprei seu credo para acreditarem. Inocente, nunca fui.

Inocente: etimologicamente, palavra derivada do latim *innocens*. Formada do prefixo *in*, que designa negação e *nocens*, mau, criminoso. Significa inofensivo. Seria, portanto, aquele que é bom, que não ofende. Aquele que não tem culpa no cartório. Inocente significaria também, de maneira mais sutil, a criatura que simplesmente desconhece o mal, o estado da criança de menos de sete anos, que, segundo a doutrina católica, seria a idade da razão. Inocente é o indivíduo ingênuo, às vezes até pobre de espírito, de notória indigência intelectual.

Avaliando de todos esses pontos de vista, nunca fui inocente. Causei muito mal. Embora tenha lesionado a poucos, lesei a muitos. Culpa no cartório? Era o que mais eu tinha. E aos sete anos, não era mais um inocente. O mal, eu o conheci aos cinco. Apesar de culpado, nunca quis ir para a cadeia. Ficar enclausurado no meio de assassinos confessos, de traficantes de drogas, estupradores, ladrões de banco ou de galinha, nunca foi uma possibilidade viável para mim. Não tanto pela exposição pessoal. Muito mais pela exposição social. Quem quer? Naquele tempo de vacas gordas, vantagem era não ser pego. Tudo o que fiz foi por ambição. Mas de caso pensado. Todos os maus passos, tenho consciência da minha culpabilidade. Todos, exceto um. O erro que manchou a minha trajetória brilhante.

Matei, não me recordo, embora saiba que era capaz. E isso foi um erro grave. Mas o maior de todos foi não aceitar o veredito. Não aceitar pagar à justiça com meus anos de juventude e maturidade. Preferi ser louco a presidiário. Foi uma escolha consciente. Talvez não tornasse a fazer essa escolha, nos dias de hoje. Talvez, se eu tivesse outra chance, tivesse feito escolhas diferentes das que fiz. E quem sabe, os meus caminhos tivessem me levado a outro lugar. Hoje, das grades dessas janelas, vejo o mundo do qual fui exilado por vontade própria. Por escolha própria, como única alternativa à cadeia.

Eu poderia dizer que foi a mídia que me trancafiou aqui dento. A mídia, esse abutre faminto, caiu em cima de mim, em busca de notoriedade. Levantaram a opinião pública contra mim. Atiraram milhares de pedras. Meu pai dizia: "Só se atira pedras em árvores que dão frutos". Plantei muitas árvores, que deram muitos frutos. Que alimentaram muitas barrigas midiáticas. No entanto, meus frutos eram podres. Frutos da árvore da ganância. Quando isso ficou evidente, a mídia se voltou contra mim.

Ganância deveria ser pecado. Não é? Não é curioso? Gula, avareza, luxúria, ira, inveja, vaidade e preguiça, todos são considerados pecados capitais. Os sete pecados de Gregório. Ganância, não. Mentira, não. Corrupção, não. É interessante perceber que quem comete apenas um, ou os sete pecados capitais, peca muito mais contra si. Prejudica a si. Quem rouba, mente, corrompe, é ganancioso, prejudica normalmente a alguém. Ou a muitos. Mas nenhum desses é pecado. Definitivamente, Moisés precisaria rever os seus conceitos.

* * *

Como que saído do limbo, Rodrigo pesquisou "Humberto Marcos, advogado". Nada ou quase nada apareceu. "Humberto Marcos Alcântara advo"... e o campo de pesquisa completou por ele. Estava lá, não como Humberto, mas como Marcos Alcântara. Havia centenas de reportagens a respeito dele. Seu sucesso profissional. O título de "O Advogado dos Poderosos". Sócio do melhor escritório de Direito Administrativo do país. Defendia políticos dos mais variados estados e regiões.

Algumas reportagens em revistas de celebridades sobre sua esposa e família em ilhas e paraísos de luxo. E muitas reportagens sobre o assassinato da amante. Amante? Esse era realmente um dado novo.

Rodrigo volta ao caderno.

* * *

Quantas vezes a voz do povo me acusou? Dizem que a voz do povo é a voz de Deus, mas a voz do povo é tão facilmente manipulável. Quantas vezes mentes inescrupulosas valeram-se da "voz de Deus" para condenar inocentes e libertar culpados? Não foi assim com Jesus e Barrabás?

Quando fui execrado em praça pública pela última vez, o povo se voltou contra mim. Pediram a minha cabeça. Jurei que seria a última vez, e que o próprio povo reconheceria a minha inocência, e exigiria a minha libertação. Para mim, só serviria assim. Ouvindo a multidão clamar.

Não foi bem assim. Não dessa vez. Embora eu os tenha convencido de que fui vencido pela loucura e de que ela, sim, cometeu aquele crime, eles jamais me perdoaram. Não a ponto de clamar pela minha inocência, apenas aceitaram a minha reclusão. Tiveram medo de mim. O medo é uma ferramenta poderosa, se usada na dose certa, pelas pessoas certas. No meu caso, entretanto, o mal não permitiu que eu dosasse bem o golpe. Pesei na mão. O sangue ficou impregnado. Até hoje, evito olhar as mãos ou elas me parecem encharcadas de sangue.

O povo teme quem derrama o sangue de um inocente, mas esquece de quantos inocentes já tiveram seu sangue derramado pela voz do povo, pela cegueira da multidão enfurecida. A voz de Deus, mas qual? Além disso, não era o sangue de um inocente, ela não era inocente. Era culpada. Adulterara, roubara, traíra, arrastara meu nome na lama. Foi o ódio que a matou! Foi o outro, o mal! Não fui eu!

Me lembro de ter gritado isso por muito tempo, por entre as grades da prisão. Foi o outro! Foi o outro quem a matou! Mas não acreditaram em mim. Até que me calei. Àquela altura de minha vida. Morto, estropiado, isso era uma ideia remota. Diante de tantas reflexões vividas naqueles anos escuros, densos. A opinião do povo pouco me importava. Tampouco a voz de Deus.

* * *

NOTÁVEL...

O homem escrevia com clareza e uma sinceridade que não coadnuavam com os diagnósticos que tinha. Ele tinha livre acesso aos bastidores do poder e empatia. Que sociopata empatiza? Controverso. Queria ler um pouco mais, mas sabia que não devia. Percebeu que ainda havia muito a descobrir sobre essa história. Mas havia, também, uma reunião para planejar. No dia seguinte, reuniria todos os funcionários do HCT.

DEZ

Rodrigo foi dormir bem tarde, preparando todos os detalhes da apresentação do dia seguinte. Queria que todos os funcionários da instituição estivessem reunidos em duas reuniões distintas, uma pela manhã e outra à tarde, para que todos, dos três turnos, escolhessem o horário mais conveniente para estarem presentes à explanação. Pagaria hora extra. As reuniões estavam apinhadas de gente. Pelos seus levantamentos iniciais, havia cerca de 60 funcionários, uma média de 15 em cada turno, mais os efetivos das áreas administrativas, para cuidar de cerca de 132 internos. Muito mais gente do que era previsto para o local, projetado para suportar apenas 90 pacientes. Estava, então, acima de sua capacidade. Oito pavilhões de enfermarias coletivas, o nono, com as celas individuais, para internos com dificuldade de socialização, em surto, ou agressivos. Uma ala feminina, com poucas pacientes, 23 ao todo, e uma ala masculina com 109.

— Bom dia. Meu nome é Rodrigo Leal Arante da Silva, tenho 29 anos, sou formado em Medicina pela Universidade Federal e tenho residência em Psiquiatria. Sou concursado, embora saiba que há poucos concursos nessa área e para esse cargo, mas tive a sorte ou a felicidade de me inscrever e ser selecionado. Como podem ver, não tenho padrinhos. Venho com o firme propósito de ajudar e quero contar com cada um de vocês para entender e melhorar este hospital, não apenas para os internos que aqui vivem, mas para a equipe que aqui trabalha, para termos a certeza de estarmos fazendo um trabalho de excelência.

O jovem médico estendeu a mão para pegar um copo d'água e continuou em seguida.

— Todos sabemos que o Hospital de Custódia e Tratamento é uma instituição com mais de 70 anos, abrigada em um prédio centenário, que requer cuidados e reformas emergenciais. Necessito da colaboração de vocês no sentido de apontar melhorias, pontos críticos, gargalos no atendimento e todos os outros percalços que teremos em nossa caminhada. Ressalto que meu trabalho está só começando e não vai parar. Já fizemos um levantamento de verbas e uma aquisição junto ao Tribunal de Justiça e às Secretarias de Saúde. Teremos recursos necessários para desenvolver um bom trabalho. Convoco agora quem quiser trabalhar, mas convido também quem não compartilhar desse ideal a solicitar sua transferência para outra unidade de saúde ou assistência. Não toleraremos corpo mole. Vamos aos dados?

Rodrigo foi mostrando dados, levantamentos, estudos e pesquisas que havia realizado sobre o hospital e os planos de como fazê-lo funcionar. No final, aplaudiram de pé. Alguns não pareceram naturalmente motivados, mas foram impelidos por aqueles que acreditaram no médico. Naquele dia, Rodrigo voltou para casa entusiasmado e ansioso para pesquisar mais sobre Humberto Marcos. O que ele teria para contar hoje?

* * *

Que ironia! Falar de festejos, falar de alegria, eu que nunca fui festejado, nem amado, nem querido. Nunca festejaram os meus aniversários. Esse seria um poema satírico em seu princípio, quase incômodo, não fosse por seu final. O final da poesia é um triste paralelo entre o que fui quando criança e o que me tornei, o início dista bastante da aurora da minha vida. Sim, o passado me foi roubado na algibeira. Mas o futuro também o foi, como verão no decorrer dessa narrativa. Hoje já não faço anos.

Quando pequeno, ouvia histórias de que quando nasce uma criança, ela recebe um nome de batismo, que é a sua estrela. Pode ser uma boa estrela, ou uma má estrela. A boa ou má estrela favorecia a sua boa sorte, ou má sorte. Algo como inclinações de caráter.

Ao nascer, fui denominado e batizado Humberto Marcos Alcântara. O memorável Humberto, como quis meu pai, o abençoado Marcos, como a minha mãe queria. Com o tempo, me tornei o famoso Marcos Alcântara, como quis a vida. Famoso, paro o bem e paro o mal, essa era a minha estrela.

Dizem que minha mãe, devota de São Marcos, evangelista, tomou inúmeras beberagens das curandeiras da época para antecipar o parto, fazendo com que eu nascesse no dia 25 de abril, dia do Santo. Ela queria que eu lhe trouxesse, a exemplo do evangelista, as boas novas. Vivia uma vida amarga e esperava que o filho tivesse uma boa estrela, assegurada pelo nascimento no dia do santo, e recebendo, assim, o seu nome abençoado. Isso valeria o sacrifício de drogar-se com um sem-fim de ervas fervidas em grosso caldo, segundo os conselhos das velhas da fazenda.

De fato, o trabalho de parto se iniciou nesse dia, mas a parteira não deu cabo de fazer o parto findar ainda no dia 25, e, virada a noite em agonia e maus agouros, nasci na manhã do dia 26 de abril, contrariando em muito os desejos de minha progenitora. Ela me jogaria na cara por toda a vida que eu já nasci para contrariá-la, que minha intenção era matá-la já ao nascer ou que eu a levaria à morte em breve. Coisas que tive que me acostumar a receber, como as únicas palavras doces que receberia dela.

Talvez pelo episódio do parto conturbado, minha mãe tenha se acostumado a me ver com extrema desconfiança. Lembro que, no episódio de minha prisão, ela me enviou uma carta em que se dera ao trabalho de escrever dos dois lados do papel: Eu já sabia que você não prestava!

Lembro ainda hoje da dor que essa carta me causou. Mas me revelou também que eu estava sozinho no mundo, e isso, paradoxalmente, foi libertador. Embora preso, um dos poucos acordos que fiz foi o que assegurava cuidados vitalícios para ela, assistindo-a em sua velhice solitária em face da viuvez.

Mas o fato é que, segundo a vontade da minha mãe, eu deveria me chamar Marcos. João Marcos, mais especificamente. Dizem que se esforçou para escrever o nome em letras rebordadas de cuidado em um papel para que meu pai, homem de pouca cultura, não errasse na hora de registrar-me: João Marcos Lustosa Alcântara, um nome religioso, um nome de família.

Havia um bar entre a casa grande e o cartório. E entre as felicitações pelo filho recém-chegado, às quais ele respondia a contragosto: Queria uma menina. Vinham convites para mais um trago. E meu pai foi-se deixando levar. Todos que chegavam comentavam do nascimento do herdeiro de Humberto Alcântara, meu avô. Homem brilhante, doutor da lei, dono de grande parte daquelas terras, daqueles bois, daqueles escravos, daquelas plantações, antes de meu pai loteá-las, a preço de banana, para sustentar o jogo e a bebedeira.

Aquele ufanismo, aquela exaltação acalorada da memória do meu avô ia fazendo meu pai sentir-se um nada.

O álcool corroía o resto da noção, o resto da razão e ele ia alternando as fases da embriaguez. Primeiro, a euforia de ser o filho amado do coronel Humberto Alcântara, depois, a depressão de não ser nada. Decidiu que a sorte pulou uma geração. E isso era culpa de sua mãe, que não lhe dera, com o nome do pai, a estrela do sucesso. A mãe, quebrando a tradição da família, dera-lhe o nome de Antônio, o santo que lhe encomendou casamento, e isso, não o vício, não a própria fraqueza de caráter, lhe arruinaram a vida. Então tomou a decisão que quase lhe custaria a vida, seu filho não teria o nome de outro homem, santo ou não. Seu filho havia de chamar-se Humberto Alcântara.

Já saía do bar, mais uma vez sem pagar, quando foi detido pelo Sr. João, o português dono da venda, que exigiu o pagamento da conta, mas Antônio, embriagado, tentou se valer de sua condição de imponente cliente antigo, pediu para "pendurar". O português, no entanto, foi categórico: sua conta era antiga, mas ele já não era ninguém. Tentou expulsá-lo dali, agarrando-lhe pelas lapelas, quando o capitão da guarda, que conhecera seu pai e seu avô, interveio e pagou a dívida, permitindo que ele partisse sem sequer um agradecimento.

Aturdido pelas palavras do português, Antônio seguiu aos tropeços até o cartório, onde registraria o filho recém-nascido. Ao entregar o papel ao escrivão, insistiu que o menino se chamaria Humberto, seguido dos nomes anotados no documento. O escrivão, homem conservador e religioso, considerou lamentável vê-lo naquele estado. Ainda assim, leu em voz alta o nome completo e tentou ponderar sobre a quantidade de nomes escolhidos. Antônio, tomado por rancor, ordenou a retirada de "João", por lhe lembrar o desafeto da quitanda, e decidiu que "Lustosa" ficaria para depois.

Assim, o recém-nascido foi registrado como Humberto Marcos Alcântara Lustosa, carregando um nome moldado pelo rancor e pela embriaguez do pai. Enquanto isso, sua mãe, debilitada após um parto difícil, aguardava ansiosa a certidão. Acreditava que a expectativa de ver o nome do filho em homenagem ao santo de sua devoção era o que a mantinha viva. No entanto, ao receber o documento, deparou-se com a alteração e, tomada pela fúria, sofreu um mal súbito.

Pensaram que morreria de raiva, mas, naquele momento, decidiu que viveria por ódio. Foi assim que nasci, contrariando a todos, no dia 26 de abril de 1953, no árido distrito de Brejo das Neves.

* * *

Como se Humberto ou Marcos fosse um velho conhecido, assentado ao seu lado, Rodrigo sentiu-se consternado. As raízes sempre são a parte mais delicada da árvore da vida. Em contrapartida, é a parte mais forte, a que nos sustenta, a que nos alça em direção aos céus, às realizações pessoais, às estrelas boas ou más, como dizia Humberto. Não era o nome apenas, ele certamente sabia, mas suas raízes comprometidas, que não lhe permitiam um desenvolvimento sadio desde o nascimento. Que clima inóspito para uma criança vir ao mundo. Filho de pais que celebram o ódio em vez do amor? Há que se ter um caráter muito firme para chegar ao sucesso, como ele chegou.

Lembrou-se da própria infância. Não conhecera o pai, apenas uma lembrança de sua mãe, que também morreu cedo sem que ele pudesse conviver tempo suficiente para conhecê-la. Foi deixado aos cuidados de sua avó materna, cujo marido, tido como matuto violento do sertão, morrera havia pouco tempo. A avó deixou o vilarejo onde moravam e recomeçou a vida com Rodrigo em uma cidade, vizinha à capital, numa casinha pequena, no subúrbio, costurando, lavando roupas e vendendo quentinhas para os operários que saíam para o serviço de madrugada.

Com um misto de satisfação pelo sucesso que haviam sido as suas reuniões iniciais no HCT, empolgado com as decisões futuras e o alinhamento das ideias com a equipe, uma saudade orgulhosa da avó e impactado pelo relato de Humberto, Rodrigo decidiu encerrar o dia e tentar conciliar o sono.

ONZE

AO AMANHECER, RODRIGO CORREU PARA O BANHO, o ânimo renovado. Com o fatídico incêndio, o jovem médico conseguiu os fundos necessários para as reformas iniciais da ala e, adicionalmente, verbas que bem administradas cobririam pintura, pequenos consertos, aquisição de algumas macas para os custodiados, reorganização de rotinas, renovação de fardamentos, novas vestimentas para os internos, que viviam sujos e maltrapilhos, instalação de chuveiros com aquecimento e descargas coletivas para as alas.

O tempo no HCT transcorreu em meio à poeira e à organização interna da ala administrativa. Rosana e Dona Eulália faziam uma grande faxina nos arquivos, estantes e papéis. Enquanto Dona Eulália limpava, Rosana digitalizava documentos e juntas iam tentando modernizar o hospital.

Rodrigo chegou em casa, mas não conseguia deixar de pensar nos escritos de Humberto.

Naquele dia, quando tomou um banho morno, deu-se conta de que o inverno estava chegando, era final de maio. Preocupou-se com o frio que faria. Ao sair do banho, já tinha alguns planos para o dia seguinte no hospital. Não quis comer o pão com café de todos os dias, foi até a geladeira e viu uma garrafa de vinho deitada na prateleira de baixo, solitária. Aquela era uma noite especial. Por curiosidade, havia verificado qual seria o próximo relato: A genitora. Percebeu que conheceria a mãe de Humberto. Para um psiquiatra, verificar as relações parentais é o primeiro passo para compreender o paciente, por isso, acessar o capítulo em que Humberto apresentaria sua mãe merecia uma taça de vinho e um jantar um pouco mais elaborado. Havia uma lasanha à bolonhesa congelada. Abriu o armário da cozinha e buscou uma taça. Foi até a janela com a taça de vinho tinto à mão. Instintivamente, dirigia a taça contra a luz e a girou algumas vezes no ar para observar a coloração violácea. Levou a taça suavemente ao nariz, um típico Merlot jovem, macio, extremamente frutado, com aromas que lembravam as frutas vermelhas como cereja e framboesa. Esse era um dos poucos luxos de Rodrigo, apesar de seus hábitos simples, amava vinhos e suas harmonizações. Aquele Merlot acompanharia muito bem a lasanha, só não harmonizaria com a solidão de jantar sozinho.

Quando o micro-ondas finalizou seu ciclo, sentou-se à mesa com a taça de vinho e o prato à sua frente. Pegou os escritos cuidadosamente, como quem conduz uma dama, colocou-os sobre a mesa e começou a ler.

* * *

A mãe que eu tinha era uma mulher madura, já nos meus 14 anos. Às vezes, me pergunto se já não nasceu velha, enrugada, triste, amarga. Suas olheiras profundas são uma memória quase que palpável, assim como o olhar cruel. Ainda hoje, se me esforço um pouco, quase posso vê-la em minha frente e tocar suas olheiras profundas. Não consigo me lembrar de um olhar terno, mas de vários olhares de dor. Naquela época, não haviam descoberto a depressão. Não se conheciam as dores da alma. E ela morreu da sua dor. Uma mulher de 28 anos, com alma pesada de anciã. Minha mãe odiava a vida que tinha. Odiava o lugar, odiava os afazeres do lar. Odiava! Acostumou-se dolorosamente a odiar.

Era a única filha viva de quatro, todas mulheres, para desespero do seu pai, que ansiava por um filho varão a quem passar seu sobrenome. É o homem quem leva o sobrenome da família à frente. Mulher só serve para dar dor de cabeça! Mas só tivera filhas. E três delas morreram na meninice, diarreia, meningite, picada de cobra. Só minha mãe sobreviveu.

Sobreviveu e queria estudar. Obrigaram-na a casar com 15 anos. Já que não tivera filhos homens, seu pai, como último varão de sobrenome Lustosa, donos nos áureos tempos de uma das maiores fazendas da região, sonhava terminar a história de sua família unindo a única filha ao herdeiro da monarquia, um descendente do imperador. E na primeira brecha, entregou a filha aos Alcântara, para que se casasse com o filho mais velho. A princípio, pensavam no mais novo, exportado para a França, com o incentivo e patrocínio da família que o achava afeminado demais para a lida da fazenda. Soube-se depois que foi vitimado por um surto de tuberculose. Assim, foi entregue ao meu pai, antes mesmo de completar dezesseis anos.

Envelheceu cedo demais. Cortaram cedo um botão que nem chegou a fazer flor. Mataram a réstia de esperança. Podaram suas asas. Roubaram sua juventude. Criaram uma pedra esculpida em formato de deusa. Era uma linda mulher, petrificada.

Sem escolhas, entregou-se à vida religiosa. Que tivesse virado uma freira! Sempre a ouvia murmurar pelos cantos da casa. E, se não pôde virar freira, tornou-se beata. E com outras beatas frustradas da cidade, formavam um tribunal informal da vida alheia. Diziam-se as guardiãs da moral e dos bons costumes. Típico de quem não tem o direito de viver a própria vida, apropriar-se da vida de outrem. Queria ter sido enfermeira. Era uma mente inteligente e inquieta, trancafiada entre quatro paredes, presa aos afazeres domésticos e religiosos. Mentes inquietas, quando trancafiadas, podem ser muito destrutivas. Devastadoras até.

Essa era a mãe que tive. Casada com um homem de personalidade fria e cruel, obrigada a se deitar com ele regularmente, mesmo sentindo-se violada. Obrigada a cuidar da casa que era dele, obrigada a dar-lhe filhos. Os filhos do pecado original, não do amor ou do prazer.

Tivera terrível dificuldade para conceber um filho. Não se sabe se eram as ervas que as velhas da casa grande davam, ou se pela sua recusa consciente em conceber.

Carregou, sem se importar, por uma década, a pecha de ter o útero oco. No entanto, depois de mais de dez anos de casada, a paciência do meu pai com a sua infertilidade acabou. Órfã de pai e mãe, castrada do direito à parca herança que lhe restara e sob ameaça de ser posta na rua, abandonada na miséria, deu à luz o único filho daquele homem duro.

Foi assim que nasci. Fruto do pecado. Um misto do dissabor da minha mãe e das ameaças do meu pai. Como eu disse, num parto feio, longo, trabalhoso, em que ela quase perdeu a vida.

Eu estava sentado, não encaixei para ela parir. Quem viu, disse que a morte passou próximo, quase levou um e outro. Contavam que ela não reagia. Ficou entre a vida e a morte. A parteira, quando viu o quadro, desesperou-se. Chamou ajuda do doutor na cidade, vieram ajudar. Levaram para a maternidade. Ela sofreu muito, teve hemorragia, infecção, mas sobreviveu. Era uma mulher forte. Apegada, não sei a quê. Talvez ao ódio pelo marido, que não poupou nem o resguardo, furtou-lhe o direito de santificar o sacrifício, dando ao menino, o nome dos santos de devoção.

Finalmente, pariu, deu o filho que aquele homem queria. Missão cumprida, mas outros filhos ela nunca mais poderia ter. Não ficou nem um pouco infeliz com a notícia, pelo contrário, quem a conheceu naquele tempo dizia que ela parecia vividamente aliviada.

E eu seria filho único e órfão de pai vivo. Ao contrário de todos os pais do mundo, o meu, queria uma filha mulher. Uma filha!

* * *

Os filhos de pais desestruturados e infelizes costumavam mesmo amargar sérias consequências de escolhas que sequer haviam feito. Nos tempos da infância de Humberto, os pais eram donos da vida de seus filhos. Rodrigo pensava na própria família, na única referência familiar que tivera, sua doce avó. Aquela que moldou seu caráter, soube ser doce e enérgica na hora certa. Ainda assim, não faltaram referências. Sentia-se amado, orientado e protegido.

Sabia que a vários órfãos faltava o básico. Não era o seu caso. Para Humberto, no entanto, mesmo tendo pais presentes, em vez de uma personalidade bem-formada, foi intoxicado por eles. Lamentável. Os excessos, tanto de amor quanto de rigor, podem fazer estragos no futuro das crianças que são deixadas sob nossa confiança. Deveria haver curso de formação para pais, pensou Rodrigo.

DOZE

Rodrigo chegou ao hospital e ficou contente: profissionais uniformizados passavam com suas pranchetas nas mãos, enfermeiras sabendo exatamente quais pacientes visitar. Pelas alas, escadas com pintores e pedreiros consertando pequenas avarias. Auxiliares administrativos cuidando de arquivos, fichas, registros, auxiliares de serviços gerais passando com seus materiais de limpeza e organização pelas alas, e, o mais importante, os pacientes começando finalmente a receber a atenção devida.

Dona Eulália, promovida de auxiliar de serviços gerais para auxiliar administrativo, com a jovem Rosana, passou a trabalhar no escritório e em visitas de monitoramento a todas as alas. Parecia que o HCT estava mudando para melhor. Rodrigo decidiu realizar reuniões semanais com as equipes, para receber relatórios de como estava funcionando cada uma das áreas do hospital. A ideia é que cada grupo compartilhasse as benfeitorias que estava conseguindo implementar, como se fosse uma gincana profissional que os estimulava a produzir mais e trabalhar com metas.

Os maiores beneficiados, em sua maioria, permaneciam alheios a tudo isso, mas já era possível perceber que ninguém mais caminhava sujo ou esfarrapado pelos corredores do hospital.

Como eram muitos os relatórios recebidos, havia muita coisa a ler. Era preciso gerenciar e apresentar os dados aos gestores das esferas governamentais. E Rodrigo estava concentrado no escritório, imerso na compilação dos dados. Era uma alegria começar a ver funcionar as engrenagens que poderiam fazer do HCT, um dia, um hospital referência em sua área de atuação.

Em casa, estava sempre animado em conhecer mais e mais da história de Humberto.

* * *

O progenitor. Não há muito o que falar sobre este homem. Ele foi, sem dúvida, um dos mais áridos capítulos de minha história, e um dos mais curtos. Mesmo presente, estava essencialmente ausente.

O pai que tive era um homem de poucas palavras, olhar duro e atitude austera. Tinha um temperamento frio e calculado, movia-se lentamente, como uma serpente prestes a dar o bote. Com um corpanzil de quase dois metros de altura, os ombros largos, as mãos imensas, o ar desengonçado como o de um gigante a andar numa terra de pigmeus. Tudo era um esbarrar constante, tudo era derrubar coisas e quebrar as louças que minha mãe trouxera da casa de seus pais.

Estava sempre carrancudo e amuado. No mais das vezes, calado mesmo, o que era sempre preferível, posto que, quando falava, fazia ecoarem trovões pela casa da fazenda com seus berros na voz grave e empostada. Era como se antecipasse trovoada.

Ele, literalmente, fazia chover. E quem não faz chover, sendo filho, neto e bisneto de coronel? Sendo fazendeiro forte, dono de um tantão de terras. Isso, pelo menos, era o que os Tonhos, Zés e Joãos acreditavam. Era o que ele queria que pensassem para continuar impondo o seu poder.

Mas meu pai tinha um vício malvado. Dois, aliás. Jogava compulsivamente, e no jogo, perdia e bebia, bebia e perdia. E de tanto beber e perder, diziam à boca pequena, que bebera quase todos os bois do legado do pai, do avô e do bisavô. Na verdade, fora alguns bens do patrimônio de minha mãe, não tínhamos muita coisa além da fama e da pose na foto na parede da casa da cidade.

Não posso dizer que passávamos necessidade. De fama também se vive, principalmente no interior do interior. E fazenda, mal ou bem, sempre rende alguma coisa de subsistência, exceto quando a seca chegava. Aí era devastação. O cinza invadia os pastos. O chão rachava, o massapê endurecia, a poeira comia no centro. Tudo cheirava a queimado, tudo era árido.

Árido, como o coração do meu pai. O verde sumia, o capim morria, o gado definhava, a presa secava, a terra secava, até o mato secava... Só os mandacarus ficavam de pé. Só as palmas se mantinham de pé, desafiando a estiagem.

Nessas horas, o desespero era geral. Todos os empregados se mobilizavam, tentando salvar as cabeças de boi à força das unhas da morte. Traziam água no lombo, cortavam e tiravam os espinhos da palma, buscavam, com as forças que tinham, qualquer resto de verde que ficasse de pé naquela seca desgraçada, para alimentar o rebanho emagrecido.

Todos se mobilizavam. Todos, menos meu pai. Era um homem duro demais. A despeito da correria e do desespero, ele se mantinha impassível como sempre. Ainda me lembro dele sentado em sua cadeira de balanço num canto da varanda da fazenda, cigarro de palha no canto da boca, pés em cima de um tamborete tranquilamente, a balançar. E o povo passava correndo de um lado para outro. Ao vê-lo, acenavam a apelar: Chama carroça, coronel! Corre a ajudar a Mimosa que caiu perto da presa! Animal, quando tomba assim, não se levanta mais sozinho. De fraco, costuma morrer de fome e de sede na beira do açude. É um ritual do sertanejo, fazer jirau, trazer água e alimento para tentar salvar. E todos tentaram salvar. Era a sina do sertanejo. Coisa de instinto mesmo, ver o animal cair e tentar levantar. Todo sertanejo, que não tinha nem pra o seu, cujas próprias forças às vezes faltavam de fome, na seca reunia ganas do espírito lutador e partia para ajudar.

O pai nem levantava as vistas. Ainda balançando em seu ritmo despreocupado, continuava pitando seu cigarro de palha, quase imóvel. Apenas erguia a mão, sacudia no ar com descaso e dizia assim por dizer: Deixe-a morrer! E foi assim que a Fazenda Brejo das Neves, homenagem à família Neves da minha bisavó, passou a ser conhecida popularmente por Brejo das Vacas, já que todas as vacas do rebanho dos meus ancestrais foram mesmo para o brejo, graças ao desleixo do meu pai.

***

Relato tão árido que até deu sede em Rodrigo. Levantou-se, encheu um copo de água e foi até a janela pensativo. Assim terminava o capítulo dedicado ao progenitor de Humberto. Um homem imerso em seus conflitos, um homem avesso à família.

Ávido, Rodrigo seguiu para o próximo capítulo.

* * *

Pai e mãe, os pilares de qualquer ser humano. Com esses pilares na minha construção, não se podia esperar que eu fosse lá grande coisa. Esperava-se que eu me tornasse um sucessor do meu pai na jogatina, na bebedeira, na derrocada dos negócios. Mas resolvi estudar.

Estudar, aliás, era a minha única alternativa ao clima pesado que reinava em casa. Um revezamento de caras amuadas, um palavrório muito mais punitivo que estimulante. Uma zona de guerra fria ou de guerra declarada. Odiavam-se.

A impressão que se tinha ao entrar em casa era de que pai e mãe esperavam apenas que o outro lhe virasse as costas para apunhalá-las. Eu vivia achando que presenciaria um crime de morte a cada dia que começava. Nem eram brigas, nem havia barulho, discussão. Nada! Só aquele silêncio mordaz. Apenas olhares de ódio e rancor, apenas um murmurar que ensurdecia. Tudo isso da porta para dentro; da soleira para fora, viviam bem.

Viver bem aos olhos do povo cuja língua vilipendiava até o mais santo dos cristãos era quase final feliz de filme meloso. Para os outros, éramos a família perfeita, modelo de amor e exemplo para o social. Para mim, vivíamos um inferno.

É tenso para uma criança viver em um ambiente assim. Uma criança ainda não compreende motivos. E, às vezes, erra na tentativa de acertar. Toda criança quer ver os pais unidos e, nessa tentativa, cometi alguns erros que me custaram caro. Eu devia ter uns cinco anos. Acredito que, nessa idade, o mal ainda não se instalara de todo em mim. Eu era apenas inquieto, apressado, difícil, questionador, talvez, como qualquer outra criança de cinco anos, porém, ser questionador em um mundo de mudos voluntários pode custar caro. Lembro que nessa época, mais ou menos, arrumaram a sala da frente da casa grande e, como era costume naquele tempo, deveria haver um retrato da família pendurado na parede. Não havia.

E eis o desafio: como retratar uma harmonia que não existia de verdade? Era preciso fabricar uma. As beatas que frequentavam a casa comentavam e praticamente exigiam. Era como um atestado de que a família ia bem ter um retrato na parede.

Minha mãe teve que pedir a meu pai. E só isso já foi um sacrifício enorme para ela. Primeiro, por ter que lhe dirigir a palavra, segundo, por não ser de seu agrado o tal retrato na parede. Mas as convenções sociais devem ser respeitadas e as beatas da cidade mandavam mais que nós mesmos em nossa sala. O fato é que houve uma conversa tensa. Repleta de negativas e apelações, até que se ouviu meu pai dizer entre dentes: Não devo nada à sociedade desta cidade. Ao que ela retrucou, sem esconder um certo prazer no tom de voz: Não é o que dizem no bar. O que chega aos meus ouvidos é que é essa sociedade que paga as suas dívidas de jogo.

Ouviu-se um tapa. E nada mais. Seguido de um silêncio de morte. Nenhum choro ou murmúrio, nada. Me lembro apenas de que o retratista só foi chamado duas semanas depois, quando as marcas no rosto dela não existiam mais.

E foi uma cena que seria típica de uma família exemplar, não fosse pelo abismo de ódio que havia entre os dois. Ele, de paletó, do lado direito; ela, com o vestido da missa, do lado esquerdo; eu com o uniforme escolar, no meio. Olhava para cima, de um para outro e, em vez de me sentir seguro, sentia uma imensa opressão. Era como se fossem dois muros de pedra, ameaçando me esmagar ou desabar sobre mim.

Eu tinha apenas cinco anos e o mal ainda não tinha se instalado em mim. Foi então que, movido pelas delicadas sugestões do fotógrafo que pedia um pouco de descontração, um pouco de alegria ou a foto não iria prestar, fui tomado de uma vontade de ajudar, tomei a mão da minha mãe que pendia e a do meu pai, do outro lado, e as pousei nos meus ombros. Melhor, dei um passinho atrás e tentei uni-las acima de mim, para que ficassem de mãos dadas. Mas num movimento rápido de revolta, ela arrebatou a sua mão da minha, enquanto ele desvencilhou a mão da minha bruscamente. A mão dela subiu com força, como se estivesse com nojo, e refugiou-se junto ao próprio peito. E ele, com raiva, jogou a mão para trás e, num movimento de ódio, na volta, deu-me um safanão na nuca. O gesto me empurrou com força contra a parede da sala. Perdi o equilíbrio e bati com o rosto e a cabeça na mesa de canto de jacarandá. Jacarandá é madeira de lei, resistente. Apaguei.

Quando acordei, tempos depois, constatei que meu gesto apaziguador tinha me custado um machucado na cabeça, um olho roxo e dois dentes, de leite, é claro. Quem viu, disse que foi um salseiro. Minha mãe chamou meu pai de louco, meu pai saiu escoiceando e me deixou lá estendido numa poça de sangue. Foram os criados, com a minha mãe, que praguejava mais do que ajudava, que me socorreram.

Não chamaram o doutor para evitar o escândalo. Mas esqueceram de que os criados falavam pelos cotovelos. E na tarde do mesmo dia, todo o povoado já sabia que o menino Marcos rachara a cabeça devido a um coice de mula.

Disseram que foi a minha Bá que limpou o sangue dos ferimentos, colocou emplastro de ervas e, vendo os dentes da frente moles da porrada, aproveitou o desmaio e arrancou-os logo. Assim, me poupou uma dor.

Gostava de mim, a minha Bá, e eu gostava dela. Era a minha mãe de leite, minha babá, minha única amiga na meninice. Era para junto dela que eu corria quando ambos brigavam. Era na barra da saia dela que eu chorava. Foi na barra da saia dela que fui criado.

Não sei quanto tempo fiquei desacordado. A Bá disse que foram alguns dias. Não me lembro de nada. Mas creio que foi aí que o mal começou a se instalar em mim. A partir desse dia, vez por outra, sucumbia. Sem aviso, sem alerta, sem dia marcado, ele vinha. De vez em quando, me sentia muito mal. Tinha umas tonturas, umas ausências. Sentia uns gostos e cheiros estranhos e tinha um tremendo nojo de mim. Era o aviso do mal.

Quando vinha assim, me recolhia, a Bá me deitava no quarto, longe das vistas dos outros, e mandava avisar à Sinhá que nem lá aparecia. Mas às vezes, era tarde demais, o mal chegava sem aviso nenhum, me tomava, derrubava e pronto. Era uma agonia, um fuzuê no terreiro. Os negrinhos gritavam, corre, as crianças fugiam de mim. Depois, passado o mal, ainda me olhavam ressabiados por uns dias. Diziam que eu ficava uma coisa pavorosa, coisa do demônio.

Meus pais, nada comentavam. Saber, sabiam, mas nunca comentavam. Devia ser ruim para os outros ter filho com *O Coisa Ruim*. Rejeitado, chorava no colo da Bá e ela me dizia que eu não era a coisa ruim, que coisa ruim era o que meus pais tinham posto de porrada em mim.

É como olhado, Bá? Eu perguntava. É, como olhado, filho. Ela me alentava em seus braços.

E eu, que nem entendia, nem nada, que tinha apenas pouco mais de seis anos, me contentava em saber que o mal que eu tinha não vinha de mim, mas do olhado que me botaram no dia em que o retratista esteve lá em casa, ou do coice da mula, ou sabe Deus de onde. Mas não nasceu de mim.

* * *

O mal... que mal era esse a que se referia Humberto? Após um traumatismo craniofacial, é possível que tenha ficado com sequelas, pensou Rodrigo. Alguma lesão cerebral. Essas ausências... alguma psicopatologia? Conversaria seu colega neurologista, em breve, para investigar isso. Por hora, ia dormir. Já era tarde. Precisava descansar.

TREZE

No dia seguinte, ao retornar do HCT, Rodrigo tomou um banho quente e relaxante. As atividades do dia tinham sido muito proveitosas. Jantou, como de costume, e sentou-se para ler os escritos de Humberto. Pelo título do texto seguinte: "Os (maus) representantes de Deus", Rodrigo entendeu que conheceria a relação de Humberto com Deus e seus representantes.

* * *

Os (maus) representantes de Deus

Não fui sempre um homem mau. Quando criança, frequentei os bancos da igreja. Até seminário frequentei. Fiz a primeira Eucaristia. E a segunda, e muitas outras. Recebi os sacramentos. Fui batizado, crismado, casado. Depois, divorciado, execrado, espancado, roubado. Agora, espero apenas a Extrema-Unção. Como é de praxe. Aparentemente, a porta de saída mais comum daqui. Talvez a única.

Foi na catequese que aprendi que era pecado desejar a namoradinha antes de se casar. Devíamos nos manter puros para os votos e, depois, fiéis até que a morte nos separasse. Mas o padre da paróquia tinha namoradinha e nunca se casou. Nem foi fiel, pois não foi a única jovem naquelas paragens. Aprendi a corrupção com os grandes.

Com o tempo, entendi que, até então, tudo bem. A mentira só era pecado se alguém a descobrisse, caso contrário, era apenas omissão. Mas a frequência na sacristia me fazia perceber que aquele homem não condizia com os valores que pregava. E meu desrespeito por ele foi minando também os pilares da minha fé. Comecei a me perguntar aos oito anos onde estava o chefe dele, que não via essas coisas? Ele não tudo sabia? Como deixava?

Eu era só uma criança inquieta, que ia forçada à Igreja e assistia com dificuldades o final da missa. Precisava estar em movimento. Era uma verdadeira *Via Crúcis* ouvir a mesma ladainha todos os domingos e ouvir os mesmos cânticos, o mesmo petitório. E ver que, no fechar das cortinas, aquele que seria o representante de Deus era o maior pecador da paróquia.

Um dia, já adolescente, minha mãe me obrigou a ser coroinha. Dizia ser para me acalmar. Para me livrar dos pecados. Pecados esses que eu ainda não tinha. Numa dessas tardes de domingo, após a missa, o padre vinha entrando em seus aposentos, acompanhado de mais uma jovem pré-púbere, quando me surpreendeu bebendo o resto do vinho da celebração e fez um escândalo.

Na verdade, era muito pouco o vinho, duas ou três gotinhas diluídas em água, que escaparam da limpeza feita com o sanguíneo, a tira de linho branco com a qual ele enxugara o interior do cálice e da âmbula. A intenção era apenas provar o sabor do sangue de Cristo que, na missa, só o sacerdote bebia, mais para subverter que embriagar. Apenas algumas gotas que ficavam após a celebração, restantes no cálice da eucaristia. Mal dava para sentir o gosto do vinho. Mas dava para, por segundos, sentir o poder de ser sacerdote. Apenas repeti o gesto que ele mesmo fizera tantas vezes. Foi o bastante.

Creio que esse foi o primeiro escândalo em que meu nome foi envolvido. O homem parecia possuído pelos demônios a quem dizia expulsar e, num gesto brusco, agarrou meu braço e me arrancou da sacristia, me conduzindo a solavancos até o interior da igreja. Meu coração dava trancos no peito. Parecia querer romper a carapaça de costelas e fugir galopando de vergonha e de susto. Aos gritos, chamou os meus familiares, reunidos em um grupo, após a celebração, e anunciou que eu seria expulso da paróquia, pois estava bêbado na casa paroquial.

Eu mal pude acreditar no tamanho da maldade daquele homem. Ergui os olhos até os dele, apesar da humilhação, em busca de uma explicação. Mas ele olhou duramente para mim, como se estivesse dizendo a verdade. Minha incredulidade me deixava mudo. Foi chocante ver o cinismo estampado na face pétrea daquele homem de Deus. Onde estava a sua clemência?

Dessa vez, eu era inocente. Não da gula, eu havia provado do vinho. Mas da embriaguez. Eu apenas provara o vinho. Não havia razão para tamanho alvoroço.

Não importava, não era a razão que o movia. Mas o interesse de livrar-se da minha incômoda presença. Meu grande pecado, para aquele sacerdote, não era o de ter tomado o seu vinho, era de ter presenciado a sua luxúria com as meninas no confessionário. Eu vi. Mais de uma vez. Mas, em respeito ao seu posto, jamais o denunciei. Calei e consenti em suas faltas.

E Deus? O superior daquele homem, onde estava naquele momento em que condenavam um inocente? Como permitiu aquele linchamento moral? Nesse dia, além da execração pública no pátio da Matriz, tomei uma surra inesquecível ao chegar em casa. Surra de pai e mãe. Essa última parecia ainda mais raivosa.

Fui posto no banho de sal para purgar as feridas da sova. Dormi consolado pelos meus próprios soluços de dor. Acordei com o vermelho das carnes expostas e ardentes por todo o corpo. Viscerais eram as marcas do chicote, conhecido como "taca" de cavalos, nas pernas, braços, peito e costas. Até na cara, onde menos bateram, tinha marcas. Mesmo assim, fui obrigado a ir, todo lapeado, para a escola. Com o corpo marcado, a cara inchada, a moral devassada... Nesse dia, cometi meu primeiro assassinato. Matei Deus.

QUATORZE

Eram 20h30 de uma quinta-feira fria, quando Rodrigo finalizou o capítulo no qual Humberto culpava Deus por seus maus representantes. O jovem médico resolveu dar uma pausa na leitura e fazer uma ligação para Carlos, um homem de boa vontade, enfermeiro leal e experiente, que conhecera no HCT e a quem encarregara de permanecer na Santa Casa, revezando-se com outro enfermeiro de sua confiança, resguardando e monitorando o estado de Humberto. Já se passou algum tempo, semanas, e não havia recebido qualquer novidade.

Usando as prerrogativas de que Humberto era um paciente especial, com distúrbios mentais e interno de um hospital de custódia, cumprindo mandado de segurança por ato violento, Rodrigo, inteligentemente, conseguira que dois de seus enfermeiros fiéis se revezassem no acompanhamento do paciente, observando à distância, mas na Santa Casa, sua recuperação. No entanto, não havia sinal de recuperação. Carlos informou que o paciente seguia inconsciente e estável. Sem novidades do quadro de Humberto, Rodrigo suspirou: o jeito era sentar e ler um pouco mais sobre a sua história.

* * *

O grande mal e o bem imenso

A partir daquele dia, o mal começou a ocupar cada vez mais terreno em mim. Sua força de me laçar aumentava e suas visitas ficavam cada vez menos espaçadas. Não nasceu comigo, e só ficou pior aos cinco anos. Todo mundo tem um lado obscuro. Eu tinha dois. Comecei a achar que a vida não valia a pena, que a família não valia a pena, que as pessoas não valiam nada.

Apenas uma parte de mim valia a pena. E essa parte era Marcela. Justamente o meu oposto em tudo. Marcela era a humildade em pessoa. Desde os tempos de escola, das saias rodadas e das tranças duplas.

Mesmo sendo o melhor de mim, eu sempre impliquei com a única coisa que a tirava do sério, seu cabelo. Desde menina, Marcela era ordeira, gostava de tudo em seus devidos lugares, seus cabelos crespos, no entanto, a desafiavam. Armavam ao menor vento intempestivo. De sonhos aristocráticos, Marcela desejava ser como as damas, com seus cabelos alinhados em altos coques.

Mas os de Marcela recusavam-se a obedecer. Ela tentava inutilmente mantê-los sob controle nas tranças, que vêz por outra, inevitavelmente, desfiavam, como era de sua natureza, deixando-a com um ar leve e natural que destoava dos cabelos engomadinhos que admirava. Sem piedade, como todo adolescente, lembro que gritava já em sua chegada à sala de aula: "Lá vem Marcela do cabelo duro". E ela respondia, contrariada: "Duro é o seu coração". E ela tinha razão, era mesmo. Mas nesse coração de pedra, Marcela sempre teve um lugar para morar. E morou.

Crescemos juntos, fomos colegas por todo o ginásio. Longas conversas sob a mangueira do pátio do colégio ou no *hall* lá de casa, nos trabalhos de equipe. Sempre acabávamos na mesma equipe. Sempre trocávamos cola nas provas. Ela, de português, eu, de matemática. Eu era malino com todas as meninas, me atrevia com todas. De todas, puxava os cabelos, dizia gracejos, menos com ela. Eu a respeitava muito.

Para mim, alegria, embora jamais confessasse, era ver seu rosto se iluminar num sorriso tímido, ladeado por duas covinhas, quando, por acidente, minha mão esbarrava na dela. Ela me olhava sem jeito, de baixo para cima, através dos cílios. Suas bochechas coravam, quando me olhava. E eu podia sentir o prazer de ser querido. Meu coração dava pulos no peito e o sangue acelerava nas veias. Tenho certeza de que ruborizava. Ela gostava de mim! De alguma maneira, além da Bá, Marcela era a única pessoa que eu sentia que realmente gostava de mim. Tanto que ficou ao meu lado, quando arrastaram meu nome na lama naquele episódio do padre.

Somente ela, daquela multidão que acabara de sair da igreja, louvando o nome do Senhor, ficou do meu lado. Acompanhou do mais perto que pode, como Maria Madalena, o meu calvário, agarrado pelos cabelos, conduzido aos sopapos e solavancos até em casa.

Fui espancado no pátio de casa mesmo. Nem esperaram o portão se fechar. Não bastasse a vergonha e a humilhação da execração em praça pública, ser espancado na frente da única menina que importava para mim, da única pessoa do colégio que representava carinho e atenção.

Ela nunca mais olharia para mim, pensei. Quem iria gostar de um verme ladrão? Era assim que me chamavam naquele dia. Eu não sabia qual parte de mim doía mais, a que era espancada ou a que era injustiçada.

Após a surra, que durou o que me pareceu uma eternidade, o bálsamo para as minhas lapeadas em brasa, para as escoriações, era água com sal. Depois da surra, a salmoura, para não inflamar! Como se eles se importassem. Já mais tarde, liberto da tortura, pecados expiados, pude finalmente voltar ao meu quarto. Ao olhar pela janela, qual não foi minha surpresa ao ver Marcela recostada ao portão, ainda olhando em direção à minha janela. Nossos olhos se encontraram. Foi um longo olhar de cumplicidade. Ela raramente me olhava nos olhos. Mas naquele momento, tinha uma urgência no olhar. Uma urgência inquisitiva, que carecia de respostas. Uma feição carregada de dúvida, preocupação. Buscava inspecionar, ainda que à distância, o meu estado.

Então, ela se importava? Alguém se importava? Eu me escondi atrás da cortina. A vergonha de ser visto naquele estado era mais forte que o prazer de a ver ali. Queria que ela fosse embora. Mas ela não foi. Ficou olhando do portão, com a testa encostada na grade, esperando uma notícia qualquer. De alguma forma, eu sabia que ela esperaria ali parada, indefinidamente. Eu sabia, porque também esperaria por ela.

Eu tinha que ir lá! Como? O corpo todo doía. Mas, até por orgulho, eu tinha que ir. Por ela, eu tinha que ir. Devia uma satisfação. Refiz mentalmente, umas três vezes, a distância da casa para o portão. Isso ia doer, mas eu tinha que ir. Se não, ela não iria embora e já estava quase caindo a tarde.

Confesso que me arrastei até o portão, meu corpo moído ardia terrivelmente. Mas, ao chegar perto dela, respirei fundo e procurei parecer o mais calmo possível. Meu corpo tremia, mas eu me esmerava muito para parecer tranquilo. As lágrimas bordejavam o olho, mas eu não podia chorar.

O nó na garganta apertava a vontade de soluçar ali mesmo, mas a voz da minha mãe era imperativa em minha cabeça. "Engula o choro! Homem não chora! Engula, ou bato mais". Naquele momento, a imagem dela, tão temível, era mais que desejada. Eu não queria, não podia chorar. Não diante de Marcela. Me apoiei na grade do portão e segurei em uma das bases de ferro. Abaixei a cabeça para disfarçar a vontade quase incontida de chorar e respirei fundo.

Eu não fiz isso, falei quase sem voz. Shhh… Ela disse, levando o indicador aos lábios, como se pedisse silêncio. Estaremos encrencados se nos virem aqui. Sua mão pousou de leve na minha. Fechei os olhos de prazer. Que sensação maravilhosa, envolveu meu corpo com o calor daquela mão. A mão de Marcela, na minha, parecia curar não só as dores do corpo, como todos os males da minha alma. Ergui os olhos, tomado de uma coragem que não era minha, era dela. Ela confiava em mim. Aguentaria mais quatro ou cinco surras daquela. Seu olhar era doce. Seus olhos agora tinham a cor do entardecer. E estavam presos aos meus. Seu olhar traduzia ternura. Marcela, a única coisa boa que havia em mim. O resto era ódio. Não dissemos mais nada. Apenas o calor terno de sua mão sobre a minha, indefinidamente. Não sei dizer quanto tempo aquele momento mágico levou, mas sei que já era noite quando lembrei que ela teria que voltar sozinha para casa e eu não poderia acompanhar. Não era tão distante, mas poderia ficar perigoso, se ela não fosse logo. Eu teria deixado que segurasse minha mão eternamente, mas precisei dizer que era necessário partir. Estou de castigo. Não vou poder levar você pra casa. É melhor você ir agora. Dizia isso, e lamentava. Tudo o que eu mais queria era um abraço dela. Mas isso seria perigoso, impróprio e improvável.

Marcela assentiu com a cabeça, mas completou: Eu queria te abraçar antes de ir. Ela lia os meus pensamentos. Era como se realmente lesse.

Aqui pela grade? Sim... aqui pela grade. E ao diálogo mental e imaginário, trocamos um abraço pela grade que pareceu lavar minha alma dolorida.

Com esforço, descruzamos os braços da grade. Não queríamos partir. Mas era inevitável. E foi com um enorme pesar que a vi descer a ladeira da Rua Direita, rumo ao Paço Municipal. Como queria que houvesse celular ou, ao menos, que tivesse telefone em sua casa naquele tempo, no mínimo, um moleque de recados para me dizer que ela chegara bem. Mas Marcela era menina pobre e em sua casa não tinha esses luxos de criados. Fui dormir só com minha dor, minha mágoa e a dúvida de sabê-la bem. Mas sentia que sim. Alguma coisa em mim estava ligada a ela para sempre.

Por mais que o ódio fervilhasse em minhas veias. Por mais que a injustiça tivesse um gosto amargo demais para engolir. Por mais que o corpo ainda doesse, acontecera algo novo, que era muito bom. Impossível não pensar em Marcela. Impossível não prolongar aquele abraço em meus sonhos. Naquele dia, no dia em que matei Deus, o amor nasceu em mim.

* * *

Sem se dar conta, Rodrigo sorria. Despertou do transe hipnótico e voltou com custo ao apartamento no bairro da Sé. Aos poucos, o barulho da cidade foi afastando-o de Brejo das Neves, ou das Vacas, interior de algum lugar, de Humberto menino e de Marcela, cuja aura doce era capaz de emanar alegria ainda naquele momento.

Olhou para o relógio, eram duas e meia e precisava urgentemente de algumas horas de sono. Por aquela noite, as histórias fascinantes de Humberto ficariam por ali. Fechou o caderno, apagou o abajur na cabeceira da cama e cerrou os olhos, dormindo quase que imediatamente. Sonhou com seu paciente e sua infância perdida na crueldade dos sonhos não realizados.

QUINZE

Contando com o escopo dos recentes sucessos conquistados, animado com os primeiros resultados na estruturação do HCT, Rodrigo municiou-se de planilhas, relatórios e gráficos e marcou horário com o Secretário de Saúde que, oportunamente, havia sido seu professor da residência.

Dr. Andrade o recebeu em seu escritório, sentaram-se diante de um café e Rodrigo procurou, com brevidade, expor a situação do HCT São Lázaro, as melhorias já conquistadas com as verbas recebidas, e as inúmeras dificuldades que ainda tinham.

O homem o olhava de baixo para cima sobre os óculos multifocais. Parecia incrédulo. Coçou o cavanhaque, observando tudo atentamente. Quando finalizou a explanação, falou pausadamente com voz grave e um tom sincero de interesse:

— Rodrigo Arante! O aluno número um da minha cadeira. — Sorriu um sorriso amarelado pelo tempo. — Eu sempre soube que você iria longe.

Instintivamente, Rodrigo encolheu-se na cadeira. Por mais que pensasse, não sabia o que dizer.

— Muito obrigado, mestre — balbuciou completamente sem jeito. — Vim saber o que o senhor pode fazer por nós.

O secretário, reassumindo o ar de político e deixando a admiração do mestre de lado, pigarreou, dizendo:

— Você sabe que aquilo ali não é interessante para o Estado, não é? Não rende voto, não agrega valor, não interessa de jeito nenhum. Ali dentro só tem um amontoado de doidos, e doidos criminosos, para piorar. A opinião pública está se lixando para eles.

Rodrigo assentiu, mudo, ciente de que, como burocrata, ele tinha toda razão, mas humanamente, se recusava a aceitar. Manteve-se calado, buscando argumentos para a réplica, que, felizmente, não foi necessária.

— No entanto, acredito em você. — Rodrigo. E se não for muito oneroso o que me pede, posso tentar ajudar. Do que você precisa?

— Preciso de atenção médica de psiquiatras e clínicos gerais para fazer as revisionais dos internos — disse o médico animado. — Preciso também de assistência psicológica. — O homem ia ficando com um tom pouco colaborativo enquanto ele elencava os profissionais. Levantou-se, dirigiu-se à janela ampla de vidro que dava para os jardins do centro administrativo estadual. Após alguns minutos angustiantes, ele finalmente falou.

— Consigo os clínicos duas vezes por semana para visitar seus pacientes, mas psiquiatra é caro. Por enquanto, o especialista vai ter que ser você mesmo, ou algum residente supervisionado por você. Rodrigo assentiu com a cabeça. E ele continuou: — Não vejo necessidade de psicólogos para um bando de malucos criminosos. Mas vou ver o que posso arrumar. Mais alguma coisa?

— Na verdade, sim, doutor. — O homem olhou já meio aborrecido. — Eu precisava de um fisioterapeuta e de um T.O. — Rodrigo apertou os lábios, já tenso.

O Dr. Andrade voltou para a mesa e estendeu a mão em sinal de que a reunião havia terminado.

— Vou ver o que consigo arrumar.

Despediu-se e Rodrigo saiu na dúvida se tinha perdido ou não o mestre e o aliado. Essas coisas de política são complexas, e, como ele disse, conseguir benfeitorias para aqueles que não têm voz nem voto é tarefa árdua, mas estava convencido de que havia feito a sua parte.

Duas semanas depois, chegaria até seu escritório a jovem Amanda, uma psicóloga ruiva e sardenta, de olhar inteligente e jeito doce, que auxiliaria a montar o setor de psicologia no HCT.

Em casa, Rodrigo pôs em prática mais uma vez a velha rotina solitária de banhar-se, jantar e mergulhar no mundo de Humberto.

* * *

Pouco tempo após o episódio da igreja, assim que conquistei algum corpo, alguma idade, assim que os primeiros fios de barba brotaram no meu queixo, fui expulso daquele lugar, a pretexto de melhores estudos no colegial. Me mandaram para um colégio de padres jesuítas, na capital. Dentre todos os colégios de renome da capital, talvez tenham escolhido um religioso para dar prosseguimento à sua vingança contra o filho inoportuno.

Infelizmente, a vida no internato jesuíta serviu apenas para aprofundar e fundamentar a minha ojeriza pelos religiosos. Não pela religião ou por Deus (que, para mim, estava morto), mas por seus representantes, teoricamente imbuídos do mando divino, mas que insistiam nos humanos pecados que tanto condenavam no próximo. Naquela época, no entanto, e até muito tempo depois, tudo era a mesma coisa, impossível discernir o Deus morto de seus representantes.

Lembro de ter viajado com um mundaréu de malas dos dois lados de um burro de carga. Nem um cavalo me emprestaram para ir a galope. Tendo saído às 3 horas da manhã, passei duas horas e meia sacolejando no lombo do burro na estrada de chão empoeirada da fazenda até o entroncamento. Peguei um carro de linha, lento, poeirento e caindo aos pedaços, chegando coisa de uma hora depois na estação da cidade de Queimados, de onde embarquei num trem, rumo à capital.

Embarquei sozinho, sem eira nem beira, sem qualquer proteção, rumo ao desconhecido. Os pais que eram meus na teoria, de tão aliviados com a minha partida, não me levaram nem até o batente da porta, quiçá até a estação. A Bá, ícone de carinho infantil, que se despediu de mim na porta de casa com um abraço apertado e um beijo na testa, não tinha permissão para ir além, mas seu doce olho comprido me seguiu até a curva da estrada e, para além dela, me acompanharam suas preces. Comigo, foi apenas um criado bom de montaria para ajudar a carregar as malas que eram muitas até o embarque no carro de linha. De lá, tive que me virar sozinho com a numerosa bagagem. Às sete e meia da manhã, estava de pé com minha bagagem para embarcar na composição da Leste.

Eu era franzino, canelas-finas, joelhos ossudos, uma penugem fina no rosto quase imberbe. Tinha, naquela época, apenas 15 anos incompletos, e um número maior que esse de caixas, volumes, malas e sacos para transportar até o meu destino. Mas a duras penas, sob os protestos do bilheteiro e dos demais passageiros ansiosos por embarcar, dei conta de pôr tudo no compartimento de carga. Mas o que há com esse garoto? Ralhou alguém impaciente. Está de muda, meu filho? Gracejava outro na fila. Às 9h05 da manhã, pontualmente, o trem começou a se deslocar nos trilhos.

A julgar pelo volume de coisas embarcadas comigo naquele trem, era clara a intenção dos meus pais de que a partida fosse sem volta. Mas longe de ficar magoado por isso, sentia-me aliviado por estar finalmente livre da opressão e dos opressores. Livre do desamor. Olhei para a pequena cidade que ficava para trás com mais medo que saudade. Dali para frente, éramos só eu e uma carta de apresentação para o colégio interno na capital.

A paisagem árida do sertão ia passando através da janela. Terra ressacada, pouco verde, um cinza de lado a lado. As placas iam indicando os lugarejos. As árvores poeirentas corriam cheias de ritmo pela janela, um cheiro de mato e carniça. A seca daquele ano havia sido implacável e algumas carcaças ainda jaziam pela estrada. Comecei a sentir uma dor de cabeça, fiquei meio zonzo, e senti que o mal poderia aparecer. Ó, não! Por favor, não! Estou sozinho aqui nesse trem, o que seria de mim, virar "o coisa ruim" na frente de todo mundo? Recostei no banco de madeira e decidi fechar os olhos e orar. Orar para Deus, mesmo morto, já que a ele era facultado ressuscitar após três dias. Orar para Deus, sem seus intermediários, aquilo me pareceu meio hipócrita, mas no desespero em que me encontrava, tudo era válido, e Deus me parecia um sujeito legal. Enfim, parece que depois de toda a confusão, nesse dia, ele não guardou raiva de mim, pois o mal foi acalmando e pareceu aquietar. Dormi, não sei. Acordei quietinho no canto e resolvi manter os olhos longe da janela pelo tempo que restasse da viagem. Foi quase um dia sacolejando no trem, até que finalmente, às 8h30, a composição cruzou os portais da capital, trazendo um jovem cujos sonhos prometiam superar a dimensão da cidade.

Me sentei, sem jeito, no banco de madeira do trem, me encolhi um pouco na minha pequenez e apoiei o cotovelo na janela fria. Meus olhos se mantinham no assoalho, nos parafusos que prendiam suas tábuas enfileiradas. Observei os parafusos que prendiam as tábuas ao assoalho e segui perdido em pensamentos. Lá pelas tantas, senti que me observavam. Ergui timidamente os olhos e percebi que, à minha frente, havia um senhor corpulento, de tez muito clara e bigodes grisalhos coloridos de amarelo, pelo uso frequente do charuto que ele mantinha entre os dedos e acendia vez por outra, dando baforadas no trem.

Ele olhava para mim com curiosidade. Parecia um homem bom. Mas o seu olhar de curiosidade me incomodava de alguma forma. Ele esboçou um sorriso, eu meneei uma saudação erguendo timidamente a cabeça e baixei os olhos, mas continuei olhando de soslaio. Para não me sentir ainda mais tabaréu, embora tivesse decidido não olhar pela janela, o trem agora trafegava mais lentamente, já não sacolejava com tanta violência e não me senti mal por contemplar a paisagem pelo resto do trajeto.

Acompanhei atentamente o caminho com os olhos através da janela de vidro empoeirado e a cidade me pareceu, à primeira vista, igualmente suja e empoeirada. Devia ser a janela, ou talvez fosse só a periferia com seus chãos de terra batida, construções de taipa, paredes mal caiadas e suas crianças de pés descalços na lama, um ar de coisa malcuidada, de desordem, que lhe trazia recordações desagradáveis do sertão, até chegar ao calçamento irregular da cidade, e até a estação a ordem foi pouco a pouco se fazendo, assim como um barulho ascendente que afirmava ser aquele o centro da cidade, com seu cheiro de urina e cigarro, suas gentes de cara empinada e paletós abotoados e os demais rumores de civilização de que só ouvira falar quando pegava para ler às escondidas o jornal do pai, que quando chegava àquelas brocas onde moravam, vinha através de algum coronel em retorno da capital, já muito antigo e amarrotado.

Não sentiria falta de Brejo das Vacas, era uma certeza, nem da rigidez da mãe, nem da violência do pai, nem da casa onde crescera. Nada. A única coisa da qual sentia falta era da candura de Marcela.

Nos últimos anos, a amizade revelara-se um amor imenso e as tardes de pôr do sol à beira do riacho serviram muitas vezes de cenário para os sonhos e juras de um jovem casal apaixonado. Marcela era companhia desde o alvorecer até o anoitecer, nas manhãs do colégio do povoado e nas tardes junto ao riacho. Passavam o dia juntos, era sua melhor companhia e seu melhor motivo para ficar fora de casa.

Sair das cercanias do riacho e subir em direção à vila, no entanto, era impossível. Conforme suspeitavam os dois, ao saber de seu romance inocente, os pais de Humberto trataram de desfazê-lo. Não se deram ao trabalho de dialogar com o filho, nem gritaram impropérios para que se afastassem um do outro. Com o argumento de que seu filho merecia uma educação de qualidade, simplesmente arrumaram as tralhas do jovem sem mais dizer e embarcaram-no num trem para a capital do estado, a um dia do pequeno vilarejo. A um dia de viagem de Marcela.

* * *

Era tarde, mesmo para quem estava acostumado à insônia. Rodrigo permanecia perplexo com o que lera até então. Era quase inconcebível, à luz da psicologia dos dias de hoje, compreender pais tão tóxicos que torturem uma criança de cinco anos, espanquem o filho repetidas vezes e, por fim, o ponham para fora de casa, com promessas de um futuro melhor, mas, na verdade, entregue à própria sorte. Beirava a desumanidade...

De volta à realidade, era hora de fazer suas anotações, se despedir de Humberto temporariamente e tentar dormir. No dia seguinte, um sábado, poderia ler vários capítulos da história.

DEZESSEIS

SÁBADO, 8H30, NENHUM COMPROMISSO SOCIAL. E nenhum compromisso profissional, além de mergulhar na leitura da história de Humberto.

Hora de reencontrar o jovem Humberto, degredado e solitário num trem a caminho do nada. Já do Humberto adulto, pouco sabia. Há dias estava sem notícias novas dele no hospital. Continuava estável, diziam os boletins e relatórios.

Sem jeito, o remédio era contentar-se com as notícias de Humberto, que obtinha apenas por aquelas páginas que devorava com avidez.

* * *

Quando cheguei naquela cidade grande, tudo era diferente do que conhecia. Luzes demais, cores de menos. Embora eu viesse da aridez do sertão, tudo ali me parecia muito pobre de entusiasmo. Principalmente as pessoas. Enquanto no interior as pessoas se importavam até demais com a vida alheia, ali, quase não se notava a minha presença. E, a não ser pelo excesso de malas e bagagens que suscitou alguns risinhos irônicos, as pessoas poderiam literalmente tropeçar em mim no caos daquela saída de estação ferroviária.

Eram 19h30 de uma quinta-feira infernal. Eu estava de pé ao lado de dezesseis volumes de peso considerável. Praticamente sem comer há quase 24 horas, me sentindo sujo, cansado e tentando pensar no que fazer a seguir. Estava sozinho! Precisava agir. Minha cabeça doía, mas meu cérebro tentava continuar funcionando, insistindo que algo precisava ser feito, afinal, intuitivamente sentia que aquele não era o lugar mais seguro para passar a madrugada que não tardaria a chegar. Mas meu corpo apenas se recostou na parede velha que um dia fora pintada de amarelo-ouro da estação e deixou-se ficar por um instante.

Além de não ter braços para carregar o sem-fim de coisas que tinha para carregar, também não conhecia o melhor jeito de chegar aonde tinha de ir. Tudo o que tinha era uma carta de apresentação, um endereço mal escrito em um papel de embrulho e um maço de notas amassadas para as despesas iniciais. E depois? Depois mandariam mais, essa era a promessa. Nunca tive muita certeza de que a cumpririam. Mas entre a dúvida e a esperança, eu seguia.

Sempre foi assim, desde pequeno. Ante a violência constante, desde o episódio do retratista, nunca tive a certeza de que dormiria e acordaria vivo no dia seguinte. Enfim, diante da cidade grande e livre das sovas e dos safanões, parecia que a ameaça do desconhecido era ínfima demais para ser temida. Amanhã melhora... e eu acreditava.

Ainda sob a sensação anestésica do tamanho do lugar, do devaneio em relação às terras distantes há pouco deixadas para trás e do pesar do meu pequeno mundo, fui chamado de volta ao pátio da estação por uma sacudida nas costas. Uma mão gorda me segurava o ombro ossudo, a simular um abraço. Eu teria fugido se pudesse, mas o susto me paralisou. Ao me virar para ver o que era, dei com o senhor rechonchudo do trem. O mesmo cujo bigode amarelo ocultava parcialmente o charuto.

Está esperando alguém, menino? Uma voz grave e firme ecoou. Não, senhor. Estremeci, meio assustado. Parece perdido, insistiu o velho que me observava no trem, apontando o sem-fim de malas empoleiradas umas sobre as outras. É... estou vendo como chegar ao meu destino. Parece que você já chegou...

Não pude deixar de rir, um riso meio sem graça. O riso dos perdidos. O velho tinha razão, por algum motivo, não conseguia saber qual o próximo passo. Embora houvesse tarefas a cumprir, o cansaço, a fome e a desorientação me tomavam, como se eu tivesse chegado ao fim da linha. Eu só queria recostar naquela parede e dormir um pouco.

Amargando ter que desistir da falsa sensação de segurança. Seria aquele homem um ladrão? Um malfeitor? Não parecia. Mas não tinha meios para fugir com todas aquelas malas. Nem poderia deixá-las. Era tudo o que tinha. De repente, me dei conta do quão vulnerável eu estava naquele novo mundo.

Eu me chamo Feliciano Braga, sou advogado. Qual o seu nome? Me chamo Humberto. O senhor de idade manteve sobre mim o olhar inquisitivo, como que a me pedir o sobrenome do qual nunca me orgulhei, e me vi obrigado a declinar o nome completo: Humberto Marcos Alcântara Lustosa. Alcântara Lustosa... veio da antiga fazenda de Brejo das Neves? É parente dos Alcântara de lá? Sim, senhor, sou filho de Constança Neves Lustosa. Fiz uma pausa depois da qual disse, baixando a voz e meio a contragosto, e de Antonio Alcântara. O velho Humberto Alcântara era meu avô.

O homem fez uma cara contrafeita e pigarreou. Conheci o seu avô. Homem da lei honesto, fazendeiro trabalhador. Foi meu amigo, conheço as suas terras. Pronunciou um "que Deus o tenha!". Vi você sozinho no trem, notei que praticamente não comeu o dia todo. Estava indo jantar naquele restaurante do outro lado da rua, você não quer me acompanhar? O senhor é um homem generoso. Mas não posso aceitar, não tenho meios de pagar pelo jantar, além do mais, não teria com quem deixar as minhas coisas.

O rosto gordo do senhor se iluminou num sorriso de orgulho. Ora, você é meu convidado, rapaz. Você é neto de Humberto Alcântara e me parece um rapaz honesto e honrado como era o seu avô. Não se preocupe com as malas, se concordar, podemos jantar, enquanto meu chofer acomoda as malas no porta-malas do meu automóvel. Depois posso deixar você em seu endereço.

Eu mal podia acreditar na sorte. Meu estômago parece que voltara a existir mediante a simples menção da palavra comida e dava saltos de alegria. Além de poder comer, conseguir transporte até o meu destino sem ter que gastar meus minguados trocados amarrotados no bolso de trás da bermuda de sarja marrom seria muito mais do que eu poderia sonhar como fim para aquela viagem longa. Sorri. Garoto, seu avô foi um amigo meu. Devo a ele alguns favores profissionais. Foi uma pena vê-lo morrer tão moço.

Dessa vez, a cara aborrecida do velho não deixou dúvidas. Ele conhecia meu pai e seus desmandes com a herança de meu avô. Só isso já o tornou secretamente um cúmplice meu e digno de toda a minha confiança. Também eu o acusava em silêncio por ter dado fim a tudo o que nos restara, assim como fez com a própria vida e a família. Meu pai parecia ter o dom de um Midas às avessas. Tudo em que tocava tornava-se pó.

Agradecido a Deus por aquela benção, segui com o amigo de meu avô até um restaurante simples, em frente à estação, e comi, prazerosamente, o que me pareceu a refeição mais deliciosa da vida, enquanto acompanhava pela vidraça do estabelecimento, o chofer empilhar malas, sacos e caixas no fundo do automóvel luxuoso do Dr. Feliciano.

Durante a refeição, o velho me perguntou sobre os meus planos. Disse-lhe que queria ser um médico. Ele sorriu, dizendo que, se eu fosse seu filho, me aconselharia a seguir a carreira no Direito. Confidenciou que tinha uma filha, bem moça ainda. Tentou sucessivas vezes a sorte de um varão para sucedê-lo. Sem sucesso, a esposa amargara abortos espontâneos e só a jovem menina vingara. Deus parecia tê-lo feito só para pai de menina. Mas confessou que a amava demais e mimava muito mais do que merecia. A menina não era dada às prendas domésticas, não era organizada e somente após muita insistência aprendeu piano e falava um francês pouco convincente. Não estudava regularmente porque não fazia questão, e, por ser muito frívola e vaidosa, dedicava-se a maquiar-se, a visitar os modistas e ler revistas de moda e fofocas, o que deixava o pai preocupado. Mas fazia questão de dar-lhe do bom e do melhor. Por fim, segredou-me que a garota o punha no bolso. Eu senti que era genuína a sua alegria de pai. Percebi que essa alegria nada tinha a ver com a ventura da filha, mas com o seu amor e generosidade de pai. Talvez então não fosse eu o único culpado das desventuras de minha vida. Talvez não apenas eu não soubesse ser bom filho. Talvez meu pai não soubesse também ser bom pai, como era aquele senhor. Senti uma admiração inata pela filha dele que sequer conhecia. Não era uma inveja, mas confesso que admirava sua sorte.

Naquele momento, ante a minha enorme gratidão, se eu tivesse um filho, o batizaria de Feliciano em homenagem àquele avô postiço, que, fazendo às vezes do pai que nunca tive, me dava as boas-vindas na cidade grande. Mas essa oportunidade, ao menos essa, talvez não me faltasse, se tivesse um menino um dia, que se chamaria Feliciano.

Por volta das 23h30, o automóvel do Dr. Feliciano encostou em frente aos portões do Colégio Jesuíta, hora pouco convencional para se chegar a uma casa de religiosos, mas após o motorista bater, descer e aguardar uma eternidade, e uma vez identificado o proprietário do veículo, imediatamente os portões do colégio abriram-se.

Estacionando junto ao alojamento, o chofer veio abrir a porta do carro para o Dr. Feliciano e eu, atrás dele, tive a honra de ser recebido pelo diretor em pessoa que vinha se recompondo de seus aposentos, devido ao adiantado da hora, e alarmado também pelo barulho que faziam os internos curiosos nos parapeitos do colégio, assustados pelo movimento inesperado no beirar da madrugada, algo nunca visto naquelas paragens, provocando alvoroço e correria.

Olha o carrão, gritava um. Quem será o barão? Comentava outro, pendurado da sacada para curiar. E quantas malas... deve ser muito rico, comentou um terceiro, lá de cima.

O velho padre Albino, severo diretor da instituição, encurvado, mal-humorado, maltratado pela artrose dos seus 85 anos, raramente saía de seu posto de diretor. Naquele momento, fizera um terrível esforço de se deslocar até o pátio, no meio da noite, para receber o benemérito Dr. Feliciano Braga. Aproveitou para ralhar com os alunos, coisa que ainda lhe dava enorme prazer nesse resto de vida, pela algazarra fenomenal que faziam. De início, ignorou a minha reles presença. Eu havida descido rapidamente por uma das portas do automóvel, na tentativa de ajudar o chofer com as malas.

Mas, ao ver descer do automóvel de luxo o nobre jurista Feliciano Braga, que em seguida me apresentou formalmente como o neto de um grande amigo seu, não teve alternativa, tratou de apertar a minha mão estendida, a seguir, precisei beijá-la como se lhe pedisse a bênção. Mais ainda, ao ver que o Dr. Feliciano não se daria por vencido até me ver devidamente instalado, teve que receber-me, diante da curiosidade extemporânea dos internos, e conduzir-me pessoalmente ao meu quarto, com deferência que não vi repetida em toda a minha estada ali. Aquilo foi uma imensa quebra de protocolo.

A turba silenciara boquiaberta diante do ocorrido. Sussurros e burburinhos davam conta de sua admiração frente à acolhida calorosa, não só por parte do parente ricaço, como do próprio diretor. Parecia que chegara para estudar no educandário mais um rei do gado do sertão. Para eles, não restavam dúvidas, tratava-se de um poderoso. Não sabiam quem era, mas o novato era, sem dúvida, alguém respeitável. E foi assim que eu, que não passava de um desterrado cheio de bagagem, cheguei surpreendentemente glorioso ao meu destino. Um pobre coitado vindo do nada, da poeira dos confins de Brejo das Neves, alçado ao status de milionário pela força imediatista das aparências e pela precipitação do julgamento humano.

Consegui, graças a Feliciano, a invejável alcunha de "barão" e o respeito dos colegas, o que me poupou de incontáveis surras e dos trabalhos forçados, reservados aos calouros e aos pobres de modo geral. Deste modo, graças a um erro de julgamento e aos revezes da vida, cometi minha primeira injúria e preferi não lhes contar como de fato cheguei ali. Se o acaso me facultara alguma vantagem, por que desperdiçá-la?

DEZESSETE

ERAM 20H30 DE UM SÁBADO QUE RODRIGO passara de pijamas, embebido nos escritos de Humberto. Jantou rapidinho, a tempo de ler mais alguns capítulos antes de dormir. Estava tendo acesso à melhor anamnese que um médico pode sonhar: um relato da história pregressa, sintomas, histórico familiar, uma viagem à mente intrigante de um paciente como Humberto, sem intermediários. Em livre associação, ele relatava seu passado, como que em uma sessão psicanalítica, com catarse. Freud certamente iria adorar. Não acreditava que Humberto tentasse se defender em suas palavras.

* * *

Aquele foi apenas o primeiro milagre do Dr. Feliciano em minha vida. Após o inesperado encontro na saída da estação, o distinto senhor me visitava com frequência no colégio interno. Expediente mais do que desejável e necessário para a manutenção de minha paz recém-adquirida e do *status quo*, condição *sine qua non* para o respeito hierárquico lá dentro. Essas eram algumas das expressões em latim que o Dr. Feliciano me ensinou.

A cada quinze ou vinte dias, sempre nos finais de semana, ele surgia com o chofer à frente do luxuoso automóvel e entrava sem cerimônias no pátio do colégio como se clérigo fosse. Jamais se deu ao trabalho de perguntar ao diretor se aquela manobra era ou não permitida. Nem o diretor teve a coragem de pedir que não entrasse com o automóvel. Se isso o irritava, nunca mencionou. Fato é que era obrigado a acompanhar o doutor nas visitas que me fazia, e isso, eu e os colegas pudemos observar como uma deferência incomum. Feliz, não podia me queixar das generosas colheres de chá que a vida me dava agora.

Foi também o rosto do bondoso Dr. Feliciano o primeiro que vi ao voltar à consciência na enfermaria do colégio, após ter sofrido uma queda que os colegas juraram ser acidental e que me provocou uma crise e uma ausência que durou quase 12h. Ao ver-me recuperado, o Dr. Feliciano quis levar-me a um médico de sua confiança. Mas o diretor, para evitar ainda mais mixórdia, pediu que fosse abafado o caso, tranquilizando-o e dando-lhe sua palavra de que eu fora examinado pela equipe de saúde e que seu médico pessoal atestara que eu estava bem. Se fui examinado por ele, não tenho registro, mas achei por bem concordar. Quando a esmola é muita, o santo desconfia.

Acidental ou não a queda, o fato é que nesse mesmo dia, um colega que sempre demonstrou seu pouco apreço por mim e que notadamente nutria uma antipatia e uma inveja ferozes passou dois dias na clausura, sendo depois transferido para outra unidade educacional. Não ouvi mais falar dele. Também não me recordo de ter tido outras quedas ou crises no meu período de internato. Estudava com afinco, os proventos para minhas despesas pessoais eram cada vez mais escassos, quando não faltavam. Procurava não fazer gastos, vivia uma vida modesta no internato, elogiada pelos clérigos, criticada pelos colegas, uma vida quase franciscana. A exceção era fruto das visitas do Dr. Feliciano, que sempre rendiam tortas, doces, bolos e quitutes para mim e para os colegas mais próximos. Uma fartura que podia abranger facilmente a todos do meu ano de estudo. Eu preferia distribuir as guloseimas excedentes com os frades de menor grau na escala hierárquica, responsáveis pelas tarefas como alimentação, limpeza e pela ordem do colégio, do que aos professores e diretores. Gostava dos simples, sua felicidade em receber os doces era genuína, o prazer de ser lembrado.

Foi assim que cursei os anos do ginásio e colegial no colégio jesuíta, como um rei. No último ano, já com dezoito anos, como concluinte, meu prestígio já não se devia à influência do Dr. Feliciano, mas à minha própria fluência, conhecimento e simpatia. A essa altura, já vivia em regime de semi-internato, saía nos finais de semana. Foi quando passei a frequentar a casa do Dr. Feliciano, sendo apresentado à sua distinta esposa, à filha, ao restante da família e aos outros funcionários, além do chofer, que já se tornara meu amigo, graças às visitas ao internato. Fui convidado a estar com eles nos finais de semana, e me foi reservado um amplo quarto na edícula que, embora localizado no exterior da residência, não perdia em nada em espaço e em luxo para o resto dos cômodos. Dr. Feliciano tinha mandado reformar para mim, encomendado um escritório para meus estudos, uma pequena biblioteca ao lado da cama e uma cômoda, todos os móveis confortáveis de madeira de lei. Foi mais uma das generosas surpresas dele para mim. Benesses das quais me sentia um grande devedor. Ele era sem sombra de dúvida o responsável pela minha tranquilidade, parecia incansável em sua generosidade.

Um dia, perto da conclusão do meu curso colegial e ante à formatura iminente, fui chamado pelo meu benfeitor para uma conversa. Ele entrou em meu quarto, numa tarde de domingo. Eu estava revisando para as provas do fim do semestre, como fazia com frequência desde o início de meus estudos. O velho sentou-se em uma cadeira ao lado da cama e me olhou seriamente. Disse que um grande homem deu em vida grandes oportunidades comerciais e profissionais a ele. Emprestou o dinheiro para abrir o seu primeiro escritório de advocacia. A dívida financeira foi paga, mas sempre se sentiu moralmente devedor. Disse que me observou antes mesmo de saber que era neto do velho Humberto e simpatizou-se com minha postura. Sua emoção me contagiava, além da gratidão, era capaz de sentir a sinceridade e a afeição contida naquelas palavras. Com muito esforço, eu disse que só tinha a agradecer e que um dia esperava retribuir. O velho abraçou-me visivelmente emocionado. Abracei-o de volta igualmente, emocionado e agradecido.

Quando chegou aqui, me disse que desejava ser médico. Você vai seguir a carreira da medicina? Sim, senhor. O Dr. Feliciano baixou o olhar, desapontado.

Tenho um pedido a lhe fazer. Fez uma pausa. Na verdade, são dois pedidos. Gostaria que não me chamasse mais de Dr. Feliciano. Encontre uma forma menos formal. Pode me chamar pelo nome, pode me chamar de tio, como preferir, mas gostaria de ser chamado de maneira mais familiar. Posso chamá-lo de avô? Avô, está ótimo, meu caro Humberto! Seria um prazer ter sido seu verdadeiro avô. Seu avô era um homem de bem. Graças a Deus. Mas o senhor disse que eram dois pedidos. Sim, é verdade... o segundo deixarei para outra oportunidade. Sei que está frente aos exames de conclusão de seu curso e de admissão para a faculdade, não quero tomar seu tempo mais que o necessário. Tenha uma ótima noite.

O Dr. Feliciano deu-me um beijo na testa e saiu do quarto, visivelmente emocionado, sem esperar que eu me despedisse. Passaram-se mais 14 meses até que o velho voltasse com o segundo pedido. Nesse ínterim, fui aprovado na faculdade de Medicina, estava cursando já o fim do primeiro ano e muito aplicado em meus estudos de anatomia e fisiologia, quando o recebi de volta em meu quarto, com o mesmo tom solene da primeira vez. Desta vez, no entanto, o semblante estava mais carregado e sombrio. Notei-o mais magro e cansado que o habitual.

Meu filho, se lembra há cerca de um ano, quando estive aqui? Sim, vô, os dois pedidos. Tive a impressão de que vacilava em fazer ou não o pedido. Finalmente falou com uma voz mais fraca que o habitual. O segundo, meu filho, é que eu queria que você não deixasse de estar à frente do meu escritório de advocacia, mesmo sendo médico!

Como eu poderia, não sendo advogado, cuidar de seus interesses com competência? E tem a sua família.

Eu poderia ficar como administrador, como orientador, conselheiro, à frente dos negócios. Quando ele faltasse, eu contrataria os melhores profissionais para trabalhar lá. Ele gostaria que eu fosse sócio, herdeiro e sucessor.

Perguntei pela filha e esposa. Era por elas, apenas pelas duas. Ele se preocupava com Berta, a mulher, que poderia ficar em desamparo, e com

Cibelle, cuja futilidade não lhe permitia pensar em nada além de namoros. Pediu que eu zelasse pelo patrimônio delas, até que Berta fosse lhe fazer companhia nas alturas e Cibelle se casasse.

Disse que estava doente e os médicos não eram muito otimistas. O velho estava triste e meu sorriso desapareceu no ato.

Ele se levantou e beijou minha testa em seu gesto sempre carinhoso. Fiquei no mesmo lugar, imóvel, incapaz de articular um pensamento sequer, muito tempo após a saída dele. Era uma espécie de luto antecipado. Sabia que perderia, em breve, o único amparo real que conheci na vida. E ganhara a responsabilidade por duas vidas, uma senhora idosa e uma jovem, pouco mais nova que eu. Muito tempo depois, deitei-me para tentar conciliar o sono. Me agarrava ao fio de esperança de que tudo não passasse de um erro diagnóstico.

Desde que começara a frequentar a casa de Feliciano, fui muito bem recebido por todos na casa. Dona Berta era uma senhora de pouca estatura, corpulenta, de cabelos brancos cortados na altura do ombro. Parecia uma nona italiana, mas sua família era de origem portuguesa e ela fazia o melhor Bacalhau à Gomes de Sá que já comi em minha vida, mesmo após ter frequentado os melhores restaurantes do mundo. Dona Berta me recebeu com deferência em seu lar. Mas não era uma mãe. Tratava-me como uma boa madrasta que conhece o enteado já crescido, com carinho e respeito, mas não com o mesmo amor que seu marido tinha por mim. Eu retribuía seu carinho com enorme desvelo e atenção.

Nos finais de semana e datas comemorativas, a casa se enchia de alegria com o cheiro da comida da Dona Berta. Nesses momentos, eu me sentia em casa, como nunca me senti na minha própria casa. Em família.

Cibelle era uma menina diferente dos pais. A diferença de idade entre eles era gigantesca. Ela era pouco mais nova que eu. Feliciano me confessou que, embora fosse uma gravidez muito desejada, era extemporânea por nem ser mais esperada. Dona Berta tinha quase quarenta e seis anos quando engravidou de Cibelle. Como queriam muito um filho homem, acharam que essa seria a oportunidade. E nasceu Cibelle.

Não se deram por tristes, amaram-na muito. Mas não a educaram como pais, mimaram-na como avós. Superprotegeram-na por ser a única. Trataram-na com mais desvelo que o necessário. A menina era fútil até a alma. Só pensava em namorar e casar-se com um homem rico, que pudesse lhe dar joias e boa vida. Colecionava roupas da modista, sapatos dos melhores confeccionistas e não aceitava de presente nada que não fosse muito caro.

Não se interessava pela educação a que tivera acesso, nem pelo estudo dos idiomas, nem do piano. Nada sabia de prendas domésticas ou de arte culinária. Não movia uma palha em casa para ajudar a mãe, mesmo nas folgas dos empregados. Vivia em um mundo muito seu e pouco interagia com os demais nas reuniões de família.

Seu pai sentia certa tristeza ao vê-la. Mas não a repreendia, não lhe dava limites, apenas perdoava seus excessos e remediava as bobagens que ela fazia. A menina se envolvia constantemente em problemas na escola de freiras, tinha um temperamento difícil e um comportamento rebelde. Desafiava a autoridade dos mais velhos, humilhava os funcionários, agredia as empregadas, que evidentemente não gostavam muito dela. Houve até rumores de que tinha um namoro escondido.

Até por uma questão de respeito, eu fazia questão de me manter a certa distância. Ela era uma jovem bonita e sem muitos escrúpulos, filha do meu maior benfeitor, solteira e quase da minha idade. Mas nunca chegou a me interessar. Esse não era o meu tipo de mulher: afeito a futilidades e a diminuir os outros, era o exato oposto da minha única referência feminina, Marcela. Mas também não podia dizer que me passasse despercebida. Loira, alta, olhos verdes e corpo esguio, era uma mulher belíssima. E, embora vez por outra percebesse certos olhares de interesse dela, jamais lhe faltaria com o respeito e desconversava, afastando-me de qualquer situação em que pudéssemos nos encontrar sozinhos. Cibelle, em vez disso, parecia gostar de provocar encontros furtivos, não para me seduzir, mas para me desconcertar. Talvez, em função da idade, guardasse um certo rancor competitivo de mim, em relação ao pai.

Feliciano definhava a olhos vistos, cada dia mais magro e abatido. Eu percebia que a doença não lhe daria mesmo muitos anos de vida. Recordei o pedido dele: tomar conta delas. Comprometera-me. Cuidar de Dona Berta não seria tarefa difícil, a senhora já tinha por mim certa afeição e não exigiria mais que cuidados de saúde. Já de Cibelle... um arrepio me percorreu a espinha. Aquela jovem não era flor que se cheirasse, como diziam no interior. Se ela não obedecia aos próprios pais, como tomar conta dela? Pior, como arranjar-lhe um bom casamento? E profissionalmente, como cuidar do provento da família sendo de outra profissão?

Pensei, pensei e fui dormir com o dia amanhecendo. Levantei-me cedo, fui à faculdade. Precisava concluir o ano letivo. E assim foi feito, prestei os exames, conclui o semestre com louvor.

Depois, tranquei o curso de Medicina e prestei nova seleção para o curso de Direito. Aprovado, comuniquei ao Dr. Feliciano a minha decisão de me dedicar ao exercício do Direito e não mais à Medicina, e garanti que a decisão era fruto de minha vontade, e não do pedido que ele me havia feito. Aproveitei para perguntar ao velho se o incomodaria se eu fizesse a corte a Cibelle. Ao contrário do esperado, Feliciano mostrou-se muito contente, confessando que esse sempre foi o seu desejo. Se ela concordasse, estaríamos todos felizes. Pediu apenas que o deixasse falar primeiro com ela, antes de pedi-la em namoro.

Para mim, estava claro que Cibelle não nutria amor por mim e, secretamente, achava que seria ótimo se ela dissesse não à proposta do pai. Mas surpreendentemente, ela pediu ao pai alguns dias para pensar e, por fim, embora me parecesse triste, como se tivesse sido obrigada a resignar-se comigo, aceitou, talvez alentada pela possibilidade do futuro promissor ao lado do sucessor escolhido pelo pai. Segundo Feliciano, eu seria fatalmente um sucesso e um rico advogado. Eu era um homem bonito e, como provavelmente seria rico, concordou em fazer a vontade do pai moribundo, e, assim, aceitou namorar comigo.

Os anos se passaram e, por ser Direito um curso dois anos mais curto que o de Medicina, minha formatura pegou o Dr. Feliciano já debilitado, mas em condições de comparecer à solenidade. Enquanto orador da turma, dediquei a Feliciano a aquisição do diploma de advogado, contei no discurso, a respeito de disciplina e amor à profissão, um breve relato da nossa história e de como ele se tornara um pai para mim. Fui aplaudido de pé pela plateia emocionada. Durante a festa de formatura, ofereci a Cibelle um lindo anel de compromisso e a pedi em noivado. O brilho do diamante solitário fez com que Cibelle respondesse imediatamente que sim, estava disposta a casar-se comigo o quanto antes.

Cerca de um ano e meio depois, aos 24 anos, às vésperas do casamento com Cibelle, eu estava à frente do escritório, liderando uma equipe de três advogados que já atuavam com destaque em algumas causas cíveis, tributárias, trabalhistas, políticas e administrativas, quando recebi o aviso de que meu benfeitor partira para outra dimensão. Fiz questão de providenciar toda a parte burocrática, legal e religiosa da cerimônia de despedida de Feliciano. Dona Berta se abateu grandemente com a perda do companheiro, mas compreendeu que, pelo estado de decrepitude que enfrentava o pobre homem, a morte foi, na verdade, um descanso. Buscou manter a vida e a memória do esposo amado por todos os dias de sua vida.

A morte de Feliciano me tornou o sócio majoritário do escritório de advocacia Braga & Associados, que passou a chamar-se Braga & Alcântara Associados. Os outros associados eram: Dra. Heloísa, Dr. João Alfredo e Dr. Gregório. Cada um atuava com maestria em uma esfera do Direito: Heloísa era especialista em causas trabalhistas, eu com as cíveis, João Alfredo destacava-se com as causas tributárias. Ambos foram contratados em seleções acirradas, graças a seus currículos brilhantes e carreira promissora. Havia também Gregório, que, além do currículo impecável e carreira promissora, praticamente nascera na casa de Feliciano, sendo amigo de infância de minha esposa. Ele destacava-se com as ações voltadas para as esferas administrativas e políticas. Sua contratação foi um dos últimos atos de Feliciano. Gregório era filho esforçado da secretária doméstica de toda uma vida da casa de Feliciano, fora criado lá, sempre competente e leal. Na adolescência, até para demonstrar seus bons valores, começou a trabalhar como caseiro da residência. Estudava à noite e morava com a mãe, na casa. Formou-se em Direito, seguindo os passos do velho advogado. Dizia sempre, com largo sorriso, que admirava Feliciano como a um pai. Graduado com louvor, foi contratado para trabalhar no escritório.

Havia, assim, um equilíbrio de forças entre todos os associados, o escritório era conhecido por suas inúmeras vitórias nos tribunais, em todas as instâncias. Cultivávamos um relacionamento de respeito, ética e honradez com todos os colegas e com os magistrados. Juntos, mantínhamos o nome do melhor escritório de advocacia do estado e um dos mais conhecidos e respeitados do país.

O casamento com Cibelle estava marcado para dali a três meses, e, dois dias após o enterro do pai, a surpreendi no meio da noite, entrando no quarto e esgueirando-se às escondidas da mãe para a minha cama. Assustado, acordei com seu corpo despido, acomodando-se sob o meu lençol. Acendi a luz do abajur imediatamente.

Ao me ver imóvel, Cibelle tentou soar ainda mais sensual e provocante. Não soube o que fazer. Tentei me afastar para a beira da cama, pedi que esperasse passar o luto. Ela me pareceu mais nervosa que desolada, mas não encontrou argumentos para rebater os meus, levantou-se, juntou as peças de roupa e, sem se despedir, saiu batendo a porta atrás de si. Atravessou o pátio que unia a edícula à casa principal e despareceu na porta da cozinha.

Passou uns quatro dias aborrecida comigo, mas voltou ainda algumas vezes ao meu quarto na tentativa de antecipar a lua de mel. A cada investida, tornava-se mais íntima e ousada e era cada vez mais difícil para mim resistir às suas carícias. Houve um dia em que quase quebrei a minha promessa e a possuí, mas parei a tempo de mantê-la virgem até o dia do casamento e minha consciência limpa perante a memória de seu pai.

Nos casamos em maio de 1978, eu tinha então 25 anos. Nosso primogênito nasceu prematuro, aproximadamente 7 meses depois, o que naquela época era um risco e um susto inesperado, mas ele nasceu bem, forte, robusto e sem maiores problemas de saúde. Eu quis dar a ele o nome do avô Feliciano. Cibelle, a princípio, pareceu concordar, mas ao cabo de horas, mudou de ideia, dizendo que o menino deveria ter identidade própria e chamar-se Heitor. Contrariado, resignei-me. Nossa segunda filha nasceu dois anos depois. Vivíamos um casamento "perfeito". Não feliz, mas perfeito nos moldes familiares da época.

* * *

Então, Humberto seria um colega de profissão, não fosse pelo devotamento ao avô postiço. A obrigação familiar o afastou de seu sonho. E a gratidão o fez abraçar uma carreira que não amava e desposar uma mulher por compromisso, não por amor.

As ideias já estavam meio embaralhadas. Entre leituras e anotações, já ia alta a madrugada. Rodrigo deitou-se e dormiu, ansiando pela manhã de domingo para voltar ao mundo de Humberto.

DEZOITO

Meu casamento foi um fiasco arranjado, um pedido do velho Feliciano. Não a amava. Longe disso, Cibelle sempre me pareceu uma das pessoas mais distantes, inacessíveis e difíceis de agradar. Mas admirava sua beleza, era o que se podia chamar de uma mulher farta de ancas, coxas e seios, principalmente seios, rijos e imponentes. Casei-me com Cibelle de bom grado, na esperança de que com o convívio pudesse conquistar-lhe a alma. Mas as esperanças ruíram ao perceber que Cibelle não era mais que uma casca, um verniz. Incapaz de grandes raciocínios, não via prazer na leitura, nem nas artes, não apreciava ópera, nem teatro, os espetáculos de boa música lhe entediavam e os balés causavam-lhe sono. Nem mesmo o cinema e as fitas românticas lhe interessavam. E eu, que não apreciava o gênero, até esse sacrifício estava disposto a fazer pelo bom entendimento familiar. Nada parecia agradá-la. Gostava dos *flashes* na pele clara, refletidos e intensificados pelos longos cabelos loiros. Sentia vontade de ser a mais querida das colunáveis sociais.

Eu odiava esse universo social. Esse submundo da superficialidade. Gostava dos porquês e não das aparências e obviedades. Já Cibelle era diferente. Mais que isso, era meu oposto. E por mais que eu tentasse esconder de todos, o casamento começou a degringolar já desde o começo.

Sentia-me profundamente decepcionado pela superficialidade na qual os profundos olhos de um verde azulado de Cibelle escolheram se deleitar. Tantas coisas lindas no mundo para apreciar, mas ela parecia satisfeita com o aparente, ou com a própria aparência. Isso para ela bastava.

Foi quando comecei a sentir falta dos abraços morenos de Marcela, a sempre amada flor de Marcela. Na verdade, nunca houve um dia sequer que ela não fosse lembrada com saudades. Sentia falta de ter meu olhar refletido no escuro dos olhos dela, sempre curiosa e arguta, era a própria sensibilidade.

Marcela do corpinho esguio, corpo de bailarina, que amava a arte e os livros e ensaiava passinhos de balé, cantarolando os clássicos que ouvia dos vizinhos ricos de Brejo das Neves. Marcela, que me trouxera um dia uma velha folha de jornal onde se lia a resenha de *Turandot*. O autor da matéria contava a história da princesa asiática chamada *Turandot*, que se recusava a casar, mas fora obrigada por seu pai, tendo exigido que os pretendentes só tivessem direito à sua mão caso acertassem três enigmas. Ficamos fascinados pela história e, juntos, sonhávamos poder assistir ao espetáculo da obra de *Puccini*.

Marcela nunca foi à ópera. Assim como eu, Marcela jamais pisara um pé além dos arredores da fazenda, mas na casa vizinha, morava um casal de fazendeiros ricos que frequentavam as melhores casas de espetáculo da capital, de outras grandes metrópoles e até de Paris. Sem filhos, a esposa do fazendeiro sempre convidava Marcela para um chá com biscoito ao som da boa música e lhe ensinava refinamentos das damas da capital, lia para ela os jornais, sempre lhe presenteava com uma boneca trazida das viagens, tratava-a com um carinho maternal.

A música tocava dia e noite na residência do casal de imigrantes e assim, mesmo quando não era possível desfrutar do chá com a boa senhora, Marcela bebia dos prazeres da ópera, dos clássicos, de uma cultura muito distante de Brejo das Neves.

Ah, Marcela... Que saudades! Por onde andaria? Desejava saber. Saí de casa, expulso, aos 14 anos, sem poder me despedir dela. Hoje, onze anos depois, o que sabia amargamente é que estava casado, tinha família e dois filhos. Tarde demais para devaneios juvenis. Tinha era que trabalhar e ganhar dinheiro. Ouro, muito ouro, como exigia a esposa, para combinar com o ouro dos cabelos. Ouro para adornar-lhe o colo farto, do qual, ironicamente, poucas vezes desfrutou.

Marcela ficou na beira do rio, nos sonhos de infância, no som das árias de *Turandot*, que sempre o levavam às lágrimas. O nome de Marcela era amor.

Não preciso contar muita coisa a respeito da minha carreira como advogado. Essa parte de minha vida é pública. Está em todos os jornais. O lado bom e o lado ruim. Como toda moeda, tem dois lados. E mesmo eu não teria muito a acrescentar ao lado bom.

Desde quando assumi o escritório, que era honrado, ético e lícito, até o ponto onde me encontro hoje, há uma série de acertos e vitórias do ponto de vista jurídico e uma série de erros do ponto de vista moral. Eu, que era um homem bom, apesar do mal oculto, que era um advogado competente e honesto, sobretudo nas causas cíveis, comecei a perceber que o equilíbrio das causas do escritório estava um pouco alterado. Heloísa, especialista em causas trabalhistas, resolvia muitas causas, trabalhistas ou não, para conhecidos políticos e seus assessores. João, especialista em Direito Tributário, tributava na redução de impostos e encargos financeiros em campanhas de quase todas as esferas do poder legislativo de municípios, estado e já havia tramitado entre nossas causas algumas da esfera federal. E o Gregório, esse sim especialista na lida com os políticos e suas questões licitatórias, de responsabilidade fiscal, andava militando também na área criminal para esses políticos.

Em resumo, graças ao crescimento e profissionalização da política, nossas causas passaram a ser "governadas" por eles. Oitenta por cento das causas do escritório tinham, direta ou indiretamente, algum viés político-partidário, embora o escritório em si fosse apartidário e atendesse a todos ou quase todos os partidos e ideologias políticas em contratos gordos atraídos por Gregório e seus contatos.

O fato é que o rumo que as coisas estavam tomando não me agradava e distava em muito dos rumos traçados pelo Dr. Feliciano. Apenas eu parecia me dar conta de que as coisas iam mudando. Nenhum dos sócios se manifestou em reunião a respeito de suas escolhas pelos políticos. Nas reuniões, era unânime a negação de que o escritório estivesse se revestindo de um viés político. Parecia paranoia minha.

Em casa, expunha para minha esposa as preocupações com os rumos do escritório. Ela respondia apenas que o escritório estava indo muito bem, financeiramente tínhamos um patrimônio fantástico, grande prestígio político e éramos respeitados. Era o que importava. Que eu não me atrevesse a estragar tudo. Aquelas angústias me destruíam, me sentia em falta com o Dr. Feliciano, embora nada faltasse à sua esposa, filha ou netos. O seu escritório já não tinha a alma do criador, mas a face vendida e vilipendiada da política, maquiavélica, onde os fins justificam os meios. E os fins, já naquela época, eram o enriquecimento, muitas vezes ilícito, dos políticos em detrimento do bem da população que os elegera.

Com o tempo, fui me dedicando apenas às minhas questões cíveis e me afastando tanto quanto possível das questões que envolviam políticos. Gregório, que liderava os processos de políticos e influenciava os outros sócios nesse aspecto, passou a ter certo destaque, uma vez que era a ele que cabia a maior parte das negociações. Os outros sócios tinham cotas sociais que eu poderia comprar para resgatar a idoneidade do escritório, mas não me via no direito de fazer isso sem consultar a minha esposa, herdeira legítima do fundador.

Grande erro! Cibelle foi terminantemente contra comprarmos as cotas de Gregório, Heloísa e João. Disse que o escritório ia muito bem, que era um sucesso, e completou que o grande fracasso daquele escritório era eu com minhas causas medíocres. Medíocre ou não, era da minha assinatura que dependiam todos os processos. Eu era o administrador e o sócio majoritário, então, mesmo que quisesse me manter de mãos limpas, era a minha assinatura que ia em todos os processos duvidosos com os quais não concordava. Era a lei.

Ao me afastar das questões políticas, errei e fui omisso enquanto profissional. Confiar a Gregório a liderança dos sócios do escritório me pôs em situação de vulnerabilidade.

Se o cargo foi confiado a mim, caberia a mim levá-lo adiante. As decisões que poderiam ter mudado o rumo das coisas eram minhas, não de Gregório, não de Cibelle. Mas eu era um jovem em início de carreira, recém-casado e pai de primeira viagem, herdeiro de um império administrativo que necessitava de gerenciamento, dividido entre os apelos da família e as obrigações profissionais. E, talvez por medo de repetir o fracasso que fora meu próprio pai como esposo e educador, deixei que Gregório me convencesse de que ele era o homem de confiança do meu falecido benfeitor. E isso me trouxe até aqui.

Como já disse, não há muito a acrescentar nessa história, uma vez que já conhecemos os motivos, a culpabilidade e o final. No entanto, não me resta muito a fazer, nesse fim de mundo, além de revisitar minha história. Comecemos, então, a contar a derrocada pelo começo. Deixem que eu lhes apresente Gregório.

No velório do Dr. Feliciano, o recém-contratado Gregório, sócio minoritário, se esgueirava entre as flores, no afã de chegar mais perto dos familiares e da viúva.

Naquele momento de dor, notei apenas sua insistente presença entre os mais chegados à família. No ambiente profissional, no entanto, Gregório era um advogado promissor, trabalhava para o Dr. Feliciano há apenas seis meses, depois que este o ajudou em sua carreira de advogado de porta de cadeia. Criminalista competente e ávido, vendo que tinha capacidade técnica, foi aprovado em uma das seleções do escritório com um cargo e algumas ações. "É um rapaz talentoso. Tem muitos defeitos, mas é talentoso", dizia o velho a seu respeito. E de fato, o homem, cerca de oito a dez anos mais velho que eu, tinha talento. Nenhum caráter. Mas talento de sobra.

Era conhecido pela habilidade argumentativa. Chamado de "O Alquimista", por ser capaz de transformar latão em ouro, lobos carregados de culpa em inocentes carneirinhos, dominava a arte de observar nuances de afirmações por um ângulo nada óbvio, difícil de ser percebido. Em seguida, distorcia a afirmação para que parecesse a verdade que ele queria demonstrar. Era extremamente inteligente. Mas faltava-lhe a ética. "Inteligência sem ética", me dizia o velho Feliciano, é somente astúcia.

 Astuto, sempre encontrava uma brecha pela qual introduzia a sua tese de que não havia provas suficientes para a condenação. Ou de que a prova irrefutável podia não ser tão irrefutável assim, se vista por outro ângulo, o dele. Criada a dúvida, sua estratégia era minar a confiança do júri, se houvesse, ou do próprio promotor, e só então alegar que todos são inocentes até prova em contrário. Assim, baseado apenas na lei, qualquer juiz era obrigado a dar-lhe ganho de causa, por mais óbvia que parecesse a culpabilidade.

 Eu não concordava com seus métodos, que continuavam a ser de porta de cadeia, mas tinha que concordar que eram eficazes. Com o tempo, tive a impressão de que o Dr. Feliciano também não concordava, mas talvez fosse tarde demais. Concordando ou não, quando comecei a chefiar o escritório, sob a égide e aceitação da família, Gregório já estava lá. Talvez no início tenha usado de seu expediente argumentativo e convencido o próprio Dr. Feliciano a contratá-lo, mas, para a sua decepção, não o comoveu a ponto de torná-lo um dos sócios majoritários, tampouco líder, responsável pelo escritório.

 Nosso escritório, legalmente meu e de Berta, inicialmente voltado para os ramos tributário, trabalhista e cível, agora, sob a influência direta de Gregório, atuava eminentemente e com sucesso no âmbito público da advocacia, mais especificamente o legal e o doutrinário. Lidávamos diretamente com a esfera política. Fundamentávamos legalmente os poderosos da nação. Orientávamos e defendíamos, é claro. Éramos referências. Sinônimo de ética, moralidade e competência desde o tempo do Dr. Feliciano. Já no intervalo entre o agravamento de seu quadro de saúde e minha formatura, quando ele teve que ser afastado, e Gregório esteve interinamente à frente das negociações, o foco da defesa aos políticos fez frente em relação à orientação dos atos políticos, principalmente a defesa daqueles que não eram tão inocentes quanto gostariam de parecer, e careciam obviamente de uma defesa consubstanciada pelo sobrenome Braga. De forma que, em um ano e meio, o viés do escritório passou a ser defender políticos que aparentemente se equivocaram em suas contas públicas, que cometeram licitações fraudulentas, deslizes administrativos e encontraram em Gregório um poderoso aliado.

Quando eu assumi, o faturamento havia dobrado, a frequência de engravatados metidos em seus ternos alinhados era alta nos corredores do prédio. Foi alta também a pressão política sobre os sócios para que o foco do escritório passasse a ser a representação política. Chegou-se a cogitar um golpe nas determinações do falecido presidente que colocaria Gregório e não eu à frente do escritório.

Nesta ocasião, lembro-me de ter assistido atônito um inflamado discurso de Gregório sair em minha defesa, praticamente a única voz que se levantou para fazer frente aos acionistas minoritários. Dona Berta, então acionista majoritária, como eu, tinha o poder de veto. Comovida com o discurso de Gregório e respeitando a vontade do falecido marido, votou comigo para que eu assumisse a presidência. Já Cibelle, minha própria esposa, que representava, além do próprio voto, os votos das cotas minoritárias dos nossos filhos, também herdeiros do velho Feliciano, influenciada pelo repentino triplicar de valor de suas ações e pelas promessas de crescimento, para a minha surpresa votou pela ascensão de Gregório. Uma vez confrontada, alegou que os números ascendentes a influenciaram, e aduziu que pensou em mim e nas crianças.

Em sendo eu acionista majoritário e não o presidente, dizia ela que ficaria com mais tempo livre para ela e para viagens com a família. Ainda decepcionado e contrafeito, aceitei seus argumentos, por sabê-la egoísta, fútil e influenciável. Não me parecia surpreendente que ela pensasse primeiro nos benefícios pessoais que tiraria para ela e a família com dinheiro e um marido disponível para viagens, do que nos da empresa que o pai deixara de herança.

Foi assim que, à minha revelia, a atividade de aconselhamento administrativo passou a quase não ser exercida. Eu, que me especializara em diversos cursos para esse fim, ficava disponível grande parte das horas do dia e não era procurado por nenhuma autoridade. Eu, um advogado qualificado, com formação e aperfeiçoamento no ramo de Direito Administrativo, não conseguia gerir nem o próprio escritório.

Já a agenda de Gregório vivia constantemente lotada. No setor de defesa, a procura era ininterrupta. Que político não queria ter seu nome defendido pelo escritório de Feliciano Braga? Com o tempo e as agendas minguadas, os demais acionistas passaram a taxar-me de inútil e ocioso e fui obrigado a mudar também o meu ramo de atendimento e o foco. Eu não passava de um mero fantoche nas mãos do poder financeiro e político. Sem saber, o jogo já estava perdido desde o começo para mim. Como era de se esperar, Gregório convenceu muitos dos associados minoritários, comprou suas cotas e o escritório passou a se chamar Braga, Tavares & Alcântara Associados, assim, com seu sobrenome à frente do meu no quadro social, no número de processos e na relevância em geral.

* * *

Eram apenas 17h40, Rodrigo precisava ir fazer o jantar, mas não tinha a menor intenção de deixar os escritos de Humberto. Era uma história rica em detalhes. Dizem que os loucos são sedutores poderosos. E que os psiquiatras escolhem a profissão com vistas a tratar da própria "loucura". Mas, preconceitos à parte, para quem nunca conheceu essa atmosfera densa da psiquê humana, o campo da imaginação deveria ser mesmo fértil.

DEZENOVE

Todo grande império tem seu período de ascensão, sua hegemonia, e fatalmente, sua queda. Já vimos isso acontecer com Grécia, Roma, e com várias personalidades ilustres do nosso vasto campo político, artístico, cultural. Comigo e com o escritório, não seria diferente.

Ao crescer demasiadamente, perde-se o controle. O descontrole leva a concessões, que levam à fragilização da uniformidade, rachaduras, quebras e fatalmente, à ruína. A minha começou a partir do momento em que nossos empoderados e poderosos clientes começaram a realizar negociatas, superfaturamentos, extorsões e corrupções de todo gênero. A opinião pública, alertada pela mídia, começou a exigir que essas questões fossem investigadas, e instada a Polícia Federal foi preciso começar a investigar todas essas fraudes e inadequações. Como era possível num país em que mais se paga impostos, que tudo falte a quem mais precise? Era preciso que muito fosse gasto em maquiagem, para que as falcatruas não fossem descobertas. O volume de verbas desviadas, o volume de licitações fraudulentas, era gigantesco. Campanhas superfaturadas, envolvimento com jogo, drogas e ilícitos de toda natureza. E quem os representava? Nosso escritório. E quem expedia os *habeas corpus*? Nosso escritório. De tanto trabalhar para eles, já éramos no meio jurídico, considerados políticos também.

Meu descontentamento com tudo isso era proporcional ao tamanho do nosso desvio de percurso. Tantos anos à frente do escritório, e nada podia fazer para mudar o quadro. O sucesso do escritório era o meu fracasso ético e moral.

Passei a dormir mal, sentia enxaquecas terríveis, e percebi que o mal estava retornando. O cheiro de coisa ruim que emanava de mim, tinha certeza de que todos eram capazes de sentir, assim como as luzes vermelhas que emprestavam uma ambientação sombria e infernal.

Deixei o quarto do casal e voltei a me refugiar no quarto da edícula. Havia dias em que tinha desmaios, mas como ninguém dava falta de mim, podia viver minha depressão, meu mal-estar e a constante presença do mal em mim, sozinho e com certa paz.

Minha própria consciência, no entanto, não sossegava. Sonhava com Dr. Feliciano, um homem íntegro e honesto, que confiara em mim, me acusando de ter deixado seu nome ir parar na lama.

Dona Berta havia desenvolvido uma demência e ficava grande parte do dia no quarto, acamada, com os cuidadores, alheia a tudo. Cibelle nunca estava em casa e, quando estava, não percebia a minha ausência. As crianças, a essa altura jovens adultos, se envolviam em suas tarefas educacionais e universitárias e igualmente não percebiam a minha ausência, de forma que meus ataques e crises de loucura e mal-estar eram meus e podia vivenciá-los sem interrupções.

Passei a perceber que, quanto mais me deprimia, aborrecia ou estressava, mais frequentes se tornavam as crises de enxaqueca e maior era o mal-estar. Maior o pânico de sucumbir ao mal. Inúmeras noites me deitei ainda de paletó e gravata e, sem perceber, acordei no chão, com as roupas esfoladas e sujo, muito sujo.

Tinha crises de pânico também. O toque do telefone me exasperava a alma. E o telefone do escritório tocava com frequência. Doente, não comparecia com a mesma frequência. Petições, *habeas corpus* e outros recursos se acumulavam, aguardando minha assinatura. Assim que chegava ao escritório, uma assessora me estendia um calhamaço de documentos para assinar. Eu vivia praticamente para assinar e assinava tudo de forma mecânica, até sem ler. Inúmeras vezes questionei o porquê dos outros sócios não assinarem se todos eram legalmente habilitados para tal. Gregório me explicou que se tratava de uma tradição hierárquica do tempo do Dr. Feliciano, mas ele mesmo, em pessoa, jamais me fez essa exigência. Em resumo, eu era refém do meu próprio escritório, um autômato, onde mais necessitava ter autonomia.

Com o tempo, os impérios políticos começaram a ruir e com eles, o escritório passou a ser investigado. Éramos alvo da mídia e os jornais sensacionalistas encontraram em nossa atuação política o viés para nos culpabilizar como cúmplices ou articuladores até de corrupção nas mais altas instâncias do poder.

O nível de cobrança era insuportável. Nenhum dos outros sócios queria dar declarações à imprensa. Cumpriam ordens, diziam: "procurem o Dr. Marcos Alcântara Lustosa, ele é o responsável legal. Ele assinou esses documentos". E assim faziam os jornalistas. Por muito tempo, meu nome era um dos destaques negativos de qualquer telejornal.

A polícia aparecia no escritório às seis da manhã com ordem de busca e apreensão. Eu imaginava que nada seria encontrado, mas surpreendentemente, sempre havia provas escondidas no escritório que iam nos complicando.

Certa vez, houve o maior de todos os escândalos. O jovem prefeito de uma cidade do interior desviou verbas da construção de um abrigo para órfãos, superfaturou a obra, entregou metade do acordado e ainda, durante as investigações dos desvios, houve uma pane elétrica no orfanato que ocasionou um incêndio onde foram vitimadas duas crianças. A causa do incidente foi curto-circuito causado por erros na instalação elétrica. O prefeito foi culpabilizado e usou em sua defesa licitações fraudadas por nosso escritório, onde figurava a minha assinatura, e eu acabei sendo arrolado como cúmplice no homicídio culposo das crianças. Foi assim que perdi minha condição de réu primário. O competente Gregório conseguiu que, embora condenado, eu respondesse ao processo em liberdade. Processo esse que, como tudo envolvido em política, deu em nada. Mas meu nome, profissionalmente, já estava manchado.

Por trás dessa tragédia, havia uma divisão de verbas de um grande cartel de políticos que criavam falsas empreiteiras e loteavam por "laranjas" comandados por parentes para lucrar com o superfaturamento das obras. Uma verdadeira quadrilha.

Todo roubo, todo errado, deixa provas. Tudo o que ocorre em uma grande empresa passa pelos olhos de quem opera os computadores. Tudo passa pelos olhos da recepção. Todos os papéis, todas as assinaturas. O poder está sentado e elegantemente vestido na recepção de qualquer empresa. Na nossa recepção, estava Arlene, uma loira oxigenada, manchas disfarçadas por quilos de maquiagem, unhas e batom vermelhos, uma mulher vistosa de cerca de 28 anos, com ar dissimulado, olhar vivaz e astuto disfarçados sob longos cílios postiços. Me lembrava uma atriz.

Profissionalmente, era muito capaz, proativa e sempre disponível para ajudar. Ambiciosa, deixava claro para todas as colegas de trabalho que seu objetivo era subir na vida, trabalhando ou se casando com um homem de sorte e rico. Dizia nas rodinhas de café que não nascera para a pobreza e as unhas, as criava para escalar as encostas da vida.

Com suas habilidades, não demorou a cair nas graças de Gregório, alinhava-se com ele em pensamento e, de recepcionista, foi ganhando poderes até se tornar assessora pessoal da diretoria, dele e minha, mas com amplos poderes sobre as demais recepcionistas do escritório. Arlene sabia de tudo. Quem eram os políticos envolvidos em que esquemas, quem eram os laranjas, quais processos precisavam cumprir prazos, quais *habeas corpus* tinham prioridade... dizem que comandava também o recebimento do caixa dois, pago por fora para Gregório e os demais sócios da empresa.

Arlene sabia demais, tinha um caráter duvidoso e era gananciosa. Ingredientes mais do que suficientes para que logo se sentisse pouco valorizada e quisesse mais. Pleiteou e recebeu aumentos de salário, mas passou a exigir percentagens das negociatas, participação no particular e, em dado momento, juntou diversos documentos comprometedores para os clientes, para o escritório e especialmente para mim, que os assinava, e ameaçou denunciar. Isso seria o fim do escritório e da carreira de muitos clientes.

Quando dei por mim, o trabalho era agora criminoso e altamente sigiloso. Os mais altos escalões do governo trabalhavam conosco e Arlene sabia. Por isso, de posse do seu dossiê, passou a nos chantagear.

Se caísse o escritório, cairíamos junto. Era o fim. Gregório me culpava por não conseguir solucionar a questão, exigia de mim uma conversa definitiva com Arlene. Se ela fosse à grande mídia, o futuro do escritório que prometi zelar, de Dona Berta em seu fim de vida e de Cibelle estariam acabados.

Procurei Arlene para diversos acordos, ela levou muito dinheiro em repetidas chantagens. Entregava-nos cópias, relatórios, mas sempre guardava alguma carta na manga. Algum original.

VINTE

Quando tudo aconteceu, foi um escândalo. Primeiro, o desaparecimento. Depois, a constatação de que Arlene sabia demais. E consequentemente, a suspeita de assassinato. Abutres! A mídia caiu em cima do caso com sua força esmagadora, fuçando, mexendo pauzinhos, fazendo movimentar uma cadeia de pessoas feitas para deixar as coisas como estão. Os escravos do sistema. Se dependesse deles, as coisas simplesmente se manteriam como antes. A aparente paz na superfície do pântano esconde a putrefação da lama. Mas a sanha midiática pelo que vende jornal e revista, a busca pelas maiores audiências na TV, fizeram com que a mídia voltasse seus olhos de rapina para mim. Mais que os olhos, os canhões da opinião pública. De mero patrão, testemunha, passei a ser suspeito de envolvimento e, posteriormente, provável assassino. Foi assim que o inferno começou a tomar conta da minha vida.

No início, tentaram caracterizar como crime passional. Não foi passional. Eu nunca a amei ou tive um caso com ela. Algumas pessoas são atraídas para o poder, como mariposas para a luz. O interessante é que reclamam e se indignam ao sair chamuscadas pelo calor da lâmpada. É o jogo. Quem não sabe jogar, nem deveria sentar-se à mesa. Para o mundo do poder, há que ter estômago.

Chamar aquele crime de passional foi ridículo. Mas é sempre assim. Um homem mata uma mulher, pronto, crime passional. Não no meu caso. Ela me desafiou. Sabia demais e achou que estava recebendo pouco. Achou que seu silêncio era valioso demais. E era. Para mim e para ela. Mas eu não estava disposto e nem poderia ceder. E ela pagou um preço alto demais. Por mais passivo que seja, qualquer animal acuado agride. Talvez fosse esse o estopim.

Arlene era gananciosa. Ela não tinha outro mal em si, além da cobiça. De alguma maneira, ainda conservava limites. Enquanto eu, pressionado entre as paredes do poder, já os perdera há muito. Os limites dos valores no mundo dos poderosos são tênues. Foi aí que ela blefou e perdeu.

Meu pai me ensinou a jogar pôquer. Era um dos poucos momentos em que ele prestava algum tipo de atenção em mim. E eu, carente de sua atenção, adorava rodeá-lo, para ouvir as suas lições sobre pôquer ou para jogar com ele, nos raros dias em que estava de excelente humor, normalmente quando ganhava uma rês no jogo, após ter perdido uma fazenda na semana anterior.

Ele me ensinou a blefar. No pôquer, há cartas que são relevantes e cartas que não valem nada. Em mãos deploráveis, se você quiser tentar vencer, tem que ser muito bom no blefe. Você tem que apostar alto. É tudo ou nada. Olhar na cara do inimigo como se tivesse nas mãos uma quadra de ases. O adversário tem sempre a tendência a não querer arriscar. E se você não piscar no momento exato em que ele lê a sua alma, tem grandes chances de ele correr e você levar a mão. E o melhor, sem mostrar as cartas.

O detalhe — e o diabo mora nos detalhes — é que você tem que saber com quem blefar. Se não, põe tudo a perder. E Arlene quis se dar bem, blefando comigo. Me chantageou, agiu como se fosse a pessoa mais fria do mundo, a mais inteligente e a mais articulada. Infelizmente, para ela, era apenas um blefe. Seres humanos têm uma essência divina, mas eu matara Deus em mim, graças ao padre do cálice eucarístico, lembra? E assim, achava que o mal tomara conta de mim, me arrebatara, estava enlouquecido pelos descaminhos do escritório, que minha anuência tácita permitia. Pressionado por todos os lados e pela própria consciência, eu não estava para blefes. Instado a tomar uma atitude, desesperado. O resultado não foi o planejado, fora instintual, visceral e animalesco. Nenhuma razão, apenas desespero e emoção desenfreada.

* * *

Rodrigo baixou o caderno com os escritos, incrédulo. A que ponto chegava um homem insulado. Humberto ou Marcos Alcântara deixava seu *alter ego* profissional tomar o controle ou perdia o controle de si para um mal que o descontrolava.

Era já alta madrugada, mas Rodrigo simplesmente não conseguiria conciliar o sono sem ler o final daquele capítulo e decidiu seguir. Embora temesse que a contar pelo desfecho já sabido da vida de Humberto, provavelmente também não conseguiria dormir após finalizar a leitura.

* * *

A noite do crime era uma noite perfeita para um assassinato. Uma noite chuvosa e sombria, bem típica daquela grande metrópole. Arlene já vinha me telefonando há algum tempo. Sempre pedindo dinheiro em troca das fitas, relatórios, CDs, que dizia ter em seu poder, e que mostravam detalhadamente como funcionava nosso esquema de superfaturamento, mostrando inclusive pagamento de subornos. Inúmeros documentos com e sem a minha assinatura, mas que estavam ligados ao escritório de Feliciano que eu jurara proteger. Nem me recordava de ter concordado com tantas fraudes assim. Mas se concordara, era tão culpado quanto os que praticaram as fraudes.

Essa era uma rotina extorsiva; ela começava a me ligar, com as mesmas insinuações: Lembra da licitação A, lembra da empreiteira B, lembra das provas contra o doutor C? Pois bem, se não pagar, vou publicar! É claro que, como secretária, ela tinha acesso a conteúdo privilegiados, cartas, documentos, contratos, licitações fraudadas, e eram esses os originais que guardava, antes de queimar os vestígios, como era regiamente paga por Gregório para fazer, encobrir seus rastros de corrupção. Mas para ele, isso era irrelevante: Você é o responsável pelo escritório, dizia Gregório, precisa resolver isso ou quem cai é você. Precisa acabar com essa história. Eu ajudo você. Sabe que pode contar comigo. Dê um fim nessa chantagem... Era o que eu ouvia dele, reiteradas vezes. E, retirando um revólver preto da gaveta, o colocou em minha mão, sem nada dizer. Senti o frio metálico e o peso da arma, minha própria consciência pesava uma tonelada. Vai me emprestar sua arma? Claro que não! Essa é registrada em meu nome. Mas arranjo uma, com numeração raspada. Fica tranquilo.

Acuado, ia e pagava a quantia estipulada pela chantagista e, em troca, recebia na calada da noite, em lugares distantes das câmeras de segurança do escritório, envelopes pardos que continham os documentos que ela deveria ter destruído, e então, rumava com eles para a chácara, para enfim, destruí-los no fogo.

Após inúmeros pagamentos em série, dessa fatídica vez, Arlene me chantageava com um DVD que supostamente continha provas de outro crime grave. Um vídeo forte e incriminador, vergonhoso, que ela propositalmente deixara para o final.

Um DVD que, segundo ela, mostrava cenas íntimas entre mim e uma jovem estagiária no escritório, em uma das festas de confraternização que, segundo sua narração afetada, acabara em orgia. Me recordava, sim, de que o álcool fora servido fartamente, lembrava que cometera excessos naquela noite e acordara, sujo e descomposto, sobre a mesa de reuniões do escritório. A sala parecia um campo de guerra com papéis picados, roupas íntimas espalhadas pelo chão; lembro de ter catado as minhas, sem entender muita coisa e me arrastado para o carro, ainda muito bêbado e nauseado e rumei para a chácara. Não me lembro mais de nada.

Não tardou e as chantagens recomeçaram, vi os vídeos diversos que ela passou a me enviar, o burburinho e a fofoca no escritório. O chefe e a estagiária, o sempre grave e frequente pecado da carne. Isoladamente, isso nem seria tão agravante assim. Esse deslize seria facilmente perdoado por aquele compêndio de gente corrupta que havia se tornado o escritório do velho Feliciano. Mas Cibelle, aquela víbora com contornos femininos, me extorquiria mais meio milhão com o divórcio.

Eu já havia pagado pelas fitas várias vezes, mas a chantagem não cessava. Arlene sempre voltava a ligar, dizendo que ainda havia um original, mas não haveria cópias. Dessa vez, preferi não acreditar. Estava decidido e muito descontrolado. Estava num dia muito ruim. O mal tomava conta de mim.

Gregório sabia de tudo, não havia outra pessoa a quem confiar tamanha sujeira. E foi com esse perfil de noite chuvosa que ela se aproximou de mim. Como sempre vinha vestida em seu estilo *Bond Girl*, um sobretudo tipo *trench coat*, um cachecol, um chapéu estilo panamá. Sempre em uma esquina escura, e pouco movimentada da cidade, alta madrugada. Eu já conhecia o seu ritual. Ao vê-la chegar das outras vezes, sempre ri em pensamento, achando que aquela garota assistira a filmes demais. Não nesse dia. Fui disposto a falar sério, muito sério.

Arlene, no entanto, não estava disposta a se afastar um milímetro de suas atitudes anteriores. O costumeiro olhar de mistério, o mesmo jeito de blefar. Dessa vez, no entanto, o filme teria um final diferente, pelo menos para ela. Estendeu a mão com o DVD, assim que colocou as mãos no envelope pardo. Estava tão certa, que sequer conferiu. Colocou o envelope sob o casaco e já ia saindo quando a agarrei pelo braço. Ela se voltou contrariada, e ia reclamar, quando eu a puxei para perto do meu rosto e falei seriamente ao seu ouvido. Onde estão os originais? Está tudo aí. Não tem mais originais, o arquivo foi deletado! Como das outras vezes? Como posso ter certeza? Rosnei entre os dentes. Foi quando ela viu a arma sob o meu paletó. Creio que percebeu que o tom era diferente dessa vez. Não tem mais nada, apaguei do computador da empresa. Era lá que estavam os arquivos. Eu juro! Segurei seu rosto pelo queixo e gritei, você espera que eu acredite nisso? Dessa vez, o tom realmente não era o mesmo e acho que finalmente ela se deu conta do risco que corria. Ela blefou, eu paguei para ver. Eu juro, doutor! Dessa vez é verdade! Disse, quase em lágrimas. Onde estão os originais? Você vai me levar lá agora e vai apagá-los na minha frente. Agora! Saquei a arma no ar. Uma leveza, tinha aquela arma, ninguém diria que tiraria uma vida.

Aturdida, ela concordou prontamente e fomos para o escritório. Entramos, subimos apressadamente até a sua sala, que ficava no primeiro andar, e ela se dirigiu ao computador pessoal que ficava à direita de sua mesa. De lá, descriptografou alguns arquivos, desbloqueou algumas pastas e me mostrou o arquivo do vídeo. Aqui está... Eu não menti! Mentiu sim! Você jurou que os originais tinham sido deletados. Mas agora serão, doutor.

Agarrei-a pelo braço e pela escada abaixo até o carro. Olhei para os dois lados. A garagem vazia. Fechei a porta do carona e entrei do outro lado. Ela ainda ameaçou sair do carro, mas demorou muito a decidir e, com um olhar ameaçador, eu a impedi de fazê-lo. Timing. Se ela tivesse corrido enquanto eu dava a volta na frente do carro, talvez estivéssemos livres agora. Mas ela perdeu o segundo exato.

Sentei-me na direção. Sentia a presença do mal crescer dentro de mim. Uma forte dor de cabeça ameaçava se tornar insuportável. Era a tensão do momento. Uma voz dentro de mim dizia: "Você não é assassino. Vamos, pare agora. São muitas as responsabilidades. Eu não posso ser pego. Tenho que dar um jeito nessas provas. Seria problema demais caso viesse à tona".

Creio que Arlene sentia a tensão no ar. Em todo o percurso, permaneceu imóvel, com as mãos crispadas sobre o colo, como que buscando uma compostura que, em minha opinião, há muito já perdera. Ou pedindo perdão a Deus pela sua ganância, ou por sua burrice, ingenuidade, não sei. Doutor, para onde está me levando? Vou lhe dar uma carona. Para onde? De volta para o inferno, de onde não deveria ter saído.

Conduzi o carro em alta velocidade. Duas pás de aço pareciam aprisionar o meu cérebro com força e apertar, feito um torniquete. Era a dor, aquele cheiro já tão familiar. Precisava resolver aquilo rapidamente, antes que o mal tomasse conta do meu corpo. Podia senti-lo cada vez mais próximo. Se chegasse antes da hora, o carro poderia descontrolar-se, chocar-se em algum poste e seria o crime perfeito. Mas o mal era incontrolável e eu não estava disposto a ficar à mercê dele. Não deveria estar dirigindo! Sabia. Não naquele estado. Mas, diante dos tantos crimes que me foram imputados, dirigir sem condições me parecia até pueril. Chegamos a um local ermo, no meio do nada. Com a cabeça, indiquei que ela descesse. Ela obedeceu, agora sem um pingo do glamour *Bond Girl* do início. O cabelo desgrenhado pelos puxões, a roupa amarrotada, a maquiagem borrada.

Desci aos tropeços até o outro lado do carro e parei frente a frente com ela. Arma em punho, eu tremia, ela tremia. Minha vontade era deixá-la ir. Mas agora, depois das ameaças, ela tanto poderia pender para um lado quanto para o outro. Vai que ela pendia para o outro lado e mais chantagens viriam? Não podia correr o risco. Dissera a Gregório que cuidaria de tudo e ele prometera me ajudar. Tinha que apertar o gatilho.

Encostei a arma na sua cabeça, eu a continha por trás. Arlene estava trêmula, minhas mãos tremiam também. As forças pareciam abandonar o meu corpo e o mal cavalgava velozmente sobre mim. Eu tinha que fazer aquilo, agora. Uma tontura insuportável me fazia despencar. Agora já nem sabia se conseguiria mais a acertar. Conseguiria puxar o gatilho? O hálito fétido do mal, sua baba gosmenta já podia ser sentida. Já não era mais eu, era "O Mal". Tarde demais... uma dor aguda, um clarão, um estampido seco e a escuridão. Dois corpos caídos no chão. Triste desfecho. Silêncio.

***

Rodrigo terminou o capítulo, prendendo a respiração. Afinal, era um crime que parecia acontecer ali na frente dele. Estudara as personalidades capazes de matar, dos neuróticos pressionados aos psicóticos sociopatas. Humberto não lhe parecia se encaixar em nenhum desses perfis. Mas... o ser humano é capaz de mimetizar muito bem.

VINTE E UM

Quando acordei, não sei quanto tempo depois, abri os olhos com muita dificuldade. Me vi deitado no chão, com o rosto enfiado na lama, sentia gosto de terra. Chovera. Era alta madrugada, podia dizer pela serração intensa. O sereno tornava a noite ainda mais fria e o silêncio, insuportável. Tudo escuro, tudo quieto, exceto por um ou outro coaxar de sapo mais à frente. Tudo fantasmagórico. Via apenas o facho luminoso do farol do carro ligado.

A dor de cabeça era forte ainda. O corpo doía muito, como se tivesse levado uma surra. Não lembrava de nada. Como fui parar ali? Lembrava vagamente da discussão no escritório, de Arlene *Bond Girl*. Da cara excessivamente maquiada sorrindo amarelo para mim. Depois, mais nada. Pelo meu estado, percebia que o mal tomara conta de mim. Aos poucos, fui me dando conta do horror. Estava completamente desalinhado, o cabelo desfeito, a roupa rasgada, as calças molhadas e sujas de lama.

Sentia uma umidade incômoda. Meu corpo estava coberto por um líquido viscoso, talvez tivesse caído numa poça. Passei a mão no rosto, tentando recobrar a consciência. Minhas mãos estavam sujas de terra e lama. Havia terra por todo lado, entrando nos olhos, na boca. Terra aderida à saliva. Não era só saliva, nem era só o sereno. Passei a mão, tentando limpar a boca. Um gosto de terra, de lodo e... sangue. Havia sangue por todo o lado.

Instintivamente cuspi. Cuspi para tirar o gosto de sangue e a terra da boca. A cabeça latejava como se fosse explodir, mas não explodia, apenas latejava insistentemente. Tentei levantar o corpo, tudo o que consegui foi apoiar os punhos e cotovelos no chão o suficiente para virar a cabeça para os dois lados e olhar ao redor de mim. Eu estava numa poça de sangue, mas não me sentia tão ferido. A dor que sentia não era de um ferimento. Aquele sangue todo não era meu. Tentei me levantar, assustado.

No entanto, havia algo estranho, que limitava os meus movimentos. Bem perto, algum obstáculo relativamente grande, não dava para ver no escuro, mas podia sentir. Algo estava sobre mim. Pesado, como um saco de areia. Um corpo humano. O terror e a confusão me invadiram, somados ao desespero de sair dali.

Não fazia a menor ideia de quem era, ou o que acontecera. Não lembrava da noite anterior. Era certo. Terrivelmente certo. Havia um corpo sobre o meu. Empurrei o corpo e me arrastei alguns metros pela lama. Só então pude olhar melhor. Um corpo de mulher. Deitado de costas. Quente, mas imóvel. Sem vida, olhava fixamente para mim. Nos olhos escancarados, uma expressão de pânico, de incredulidade. Os braços ladeavam o corpo e as mãos espalmadas afundavam na terra. Morta. Um vermelho borrado do batom gritava na boca aberta. E na testa, no meio da testa, o que parecia um furo quase que imperceptível, de onde um filete de sangue ainda pendia. Mal dava para reconhecer, mas eu o sabia. Era Arlene... E, subitamente, tudo veio à tona. Eu matei Arlene. Eu puxei aquele gatilho. Eu era um assassino. O mal se materializara em mim.

Com esforço, dores lancinantes nas pernas e braços, os músculos em frangalhos como se tivessem sustentado o peso da Terra por horas, me arrastei para longe, cambaleante, me pus de pé, apoiando no carro que parado, ao lado da cena, estava todo salpicado de sangue e lama.

Sangue e lama. A que se reduzira Arlene. Matei Arlene. Eu fui capaz. Se acreditasse em Deus e me sentisse digno de falar com ele, diria: Meu Deus..., mas ele não me ouviria. Então eu tive coragem de puxar o gatilho... duvidara, até agora. O desespero tomou conta de mim. Minhas mãos estavam cheias de sangue. Do sangue daquela mulher. Meu corpo estava coberto de desonra.

Tive uma crise de choro. Impossível controlar. E chorei convulsivamente por algum tempo. Até que, ainda em choque, constatei o óbvio: eu precisava sair dali.

Precisava fugir da cena do crime, fugir do flagrante, fugir antes que fosse tarde. Caso contrário, eu teria matado alguém em vão. Caso contrário, Arlene, mesmo sendo um ser abjeto, teria morrido em vão. Eu precisava sair dali e precisava da sombra daquele resto de noite para esconder o meu crime. Precisava entender.

Como entraria em casa com o carro cheio de sangue, sem ter que me explicar com o caseiro? Como chegaria coberto de sangue em casa sem ter que me explicar? Talvez fosse melhor não ir para a casa. Talvez fosse melhor ir para algum lugar antes. Me recompor. Lavar o carro. Tirar aquelas marcas de sangue de mim. Resolvi ir para a chácara que ficava a alguns quilômetros dali. Daria tempo de chegar ainda amanhecendo. Lá, poderia apagar alguns dos vestígios mais óbvios. Dei a volta no carro, me sentei, dei a partida, pus a marcha ré e sai em alta velocidade, deixando o corpo de Arlene lá. No caminho de volta, fui tentando controlar a emoção, o nojo, o enjoo. Respirava fundo, tentando recobrar o controle da situação. As lágrimas continuavam a lavar o meu rosto do sangue de Arlene.

Enquanto dirigia em direção à chácara, tentava desesperadamente relembrar. Arlene, as ligações, a chantagem, o encontro, as ameaças, o vídeo. Minha nossa! O DVD! Onde estava o DVD? Bati, apavorado, nos bolsos do paletó à procura do disco. E se ele tiver caído na cena do crime? E se ele estiver perdido? Mas senti o volume no bolso direito do paletó e suspirei. De alívio.

Mais tranquilo, as memórias continuaram voltando e eu as deixei seguir seu fluxo, na esperança de encontrar uma chave de saída daquele inferno. Recordei a ida até o escritório para apagar os arquivos do computador. Recordei os solavancos, era um caminho sem volta? Será que, dali, ainda havia uma saída menos radical? Me perguntava insistentemente, onde foi que se tornou inevitável? Como queria que alguém apertasse o botão "retroceder".

A estrada estava deserta. A sensação de embrulho no estômago só aumentava. A angústia de chegar também. Estava em alta velocidade. Queria me afastar da cena do assassinato, para ver se me afastava do assassinato.

Recordei a ida pela estrada quase deserta. Como me sentia mal, paramos naquele matagal, onde tudo aconteceu. Não dava para ver muita coisa naquele breu do terreno baldio. Lembrei que somente o farol do carro quebrava a escuridão total. Ainda assim, era o farolete. A ideia de ter acertado Arlene de maneira tão perfeita, no meio da testa, naquela escuridão, me assustava. Então havia um assassino em mim. Lembrei da discussão. Da dor, do apelo de Arlene. Do estampido. Lembrava do estampido também. E da escuridão. Tinha consciência de todas as maldades que praticara em minha vida até ali. Mas matar? Eu mesmo não me sabia capaz de matar. Mas havia feito. Em nome da proteção da minha família, do bem-estar deles, encontrara sócios do crime, pessoas a quem beneficiei com meus atos ilícitos. Pessoas com quem compartilhei a banda podre. Mas matar? Me surpreendia que eu tivesse tido essa coragem. Ou a falta dela. Matar Arlene não foi um ato de coragem. Foi covardia. Ela era mais frágil e, evidentemente, estava desarmada. Roguei a Deus para apagar aquela cena. Pai, faz com que isso não tenha acontecido! Faz com que tenha sido um sonho ruim, Senhor, me faça acordar. Tenha piedade de mim, Senhor!

Mas era como falar às paredes. Afinal, para que Deus eu apelava? Aquele que eu negava em todos os momentos, dizendo ser invenção humana para manipular os mais pobres? É que eu mesmo permitira que inventassem muita coisa para manipular os mais pobres, eu mesmo tinha assinado verdadeiros milagres da impunidade para os mais favorecidos. Como acreditar em Deus? Como acreditar no Deus daquele padre? Acho que era isso que me afastava de Deus. O fato de ele permitir que aquele padre fosse o mal em nome do bem. O fato de ele permitir o mal. Agora, eu queria um Deus, mesmo que inventado, para permitir que eu não fosse o algoz daquela mulher. Como Deus permitiu que eu puxasse aquele gatilho. Como Deus permitiu o mal? Então, Deus é mau. Talvez por isso, eu também fosse. O mal morava em mim e acabava de se manifestar, tirando a vida de alguém. Então, com esse Deus que permitia essas atrocidades, eu podia me comunicar. Com esse Deus, eu podia conviver, pois ele, assim como eu, era mau e permitia o mal.

Finalmente cheguei à chácara. Deserta. Ninguém para abrir o portão. Ainda bem! Chegar àquela hora da madrugada, com o carro, as roupas e tudo mais naquele estado, não seria fácil explicar e poderia levantar suspeitas, quando as coisas viessem à tona. Acionei o portão eletrônico e entrei. Saí do carro. Tudo estava escuro. Nenhuma luz na casa grande. Apenas a luz do farol, novamente. Isso me trazia à memória a cena do crime. As mãos sujas de sangue. O cheiro do sangue já pisado, em mim. A ânsia de vômito foi inevitável. E fiquei ali, ainda por algum tempo, até que me sentisse melhor. Procurei na varanda a mangueira que aguava as plantas do jardim e com ela, lavei as mãos, a cara e o vômito. Lavei o sangue na lataria do carro. Peguei as chaves da porta, abri com dificuldade, no escuro. Tateei o interruptor. Acendi as luzes da sala e cruzei o corredor em direção à cozinha. Procurei um pano limpo. Voltei para fora e umedeci o pano na água da mangueira. Limpei o interior do carro. Tirei os mais evidentes vestígios de sangue do volante, dos bancos onde apoiara as mãos. Feito isso, me senti um pouco menos angustiado. Mas não quis entrar imediatamente. Permaneci sentado na escada que levava à varanda. Deixei a água da mangueira correr mais um pouco, fiquei observando a água escorrendo pelas minhas mãos, na esperança que lavasse minha alma. Não lavou.

Assustei com um facho de luz que vinha da casa dos fundos. Era uma lanterna. O caseiro ouvira o barulho e se levantara, arma em punho, para verificar se estava tudo bem. Se esticava entre as sombras para enxergar melhor. Abaixou a arma quando viu meu carro. Doutor? Sim, Celso, sou eu. Está precisando de alguma coisa? Fiquei preocupado quando ouvi barulho a essa hora da noite...

E aproximou-se um pouco mais. Comecei a me sentir incomodado com a presença inquisitiva dele. Desconfiado, esticava-se para ver melhor o que ocorria. Pessoas surpreendidas pelo inesperado têm uma tendência a investigar, mesmo que seu cargo não permita isso. O que diria a ele? Como justificar minha chegada à fazenda àquela hora da noite? Lembrei do paletó ensanguentado e me apressei a retirar antes que ele continuasse se aproximando. Era provável que visse as manchas úmidas de sangue no paletó claro. Está tudo bem, Celso. Bebi demais e briguei com a patroa, mas está tudo bem.

Me apressei a responder, fazendo menção de me levantar. Pela dor no corpo, e a noção de que exporia o corpo e as manchas que provavelmente haveria na calça e sapatos, desisti. Permaneci sentado e falei, fingindo voz embolada de embriaguez. Vá se deitar. Está tarde. Quero ficar sozinho. Se o senhor está dizendo... boa noite. Boa noite.

Naquele momento, a única certeza que eu tinha era que não queria ver ninguém. E nem podia, naquele estado. Talvez apenas Marcela. E a recordação de seu rosto doce e bom me inundou. Se eu pudesse... mas não era digno dela. Nunca fora. Depois daquela noite, ainda mais. Havia me tornado o monstro. Personificara o próprio mal que havia em mim. Contaminá-la. Não podia antes, quando era apenas desonesto, ainda mais agora, que era um assassino. Não sei por quanto tempo me demorei lá fora. Já estava amanhecendo quando consegui entrar. Tomei um banho e tirei aquela roupa suja de crime. Esfregava a pele com sabão, como se pudesse arrancar o vício, a sujeira da alma. Queria tirar todos os vestígios daquela morte de mim. Mas bastava fechar os olhos e seu rosto de horror, com sangue escorrendo da testa, me vinha à mente. Eu era o culpado. Eu estava segurando a arma algum tempo antes, junto à cabeça dela. Ainda assim, naquele momento, pensava que eu a libertaria. Ela já havia entregado os arquivos. Provavelmente não nos chantagearia mais. Mas o mal chegou antes. Não fui eu o culpado. Foi "O Mal"! O mal havia me consumido.

* * *

O relato do crime cometido, pela ótica do criminoso, era estarrecedor, e Rodrigo precisava admitir que era uma experiência que ele nunca vivera antes. Não que ele tivesse larga experiência prática, mas a sucessão de notas dez nas provas teóricas parecia lhe dar razão: algo não fechava no diagnóstico de Humberto.

VINTE E DOIS

RODRIGO PESQUISOU DIVERSOS LIVROS DE PSIQUIATRIA, dezenas de artigos, sem conseguir fechar o diagnóstico. Ou os dados estavam incorretos, ou não condiziam com os sintomas. Começou a suspeitar de que Humberto tivesse mentido nos escritos. Mas não fazia sentido escrever uma confissão, já tendo sido condenado pelo crime, cumprindo pena e mentir.

Contatou alguns colegas e discutiram o caso. Comprometeu-se a trazer mais dados e tinha esperança de encontrar esses dados nos escritos de Humberto. Precisava então correr para conhecer o final daquela história.

* * *

Era noite. Eu abria os olhos e o cadáver de batom estava ali, de olhos escancarados, fitados em mim. Da sua testa pendia um filete de sangue que engrossava, aumentava, crescia, drenava todo o sangue do corpo e vinha pegajoso, escorrendo em minha direção. Eu queria fugir, mas sentia os dedos molhados de sangue, imóvel, inerte, não podia me mover, queria gritar, não conseguia, o sangue da morta subia, me regava a face, entrava pela minha boca, preciso correr, preciso gritar! Socorro! E então, o estampido da arma de fogo... Pow!

A dor aguda no pescoço me fez abrir repentinamente os olhos, ofegante. Estava ensopado de suor. O dia amanhecera e, no ambiente silencioso, pássaros gorjeavam na típica revoada matutina. Movi lateralmente a cabeça pesada, tentando identificar o lugar. O teto de telhas aparentes, a superfície dura em que estava deitado. A parca memória do dia anterior me deu, por segundos, a sensação de estar despertando de um pesadelo. Mas não era sonho, despertei na dura realidade. Adormecera no sofá da chácara.

Acordei com a velha sensação de ressaca, aquele cheiro horrível, o corpo moído, a cabeça estourando de dor. Um enjoo que não passava. Nenhum apetite. Estiquei o braço com um esforço hercúleo, olhei para o relógio: eram sete e meia de uma sexta-feira chuvosa, como eram chuvosas quase todas as sextas-feiras de julho naquela cidade. Sentei-me com muita dificuldade e apoiei a cabeça entre as mãos. Capotara ali mesmo, como capotara toda a minha vida.

Os pensamentos me assaltaram de novo. Eu matei Arlene. Não havia um álibi. Não havia ninguém que pudesse atestar a minha inocência. Por isso, era apenas uma questão de tempo. Eu não tinha pretensão de conseguir um álibi. Mas a vida continuava e não podia simplesmente sumir. Era preciso ser o mais discreto possível. Sabia que tinha as costas largas. Era um dos melhores advogados da cidade, do Estado, trabalhava para as pessoas mais influentes do país. Conhecia uma teia de poderosos. Precisava de conselhos. Não tinha cabeça sequer para pensar em uma desculpa, quanto mais em álibis. Mas algo precisava ser feito. A família de Feliciano, o escritório dele, que jurara defender. Havia muito a perder e eu falhei.

O aparelho celular recém-comprado para o escritório tocava insistentemente a certa distância. No carro. Ergui o corpo em frangalhos, abri a porta da casa. *Ninguém, graças!* Me arrastei até o carro sujo de lama, mas sem vestígios aparentes do crime. Abri a porta. O cheiro de lama aquecida pelo sol da manhã não ajudava muito a melhorar meu enjoo. Peguei o aparelho no painel do carro, bati a porta, fiz menção de voltar. Quem seria àquela hora? Certamente não seria Cibelle, nem nenhum de meus filhos. Eles simplesmente não se importavam. Poderia ser a polícia, com tanta insistência. E se fosse a polícia? O que diria a eles?

Achei por bem não atender. Rumei, com dificuldade, de volta para a casa grande. Aquela chácara, adquirida há alguns anos para que minha mãe pudesse passar ali sua velhice, fora providencial naquele momento.

Quando o coronel morreu de cirrose, ela pode finalmente mandar na fazenda Brejo Das Neves por algum tempo e ter paz. Mas, com a idade, também não podia ficar lá sozinha. Precisava de médico, precisava estar mais perto da cidade. Eu não tinha casa, morava na do Dr. Feliciano, na edícula, desde que meu casamento desandara. A chácara era uma miniatura da fazenda e minha mãe morou aqui por alguns anos, na companhia de Celso, caseiro e motorista, e da esposa dele, que fazia as vezes de cuidadora. Certo dia, amanheceu morta. Tempos depois, a esposa de Celso teve câncer e faleceu.

A chácara ficou vazia. Sem filhos, sem parentes próximos, Celso pediu para continuar lá. E eu não obstei. Minha família não gostava do lugar. Quando o comprei, sonhava em tê-lo como um refúgio de paz, um lugar para reunir a família, para momentos divertidos juntos, quem sabe fazer minha mãe desenvolver vínculos de afeto com os netos, com a nora, talvez até comigo, o filho que ela jamais quis, e nunca perdoou por ter vindo ao mundo. Mas isso nunca aconteceu. Cibelle e as crianças só estiveram na chácara uma vez, muito a contragosto, para conhecer a avó que não faziam questão de ter e que tampouco fazia questão da presença deles. Assim, era o refúgio perfeito para mim, lá eu poderia ficar um pouco sozinho e em paz.

Sentei-me outra vez no sofá. A paz, no entanto, durou apenas poucos minutos. O telefone continuava a tocar repetidamente. Precisava pensar em algo. Levantei-me, fui até a velha estante e liguei a TV. Nada no noticiário da manhã, em nenhum canal. Nenhum escândalo que merecesse manchete. Provavelmente as ligações não eram da polícia. Na verdade, a polícia talvez ainda nem tivesse encontrado o corpo. E muito pouco provável seria que já estivessem atrás de mim, afinal eu não era suspeito. Apenas minha culpa era meu algoz naquele momento.

Precisava juntar as forças e retornar à cidade, retomar a vida, antes que minha atitude levantasse suspeitas. Embora encarar Cibelle fosse a última coisa que desejava, sabia que sua família e o escritório precisavam que eu voltasse para casa. Mas estanquei na soleira da porta, não sentia desejo real de ir a lugar algum. Fiquei algum tempo parado, divisando o horizonte com o olhar distante dos perdidos. Enfiei a mão no bolso, peguei o maldito celular que não parava de tocar. Coloquei no mute, e por fim, corri o dedo na tela e o desliguei. Precisava estar fora de área, até pensar em algo.

* * *

Intrigante, pensou Rodrigo, baixando os escritos e tateando a mesa em busca de um copo de água. A garganta lhe parecia um deserto. A história de Marcos Alcântara virara um *thriller*. A linha tênue que separava o autor do personagem era nítida apenas para quem o lia. Humberto, ou Marcos, era incapaz de perceber que, embora parecesse senhor de seus atos, não vivia, mas era vivido pelas escolhas alheias. Definitivamente, precisava de ajuda especializada, concluiu Rodrigo.

No dia seguinte, convocou Amanda, a nova psicóloga do HCT, para ouvir um parecer técnico dela, a respeito do caso. Imaginou que ela talvez fosse colocar empecilhos, percebia certa má vontade de alguns dos funcionários do hospital, por que fazer isso, doutor? Para quê? Com que finalidade? Que acréscimos isso trará no salário? Mas Amanda, surpreendentemente, nada questionou. Ouviu todo o relato atentamente, sem interromper, com os vivos olhos, que denotavam profunda inteligência, pousados nos dele. Sendo ela psicóloga, ele temia secretamente que a pergunta crucial fosse feita a qualquer momento: "qual o seu interesse especial nesse caso, doutor?".

E temia que então se sentisse desnudado, pois, a bem da verdade, não havia nenhum motivo especial para o interesse, além de sua intuição. A velha intuição que em tese é inimiga mortal da ciência. Amanda era recém-formada, especializada em Terapias Cognitivas Comportamentais, e já em vias de ingressar no mestrado em saúde pública, sem dúvida uma potencial cientista. Daí o desconforto do médico. Mas o caso era por demais intrigante e, postas de lado as convenções, aguardou alguma resposta dela.

— Eu poderia ter acesso a esse material, Dr. Rodrigo? — disse ela, por fim, ajeitando uma mecha de cabelo e arrumando os óculos redondos, com armação cor de casco de tartaruga no nariz cheio de sardinhas. Era uma linda psicóloga, pensou, fitando-a por mais tempo que o recomendado para o status profissional que os reunia naquela ocasião.

— Doutor? O senhor se importa? — falou a jovem, interrompendo seus pensamentos.

— Como? Me perdoe. Estava aqui, imerso em detalhes...

— Os arquivos, doutor, eu poderia ter acesso? — repetiu a jovem.

— Claro! — Completamente sem jeito, respondeu gaguejando. — Só temos um problema, trata-se de material confidencial do paciente e do hospital. Já me sinto cometendo uma contravenção tendo levado o material para casa, não sei se seria indicado envolvê-la e repassar o material. Acho que... não seria apropriado.

— Entendo. Bem, talvez eu pudesse examiná-lo com o senhor então.

— Seria ótimo, mas como eu disse, o material não está aqui no HCT.

— O senhor se incomoda que eu vá à sua casa para avaliarmos juntos? Haveria algum problema? Prometo não tomar muito tempo do senhor e de sua família.

— Para mim? Claro que não — apressou-se a dizer Rodrigo. — Meu único temor é envolvê-la nesse caso.

— Não se preocupe, doutor. Seu relato é muito interessante e diverge de tudo o que já estudei. Já estou envolvida — concluiu a jovem, ajustando a alça da bolsa no ombro e preparando-se para levantar.

— Quando poderia ser minha visita? Amanhã após o expediente? Creio que não podemos perder tempo.

— Ah, sim, claro. Pode ser. Dezenove horas, está bom?

— Combinado, só me passe o endereço por mensagem e estarei lá. Até amanhã — disse a jovem, apanhando as pastas de trabalho, colocando-as embaixo do braço que não continha sua bolsa e levantando-se sem qualquer sinal de assombro.

Enquanto isso, Rodrigo recolhia sua timidez, suas dúvidas e começava a se preocupar em como seria essa visita à sua casa: o que servir? Como receber? Como se comportar? Assuntos demais para um só final de noite.

Em casa, dirigiu-se à geladeira, e observou: água, ovo, manteiga e, na prateleira do fundo, ele tinha um Pinot Noir, muito especial para tomar sozinho. Coçou a cabeça e rumou para a rotisseria próxima ao prédio: seria melhor comprar algumas guloseimas para o dia seguinte, já que não teria tempo de fazê-lo antes da chegada de Amanda, que deixava o HCT um pouco mais cedo que ele.

Começava a se perguntar por que raios havia marcado a leitura tão cedo. Mas era assunto profissional. Se marcasse mais tarde, poderia insinuar um encontro, não era o que ele queria. Caminhava pela sala e fitou o próprio rosto crispado no espelho. Do outro lado, um Rodrigo mais tranquilo e jovial, o Rodrigo das ideias, parecia lhe dizer: Era o que você queria, sim, senhor. Afastou-se do espelho.

VINTE E TRÊS

Pontualmente, às 19h do dia seguinte, Amanda era anunciada na portaria do edifício. Pouco depois, já tocava a campainha do apartamento. Rodrigo abriu a porta tentando disfarçar a falta de jeito e se deparou com a jovem vestida formalmente para o trabalho com seu jeans habitual e um terninho elegante, como sempre. Tinha os cabelos presos em um coque alto e trazia uma pasta e alguns cadernos em uma das mãos e um vaso com uma pequena plantinha florida.

— Boa noite, Amanda! Seja bem-vinda. Por favor, entre.

— Boa noite, doutor — respondeu, entrando descontraída. — Com licença, são para a sua esposa — falou, estendendo o vasinho com flores.

Rodrigo virou-se, indicando um lugar à mesa.

— Ah, quanta gentileza! Obrigado, mas não sou casado — afirmou, escondendo o rubor.

— Ah, tudo bem. Para a sua mãe, talvez?

— Bem... não... moro sozinho — disse Rodrigo, arrumando um cantinho de destaque para o pequeno vaso. — Mas elas ficarão lindas aqui em minha estante. Em homenagem à sua gentileza, prometo que não me esquecerei de molhá-las.

— Combinado. Sei que ficarão em boas mãos. E então, podemos começar?

— Claro.

Rodrigo puxou a cadeira para que ela se acomodasse e entregou os volumes que já tinha lido e explicou que, enquanto ela ia se inteirando dessa parte, ele iria buscando novas pistas no restante do material, assim, teoricamente, ganhariam tempo na pesquisa. Os pontos relevantes, destacariam, depois discutiriam para alinhar a investigação. E assim foi feito. Amanda devorava os escritos de Humberto ainda com mais voracidade que ele. Era impressionante a capacidade da narrativa para prender a atenção. Enquanto Rodrigo lia um capítulo, Amanda, acostumada aos compêndios literários de Freud e Lacan, devorava dois ou três e ainda fazia diversas anotações.

* * *

Após amanhecer no sofá desconfortável, passei o dia da sexta-feira, que começara com o crime, e mais duas noites no sítio, o sábado e o dia de domingo, mantendo o telefone desligado. Tomei alguns tranquilizantes para tentar dormir a maior parte do tempo. Estar acordado e consciente era horrível. Na segunda, ainda de madrugada, para evitar ser visto, retornei à edícula da casa de Feliciano. Me arrumei, barbeei e segui para o escritório. Busquei chegar antes de todos e me manter na minha sala o máximo possível. Acompanhava o movimento do escritório, observando de tempos em tempos, através das persianas.

E as consequências, conforme o esperado, até tardaram, mas infalivelmente, vieram. Arlene foi dada como desaparecida pela família e começou a ser procurada. Isso gerou alguma repercussão no trabalho. Paradoxalmente, esperava que a descoberta do corpo pudesse causar burburinho, mas esquecera-se de que um corpo de mulher, encontrado em um terreno baldio, raramente vira manchete dos jornais. A menos que essa mulher fosse alguém importante. No entanto, sabia que era questão de tempo para que aquele corpo de mulher, baleado, fosse identificado.

Arlene estava com documentos? Provavelmente, não. Mulheres não costumam sair com documentos em seus bolsos. Seus documentos normalmente ficam em suas bolsas. Arlene não usava bolsa quando desceu do carro. Ou usava? Não conseguia lembrar. Precisava me esforçar. Levantou-se nervosamente, apertando as mãos como se as lavasse. Inconscientemente, repetia esse gesto quando estava tenso. Circulei minha mesa de trabalho, fui até o bebedouro, peguei um copo descartável, enchi pela metade com água. Ainda de frente para o bebedouro, olhei através da persiana da janela interna do escritório e meu olhar pousou na escrivaninha vazia de Arlene. Hoje, ela não viria trabalhar. Sabia disso mais que qualquer um ali. Mas a sensação era incômoda, de que, a qualquer momento, Arlene irromperia porta adentro, com seu pesado sobretudo *Bond Girl*. Quase a via, vindo em minha direção, coberta de sangue, cabelos desgrenhados, mãos sujas de terra, como que saída do inferno, dedo em riste, gritando e me acusando de assassinato. Balancei veementemente a cabeça, tentando afastar esses pensamentos aterrorizantes. Estava enlouquecendo de vez. Piscando os olhos, a imagem de Arlene desapareceu e observei o burburinho no escritório. O clima estava tenso. Parece que sabiam.

Girei nos calcanhares e me dirigi à janela. Até chegar ao peitoril, mirei a cidade através do vidro. Me perdi na visão do horizonte, e era como se acompanhasse mentalmente as cenas que provavelmente aconteciam distantes dali.

* * *

Já passava das 22h, e a fome começou a apertar. Mas Amanda, determinada, não parecia se importar. Lia e fazia anotações repetidas vezes em seu bloquinho de notas. Raras vezes, tirava os olhos castanhos dos escritos para comentar algum ponto sumariamente relevante. Rodrigo ficou sem graça de interromper a concentração da moça. Mas, preocupado com a fome, foi até a cozinha procurar algo para comer. Além de água, a garrafa de vinho, os ovos e alguns pães um tanto quanto endurecidos, havia as guloseimas compradas no dia anterior na rotisseria, mas temeu que não fossem adequadas. Tudo muito rico em carboidrato, sem nenhuma proteína. Para um jantar mesmo, não tinha nada a oferecer. Por que não pensou nisso antes? Ao fechar a porta da geladeira, desolado, deu com um anúncio de entrega de pizza. Providencial. Pizza é universal.

— Pedi uma pizza — anunciou Rodrigo, de dentro da cozinha. — Está tarde, acho melhor comermos algo.

—. Ah, me perdoe — surpreendeu-se a moça. — Nem vi o tempo passar. Não queria incomodar, doutor, talvez seja melhor eu ir andando.

— Não. Você é minha convidada para a pizza — antecipou-se Rodrigo. — Pensei em aproveitarmos o intervalo para discutir o que já temos, quem sabe ler outro trecho e depois eu posso levá-la em casa. A menos que não goste de pizza, mas nesse caso, podemos pedir um japonês.

Pizza! Ótima ideia, pensou Amanda, lembrando que detestava comida japonesa.

— Podemos, sim, comer a pizza e conversar a respeito do caso. Mas não se preocupe em me levar, doutor. Não quero dar trabalho.

— A pizza deve estar chegando, vamos comer e depois conversamos sobre a locomoção. O que acha?

Ela assentiu positivamente, risonha.

Enquanto não chegava a pizza, sentaram-se para lerem juntos o trecho que seria a próxima leitura de Rodrigo. Ao contrário dele, que era cartesiano e ordeiro na leitura, Amanda parecia não ter muitos problemas com leituras fora de ordem.

— Na psicologia, aprendemos a ler fora de ordem. Raramente um paciente vai contar seus problemas em ordem cronológica — comentou a moça. — É meu ofício montar quebra-cabeças.

— Ora, sorte a minha. Escolhi, então, a parceira ideal — concluiu, já se sentando e voltando a abrir os relatos de Humberto. — Vamos ler o próximo trecho.

* * *

Desde aquele dia, vivia com medo. As pessoas nas ruas pareciam conhecer meu crime e me perseguir. Pareciam olhar-me de forma acusadora. Tinha constantes pesadelos e acordava aos berros, imaginando-me novamente coberto de sangue e lama.

Olhava as pessoas sem as encarar nos olhos, temia que lessem o crime estampado em minha testa. Temia que, a qualquer momento, tudo viesse à tona, como o corpo de um afogado que, mais cedo ou mais tarde, fatalmente boia. Evitava o convívio com a família, a esposa, os filhos, o ambiente de trabalho. Ia trabalhar apreensivo, olhando repetidas vezes para os lados, como que a esperar um bote.

Descoberto o corpo, identificado, começam as investigações. Começou a sequência já esperada: a busca aos suspeitos. A polícia chegou numa terça-feira ao escritório, fez perguntas, realizou buscas na mesa de Arlene, e pareciam nada ter encontrado. De mãos vazias, foram embora. Mas retornaram diversas vezes, para tomar depoimentos, fazer perícias, investigações. Esquadrinharam o escritório milimetricamente, fuçaram todas as pastas, recolheram alguns computadores, inclusive o da mesa em que Arlene trabalhava, temi pelo que havia neles.

Com a presença da polícia no escritório, comecei a ter surtos de desespero. Entrei em pânico. Para mim, todos os olhares despertavam suspeitas. Minha mente tentava racionalizar, sem as informações cruciais de que não dispunham, pois foram verbalizadas e não escritas, não chegariam à solução. Não passariam de fitas de segurança editadas por um voyeur qualquer. E realmente, no computador, não encontraram nada que ligasse ao crime.

No entanto, como cães treinados, pareciam farejar algo de errado no ar do escritório. Seria o cheiro de podre que parecia exalar da mesa de Arlene? Ou talvez, fosse em mim que farejassem o sangue...

Os policiais foram e voltaram diversas vezes ao longo de várias por semanas. Cada visita parecia mais demorada e, com o tempo, foi se tornando rotina. Todos pareciam se acostumar, menos eu, por mais que tentasse disfarçar.

Numa manhã, Gregório entrou, fechou a porta, aproximou-se, apoiando as duas mãos sobre o vidro da mesa e, me olhando no fundo dos olhos, disse de forma intimidadora:

— Marcos, está rolando um zum-zum-zum de que você e Arlene estavam tendo um caso. Ficavam no escritório até mais tarde, ela entrava aqui na sua sala de maneira suspeita, considerando que nem era a sua secretária. Você sabe, as pessoas comentam... ninguém sabe da chantagem, mas eu prometi ajudar, lembra?

— Pois é! Prometeu me ajudar e sumiu!

— Tá maluco, cara?! Você sumiu, a Arlene sumiu. Te liguei feito louco para saber no que deu o encontro de quinta – Gregório me olhava com um ar misterioso — Vou perguntar apenas uma vez: Foi você que matou a Arlene?

— E por que eu faria isso? — Eu não conseguia imprimir nenhuma credibilidade às palavras.

— Meu caro amigo, se você não tem nada a ver com isso, então muda essa cara. Você está muito estranho desde antes de a Arlene desaparecer.

— Eu, eu não sei do que você está falando. — Só conseguia sacudir negativamente a cabeça, mal disfarçando o tremor das mãos. Comecei a sentir uma dor aguda na fronte, como se um prego imenso me perpassasse a cabeça.

— Muito bem — começou, com uma cara igualmente pouco convincente. — Se está dizendo, eu acredito. Agora, cara, tenha em mente que tem muita coisa em jogo. Ninguém que representamos nesse escritório gostaria de ter seus nomes envolvidos em escândalos. Se você tem alguma coisa a ver com tudo isso, preciso saber para arrumar alguma forma de safar você.

— Sei de tudo isso.

— Estou do seu lado, cara! — Ele falou, me dando um tapinha amistoso no ombro. — Mas preciso saber. Não há crime perfeito, mas também não há crime que não possa ser tornado perfeito com o argumento ideal. Quanta lama já não varremos para baixo do tapete? Essa sujeirinha não seria uma exceção. Mas eu preciso que você confie em mim.

— Eu não sei de nada. Juro! Acredite em mim. — Sem conseguir me controlar, baixei a cabeça que latejava entre as mãos e solucei como uma criança. Não sabia mesmo, não lembrava.

— Calma, meu caro. Vai ficar tudo bem. Entendi o que isso quer dizer — comentou, afastando-se em direção à porta. Antes de sair, lançou um olhar de soslaio: — Que bom que nos entendemos.

Fiquei com uma sensação dúbia sobre o que ele teria entendido, mas o medo, a culpa, a dor daquele momento não me permitiram ficar nem mais um instante ali. Sentia necessidade de fugir. Sair do escritório. Sumir. Parti para a chácara, estacionei o carro, desci, abri a porta da casa e me joguei no sofá. Fiquei olhando para o teto por horas, passando e repassando as cenas na cabeça. Reais, imaginárias, já não conseguia saber a diferença. Bateram na porta. Como eu não abria, Celso entrou, me chamando:

— Patrão?

— Fala, Celso. Fique tranquilo, sou eu. Vou passar uns dias por aqui.

— Pronto, patrão. Fique à vontade. Precisando de algo, só chamar.

Assenti positivamente com a cabeça e permaneci deitado, com um dos braços cobrindo os olhos, queria tentar afastar aquelas visões. Mas elas já estavam cravadas em minha alma. Não sei quanto tempo fiquei ali deitado, sei que não queria ir a nenhum lugar. Não tinha fome nem sede, não tinha vontade nem forças. Não queria ver ninguém. O telefone tocava, eu não atendia. Percebia a presença de Celso, entrando e saindo. Mas não conseguia focar em nada. Lembro que o mal me visitou algumas vezes. Ali, no entanto, o mal não podia me ferir, nem ferir mais ninguém. Ali, o mal estava contido. Foi em uma quinta-feira, véspera de uma sexta-feira 13 de agosto, que minha sorte acabou e o inevitável aconteceu. Os policiais chegaram. A polícia foi me buscar no sítio. A porta sendo aberta, aqueles homens entrando abruptamente, o barulho da sirene, as luzes vermelhas e azuis piscando pelas paredes. Em choque, levantei-me do sofá com as mãos para o alto.

— Eu me rendo! Eu confesso! Não me lembro de nada! Podem me algemar, mas não precisa de violência! Eu estava lá! Mas não me lembro do que aconteceu! Essa é a verdade!

— Dr. Marcos Lustosa, do que o senhor está falando? De que confissão está falando? — disse o delegado da Civil, o mesmo que esteve com a equipe algumas vezes no escritório.

— Da Arlene! Ela estava lá, com os olhos esbugalhados e um tiro no meio da testa.

— O senhor matou a Arlene? Está confessando o crime?

Naquele momento, paralisei. Não soube o que dizer. Senti meu corpo travando. Os policiais se reuniram em um canto da sala, talvez tenham pensado que eu fosse fugir. Um deles pegou um telefone celular e falou algo inaudível, depois dirigiu-se para mim e me informou que eu iria acompanhá-los.

Eu estava muito confuso.

— Estou preso?

— Ainda não — respondeu um dos policiais secamente.

Fui conduzido no carro dos policiais até a sala de uma delegacia de polícia.

Tempos depois, fui levado à presença do delegado, estava há dias sem comer nem beber nada, achei que era uma alucinação. Eu já não sabia o que era verdade.

— Tem visita para o senhor. Seu advogado está aí. Sugiro que converse primeiro com ele, pois, como o senhor bem sabe, tudo o que já foi dito, e o que for dito, pode e será usado contra o senhor.

Gregório estava lá, me pegou pelo braço, levando o indicador aos lábios para que eu ficasse em silêncio. Fomos para uma sala contígua e ele disse:

— Cara, o que foi que você fez? Como assim confessar um crime dessa natureza? Você enlouqueceu? Agora, me diga, como vou poder defender você de uma confissão de assassinato com crueldade? Um crime bárbaro como aquele — concluiu, me olhando de um jeito indecifrável.

— Como assim, crueldade? — balbuciei, sem concatenar as ideias. — Eu lembro do tiro. Um furo no meio da testa.

— Meu Deus, Marcos. Cale-se! Assim, não vai ter quem livre você! — gritou Gregório, como se quisesse mesmo que todos ouvissem. Depois chegou perto de mim e segredou num tom mais baixo, mas alto o bastante para quem estivesse nos observando visse que me aconselhava, que percebesse o teor da conversa. — Cara, a mulher foi praticamente fatiada, ralada, ou sei lá o quê. O que foi que você fez?

Eu estava em choque. Há dias, prostrado, sem vontade de comer ou beber nada. Confuso, tonto, nauseado... As palavras "crime bárbaro" ecoavam em minha cabeça. Crime, sim, mas requintes de crueldade? Isso, não! Em lugar algum de minha memória, eu havia percebido algo similar ao que Gregório descrevia e o policial corroborava.

— O que foi que você fez? — repetiu, um pouco mais alto, me sacudindo pelo braço.

— Não sei. Me deixem em paz! — gritei, largando o corpo novamente na cadeira da delegacia, caindo sentado com força e colocando a cabeça entre as mãos em prantos. — Não sei... não me lembro. Foi o mal. Só vi o tiro na testa!

Gregório, que ainda sustentava meu braço direito e abaixara-se com a queda brusca de meu corpo, parecia estar satisfeito com o que ouvira.

Retomando o tom de advogado de defesa, largou meu braço e foi ter com o delegado, que ouvia tudo atentamente, mesmo a certa distância.

— Ele não pode ser preso. Não há flagrante.

O delegado, sem se exaltar com os excessos de ator canastrão de Gregório, ergueu a sobrancelha direita, dizendo calmamente:

— Nós todos aqui sabemos disso, doutor. Até as pedras desse chão já sabem que não houve flagrante. Mas houve, sim, uma confissão. Vou pedir ao Ministério Público a prisão preventiva. Ele será preso, mais cedo ou mais tarde. Pode avisar à esposa dele que o Dr. Marcos Alcântara Lustosa foi localizado em seu sítio. Não está mais desaparecido.

Aquilo caiu como uma bomba na minha mente, extenuada pela enxaqueca e pela desidratação. Foi, então, que descobri que a polícia não tinha ido ao sítio me prender, mas me procurar por ter sido dado como desaparecido pela família, há seis dias. Por coincidência, chegaram ao sítio no horário em que Celso estava comprando mantimentos e, não encontrando ninguém a quem perguntar, foram invadindo a casa, suspeitando que eu estivesse lá dentro, talvez morto. E foi assim, por uma infeliz coincidência ou trama do destino, que, de desaparecido, eu me tornei foragido e réu confesso de um crime.

— Fique em silêncio. Já conversei com o delegado. Disse a ele que você estava confuso. Vamos tirar você daqui. Não há provas contra você. - Gregório gritava em meus ouvidos, como se segredasse algo que quisesse alardear, ou me enlouquecer, com seus berros.

Nesse momento, o delegado entrou na sala, com um papel nas mãos.

— Lamento. Mas o Dr. Marcos não vai a lugar algum. — E foi então que veio a mim. — Senhor Humberto Marcos Alcântara Lustosa. — Sem me dar tempo de responder, o delegado se dirigiu para trás de mim, com as algemas na mão. — Temos um mandado de prisão preventiva contra o senhor. Surgiram novas provas. O senhor tem direito a um advogado.

— Dr. Delegado, esse homem está claramente em choque e confuso — informou Gregório. — Há horas tento manter uma conversação coerente e ele não concatena as ideias.

— Isso é o que vamos investigar — afirmou o delegado, saindo.

— Qual o seu nome, delegado? Posso falar com o senhor em particular? — Gregório tentava dissuadir o delegado.

— Meu nome é Augusto Barros. — O delegado o olhou firmemente — Falamos mais tarde, doutor Gregório. Primeiro, vamos alojar o senhor Marcos.

Não reagi. Não tive tempo de sentir nada, além do frio do metal das algemas nos meus pulsos. Mesmo assim, sabia, ou imaginava, que era o fim da linha. Tudo foi descoberto. Mas tudo o quê? Não tinha nenhuma certeza além de que estava perdido. Naquele momento, sentia o peito oprimido, como se o edifício inteiro desabasse sobre mim. Um edifício inteiro de culpas e impunidade, de falcatruas e inconfidências. Queria que o metal gelado atravessasse a carne de meus punhos cerrados e o sangue vertesse para fora de minhas artérias naquele momento, tamanha a minha mortificação. Imaginei muitas vezes aquele momento. Temido. Sabia que, um dia, ele poderia chegar. Embora não houvesse provas de que eu me lembrasse, também não havia muito que eu verdadeiramente me recordasse. Isso me dava simultaneamente uma segurança e uma dúvida cruel. Pior, agora eu entendia que ninguém poderia me defender além de mim mesmo. Estava sozinho com Arlene, num lugar ermo. Éramos só eu e ela. Ela estava morta e eu não me lembrava de quase nada. Antevia a iminência do desastre.

* * *

Amanda olhava para Rodrigo com o mesmo ar de perplexidade. Embora, às vezes, ela soasse como uma indecifrável esfinge em suas expressões faciais, alguma coisa em sua leitura corporal dizia que sim, ela também se afeiçoara por aquela história, para não dizer por aquele transgressor. Pior, assassino confesso.

— Certas mentes criminosas têm esse poder de não parecer o que são — disse, por fim. — Mas esse Marcos, ao contrário, nos conduz a achar que ele não poderia ser o que efetivamente é. O que poderia ser um grau refinadíssimo de sociopatia ou uma presunçosa inocência. Será que ele é mais ardiloso que todos nós? Ou efetivamente se crê inocente?

Rodrigo balançou negativamente a cabeça.

— Isso é o que me pega também.

O interfone tocou e, em meio ao aroma que exalou assim que destamparam a caixa da pizza, a fome falou mais alto que todas as confabulações. Rodrigo imaginava o prazer de poder retirar uma fatia, observando a muçarela derreter graciosamente, dividindo-se entre o pedaço que iria para o prato e o que restaria na caixa da pizza. Mas veio o susto:

— Margherita? — questionou a jovem, em tom de espanto, levando as mãos à boca e erguendo as sobrancelhas, incrédula, ao ver aberta a caixa.

— Sim. Oh, meu Deus, me perdoe. Eu deveria ter perguntado qual o seu sabor favorito. É que Margherita é um clássico... — Ela permanecia com cara de espanto. — Você não gosta de pizza margherita?

— Não — disse ela, por fim. — Não gosto.

Que fora, pensou o médico.

O coração de Rodrigo errou dois compassos. Um frio percorreu sua espinha do sacro até a cervical.

— EU AMO, pizza margherita. Ótima escolha, doutor!

— Nossa — suspirou aliviado e meio sem graça, enquanto ela gargalhava da reação dele, de maneira leve e jovial.

O jantar transcorreu leve, embora o tema fosse bem pesado. Inteligente, Amanda se mostrava assertiva e cirúrgica em suas pontuações. Sim, ele acertou na parceira.

Na hora de ir, ele se ofereceu para levá-la. Mas ela recusou, agradecida. Ele imaginou que algum namorado a esperava lá embaixo e não resistiu ao impulso de olhar pela janela. Mas para sua surpresa, Amanda pegou um capacete, montou em uma *scooter* e sumiu. Rodrigo ficou com a imensa vontade de vê-la em breve.

Que noite!

VINTE E QUATRO

A PARTIR DAQUELE DIA, ELES COMBINARAM de se reunir todas as segundas, quartas e sextas-feiras para estudar o caso de Humberto. Enquanto Amanda ia conhecendo a história familiar de Humberto, Rodrigo o acompanhava em suas reflexões no cárcere.

* * *

Na Piazza San Marco em Veneza, milhares de pombos aninham-se pelo chão para catar as migalhas jogadas pelos passantes. O chão da praça se torna um enorme tapete vivo, que se move. Os pombos circulam arrulhando, bicando e ciscando o chão, aparentemente alheios ao movimento em torno. Basta um barulho estranho para provocar uma revoada dos pombos. Animais assustadiços, acostumados ao convívio humano, mas também desconfiados de sua maldade, sabem exatamente o momento de saírem de cena antes de serem abatidos.

Exatamente assim se deu comigo: amigos, colegas, sócios, funcionários, todos me viraram as costas. Milhares de asseclas de caráter duvidoso, por quem sujei minhas mãos. Milhares de pessoas da altíssima sociedade. Senhores e senhoras autoridades desta república federativa, que há pouco se curvavam diante do nosso escritório, agora fingiam não me conhecer. Milhares de escândalos, falcatruas, negociatas, esquemas de corrupção, desvios de dinheiro, assassinatos, torturas, sequestros, sumiços, enfim, as mais diversas queimas de arquivo, que fariam meu suposto crime parecer pueril.

Coisa de principiante, assim me disse Gregório em sua visita. Confessar um assassinato? Que é que lhe deu na cabeça, Marcos? Você era um dos nossos.

Eu nada disse. Mas aquele era um dos nossos ecoou em minha cabeça. Não vislumbrava nada a dizer em minha defesa. Eu era culpado. Tinha tirado uma vida. Aliás, o mal. Mas ele habitava em mim e não havia como arrancá-lo de dentro.

A vergonha da minha cara que ardia, as tentativas inúteis de me esconder dos flashes e câmeras de TV, dos microfones da imprensa ávidos de informações para saciar a sanha de sangue, justiça e vingança dos telespectadores. Era inútil! Já foi julgado e condenado. Os gritos de "assassino" e "justiça" denunciavam que eu estava liquidado.

Preso, fui levado ao Instituto Médico Legal para os exames de corpo de delito e outros exames de rotina. Exceto as orientações práticas acerca do que fazer a seguir, nem os policiais, nem o delegado falavam muito comigo. Notava um certo olhar de asco vindo deles para mim. Fui posto em uma cela da delegacia, inicialmente com um bando de homens seminus, que me olhavam como que prontos para me desossar. Mas ali dentro, havia um certo código de honra, e pelo meu crime, eu não era passível, ao menos teoricamente, de um linchamento. Apenas um assassino, como quase todos ali. Não era um estuprador de crianças, ou um molestador de idosas, crimes que costumam ser punidos outra vez, segundo as leis da carceragem. De modo que fiquei "em paz" literalmente no canto. Os novatos iam para o canto mais fétido da cela. Junto à latrina. Eram as chamadas boas-vindas.

No primeiro dia, ninguém me visitou. Sabiam, é claro, da prisão, pelos funcionários do escritório e pelo noticiário da TV. Todos sabiam. Àquela altura, meu nome era parte da lama fétida do submundo do crime. Minha família, meus amigos, conhecidos, convivas, meus filhos, ninguém apareceu naquele momento.

No meio da tarde da sexta-feira 13, recebi a visita do meu advogado. Gregório chegou apressado, como se só tivesse sido chamado há pouco e tivesse imensa urgência em me ajudar. Se não fosse tão crítica a situação, ao vê-lo, teria gargalhado. Gregório era tão ou mais culpado que eu. Ele fora o coautor daquele crime, ele me pressionara para cometer aquela atrocidade. Ele me aconselhara, me fornecera a arma, mesmo dizendo que era para intimidar. Ao mesmo tempo, me aconselhava a finalizar o problema. Mas nem eu sabia que era capaz de matar. Desconhecia o poder do mal em mim. Fato é que, munido de uma porção de pastas e documentos, Gregório sentou-se em frente a mim e me expôs a situação. Eu não havia sido preso em flagrante. Mas era acusado de um crime hediondo e inafiançável. Eu teria que permanecer ali até o julgamento.

Por que hediondo e inafiançável? Não houve flagrante. Sem querer minimizar, foi um homicídio culposo. A arma pode ter disparado. Eu nem me lembro. Você me conhece, sabe que eu não tenho esse sangue-frio. Não é o que dizem as fotos, retrucou Gregório, jogando uma série de fotografias da cena do crime, que ao cair se espalharam na mesa, evidenciando uma cena brutal. O corpo de Arlene estava literalmente fatiado, esfolado, a testa que eu mesmo vira com o furo de onde saia um filete de sangue, estava escarnada nas fotos, o furo se tornara um cânion de carne esfacelada. Havia sangue, muito sangue, muito mais do que eu lembrava ter visto. Sangue por todo lado, em meio à lama. O corpo de bruços, diferente do que eu me lembrava. Foi me subindo uma ânsia e me afastei daquelas imagens para respirar. Mais calmo, me voltei para Gregório que me olhava impassível, com cara de eu disse que isso ia dar errado.

Não foi isso que vi, quando voltei a mim naquela noite, falei. Ah, então agora você se lembra? Eu não me lembro do que aconteceu. Estava com ela, queria libertá-la, não tinha coragem de apertar o gatilho, mas parece que apertei... não me sentia bem naquela noite. Acho que desmaiei e, quando acordei, o que vi foi a pele pálida do rosto de Arlene com o que parecia um único ferimento a bala no centro da testa. O rosto dela e o resto não estavam assim... destruídos. Eu me lembro bem do batom borrado e do filete de sangue. Não havia essa destruição. Nem dá para reconhecer Arlene.

Meu caro, o que você se lembra ou não, não vem ao caso. Essas são as novas provas que a polícia tem. A perícia fotografou. É a sua palavra, em uma história sem pé nem cabeça, contra fatos. Isso são fatos, Marcos. Não tenho como livrar sua cara, depois que você confessou que fez isso. Eu não fiz isso! Ah, tá bom. Primeiro não se lembra, depois confessa que fez, depois diz que fez, mas nem tanto. Pelo amor de Deus! Você vai ter que ficar aqui por um tempo. Não... Isso não! Até a poeira baixar... eu sinto muito.

Fiquei em silêncio olhando para Gregório, que recolhia as provas de volta ao envelope, ajeitava a gravata e se preparava para sair. Surpreendente a frieza com que me dissera isso assim face a face, olhando nos meus olhos. Fui acometido de uma crescente sensação de náusea. Tinha ganas de asfixiá-lo. Sentia meu rosto enrubescer, minha raiva crescer, e as primeiras bafejadas do mal, aproximarem-se. Queria gritar, gargalhar, fugir dali. Queria acusá-lo. Dizer a verdade. Dizer que ele sabia, que era cúmplice, contar à polícia o pouco que me lembrava.

Ameacei me levantar. Quis jogar tudo para o ar, mas ele me avisou entredentes que eu deveria permanecer calado. Disse também, no mesmo tom ameaçador, que o delegado entraria em seguida para tomar novo depoimento e que ele falaria em meu nome. Usou o dedo indicador, que parecia coçar os bigodes, para fazer um sinal de calado. Já disse que não tenho nada a dizer. Gregório, você sabe que eu não me lembro de nada dessa cena de horror. Tem que achar um jeito de me tirar daqui! Fique calmo ou a sua situação pode ficar muito pior. O que o delegado acharia se de repente percebesse que você tentou me agredir? A mim, seu próprio advogado?

Ergui os olhos, percebi as câmeras na parede encardida, junto ao teto. Poderia me comprometer muito mais. Gregório poderia facilmente me complicar. Levantei-me, intuitivamente, fui para o extremo oposto da sala. Tentei me afastar dele. Mas Gregório também se levantou e, para a minha surpresa, apoiou as duas mãos nos meus ombros, como se me acalmasse. Quem via a cena de fora da sala, e eu sabia que os policiais estavam lá, assistindo, viam apenas um advogado, amigo de um criminoso, tentando convencê-lo a se entregar. Odiava Gregório também por isso. Onde está Cibelle? Por que não veio aqui? Gregório gargalhou, Cibelle? Aqui, nesse lugar fétido, imundo? Você deve estar brincando!

Ele tinha razão. Se bem conhecia minha esposa, era muito pouco provável que ela pusesse seus pés naquela delegacia. Por carência ou fragilidade, havia esquecido que nunca tivera uma companheira, tive, sim, uma sócia. Nesse momento, majoritária. Percebi que, se eu não saísse dali, Cibelle seria a Dona de tudo pelo que batalhei toda uma vida. Esperava que, pelo menos, me arranjasse um advogado melhor, mas ao olhar para Gregório, minhas esperanças também me abandonaram.

O delegado interrompeu nosso caloroso encontro, entrando sem bater. Espero que tenha orientado seu cliente, doutor. Certamente, delegado. Ele já foi instruído, mas preferiu não falar. Não falar? Temos provas, Dr. Gregório. Provas contundentes que incriminam o seu cliente.

Gregório aproximou-se do delegado e falou em tom mais baixo, mas que eu não pude deixar de escutar. Sei disso, meu nobre colega, mas a despeito dos meus esforços, ele se recusa a falar. Não sei se sabe, mas meu sócio sempre foi um calo em nosso sapato. A banda podre, se é que me entende... Apesar do tom de voz abafado, ouvi o que Gregório dizia. Como assim? O delegado olhou para mim e nada disse, retirou-se da sala e eu fiquei diante de Gregório, estarrecido. Gregório, que você não veja forma de me defender, eu até respeito, mas me incriminar? Isso é um absurdo! Não sou nem nunca fui a banda podre da laranja e você sabe muito bem disso. Se há algum crime, se sou culpado é de ter sido seu cúmplice por todos esses anos. Cale-se, meu caro! Não adiantará de nada fazer esse número de vítima. Infelizmente, há provas contra você...

Balançava vigorosamente a cabeça. Boquiaberto com a profusão de mentiras que saltavam por entre os bigodes de Gregório. Parecia-me estar sentado diante de um palco e ele a encenar Shakespeare com indisfarçável maestria. Disparava acusações e fatos montados para me incriminar, como se tivesse tudo maquinado. Era ele o advogado criminalista, eu era o tributário. Todas as falcatruas eram minhas, e ele o responsável por safar-nos das leis. Agora era o contrário, meu crime era da esfera criminal e ele, em vez de safar-me, fazia o trabalho do promotor, oferecendo munição ao delegado para manter-me trancafiado ali dentro.

O delegado voltou acompanhado de um perito e dois investigadores. A sala começou a ficar cheia de gente e minha claustrofobia começou a dar sinais de vida. Trazia nas mãos um envelope pardo, similar ao que Gregório trouxe, mas ainda mais grosso. Repetiu o gesto de Gregório, que me deu uma sensação de déjà vu. Quero que dê uma olhada nessas fotos, disse sem saber que eu já havia visto as fotos antes.

Do envelope, escapavam as mesmas fotos de um corpo de mulher, ou de parte dele, que Gregório mostrara antes. Mas havia outras ainda mais aterradoras. Via-se uma profusão de tons de vermelho e preto. Lama, sangue, sob um bolo de carne escoriada. O delegado pegou o envelope, retirou as fotos e bruscamente jogou uma por uma sobre a mesa, lentamente, para que eu pudesse observar, com riqueza de detalhes, as cenas escabrosas à minha frente. Vamos lá. Um homem que foi capaz de cometer um crime desses, não vai ser homem para assumir seus atos? Vai se esconder atrás do nobre advogado? Seja homem, seu verme! Conte-nos o que você fez com essa pobre mulher!

Talvez um animal tenha feito isso, falei ante a completa discrepância do que eu vira com Gregório e via ali com o delegado e o que recordava ter visto, ainda atordoado, ao acordar após o crime. E foi um animal mesmo, disse o delegado. E ele está aqui na minha frente, fingindo inocência.

A visão do corpo de Arlene, seminu, vestes diláceradas, sobre a lama do local do crime, e noutras fotos, já no necrotério do IML, me traziam de volta as horrendas memórias daquela noite. Mas também a mais absurda estranheza. Não me lembrava de nada aquilo! Eu fiz isso? Qual a dimensão do mal que há em mim? Será que alucinava também? Num surto, quase que descontrolado, comecei a mover os braços no ar, os indicadores balançavam negativamente, o corpo todo era uma negativa, o pranto irrompeu e quebrou o silêncio: Não fui eu! Não fiz isso! Como não? A arma do crime é sua e tem as suas digitais. Marcas dos seus sapatos foram encontradas no local do crime, assim como as marcas dos pneus do seu carro.

A arma do crime era minha? Busquei o rosto de Gregório, que permanecia impassível. Não! A arma não era minha! Estava registrada em seu nome. Foi registrada por procuração, é verdade, mas em seu nome. Como assim? Eu nunca tive arma... Gregório? Como pode ser?

Vamos parar com essa encenação, Dr. Marcos. O senhor é bacharel em Direito, eu também sou, disse o delegado. Mas tenho muito mais bagagem em pesquisa forense. Seus sapatos guardavam barro compatível com o do local. Seu carro guardava cabelos da vítima e havia traços de sangue da vítima no terno e nas roupas que o senhor usou naquele dia. Não pode ser! Fizemos uma pesquisa em sua casa e sua esposa acabou encontrando em um saco, guardado, provas com vestígios do contato com a vítima.

Cibelle os encontrou? Eu estava em choque. Recordava de ter guardado as roupas na chácara, após chegar do local do crime naquela noite. Não as levara para casa, como Cibelle encontrara aqueles objetos? Como a polícia teve acesso a eles? Sim, senhor Humberto. E agora, o que tem a nos dizer?

Me senti longe dali, de toda a algazarra do delegado que gritava e gesticulava, agarrado à gola da minha camisa. Meio que em câmera lenta, vi os dois investigadores e Gregório virem para cima de nós como que para separar uma possível agressão. Parecia que essa era a vida de outra pessoa e eu assistia a um vídeo de qualidade ruim, entrecortado e desfocado. Aos poucos, a imagem foi ficando escura até que não vi mais nada. Apaguei.

Joguem esse verme na prisão. Espero que ele apodreça lá. Ouvia, ou sonhava, não sei. Não estava mais lá. É claro que minhas ausências seriam motivo para análise, caso tivesse tido direito a defesa, mas não tive. Acordei tempo depois, em outra cela, ainda mais fétida que a primeira, sozinho, sujo e mais confuso que antes. Dessa vez, era solitária. Não sei por que fui removido do convívio com os outros presos. Talvez Gregório tivesse alegado minha escolaridade de nível superior, mas não tinha certeza. Algo me dizia que levaria muito tempo para entender o amontoado de fatos confusos. Mais, que eu teria todo o tempo necessário. E que dali para a frente, estaria sozinho com minhas memórias incompletas.

* * *

Rodrigo e Amanda se entreolharam. Sem querer ou suspeitar, estavam torcendo pelo bandido, a ponto de desejar que não tivesse tanto azar. Parecia que tudo estava dando errado para ele. Sentiam-se traindo os próprios princípios, diziam seus olhares.

— É estranho. — Amanda arriscou-se a assumir o papel de advogada do diabo. — Muito azar contar com esse tipo de colaboradores, que mais incriminam que salvam, não acha?

Rodrigo torceu a cabeça para a direita, dando-se conta de que não conseguia acompanhar o raciocínio dela. Mas não quis dar o braço a torcer. A moça, percebendo que não fora clara, elucidou.

— Pensa, Doc! — Se fosse sua esposa e o senhor estivesse sendo incriminado, mesmo que tivesse a mais remota possibilidade de culpa, eu não ajudaria a encontrar provas que o incriminassem. — Rodrigo começou a perceber o ponto.

— Além disso, quanto tempo se passou entre o crime e a visita da polícia? — continuou a jovem. — Se o Marcos Lustosa levou as coisas para casa e as guardou no saco, será que a esposa somente as encontrou na presença da polícia?

— Sua teoria é interessante, Amanda — afirmou Rodrigo. — Além disso, no saco, segundo os relatos, havia roupas sujas de sangue, terra e lama, compatíveis com a região onde o corpo foi encontrado pela perícia. Isso complica, mas também não explica.

— Está torcendo pelo bandido, não é?

Rodrigo percebeu que se denunciara e ficou com cara de bobo, bochechas rosadas e um sorriso sem graça de quem foi pego.

Após a pausa, decidiram que era hora de retomar a leitura.

* * *

Minha derrocada no sistema carcerário decorreu conforme o esperado: uma vez réu confesso, prisão preventiva decretada, depois prorrogada. Da cadeia da delegacia para o presídio. Desci para o inferno sem muitas chances de defesa. Gregório escalou o Cavalcanti, um dos criminalistas do escritório, para me defender. Mas para réu confesso que não há muita apelação, meu caso iria a júri popular. Desespero!

Nova visita de Gregório, dessa vez, ele veio com Cavalcanti. Entraram na sala de visitas com uma feição carregada. Tinham pedido certa privacidade para esse encontro, de maneira que me lembrei das velhas reuniões do escritório, sem o cafezinho. Mas o teor da conversa não foi nada amigável. Cavalcanti trouxe um calhamaço de papéis numa pasta verde pálida. Jogou em cima da mesa e começou a folhear. Meu caro, por todo respeito que tenho, queria muito poder defendê-lo. Mas estamos aqui justamente para saber de você se tem alguma ideia do que podemos fazer com isso? Mas o que é isso? O que tenho a ver com isso? Por que estão me mostrando essas fotos de novo? Como assim, por quê? Essa aí é Arlene e o assassino confesso dela é você!

Ambos me olhavam fixamente. Eu? Eu? Não! Já disse que eu não seria capaz. Isso não foi o que aconteceu com Arlene. Certamente não fiz isso. Deve ter algum engano. Engano, cara? Gregório esmurrou a mesa, gritando. Engano? Você ferra com nossas vidas, ferra com o escritório, mata, desfigura uma mulher dessa maneira, confessa o crime e nós é que estamos cometendo um engano?

Marcos, você foi um grande engano e isso aqui é indefensável. Você jogou a sua vida e as nossas no lixo, meu caro, afirmou Cavalcanti, quem mais vai querer nos contratar depois disso? Eu não fiz isso. Eu jamais faria!

Você é louco? Você confessou o crime. Você tem dupla personalidade ou o quê? Quando a polícia chegou, você espontaneamente se entregou dizendo que havia matado, admitiu ter atirado na vítima e agora diz que jamais faria isso. Você está tentando nos enlouquecer? Questionou Cavalcanti. Eu... eu não... não sei o que aconteceu...

Gregório partiu para cima de mim, mas Cavalcanti o conteve. Cara, você usa drogas? Calma, Gregório. Isso não vai resolver. Já safamos muita gente, precisamos achar um jeito de safar o Marcos também.

Cavalcanti, nós defendemos um monte de gente que jamais confessou seus crimes. Esse babaca se entregou e confessou uma atrocidade dessas. Fazer o que por ele? Só se ele fosse louco para alegar insanidade, inimputabilidade, sei lá, disse dando voltas pela sala e levando as duas mãos aos cabelos como em desespero.

É isso! Gritou Cavalcanti, após breve silêncio. É isso! Só um louco faria uma coisa dessas. Precisamos alegar insanidade, pedir inimputabilidade. Assim, ele não vai a júri popular e, em vez de ir para o presídio, segue para um asilo ou hospital para pessoas especiais. Melhor que ser condenado no júri popular, que é o que fatalmente ocorrerá, quando o júri puser os olhos nas fotos.

Apesar de todos os argumentos lógicos, da sugestão de inimputabilidade como única saída para as agruras que passaria na cadeia, eu ainda não estava convencido. Em breve, viriam as rebeliões, as disputas por território, os assédios e transgressões de todo tipo. Além do mais, estavam me acusando, ou melhor, eu confessei um assassinato, não tinha ideia de que se tratava de um massacre tão cruel. Assassinos cruéis costumam ter vida curta em presídios.

A lógica me mandava lutar pela inocência. Mas nem eu mesmo tinha certeza da inocência. Me via repetidas vezes com a vítima num lugar ermo, arma na mão, clara intenção de parar de uma vez com aquela chantagem. E tinha também a presença do mal. Sabia que o mal estava chegando naquele momento.

VINTE E CINCO

Amanda e Rodrigo seguiam com as leituras, ora ele lia, ora ela. Incansáveis, absortos e confiantes de encontrar o fio solto que os levaria a desemaranhar todo o novelo de lã, aquela informação que não se encaixa e que é justamente a peça fundamental do quebra-cabeça.

Durante a maioria das noites e tardes dos finais de semana, dedicavam-se à agenda de leituras e à causa comum: a inimputabilidade de Humberto, suas histórias e seus porquês.

* * *

No décimo terceiro dia após a prisão, ainda na delegacia, um dos policiais bateu no cadeado do portão da cela. Não era hora da refeição, nem do banho de sol. Visita! Estranho, Gregório não tinha agendado nada. Estivera com ele, a seu chamado, no dia anterior e ficara de aparecer somente na semana seguinte, se houvesse novidades no caso. Algo me dizia que, com o interesse com o qual ele tratava o caso, dificilmente, haveria qualquer novidade boa. Só poderia ser a família. É minha família? Não sei. Não se apresentou como sua parente. É uma moça. Uma moça, que novidade é essa? Vamos embora logo, que não tenho o dia todo.

O carcereiro escancarou a porta, estendeu um par de algemas, mostrei os punhos e cloc. Se pudesse escolher, não iria. Não tinha vontade de ver ninguém. Meu desejo era voltar à cela e lá ficar pelo resto da vida. Temia errar ainda mais. Mas, ao ver que o homem aguardava já meio impaciente ao lado do portão aberto, vi-me forçado a segui-lo.

Ainda de cabeça baixa, saí pelo corredor, composto de quatro ou cinco celas, até chegar à sala de interrogatórios, que também era usada para visitas.

Ao passar pela porta, vi uma jovem sentada de costas. Era magra e alta, morena, cabelos longos e castanhos encaracolados. Levantou-se, andou lentamente em torno da mesa e, quando ficamos frente a frente, ela sorriu e as lembranças mais doces da infância se materializaram ali, bem na minha frente. Marcela!

A moça aproximou-se, sem nada dizer, e me abraçou. Era o mesmo calor da infância, o mesmo cheiro de flor em seus cabelos. Era Marcela de novo. O maior e único amor que experimentei na vida.

Após um período indeterminado, em que permanecemos abraçados, afastei-me do colo dela. Não tinha coragem de encará-la. Mas Marcela, estendendo as mãos, pousou-as lado a lado de meu rosto e, docemente, fez com que meus olhos encontrassem os dela. Sorriu. O mesmo riso triste da infância em Brejo das Neves. O mesmo riso de quem não tinha motivo algum para sorrir, mas ria porque era forte. Percebendo o meu desconforto, Marcela colou a testa na minha, como que a transmitir algum ânimo ou confiança.

Por fim, perguntou ao policial: Senhor, somos amigos de infância, não nos vemos há muito tempo, isso é mesmo necessário? Apontou para as algemas nos meus braços. O policial desviou o olhar dela e olhou para mim, sentado diante da mesa, perto daquela moça. Ele é um assassino confesso, dona. A senhora sabe, não é? Matou uma mulher. Isso é o que diz a lei. Não é o que diz meu coração. Amizade... Sei...

Girou a chave na fechadura e destravou as algemas que se abriram num salto, liberando meus pulsos. Não me movi. Estava mortificado. Ao passar por Marcela, disse, ficarei aqui, caso a moça precise. Obrigada, e segurou minhas mãos. Eu vi no noticiário. Vim assim que soube. Como você está, Bertinho? Mortificado, não consigo me perdoar por essa vergonha. Sou um erro. Estou feliz em revê-lo.

Fui contagiado pela energia sempre positiva, Marcela era a candura encarnada. Você não mudou nada. Parece linda como sempre a vi, na beira do ribeirão. Ela riu, delicada. Já você mudou bastante, nunca foi tão galante. Desculpa se constrangi você, falei, recolhendo as mãos de entre as dela. De modo algum. Me alegra ouvir isso. Esperei muitos anos. Eu também. Esperei muitos anos para ter coragem, talvez anos demais. Não vamos falar de coisas tristes. Falemos do futuro. Como estão defendendo você? Tenho o meu sócio como advogado. Ele chamou outro colega do escritório, um cara brilhante, para organizarem a defesa.

Que bom. Tenho certeza de que farão o melhor e, em breve, você estará livre. Vim aqui para alegrá-lo. Falar da vida. Saber de você. Então, tornou-se um advogado brilhante. Sempre foi inteligente. Eu sabia que faria algo grande. Me parece que tudo que fiz foi uma grande burrada. Não se martirize. Conte-me o que fez de bom. Casou-se, tem uma família?

Sim, me casei. Tenho dois filhos, uma menina e um garoto. Saí de Brejo das Neves pouco depois do escândalo do padre. Foi uma das últimas vezes que conversamos. Meus pais acharam por bem me enviar para um colégio interno, para terminar os estudos e me afastar da língua do povo daquela cidade, que você conhece bem.

Ah, sim, meu querido, se conheço. Minhas inclinações artísticas me custaram a pecha de prostituta por muitos anos. Diziam que eu era dançarina de cabaré porque me matriculei em uma escola de balé e vinha sempre para a capital. Você conseguiu? Realizou o seu sonho? Sim, sou bailarina. Faço parte do corpo de baile do Teatro Municipal. Que notícia boa! E você? Constituiu família? Não exatamente, respondeu, meio sem jeito, balançando a cabeça, sem graça. Nunca me casei. A última frase teve um peso. Mas tenho um relacionamento longo. Longo e triste, para ser mais exata.

Ficamos em silêncio, e após dois ou três minutos, Marcela falou, há algo que possa fazer para ajudá-lo? Desconcertado, tratei de amenizar o estrago, desviando a atenção.

Temo que nada, minha querida amiga. Minha situação é delicada, mas os advogados da firma estão cuidando de tudo. Agora é aguardar. Tenho certeza de que, em breve, tudo estará solucionado. Sim, estará.

Marcela puxou as mãos das minhas e levantou-se. Ela me abraçou, retribui o afeto. Com o rosto em meu peito e sentindo o aroma que vinha dos cabelos dela. Tenho que ir, querido. Obrigado pela visita. Você não precisa agradecer. Até logo!

Me ocorreu algo e Marcela já ia atravessando a porta da sala de reuniões quando eu a chamei. Marcela? Oi? Você não tem medo de mim? E por que eu teria? Ela riu. Me tornei um monstro. Sou motivo de execração nacional. Para mim, você continua o mesmo Humberto de anos atrás. Mas você nem me perguntou se sou inocente. Não precisa, sei que é inocente. Bertinho, você não mataria uma esperança... e soprou um beijo.

Fiquei horas fortalecido e impressionado com a presença daquela mulher. Recordava o calor de suas mãos, elevava as minhas ao rosto para sentir o seu perfume.

Nunca deixei de amá-la. "Bertinho, você não mataria uma esperança", disse ela, em clara referência ao abandono da juventude.

Eu fui embora sem me despedir, sem um ponto final. Deixei Marcela por sonhos dourados, pela imposição dos meus pais. Mas ainda a amava. Sempre a amei. Talvez tivesse me amado também, por longo tempo. Talvez meu abandono a tenha jogado nesse longo e triste relacionamento que relatou.

***

Ao concluir a leitura em voz alta, Rodrigo notou que Amanda esboçava igual emoção.

— Os desencontros da vida — comentou a jovem, por fim. — Brindemos? Creio que haja um vinho gelado em algum lugar por aqui e já seja a hora de pedir a pizza.

— Ótima ideia!

Finalmente, por iniciativa dela, degustariam uma taça de vinho.

VINTE E SEIS

Havia um livro de Fernando Pessoa entre os vários trazidos pelos funcionários do hospital, os visitantes dos enfermos e os restos da biblioteca que Otto, o diretor, havia desativado. Os versos escritos por ele, através de vários heterônimos ou personalidades, me divertiam nas tardes solitárias e nas noites frias no manicômio judiciário. Fernando Pessoa era muitas pessoas em seus versos, como eu. Eram esses versos que me traziam novamente à presença de Marcela menina, de cabelos rebeldes que eu anelava por entre meus dedos, da sua cabeça deitada em meu ombro juvenil, nas tardes de Brejo das Neves.

Também Marcela era vítima de maus tratos na infância. Maltratar crianças a propósito de educar era praticamente uma epidemia. Creio que em muitos núcleos familiares, mundo afora. Esse "privilégio" não era somente meu, nem de Marcela. Você foi um descuido. E de um descuido, brotava uma criança. Fazer o quê? Tratá-la com carinho e respeito? Não!

Creio que era assim na casa de Marcela. Pelo menos assim ela me relatava. Ouvia com frequência declarações de amor como essa da sua mãe. Do pai, ouvia que devia ter nascido um menino. Para que mais uma filha mulher?

Ela entristecia, mas não perdia a sua fé no amanhã. Vai melhorar, querido amigo. Vai melhorar, dizia. Não soube mais de Marcela do que na rápida visita, mas tinha a certeza de que, se continuasse com aquelas memórias da nossa meninice em meus pensamentos, estaria a salvo da dor. Porque Marcela era a própria alegria, a própria luz. E a luz não perde espaço para a escuridão, ao contrário, é na escuridão que brilha e resplandece.

De sua forma pitoresca, ela ressuscitava em mim o Deus que o padre matara. Marcela me ensinou a rezar. Não as rezas mecânicas de minha mãe, de joelhos, em frente ao santo, com o terço na mão, numa repetição inconsciente de ditames precisamente decorados. Marcela me ensinou a rezar vendo o pôr do sol, o riacho. Vê? Me dizia ela. Esse é Deus. Ele nos envia a natureza como benção... Olha, dizia, tirando os gastos sapatos tipo boneca e molhando os pés na beira do riacho, sente. Deus nos toca. Vem!

E eu ia. Essas tardes com ela, na beira do rio, talvez sejam as mais doces lembranças que tenho da infância, da minha terra natal, de mim mesmo.

Olha, me dizia ela, conversa com Deus, que é nosso Pai Maior. Conversa como se conversasse com o seu pai da terra. Meu pai da terra mal fala comigo. Por isso mesmo. Temos que ir, meu pai da terra briga se atrasarmos, disse Marcela, levantando-se apressada, com as mãos sacudindo a poeira do vestido puído. Mas já? E me levantava para seguir o riacho de volta para a vila. A felicidade era plena, como uma verdadeira comunhão.

Nesse tempo, rezei com Marcela... depois esqueci de rezar. Pensava ser a minha mão firme de rapaz que conduzia Marcela, hoje percebo que era a sua luz que me conduzia. Não sei ao certo por que larguei da sua mão. Mas essa saudade ainda me dói. Deve ser por isso que a luz se apagou em mim e tudo se fez breu. Não sei ao certo dela, mas sinto em meu coração que está bem. Marcela tinha luz própria.

Ela me ensinava a jogar xadrez. Marcela era como uma ama da casa vizinha à sua, em que sua mãe e seu pai trabalhavam como copeira e vaqueiro, respectivamente. A proprietária era uma senhora italiana, que emigrara de Gênova com o esposo, engenheiro rico, construtor de várias pontes e estradas nos descaminhos áridos de nossa região. Não tiveram filhos, por algum motivo, a senhora Giulia Gaspari tinha o "útero seco". Tratava Marcela com extrema afeição. A afeição permitida pela distância de corpos e de castas entre patrões e serviçais naquela época.

Talvez por tédio ou solidão, a senhora se ocupava de ensinar Marcela sobre as artes europeias, ouvia diversas árias de óperas em sua velha vitrola, lia diversos autores clássicos em sua vasta biblioteca e convidava Marcela para sentar-se ao seu regaço e beber muito da cultura europeia. Foi assim que desenvolveu gostos musicais refinados, uma vasta cultura oriunda de pensadores como Sócrates e Platão, e aprendeu a jogar xadrez.

Foi graças a ela que eu também aprendi a jogar xadrez e tive o prazer de, tempos depois, derrotar inúmeras vezes Gregório, nas partidas tarde da noite, no escritório. Em meio à atmosfera enfumaçada por charutos acesos nos cinzeiros de cada lado da mesa, acompanhados de incontáveis copos de *whisky*, onde se notava claramente que o meu era servido mais generosamente que o dele. Falsa bondade, hoje sei. Na ânsia por vencer pelo menos uma partida, achava ele que seria mais fácil vencer-me ébrio do que sóbrio. Mas se enganava. Por mais que me empurrassem, eu bebia pouco. Mas o pouco que eu bebia me fazia muito mal, era fraco demais para o álcool. Ficava de ressaca depois, saía tropicando do escritório quando ousava me levantar para ir embora. Mas enquanto sentado, bêbado ou não, eu ganhava.

Não satisfeito com os truques do copo, ele usava ainda uma segunda estratégia, conversar sobre casos importantes, que instintivamente desviariam a minha atenção, antes das jogadas decisivas. Esse estratagema, ao contrário do primeiro, costumava surtir maior efeito e, vez por outra, eu era surpreendido por um "xeque-mate!". Aí, sim, ele conseguia me derrotar, enquanto me pegava distraído pela cortina de fumaça de um caso não resolvido, de uma liminar indeferida, de uma prova de adultério, ou tentando rememorar detalhes de um caso. Truque baixo, eu costumava resmungar. No amor e na guerra, vale tudo, cara, rebatia ele.

Não estamos em guerra, Gregório. E não há qualquer amor entre nós. Poderia manter ao menos o *fairplay*. Ele então levantava-se, exultante, e, sem me dar direito à forra, despedia-se rapidamente, deixando-me atônito ante o tabuleiro.

Era nesses momentos em que a voz doce de Marcela, como que trazida de um tempo distante para aquela mesa enfumaçada, sussurrava aos meus ouvidos, como fazia prazerosamente, toda vez que ela me vencia numa partida de xadrez. A cena se repetia na tela de minha memória, ela levantava-se do outro lado do tabuleiro, dava a volta por trás de mim e, enquanto eu calculava onde estava o meu erro, debruçava-se docemente sobre meus ombros: Você descuidou da rainha. É a rainha que protege o rei! Xeque-mate!

Aquele sussurro, longe de me provocar irritação, causava-me arrepios e ondas de inconfessável prazer juvenil. Nada demonstrava, além de um sorriso bobo e um rosto corado, que ela provavelmente atribuía à vergonha da derrota. Mas seu calor, o cheiro doce de seu hálito, a sensação única do seu sopro em meus ouvidos, vai gravada em mim para o túmulo.

E ela tinha razão. Aquele fora o erro, mais uma vez. Descuidei da rainha. Desviei a atenção para o bispo ou a torre. Descuidar da rainha é solicitar um xeque-mate.

Marcela era a mãe da subjetividade, frequentemente falava por parábolas, para que, quando a gente entendesse, ela já não estivesse ali. Talvez fosse um jeito de, em sua timidez, se perpetuar na memória. Lembro-me bem que suas frases ficaram em mim. Essa parábola da rainha, particularmente, ela teria oportunidade de usar novamente.

Mais à frente, quando já formado e bem-sucedido, recebi carta de casa contando da doença de meu pai. Uma das senhoras que trabalhavam como damas de companhia me escreveu, para que, como único filho varão, retornasse ao lar para as providências finais, visto que o quadro se agravara a ponto de ser irreversível. Me recusei a ir. Escrevi outra carta, dessa vez para a minha mãe, informando-lhe que muito me admirava não ser ela a autora de carta com tamanha gravidade. Mas que se ela achava que não precisava de mim ao seu lado naquele momento, eu respeitava a sua decisão e não iria. Caso ela precisasse, bastava me escrever, que lá eu estaria.

Essa carta de minha mãe, nunca recebi. Continuei recebendo notícias pelas cuidadoras do lar. De que ele falecera, de que minha mãe estava idosa e só, de que eu deveria voltar para resolver assuntos burocráticos, de que minha mãe passava necessidades, enfim, uma sucessão de cartas em peditório, às quais respondi friamente, com a mesma informação de que se minha mãe precisasse que me escrevesse e eu lá estaria. Isso às cartas que respondi, pois a maioria delas foi solenemente ignorada. Quase todas, para ser honesto.

Até que, um dia, recebi uma carta que me chamou a atenção. Era de Brejo das Neves, mas não era de nenhuma das secretárias do lar. Tinha cheiro de lenha, um perfume particular emanava já do envelope e a caligrafia do meu nome e sobrenome eram familiares, era carta de Marcela.

Contava das desventuras de minha mãe em sua velhice solitária, dizia que estava deprimida e na miséria, vivendo de favores, mas altiva e orgulhosa como sempre. Me pedia que contemporizasse e finalizava com a velha frase de sempre: você pode cuidar do cavalo, do bispo e da torre, mas não descuide da rainha, ou o rei cai.

Embora o rei já estivesse morto, parti no dia seguinte para Brejo das Neves. A pedido de Marcela, voltei para acudir minha mãe. De volta às raízes que preferia deixar sepultadas no chão de terra batida.

Resgatei-a e trouxe-a de volta, deixando-a aos cuidados prestimosos de Celso e sua família, que ainda permaneciam na fazenda, sem salário e cuidando de minha mãe de favor, sem recursos e por mera gratidão e caridade. Fiz a proposta de deixarem o lugar e viremcom a mãe para a cidade grande, passando a residir na chácara que comprei nos arredores da capital. Ali, Celso e sua esposa poderiam plantar, viver em paz e harmonia. E minha mãe passaria seus últimos dias, como desejava, longe de mim. Saneei todas as dívidas e problemas burocráticos que herdei e encerrei de vez o capítulo de minha vida que incluía a menção à pacata Brejo das Neves ou das Vacas, como preferir.

Fui cuidar da rainha, mesmo tendo sido o rei posto. Mal sabia, no entanto, que o rei a quem ela se referia não era outro senão eu mesmo.

Na ocasião, não encontrei Marcela. A casa estava abandonada. Soube pela esposa de Celso que Marcela fora tocada de lá pelos pais, assim como eu. E teve de se mudar, pouco depois da minha partida, em companhia da minha Bá, a querida babá da infância, que, demissionária, cansada das humilhações impostas por minha mãe e dos abusos e agressões infligidas pelo meu pai, ébrio e enlouquecido, também partira. Não disseram para onde Marcela foi. Apenas que retornara dias antes, para visitar minha mãe, quando me endereçara a carta.

No presídio, passei infindos de dias até que viesse a audiência de pronúncia. A audiência veio rápida para a época, mas casos com grande repercussão, os jornais em cima, sempre acabam por serem tocados com brevidade. O fato é que, ao cabo de três meses e quinze dias, fui levado à presença do juiz para as primeiras audições.

Durante o período em que estive preso, recebia visitas de Gregório: longas conversas, em parte distorcidas, em parte cifradas, pois ele não queria se expor. Até que, percebendo que o tempo passava e a defesa não se constituía, passei a cobrar uma postura mais atuante dele, e os desentendimentos começaram a ocorrer com frequência. Desde o início imaginei que Gregório jamais colocaria a própria reputação em risco para me defender. Isso não me surpreendeu, tampouco seus argumentos de que os fatos que ambos conhecíamos comprometeriam muitas pessoas. Nem foi surpreendente a sua decisão de não ficar à frente da defesa, sob alegação de evitar suspeitas de favorecimento. Eu já esperava tudo isso dele.

Cavalcanti, também colega do escritório, tornou-se meu advogado de defesa. Era um velho conhecido, além de ser um dos mais competentes profissionais que já vi atuando. Quando o vi chegar, na primeira visita profissional que me fez, após a deserção de Gregório do cargo de meu defensor, me senti subitamente seguro. Senti uma súbita alegria ao perceber, pela primeira vez, alguma chance de defesa. Ele era um dos meus grandes amigos do clube de golfe, e um cara em quem eu confiava. No entanto, naquele caso em especial, ao lado de Gregório, que era meu sócio, surpreendia-me a apatia ou o desinteresse de ambos. Chegando ao tribunal, na presença do juiz, um senhor austero, que eu encontrara algumas vezes no clube de golfe, mas com quem não tinha amizade maior que uma troca de cumprimentos formais, me olhou de forma altiva e severa, como se estivesse diante de um verme. E estava. Como era de praxe, elucidou-me quanto aos trâmites legais do caso pelo qual eu estava sendo acusado, e me deixou perceber, sutilmente, que eu seria condenado.

A promotoria conseguira júri popular. Num caso de comoção nacional, minhas chances eram praticamente nulas. Os trâmites jurídicos indicavam um péssimo prognóstico no meu caso. Ciente dos estratagemas que advogados podem usar para proteger um cliente em risco e, diante da apatia dos colegas, nada empenhados em me defender, percebi que estaria em breve entregue, como Daniel na cova dos leões.

Foi quando minha paciência esgotou. Vendo a infidelidade de Gregório aos nossos pactos de silêncio e cooperação, percebi estar liberado para tentar me defender. Como advogado que sou, me senti tentado a pedir ao próprio magistrado, e à revelia dos colegas, o benefício da delação premiada, mas sempre tive um senso ético que, mesmo em meio às piores atitudes, me obriga a ser sincero e honesto.

Chamei Gregório de canto e disse que não me sentia representado, que gostaria de tomar para mim a defesa de meu caso, e que pediria o benefício da delação premiada. Sabia que isso implicaria muitas consequências para os importantes que negociavam conosco, para os contratos milionários de gaveta, para as astronômicas negociações de caixa dois.

Gregório estremeceu. Delação premiada, Humberto? Enlouqueceu? E os nossos colaboradores? Nenhum deles veio aqui me visitar. Nenhum deles preocupou-se comigo. Não vou levar a culpa disso tudo sozinho. Posso poupar você, que é meu amigo, mas muita gente grande cai junto comigo. Não faça isso. Fique calmo, vamos livrar você daqui. Não vejo como. A promotoria pediu júri popular, você sabe, com a mídia em cima, serei condenado como o bode expiatório. Vou abrir a boca. Você enlouqueceu? Isso pode ir parar nos inquéritos parlamentares.

Por mim, tudo bem. Não vou pagar o pato sozinho, há muitas coisas nessa história que precisam ser esclarecidas. Achei que tinha amigos, mas já vi que estou só. Vou me defender como posso. Garanto que o juiz irá apreciar o que eu tenho a dizer, isso irá para a Suprema Corte, vai ver. Não faça isso! Vou conversar com os chefes... eles tomarão alguma providência.

São seus contratantes, você os trouxe para o escritório. Estou pagando por crimes que você e eles organizaram para que nosso escritório fizesse parecer lícitos. Imbuído de uma coragem visceral, trazida talvez pela visita de Marcela, segui desafiador. A mim, não interessa se seus chefes são as altas esferas do poder político, jurídico e empresarial, pessoas escondidas sob a alcunha de "os poderosos", que não têm interesse em ver seus nomes envolvidos em escândalos.

Não se faça de inocente! Você conheceu pessoalmente muitos deles, que frequentavam o escritório. Frequentavam a sua sala. Eu mesmo não apertei a mão e não selei acordo com nenhum deles! Quem cala, consente, Marcos. Subitamente acuado, ele usava um tom conciliador. Enfim, eu espero aqui dentro deste inferno até a próxima semana, nem um dia a mais. E espero que você consiga o adiamento, se o júri estiver marcado, nada feito.

Surpreendentemente, Gregório pareceu motivado em resolver o problema. Me garantiu uma visita no dia seguinte para que conversássemos melhor e estava lá, pontualmente, muito antes do horário. Pela primeira vez, me senti sendo defendido. Chegando lá, Gregório me disse que falara com os poderosos e me garantiram proteção.

Contra-argumentei que o caso já havia sido levado ao juiz, o júri popular era certo, como eles pretendiam livrar-me da cadeia? No entanto, eu sabia que, com um pouco de boa vontade e pó mágico conhecido como dólar, tudo era possível no meio dos poderosos que defendíamos. Inocentamos vários da cadeia certa. De fato, Gregório conseguiu o adiamento. Conseguiu também uma visita da minha família. Aquilo me deixou alegre e triste simultaneamente. Alegre por revê-los e triste por perceber que, nesses quase 120 dias, pouca ou nenhuma falta fiz em nossa casa.

Cibelle pareceu solícita e apaixonada. Desculpou-se e colocou a culpa em Gregório, que achou que não seria bom para as crianças verem o pai naquele estado, e tampouco bom para a saúde do escritório que eles fossem ainda mais envolvidos naquele escândalo.

As crianças, não tão crianças assim, o Heitor com 15, a Giovanna com 13, me abraçaram, sem disfarçar o desgosto. Me senti triste de ter que fazê-los passar por isso. Mas feliz pelo calor humano tão em falta nos últimos meses. Embora fizessem falta a mim, a eles certamente não fiz nenhuma. Não me perguntaram sequer como eu estava. Em tom de claro desconforto, entreolharam-se e, em seguida, olharam para a mãe com lânguidas carinhas de "podemos ir?". Crianças, fiquem mais um pouco com seu pai, pediu Cibelle, em tom complacente.

Mãe, só viemos porque você prometeu que não ia demorar, lembrou Giovanna, irritada. Imagine o que a Paulinha Gusmão dirá na escola se souber que eu estive aqui? Não basta me arrumar um pai presidiário? Você precisava me fazer vir aqui?

Olhei para a menina, incrédulo. E dela para o Heitor, que nada disse, apenas baixou os olhos em tácita concordância. A mãe parecia desconfortável. Todos ali pareciam ter sido obrigados a comparecer naquela visita. Eu não era mais parte da família. Às vezes me perguntava se alguma vez o fora. Vocês já podem ir, preciso falar com os advogados, por favor, façam-nos entrar. Até logo... acenou Heitor. Adeus, falou Giovanna. Tchau, Marcos, disse Cibelle.

E retiraram-se. A porta fechou-se e, minutos após, voltou a abrir-se. Foi o tempo de engolir a dor que me rachava a alma e encontrar alguma dignidade para questionar as regras do jogo.

Você me falou que eu teria regalias especiais. Me garantiu que eram todos do mesmo grupo político. Que estavam todos comendo em sua mão — ralhei, já em meio a um certo descontrole. Sentia uma taquicardia crescente, o medo tomava conta de mim, o desespero era estar naquele lugar confinado. Não percebi que perdia o controle.

Gregório continuava andando de um lado a outro da sala, sem me olhar cara a cara. Eu girava o corpo, tentando acompanhá-lo, mas seu semblante me dizia que ele mal me escutava, muito menos me ouvia. Gregório, confiei em você. Aceitei suas regras, sujei as mãos por imposição sua. Mas você sabe que não sou o único culpado. Não cometi esse crime sozinho!

Do outro lado, silêncio. Cavalcanti também permanecia sentado no canto da sala, abraçado à pasta, como que acuado pela ideia de que, jogando a sujeira no ventilador, algo havia de respingar nele. Provavelmente, avaliava as escolhas que fizera. Estaria agindo bem, juntando-se às pessoas certas? A cada assinatura que dava em algum dos processos, se comprometia com o grupo um tanto mais. Era uma análise que eu mesmo deveria ter feito antes de ser picado pela mosca azul da cobiça. Diz-me com quem andas e te direi quem és, falava Marcela na infância, quando ameaçava deixar sua companhia para juntar-me aos meninos da várzea, para fumar e beber escondido. Como me julgava um fraco, eu sempre a ouvia e evitava a companhia dos moleques. Hoje, sei que não era fraco, ela era sábia, e sua sapiência me faltou na hora de escolher as companhias.

Gregório continuava a andar, dessa vez em círculos. Eu sentia que ele já previra o desfecho. E, sendo egoísta, temia que eu me revelasse, abrisse a boca, arrastando-o para o buraco também. Estou aguardando uma posição, Gregório. Amigo, não tenho o que dizer, além de que preciso que confie em mim. Olha, conheço as leis e você não vai me engabelar. Está na hora de chamar os grandes. Já contatou o sen... Shhhhh! Cale-se! Quer morrer? Você sabe muito bem que esse nome é impronunciável. E que uma queima de arquivo não é coisa difícil de se providenciar por aqui, não esqueça que essas paredes têm ouvidos! Já foi feito várias vezes. Já limpamos muita sujeira por aí. Distribuímos muitos *habeas corpus*, muitas liminares e ordens de soltura foram expedidas para pessoas com fichas criminais bem mais extensas que a minha. E mais, molhamos muitas mãos, para que os olhos da lei se fechassem para um sem-fim de falcatruas, concluí nervoso.

Agora é diferente. Nossos amigos do judiciário estão se aposentando. E esse caso tem repercussão nacional. A mídia está em cima como um bando de hienas famintas. Não posso fazer nada, murmurou Gregório, ríspido. Nada? Ah, você pode sim! Porque você não tem noção do que é viver aqui dentro. Mas se não pode me conseguir um passaporte para sair daqui, posso providenciar rapidamente um para que você venha para cá, me fazer companhia, ameacei.

Cavalcanti permanecia estático, com a pasta abraçada diante do peito. Afrouxou ligeiramente a gravata. Parecia não respirar. Gregório havia sentado mais ao canto, apoiara a fronte sobre os dedos polegar e indicador, unidos junto à glabela, como se buscasse freneticamente uma saída.

Pior que o maldito juiz é daqueles honestíssimos. Incorruptíveis. Foi impossível demovê-lo do caso. Parece adivinhar e não admite substituições, por mais que os grandes tentem manobras estratégicas. Até uma promoção, recusou — disse Gregório, apertando os lábios pálidos. A seguir, calou-se e, olhando para ele, notei que sua preocupação pareceu genuína. Mas eu não poderia desistir, ou mofaria ali dentro. Ou todos os safados fora, ou todos ali dentro, reunidos. Só abriria mão da liberdade, morto. Mas os demais ficariam na cadeia. Nada disso me interessa, falei.

Cara, sei disso. Mas não sou juiz. Nem desembargador. Já fiz de tudo o que estava ao meu alcance... a única alternativa seria... mas nem tenho coragem de propor... Seria muito degradante. O quê? Qual seria a alternativa? Marcos, eu não sei se devo... tornou ele, vacilante. Deixe de pudores! Isso quem julga sou eu. Diga de uma vez. A única forma de livrar-se da cadeia seria usar um atestado médico — sugeriu finalmente Gregório em tom de desabafo. O que não seria difícil de conseguir com nossa extensa folha de pagamento.

Um atestado médico? Que me atestasse doente? Para enfrentar um crime hediondo, com agravantes de crueldade? Inútil! E pedir o quê? Tratamento domiciliar? Prisão domiciliar? Redargui. Isso não daria certo, concordou. Foi o que eu disse, claro que não. Você só pode estar louco! Eu não estou, mas e você? Não seria uma boa ideia alegar que um louco cometeu aquele homicídio com tamanha crueldade? Alegar insanidade, Gregório? Claro! Alegaríamos inimputabilidade, atestaríamos isso sem qualquer dificuldade. O juiz certamente tentaria se opor, pediria revisão do quadro, novos exames. Mas é um diagnóstico clínico e médicos temos muitos em nossas mãos.

Gregório levantou-se, deu uma volta, ajeitou a gravata, limpou o suor do rosto, que se distendia, como se tivesse finalmente encontrado um caminho. Sem a culpa, você poderia cumprir medida cautelar numa dessas casas de acolhimento judiciário, em tratamento, não em cumprimento de pena.

Ele se calou, eu também. Calculava os danos. Tratamento psiquiátrico, certamente muito melhor que aquele lugar fétido em que estava já há alguns meses.

A menos que ache humilhante... disse Gregório, com um olhar provocativo de ave de rapina diante da presa.

Continuei imaginando. A família teria acesso a um local mais digno, eu não seria um assassino, mas um portador de necessidades especiais. Talvez fosse uma alternativa. A única. É uma decisão difícil de ser tomada, tornou Gregório, não posso pressioná-lo. Vou dar a você um tempo para pensar. Permaneci imóvel, pensando, e os dois se levantaram, evidentemente mais aliviados com a possibilidade e se preparavam para sair. Gregório, no entanto, antes de passar pela porta, voltou-se para me dizer em tom de confidência.

Não demore a decidir, amigo. Mesmo as portas mais largas se fecham. Se o juiz decretar a data do julgamento e você for ao júri popular, dificilmente conseguiremos reverter essa situação. A população está com sangue no olho e quer vingança, você bem sabe que a mídia é mestra em manipular o que lhe convém. Todos odeiam um assassino cruel, mas têm piedade de um insano. A escolha é sua. Não preciso pensar, respondi, pode dizer aos grandes que eu aceito.

Gregório sorriu. Bom garoto! Sábia decisão.

Um frio percorreu minha coluna e um mal presságio me assolou de súbito. Talvez fosse o mal chegando em mim, talvez fosse apenas o mal...

Apesar do medo, não me envolvi nessa negociação. Lembro apenas de ter acordado na enfermaria do presídio certo dia, com dores generalizadas por todo o corpo. Um olho que me pareceu resistente à abertura, e uma boca maior que o normal. Notei também que me faltava um dente. Tudo isso, apenas pelos sentidos do tato e pelas terminações nervosas. Não me atrevi a pedir um espelho em todo o tempo em que estive preso. Exceto quando da véspera da audiência com o juiz e o próprio julgamento. Nessas ocasiões, pediam que me barbeasse, mas sob a vigilância de um ou dois guardas.

Nesse dia em que acordei na enfermaria, senti também o frio da algema em meu pulso esquerdo e fui tragado pela realidade de que estava de volta ao inferno. Aos poucos, dei pela conversa de um grupo próximo. Ao perceber que acordara, aproximaram-se um homem e uma mulher. Mesmo com a dificuldade de abrir o olho inchado, divisei o homem, reconhecendo Gregório. Imaginei que a mulher fosse Cibelle, mas tratava-se de uma enfermeira que explicava ao meu advogado como eu fora severamente espancado até perder a consciência e cair.

Gregório se dirigiu a mim com a cara solene e contrafeita dos que não estão ali por nenhum dever de solidariedade, mas por obrigação mal disfarçada. Me olhou sem qualquer empatia e disse que eu tinha sofrido um linchamento. Mas que as ameaças feitas contra a minha integridade, das quais eu já havia me queixado com ele numa visita prévia, clamando por uma solução, não seriam cumpridas. Me disse sem esboçar qualquer ânimo na voz. Não se preocupe mais com eles. Já tomamos as medidas necessárias.

Seu tom era tão ameaçador, que cheguei a temer pela integridade dos agressores. Me dei conta de que franzia o cenho, pela dor que essa dúvida me causou no rosto. Qualquer movimento era extremamente doloroso. Falar seria impossível, mas Gregório compreendeu que eu queria saber o que ele fizera. E como lhe aprazia gabar-se, e apenas por isso, aproximou-se do meu rosto e sussurrou: Tenho meus métodos. Temos influência aqui dentro. Problema resolvido.

Só depois que saí da enfermaria, compreendi que os detentos foram neutralizados pela facilidade do tráfico de benesses. E, de fato, me deixaram em paz. Passei para a cela solitária e usei o resto do tempo ali dentro, entre a leitura dos poucos livros a que tinha acesso e a contemplação do horizonte através da grade da cela. Como a grade dava para o muro, a vista desse período da minha vida resumiu-se a um paredão cinza. Tão cinza quanto eram as minhas próprias dores.

VINTE E SETE

Mesmo sem os papéis, Rodrigo estava imerso em divagações a respeito das palavras sempre lúcidas de Humberto.

Foi quando a secretária interfonou.

— Alô? Sim... ah, sim, peça a ele que entre, por favor.

Era Robson, o enfermeiro responsável pela ala de Humberto.

Coincidência, pensou.

Rodrigo sacudiu a cabeça, afastando a ideia. Não, essas coisas não existem. Consciente coletivo, deve ser isso.

— Bom dia, Robson! Está tudo bem?

— Sim, doutor, tudo bem comigo.

— E com a 9, mais problemas?

— Não, senhor. Tudo bem com a 9. Deus nos livre de mais problemas ali.

— Que alívio. Então, que bons ventos o trazem aqui?

— Então, doutor, é o Humberto...

— O que tem ele, homem? Vamos, diga, por favor.

— Ele permanece internado, o senhor sabe. Isso não é comum em casos de tentativa de suicídio.

— Eu sei, mais de três semanas, é estranho mesmo, mas o que houve?

— Então, tenho um chegado no hospital geral... me disse que ele está internado, não devido ao enforcamento, mas pela overdose.

— Overdose?

— Sim, doutor. Nos exames de sangue, colhidos na Santa Casa, foram encontrados vestígios de substâncias tóxicas no sangue, de várias delas, o que pode indicar que ele vinha sendo exposto com frequência a altas doses diversas e drogas aleatórias.

Rodrigo arregalou os olhos, abismado.

— Ilícitas? Em um hospital psiquiátrico? Que tipo de drogas?

— As lícitas, doutor. Medicamentos. Parece que Humberto não tomou os medicamentos por vários dias, guardou e tomou-os de vez. O senhor sabe, o controle da administração medicamentosa por aqui tem melhorado muito desde que o doutor chegou, mas ainda não é perfeito.

— Me parece que ele queria garantir a sua morte por um meio ou por outro. Engenhoso.

— Bem, doutor, essa informação é de bastidor. Para ter algo mais concreto, tinha que ser de chefia para chefia. Mas o senhor tem que me garantir que não vai queimar meu chegado. O senhor poderia, como chefe aqui do hospital, solicitar acesso aos relatórios médicos, exames laboratoriais do paciente. Esse acesso é livre ao senhor que custodia o paciente.

— Sim, é claro.

— Se não, as informações não chegam mais. As paredes têm ouvidos, se é que o senhor me entende.

— Entendo.

— O senhor tem que ir "no piano"... — continuou Robson, simulando tocar as teclas.

— Piano?

— Na maciota, chefe — explicou. — Pedindo para a chefia de lá mais informações, mas sem falar do que já sabemos, entende. Eles terão que trazer, mas dando tudo por escrito.

— Muito obrigado, meu amigo. Sim, tem toda razão. Fiquei tão imerso com os assuntos. Vou fazer melhor que isso. Irei pessoalmente.

— E doutor, se o Humberto tomou os remédios sozinho, menos mal... mas se alguém deu pra ele, o cara pode estar correndo risco lá na Santa Casa também — segredou ele — Conta comigo, doutor. O senhor é o cara!

Era um bom homem esse Robson, gente do povo que se preocupava com seu povo. Valoroso e bom esse Robson.

— Pode deixar, vou tratar do negócio, deixando seu "chegado" de lado.

Quando Robson saiu, voltou até a mesa e anotou na agenda:
"Visitar Humberto, segunda-feira, 8h".

Sim, era uma prioridade. Aliás, já estava mesmo na hora de o caso de Humberto começar a sair da teoria para a prática. Pegou o celular e ligou para Carlos, que topou na hora.

Sendo quinta-feira, se deu ao desfrute de sair quinze minutos mais cedo. Teria uma convidada para o jantar.

No caminho para o supermercado, foi refletindo sobre a lista de compras e os últimos andamentos do estranho caso de Humberto Marcos. Ia também imaginando a cara de espanto de Amanda, quando soubesse das últimas informações.

Pontualmente, às 19h, Amanda entrava.

— Boa noite, meu caro Rodrigo! Vim morrendo de ansiedade. Quais as novas?

Rodrigo estalou um beijo em sua bochecha, que a fez corar. Ela pediu ajuda e partiu para a cozinha. Foi uma diversão à parte perceber o absoluto despreparo com os temperos e utensílios de seu *sous-chef*, parceiro de investigação e chefe no HCT. Rodrigo perdia de goleada para uma cebola.

Sentaram-se com as taças de vinho e, após Rodrigo contar as últimas, passaram ao jantar, conversando sobre amenidades e revisando meticulosamente os acontecimentos.

Após o jantar, um cafezinho, e nisso, ela teve que reconhecer. Ele era *expert*.

Começaram a observar que os capítulos já não tinham mais números ou os números se confundiam à medida que ele ia vivendo no HCT, sendo medicado ou se automedicando de forma equivocada.

* * *

Em um fato, há versões, causas, consequências, autores, vítimas, motivos, protagonistas e coadjuvantes, culpados e inocentes. Tal qual um cubo, é multifacetado. Difícil é conhecer a verdade, a mais relativa das realidades. A mais utópica das aquisições. Conhecê-la é uma pretensão que temos exatamente por desconhecer nossa limitação. A verdade muda conforme o ponto de vista. Conforme a versão de quem a diz, de acordo com o malhete do juiz. De acordo com quem profere a sentença.

E a sentença torna-se pétrea e vira pedra a ser arremessada aos bocados contra os condenados, sejam eles culpados ou não. E a palavra faz-se lei, como se fossem deuses, mas não são. São humanos, falhos, imperfeitos, como eu. Tão influenciáveis pelos vieses interpretativos dos prestimosos doutos advogados como eu.

E é assim que se aprisiona um que não devia tanto, e liberta por baixo dos panos pretos impecavelmente passados a ferro os que deviam tanto mais. Oh, como a justiça é cega! Cega e lenta! Para uns... e quão célere é para outros, pobres desvalidos, ou desprovidos de malícia. Para os injustos, a justiça sempre permite um recurso, mesmo para os crimes hediondos. Levantam a venda da pobre Têmis, aviltada, com suas mãos corrompidas de contar o vil metal. Para esses, os processos arrastam-se por décadas, de recurso em apelação, de instância em instância e, por fim, não dão em nada.

Nas altas esferas funcionava assim: "a meus amigos, tudo; a meus inimigos, somente a lei". Cansei de ouvir o ditado das bocas mais sigilosas dos inúmeros poderosos que adentravam, impolutos, com seus alvos colarinhos, os umbrais do escritório de Feliciano, sempre em busca do Dr. Gregório. Poderosos que estavam nas mais altas esferas do poder nacional. Poderosos que estavam todos os dias sendo entrevistados pela mídia. A mesma mídia que era paga para contar suas verdades ao povo. Que se levantava, sendo levada de um lado ao outro, ao sabor da informação que recebia. Tudo parte de um ardil orquestrado para angariar fundos polpudos, recursos vultosos, *marketing* agressivo, campanhas vitoriosas. Tudo para esconder toneladas de lixo sob os tapetes do poder. O que é a verdade, quando muitas pessoas narram a mesma história? Cada um dos envolvidos tem a sua própria versão para o mesmo fato. Quem é réu, vira inocente, mudam-se as versões, muda-se a instância, pede-se revisão de pena *et voilá*, está livre o previamente apenado! Ah, o contraditório... paradoxalmente, um louco, uma vez diagnosticado louco, jamais deixará de ser indigno de credibilidade, jamais poderá voltar a ser levado em consideração. É uma sentença irreversível. Mas optei por ela, e ainda me recordo, como se hoje fosse, as palavras proferidas por um inconformado e irresignado juiz:

Desse país de velhacos, que amo mais do que a tudo, em que Deus me destinou a viver, guardo apenas uma mágoa. Mágoa que guardo também da minha profissão tão amada quanto ingrata: a de não conseguir levar à cadeia os chacais, enquanto as ovelhas rumam, inequivocamente, para a guilhotina.

Bateu o martelo à mesa e deu cumprimento ao seu veredicto: inimputável, dando por encerrado meu caso, a despeito do clamor popular por condenação mais dura, e a julgar pelas frases finais, a despeito também da própria consciência. Fez cumprir a lei.

Lembro até hoje do olhar endurecido e frustrado que vi pela última vez no rosto do magistrado. Nós, os chacais, havíamos vencido, e ele, apesar de todos os esforços, fora engolido pelo sistema. Falhara.

Gregório veio para os cumprimentos, também os outros advogados, Cibelle e os filhos. Todos pareciam exultantes com o resultado, como se fosse justo. Mas as palavras do justo, o juiz, me ecoavam no oco da consciência: Inimputável! Inimputáveis! Aquele ou aqueles que não têm culpa nem dolo. No meu caso, significava: aquele que saía naquela tarde, triunfante, livre dos horrores da penitenciária. Gregório repetia entredentes, como que para me consolar.

"O sistema é falho, somos bons argumentadores. Merecemos vencer."

Ouvia essas frases de bom ânimo, sem ânimo algum. Embora sair da penitenciária fosse, sim, um avanço, a minha consciência, como a do magistrado, não calava.

Agora tudo seria diferente. Livre daquela sentença de reclusão, na companhia de um sem-número de condenados, detentos e marginais de todo tipo. Agora tinha conquistado o direito juramentado de sair dali. E pela porta da frente.

Sequer sabia por quanto tempo teria que cumprir a medida cautelar, nem onde, nem em que condições, mas naquele momento, qualquer coisa era mais interessante que o ambiente úmido e lúgubre da cela solitária, daquele depósito de carne humana.

A saída do tribunal, a exemplo da chegada, foi igualmente escandalosa. Uma multidão aglomerada em frente ao prédio, mantinha os braços erguidos e os punhos cerrados, num clamor de justiça que se ouvia lá de dentro. Um espocar sucessivo de *flashes*, um mar de microfones que se estendiam na nossa direção no curto trajeto entre a porta e o camburão. Na verdade, o que queriam era vingança pela morte de Arlene. Talvez pela brutalidade da morte. Pensei que, se eu soubesse de caso assim, pior, se visse as fotos do levantamento cadavérico que vi, provavelmente estaria exigindo a pena de morte para um verme como eu.

Jamais consegui conceber que dentro de mim houvesse aquele monstro sanguinário capaz de toda aquela destruição, de toda aquela crueldade. Mas eu fui. E estava saindo dali, com uma solução definitiva que não solucionava nada. Me alentava um pouco saber que prisão, igualmente, não solucionaria. Nenhuma medida profilática foi tomada para conter aquele monstro que cometeu o crime: o mal. O outro, que era a minha própria obscuridade.

Naquela mesma noite, em vez de contente, estava mais deprimido. Todo o julgamento, os dedos em riste, a batalha da acusação contra a defesa, a projeção daquelas fotos chocantes em dimensão ampliada e o clamor do povo, pareciam aumentar a minha pena.

Cheguei a desejar que um daqueles justiceiros da cadeia tivesse posto fim à dominação do mal sobre a minha vontade. Gostaria que tivessem cumprido as ameaças, em vez de vender-se ao tráfico de bebidas alcoólicas, fumo e outros mimos que Gregório tratou de organizar sabe-se lá como, para que me deixassem em paz.

Agora, passeando na viatura que ruidosamente cursava o tráfego pesado das 18h na metrópole, me sentia, por poucos segundos, livre. As grades da viatura me mostravam caras de gente que passava. Gente que não conhecia meu crime, nem a minha sentença. Por isso, não olhavam para mim com ódio. Olhavam, através do carro, imersos que estavam, na própria rotina. Pensei na benção que é ser livre para ter uma rotina. Ser escravo dela e não prisioneiro do tempo infindável e de sua companheira mais fiel, a incerteza.

Por todo o trajeto que levava de volta à prisão, dei graças pelo congestionamento. Ele me mantinha na sensação prazerosa de estar livre em meio aos bons. Nenhuma daquelas pessoas que cruzavam com a viatura, e, ocasionalmente, com meus olhos dispersos, sonhou que ali dentro, seguia enjaulado, de volta à masmorra, um monstro. Por algum tempo, me senti livre principalmente do julgamento alheio.

A transferência se deu quase que imediatamente, seguindo as ordens do juiz: "Como medida reparadora, ordeno que seja transferido de imediato para o HCT Hospital de Custódia e Tratamento, onde cumprirá medida cautelar".

Ao contrário da maioria dos detentos, não tive que aguardar mais que uma semana pela execução do veredicto. Em minha euforia por sair dali, boa parte da alegria se resumia ao passeio de ida à instituição desconhecida. Que fosse longe. Para que sentisse novamente a sensação de transitar entre seres humanos sem o olhar acusativo de bicho execrável deles.

* * *

Antes de despedir-se de Amanda, Rodrigo decidiu tocar em um ponto delicado. A ação.

— Creio que ficar aqui, apenas lendo os relatos de Humberto não será muito útil.

— De fato. Eu ia dizer-lhe o mesmo, Rodrigo. Mas o que podemos fazer?

— Pensei em investigarmos.

— Como assim?

— Temos dados, nomes de pessoas, arquivos nos anais do HCT, precisamos nos mover. Tudo o que Humberto escreveu é poesia e filosofia, mas também é uma garrafa de SOS em um oceano de insanidade.

A moça continuou a fitá-lo em silêncio.

— Amanda, precisamos agir.

— Eu sei... mas como?

— Amanhã pensaremos nisso. Mas preciso saber se você concorda em investigarmos juntos.

— Claro, precisamos agir e rápido.

— Vou pensar numa estratégia e amanhã falaremos a respeito.

— Combinado, boa noite!

— Até amanhã!

VINTE E OITO

Amanda e Rodrigo se reuniram no trabalho para discutir as ações corriqueiras do HCT. Finalizada a pauta, tomadas as decisões, ele lembrou:

— Agora o nosso outro assunto.

— Sim, claro, vamos a ele!

— Pensei no seguinte, um de nós faz a pesquisa documental e outro vai a campo, conversar com as pessoas citadas nas leituras.

— Certo, eu posso ficar com as pesquisas.

— Tinha pensado nisso, até porque, como médico do HCT, tenho mais credenciais para fuçar a vida de um paciente. Além disso, você tem muito mais talento para ler nas entrelinhas dos documentos e selecionar suspeitos, porque não quero mesmo expor você desnecessariamente. Prefiro resguardá-la.

Amanda assentiu, sem questionamentos. Rodrigo continuou a explicar seu plano:

— A primeira pessoa que vou visitar será o advogado, Gregório. Agendei um horário com ele para logo mais, às 11h. Vou mantendo você informada. Enquanto isso, se puder ir levantando todos os dados relevantes, sua intuição conta muito.

— Pode deixar.

— Estou indo, não quero me atrasar para encontrar o ilustre advogado de defesa de Humberto.

Eram 10h30 quando Rodrigo cruzou a porta envidraçada e deslizante do prédio. Subiu por um dos elevadores panorâmicos e chegou ao décimo sexto andar virando à esquerda para cruzar o monumental portal de ébano do escritório imponente de "Braga, Tavares & Alcântara Associados".

O escritório, que ocupava todo o andar, era um misto de luxo, requinte e elegância. Tudo em tons de preto, cinza e dourado. E tudo denotava respeito e opulência. Na recepção, apresentou-se, informando o compromisso agendado. O Dr. Gregório, não tardaria a atendê-lo. Passados o que lhe pareceram uns 15 minutos, uma moça esguia, trajada com capricho em um *tailleur* cor de chumbo, apareceu. Percorreram então uma vastidão de corredores e bem no centro, uma porta alta, dupla, negra, com puxadores dourados tinha escrito "Dr. Gregório Tavares – Presidente".

A moça bateu rapidamente e abriu com pouco esforço a porta. Ao fundo, estava o Dr. Gregório. Levantou-se discretamente e estendeu a mão para Rodrigo.

— Dr. Rodrigo Arante, a que devo a honra de sua visita?

— Dr. Gregório, indo direto ao ponto, como o senhor deve saber, sou o diretor do Hospital de Custódia e Tratamento, no qual seu sócio é paciente.

O homem refugiou-se atrás da mesa e afundou na poltrona.

— Sim, estou ciente.

— Ocorre que seu sócio sofreu um incidente um tanto quanto obscuro no HCT, e está internado há algum tempo sob custódia do Estado. — Gregório assentiu. — Ele está estável, mas inconsciente, as vértebras não foram gravemente afetadas, mas ele lesionou a traqueia, teve algumas paradas cardíacas e uma overdose de medicação.

— Overdose de medicação, num hospital? Que estranho. Não há enfermeiros que zelem pelo bem-estar de seus pacientes, doutor? — Gregório ergueu as sobrancelhas.

— Sim, há. E instauramos sindicância interna para apurar os fatos e responsabilidades, mas tudo leva a crer que ele estocou remédios por algum período e os tomou todos de uma só vez no dia do atentado.

— Atentado?

— Sim. Ainda que Humberto tenha atentado contra a própria vida, trata-se de um atentado.

— Sei... mas como posso ajudá-lo?

— Eu gostaria que me contasse o que sabe sobre ele.

— Meu ex-sócio é um homem perturbado, doutor. Sempre foi. Fraco de saúde, tinha uma espécie de enxaqueca, ausências, sei lá o que, que de vez em quando o tiravam de circulação por alguns dias. Nunca foi um homem forte, envolveu-se com a secretária, acabou sendo chantageado por ela por conta de um vídeo incriminador que ela dizia ter. Não aguentou a pressão, a matou e fez quase que um ritual satânico com o corpo. Não satisfeito, se refugiou em uma chácara, e, ao ser procurado pela polícia, por estar desaparecido, entendeu que estava sendo caçado e confessou o crime. Depois disso, tentei ajudá-lo, eu mesmo assumi a defesa, mas ele sempre hostil, se indispôs comigo. Como foi diagnosticado logo depois, ele sofria de sérias perturbações mentais e foi cumprir sua medida de segurança em seu hospital. Daí para cá, só ladeira abaixo, doutor. Acho que é tudo o que eu tenho a dizer.

— Ele era seu amigo?

— Mas claro! Fiz o que pude por ele.

— O senhor acha que Humberto matou Arlene?

— Mas é claro. Matou e ainda confessou.

— Em sua opinião, Humberto é louco, assassino ou os dois?

— Os dois.

— O senhor parece ter muita certeza disso... certeza demais para um advogado de defesa, não acha?

— Eu? O que tenho eu a ver com isso? O cara confessou um crime. O que um advogado de defesa pode fazer diante de um assassino confesso? Tentar minimizar a pena. Foi o que eu fiz...

— Engraçado, doutor... em várias ocasiões, notei que suas atitudes pareciam mais atrapalhar do que ajudar Humberto.

— Chega! Não vou ficar aqui ouvindo insinuações de um doutorzinho desocupado, que acha que pode inventar a roda. Meu querido, seu paciente é o que é, um louco, assassino, que tirou a vida de uma mulher indefesa.

— O senhor fala isso com tanta certeza... por acaso estava lá?

— Mas é muita petulância! Segurança, preciso que acompanhem o Dr. Rodrigo até a saída! Nossa entrevista terminou.

Como se estivessem de prontidão a menos de meio metro da porta, quatro seguranças entraram abruptamente.

— O senhor, por favor, me acompanhe — pediu um dos seguranças.

Rodrigo se levantou, fez uma reverência com a cabeça para o Dr. Gregório e despediu-se.

— Tenha um excelente dia, doutor!

Ao sair do prédio, desapertou a gravata e, ainda no estacionamento, ligou para Amanda.

— Oi, Amanda. O cara é um tremendo boçal! Cara de raposa felpuda, jeito de quem quer ver o Humberto pelas costas. Se depender dele, Humberto jamais sairia vivo do HCT. — Fez uma pausa e completou: — Ok, encontro você daqui a pouco no restaurante em frente ao hospital. Vamos almoçar e te conto mais detalhes.

VINTE E NOVE

A FORÇA-TAREFA CONTAVA INICIALMENTE COM Rodrigo e Amanda, mas o médico sentia que não seria suficiente. Ansiava, agora, angariar o apoio da família de Humberto. Queria conhecer a esposa e os filhos, mas sua consciência — que se recusava a ter intuição — o aconselhava a procurar primeiro Marcela e incluí-la na investigação.

Investigou nas fichas, contatos, e localizou o endereço de Marcela, mas, para sua surpresa, encontrou uma resistência inicial de Amanda.

— Mas por que visitar Marcela, que não estava por perto, quando tudo aconteceu?

— Marcela tem a chave para o Humberto de outrora, o Humberto essência, antes de se perder. Sei lá, Amanda, algo me diz que ela pode saber alguma coisa sobre o tal mal.

— Tá bom, se é assim, siga a sua intuição, digo, sua consciência.

Eram 16h, Rodrigo havia saído mais cedo do HCT. Na dúvida entre bater ou não na porta, permaneceu em pé, com o dedo próximo à campainha, sem coragem de tocá-la.

Era preciso decidir. Afinal, não havia passado dias na incerteza, pensando se deveria ou não ir até ali, para, simplesmente, recuar diante da porta fechada. Temia estar cruzando a barreira do profissionalismo, sendo invasivo. Talvez não devesse estar ali. Como justificar sua presença?

É certo que tinha ligado antes, mas aquela talvez fosse uma hora inoportuna. Sentia-se invadindo a intimidade de um paciente. Algo o impulsionava a seguir com atitudes que sua razão considerava sem sentido.

Numa manobra impulsiva, apertou o botão da campainha.

Um som estridente ecoou corredor afora.

Tarde demais.

Agora era rezar para que ela não estivesse em casa. Já ia rodopiando nos calcanhares para sair, Rodrigo ouviu um grito vindo lá de dentro:

— Espere um minuto, já estou indo!

Poderia dizer, só pelas linhas de expressão, que além da idade, ela havia sorrido muito, mas o olhar quase sem fé também dizia que sofrera um tanto. Tinha um nariz pouco afilado e lábios grandes e carnudos, típicos de sua ascendência negra, que contrastavam com o rosto anguloso.

O tom da tez morena contrastava magicamente com o cinza dos cabelos ondulados e longos, que despretensiosamente soltos caíam quase até a cintura. Era, sem dúvida, uma bela mulher. Assim, num singelo vestido floral, sem qualquer traço de vaidade ou maquiagem, parecia uma personagem saída dos livros de Jorge Amado, com sua beleza natural.

Imerso nesses pensamentos contemplativos, não percebeu que a mulher, enxugando as mãos em um pano de prato, aguardava.

— Boa tarde, senhora! Deve ser a senhora Marcela.

— Boa tarde! O senhor, quem é?

— Desculpe, sou Rodrigo, o médico responsável por um amigo seu, o senhor Humberto Marcos Alcântara. Nos falamos antes pelo telefone.

— Ah, sim. Entre, por favor, doutor.

Uma voz feminina ecoou no interior da casa.

— Quem é, mãe?

— O amigo de um amigo, filha! Venha, doutor, sente-se aqui na varanda, aceita uma limonada, um café?

— Um café, por gentileza.

— Pois não, doutor. Angélica, poderia por gentileza nos trazer um café?

— Claro, mãe... Só um minuto que já sirvo.

Era um ambiente limpo, simples e extremamente acolhedor. Percebia-se, nos detalhes mais sutis, que o amor habitava aquela casa. No ar, o cheiro de mirra e patchouli, decoração em tons neutros, sem refinamento, mas de extremo bom gosto. Tudo ali remetia à paz. Sentaram-se na pequena varanda, onde havia plantas florindo em tons diferentes de rosa e violeta, e lá de dentro, provavelmente da cozinha ou de algum quarto, vinha a ária de uma ópera, coisa rara de se ver, que não passou despercebido a Rodrigo.

— Ópera?

— Sim. *Puccini*. Incomoda?

— Não, de forma alguma — desculpou-se Rodrigo. — Me perdoe a surpresa. É raridade ouvir esse gênero.

— Ah, sim, é meu favorito. Esta é a ária. O *mio babbino*, caro. Baseada na Divina Comédia. É uma das minhas clássicas favoritas. Conta a história de uma filha que tenta convencer desesperadamente o pai a ajudar a família do rapaz por quem era apaixonada, na Firenze de 1200. Aqui, é entoada por Maria Callas.

— Que interessante.

Nesse instante, a jovem esquia surgiu com uma bandeja com um par de xícaras, açucareiro e uma garrafa térmica.

— Deseja mais alguma coisa, mãe?

— Essa é Angélica, doutor, minha filha.

— Muito prazer — respondeu Rodrigo à bela que devia estar beirando a casa dos 40 anos. Morena e esguia, como a mãe, de rosto expressivo e alegre.

— Esse é o Dr. Rodrigo, minha filha, médico de Marcos Alcântara, um amigo de infância.

— Prazer, doutor. Espero que seu paciente esteja bem de saúde...

— Ah, sim...

— Vou deixá-los à vontade, com licença.

— Fique à vontade, doutor. Ou prefere que eu sirva?

— Eu me sirvo, se não se incomodar.

— Então, doutor... me diga, como está seu paciente?

Rodrigo foi arremetido de volta ao presente e deu de cara com o sorriso doce de Marcela. Tentava concentrar-se no assunto que o trouxera até ali, no entanto, seguia impressionado com a aura daquela mulher, sabe a sutileza? Pois bem, é lá onde o diabo mora. Mas é lá também onde Deus nos sonda a alma e o coração. Pelos relatos de Humberto, sabia que era uma mulher diferente das demais. Ele, que não cria, passou a sentir a força da aura positiva daquela mulher. Algo superior, algo intangível. Uma experiência que costumava sentir apenas na presença de sua avó: espíritos superiores, almas velhas, dizia ela. Aquele olhar terno que só a sapiência traz. Marcela era ainda uma jovem senhora, cinquenta e tantos, talvez sessenta.

Nem ela nem a filha se mostravam arrumadas ou enfeitadas em excesso. Nenhum traço de maquiagem, nenhum cabelo trabalhado. Nenhuma preocupação em serem belas, mas eram naturalmente encantadoras em sua simplicidade. Passavam veracidade, transparência, acolhimento, nada a esconder, o que as tornava a princípio confiáveis.

Rodrigo sentiu-se criança, como que nos braços da avó, em um mergulho num poço escuro e de profundidade desconhecida. Como eram profundos e tristes os olhos de Marcela.

— Bem, Dona Marcela, conforme disse ao telefone, seu número estava como contato do paciente Humberto.

Ela balançava a cabeça afirmativamente, atenta e muda.

— Bem, eu tenho dúvidas quanto ao real estado dele... algo não encaixa. Imagino... sei que imaginar não é o termo que deva ser usado por um médico psiquiatra, mas, bem, a verdade é que minha intuição me leva a achar que algo não está coerente ali.

Seu desconforto o deixava ruborizado. Suas mãos contraíam-se e contorciam-se juntas, como se ele estivesse ante o tribunal da Santa Inquisição. Começou a sentir uma certa taquicardia, desapertou um pouco o nó da gravata, mas achou que o gesto poderia ser considerado excessivamente íntimo e voltou a ajustá-la.

Seu corpo inteiro suava. Ergueu-se de chofre, e, quando percebeu, já estava de pé. E de pé, foi logo se justificando.

— A senhora me perdoe! Acho que não tenho argumentos necessários para ter vindo aqui. Tudo o que tenho, são suposições. Suposições não passam de dúvida. A senhora me perdoe mais uma vez.

— Só um instante, doutor. Suposições são tudo o que temos, meu caro. São as suposições que suscitam as dúvidas e são as dúvidas que nos levam ao questionamento e à quebra dos paradigmas. Gostaria muito de ouvir o que tem a me dizer, se antes você aceitar mais um café, um chá ou um copo com água. Creio que vá fazer bem.

Água. Era o que mais precisava naquele momento. Tinha uma sede imensa. Mas não soube precisar se a sede maior era mesmo de água, ou de compreensão, de verdades, de informações. Passados alguns minutos em que o copo oscilava tremulamente em suas mãos, a calma voltou e Rodrigo começou lentamente a explicar a situação.

Contou a recente chegada ao HCT São Lázaro. Dos primeiros contatos com Humberto, já em estado de prostração. De sua tentativa de suicídio, das indicações químicas de overdose medicamentosa, das narrativas nas cartas, das referências a ela, e da suspeita de que algo ali não se encaixava no contexto.

— Pobre Humberto!

— Acredita nele?

— Como acredito no nascer do sol amanhã cedo.

Ao fundo se ouvia outra Ária famosa, um dos clássicos entoados por Pavarotti.

— Essa, eu conheço, disse Rodrigo.

— Nessun Dorma, uma Ária de Turandot, minha ópera favorita. Fala de amores impossíveis e de nomes que não poderiam ser revelados.

Seis badaladas, ouviram-se passos cadenciados, como um sapateado, indo e vindo pelo *hall* do apartamento.

— Doutor, não posso alongar-me nesse momento. É certo que tenho muito a dizer-lhe, mas isso ficará para outra oportunidade. Farei uma visita ao senhor no hospital.

— Não sei se o hospital seria o melhor local, Dona...

— Ou em outro local que pareça mais oportuno. Por favor, se puder deixar um cartão. Entrarei em contato. E ergueu-se.

Compreendeu que estava sendo inconveniente e despediu-se, entregando um cartão de visita.

— Obrigado pela atenção.

— Esteja certo de que entrarei em contato. Numa sala repleta de espelhos, nada é o que parece ser. Mas é preciso escolher bem o momento de revelar a verdade. Tenha uma boa-noite, doutor.

"Numa sala repleta de espelhos, nada é o que parece ser". O que ela queria dizer com aquela frase no final do encontro. Estaria se referindo a Humberto ou a ela própria?

Rodrigo saiu com mais dúvidas.

Marcela permaneceu alguns segundos com a face colada à porta.

— Ah, Humberto, Humberto... queria mesmo mergulhar nesse passado doloroso?

— O médico já foi, mãe?

— Sim, já foi.

— O que ele queria, mãe? Quem é esse Marcos Alcântara?

— Um amigo de infância.

— De Diamantinópolis?

— Não, filha, de Brejo das Neves.

— Pois é, mãe, foi o que eu ouvi, e ia perguntar, achei que você e a vó tivessem vindo de Diamantinópolis. Onde é Brejo das Neves?

— Vamos, Angélica, conversamos no caminho para o restaurante. Já estamos atrasadas. Estarei pronta em cinco minutos. Vai chamando um táxi por favor, filha? Eu alcanço você — gritou Marcela, do chuveiro.

— Estou descendo... no táxi conversamos sobre Brejo das Neves.

Definitivamente, não. Marcela não queria falar sobre esse passado... nem mesmo por Humberto. A menos que fosse extremamente necessário deixar o lado oculto do espelho.

Rodrigo esperou ansiosamente sua visita nos dias que se sucederam, mas Marcela não apareceu. Nenhuma notícia. Começou a imaginar que tivesse desistido da conversa ou de Humberto. E tratou, um tanto desiludido, de buscar outras frentes de batalha. Seguindo as referências de Humberto, foi ter com a outra mulher de sua vida, Cibelle.

TRINTA

Segunda-feira, 16h30, após conferir suas credenciais de identificação, a governanta recebeu Rodrigo na mansão elegante, situada à beira do lago. Pediu a ele que a acompanhasse e o fez sentar-se em um *lounge* externo, sob um pergolado, ao lado da piscina.

— A madame já vem. O senhor aceitaria um suco, uma água?

— Aceito uma água, por favor.

A governanta trouxe o copo de água em uma bandeja de prata, que reluzia ao sol da tarde. Ele ficou com o copo de cristal na mão, deveria ser um ambiente repleto de paz, mas, por alguma razão, parecia sinistro e pouco convidativo.

Por motivos diversos, Rodrigo sentiu-se pouco à vontade na casa de Marcela, mas se sentia extremamente incomodado ali. Viu alguns pássaros exóticos num viveiro que dividia a área do jardim da saída da garagem principal e reparou quando um carro de luxo, um tipo mais esportivo de um modelo importado de SUV, de cor preta, vidros escuros, aspecto de blindado, deixou a garagem. Imaginou que se tratasse de algum dos distantes filhos de Humberto ou, na pior das hipóteses, que a "madame" tivesse esquecido seu compromisso e saído sem avisar.

Um homem aparava as plantas perto e acenou quando o SUV cruzou o jardim em velocidade. Rodrigo, como quem não quer nada, falou após os cumprimentos:

— Era um dos filhos do patrão?

O homem, limpando o suor do rosto, respondeu:

— Não. Era o patrão. — E voltou a se concentrar em seu serviço.

O patrão? Como assim? Feliciano morreu, Humberto estava preso, não era o filho de Cibelle no carro. Que patrão? Teria ela um novo marido? Desconfortável, preferiu não dizer mais nada. Esperou.

Rodrigo ficou mais de uma hora de seu precioso tempo aguardando. Ele já estava convencido de que o objetivo era fazê-lo desistir, a madame era seguramente muito mal-educada. De fato, quando a madame apareceu no *lounge*, tratou de piorar os adjetivos do tipo antipática, pedante, arrogante e, por que não dizer, ignorante, além da aparência carregada de superficialidade. Trajava um roupão de banho e uma toalha na cabeça, como se acabasse de sair da sauna ou da hidromassagem, com tamancos de salto quinze, finíssimos. Um excesso para receber um desconhecido e para aquela hora da tarde. Sem mencionar a maquiagem exagerada, que deixaria qualquer personagem teatral com inveja. O perfume era forte ou doce demais. De uma cafonice ímpar. A quilômetros da elegância que ele esperava encontrar.

Chegou dando ordens aos subordinados para soltarem os cães em quinze minutos. Embora não conhecesse bem a rotina da propriedade, Rodrigo imaginou que aquele era mais um claro recado de que não era bem-vindo à casa, e de que só teria disponível, quinze minutos de seu tempo.

Fazendo-se de desentendido, se colocou de pé, encarando a mulher e apertou sua mão, deixando claro que ela não o intimidava. Com cachorro ou sem cachorro, ela falava com um igual, não com um de seus subalternos.

Para os padrões de Rodrigo, seu ar de nobreza e superioridade eram tão falsos quanto os seios que ostentava.

— Como a senhora já deve saber, sou o médico de seu marido.

— Na verdade, ex-marido — corrigiu ela, enfatizando o "ex".

— Que eu saiba, não saiu nenhuma decisão judicial pelo divórcio. Pelo que fui informado, vocês são legalmente casados.

— Legalmente, sim.

Rodrigo continuou.

— Ele tentou o suicídio há algumas semanas e está internado ainda sob risco de morte. Creio que a senhora tenha ido visitá-lo.

— Não, não fui...

— Na condição de médico, estou investigando esse caso.

— Nunca soube que coubesse a psiquiatras fazerem o papel de advogados ou de policiais.

— Bem, o que tem a me dizer a respeito desse caso, Dona Cibelle?

— Que ele está encerrado! Marcos Alcântara Lustosa matou uma mulher com quem teve um caso e que o chantageava. Foi preso, entramos com o recurso alegando inimputabilidade, a justiça reconheceu o louco que ele sempre foi e, desde então, está em tratamento em um hospital psiquiátrico, cumprindo a determinação judicial. Não vejo nenhum problema.

— Um louco? Não me parece que estejamos falando da mesma pessoa, minha senhora.

— O senhor conviveu com ele?

— Bem, eu não, mas...

— Então, não tome o meu tempo com bobagens sem fundamentos.

— Mas eu só preciso de algumas informações. Um homem que se tornou um pai de família, profissional respeitado, não me parece exatamente alguém com esse nível de transtorno mental que a senhora descreve.

A mulher estava nitidamente desconfortável e parecia apreensiva também. Mordia os lábios, demonstrando o estresse, e isso não passou despercebido ao médico.

— Meu paciente relata um mal que o acometia. A senhora saberia me informar do que se trata?

— Ele era o mal. Não percebe?

— Não, senhora. Por acaso ele era violento em casa, com a senhora, ou com os filhos? Há, no inquérito, algumas queixas por abuso e agressão. Mas também observei que se tratava de denúncias vazias, não havia exame de corpo de delito, medida protetiva, processo ou algo que o valha, o que me leva a crer que...

— O senhor vem até a minha casa para me fazer acusações? Como ousa?

— Senhora, não fiz nenhuma acusação. Apenas pedi informações.

De pronto, três homens com cara de poucos amigos surgiram.

Rodrigo saiu de lá com um misto de raiva e pena da mulher. Era incrível como conseguia empatizar com Humberto, tanto em suas impressões explícitas sobre Marcela, que conseguiram fazê-lo se sentir pequeno diante dela, quanto em suas impressões sobre Cibelle.

As reações de Cibelle, descritas por Humberto, revelavam uma frieza e um desamor extremos. Agora, Rodrigo compreendia seu silêncio a respeito da esposa. Ligou mais uma vez para Amanda e combinaram um café logo mais à noite para atualizar as pautas, desculpa para estarem juntos e lerem mais alguns capítulos dos relatos de Humberto, e alento para Rodrigo, por estar enfim em boa companhia naquele dia.

* * *

Estou no último estágio da degradação humana. Daqui, o próximo estágio é o inferno. Pensei que estaria em melhor estado que na cadeia, me enganei. Na cadeia, cumpre-se menos de um terço da pena, há os atenuantes, os bons comportamentos tardios. Sempre se pode alegar arrependimento, remorso, mudança de credo. E ganhar a liberdade mais cedo. Eu certamente já estaria livre, se tivesse optado pelo caminho correto. Neste momento, lembro dos conselhos de Jesus. Escolhe a porta estreita. Mas eu tomei o atalho.

Agora, alegar o quê? Que deixei de ser louco? Que fiquei bom? Criei juízo? Um assassino que mata cinco com requinte de crueldade cumpre um terço da pena, aceita Jesus, mantém o bom comportamento e sai rapidamente da prisão. Sem contar os indultos de Natal, Dia dos Pais, das mães. Sem contar os regimes semiabertos.

Um louco assassino, se fizer as mesmas coisas, pode até deixar de ser considerado assassino. Mas jamais esquecerão que é um louco.

E loucos são perigosos. Não merecem outra chance porque são loucos. Loucos são instáveis. Criminosos não! Irônico isso!

Viver nesse inferno branco é caminhar no ritmo hipnótico dos companheiros que claudicam. Dos companheiros medicados, dopados, contidos pela química das drogas neurolépticas e psicotrópicas. Neurotransmissores artificiais. Drogas que teoricamente faltam nas sinapses de seus cérebros atravancados. Mas esquecem de que essas drogas provocam terríveis efeitos colaterais.

Quando cheguei aqui, achava que ainda era um cidadão. Para mim, eu era um homem normal fugindo da cadeia até que as coisas se acalmassem. Para mim, tudo não passou de uma estratégia de fuga, de uma manobra para iludir o sistema. Eu acreditava ser senhor de todas as minhas faculdades. Mas não, no bater do martelo que me declarou inimputável, fui declarado também incapaz e judicialmente interditado. Inimputáveis são as pessoas que cometem crimes por força de suas patologias mentais, não podendo, assim, serem apenados, mas precisando ser mantidas em segurança, em uma instituição específica para criminosos com patologias mentais.

Quando estamos em dificuldades, sempre temos duas opções: ficar onde estamos ou sair por alguma porta disponível. Geralmente, agimos motivados pela situação atual, sem analisar com atenção os prós e os contras, correndo o risco de escolher um caminho ainda pior.

Quando o juiz proferiu a sentença, achei que estaria livre, mas, na verdade, deixei de existir como indivíduo. Passei a fazer parte da massa de loucos perigosos e institucionalizados.

Viver em um lugar assim, tendo ainda um fio de consciência, é uma experiência terrível. Os dias no ócio são intermináveis, pessoas vêm e vão alheias à realidade. Vivendo em um mundo paralelo, com os pés fincados ao chão. Conversas com seres imaginários, fases crepusculares, surtos todos os dias, noites de gritos e gemidos agudos, dores da alma para as quais não há remédio.

No início, tentei falar algo, questionar, contribuir, reclamar, mas fui solenemente ignorado. Loucos não questionam. Ao insistir, fui confrontado com a verdade de que louco que não se enquadra é domado à força. Louco que não se enquadra recebe um acréscimo de medicação, até se acalmar. Se o remédio não der certo, há a opção de resetar o cérebro com os choques. E isso era uma ameaça das mais reais.

No início, me puseram na enfermaria coletiva. Nela estavam mais quatro homens, todos ameaçadores, todos imprevisíveis. Alguns falavam, outros apenas grunhiam. Minha sensação ao chegar à instituição, transferido do presídio, foi a tomada da consciência da escolha errada que fizera. Ao descer na instituição, percebi o tamanho do erro.

Imagine-se chegando a um hospício. Normalmente localizado em lugar ermo. O portão de entrada, sempre a certa distância da rua, o longo caminho até os edifícios e alas de tratamento, o percurso em que você começa a se dar conta dos institucionalizados. A vista de pessoas iguais a você, trajando ou não apenas uma roupa branca, suja ou rasgada, com as iniciais da instituição. Deixam de ter nomes, deixam de ter e de ser, para pertencer àquele lugar. São os internos. Tal qual acéfalos, lobotomizados, capengas cerebrais, pessoas ceifadas de seu bem maior, a consciência. Pessoas lesadas por seus próprios cérebros, amputadas da credencial que as torna humanas, o juízo de valor. Pessoas capazes de tudo. Imagine que você se dá conta de que, nos momentos que segue, estará entre eles, sem qualquer anteparo, sem qualquer proteção. Assustador!

Terrível mesmo foi a constatação de que, além de estar entre eles, agora eu era um deles, e não só passaria por ali alguns minutos, como em uma visita, a partir daquele momento, eu ficaria ali, indefinidamente.

E, ao contrário da cadeia, não havia advogados de defesa. Ninguém tinha a obrigação de ser por mim. E estava entregue à benevolência de parentes, que visitassem quando bem-quisessem. E que parentes eu tinha? Cibelle e os filhos.Naquele momento, tive certeza do erro. Eu estava só. Cibelle, milionária, legalmente única herdeira do escritório e de tudo mais, e o restante da quadrilha, livre para agir. Eu assinara, ou melhor, assinaram por mim, a minha carta de renúncia. Que loucura a minha, enlouquecer. E foi aí que começou a depressão.

Julgar é, inicialmente, fazer juízo de algo ou alguém. E julgar é imprescindível para viver. Fazemos isso desde as fraldas, quando julgamos essa ou aquela comida preferível, esse ou aquele estado desejável, essa ou aquela face mais simpática, e reagimos a esses estímulos positiva ou negativamente.

Para seguir vivendo, há que se emitir certos juízos de valor. A respeito desse ou daquele caminho a seguir, do amigo mais ou menos confiável, do amor. Infelizmente, mesmo frente à melhor das intenções, os mais treinados olhos podem ser ludibriados por um bom ilusionista. Alguns advogados são excelentes ilusionistas e por vezes erguem a venda da Lei apenas para ofuscá-la com uma falsa verdade. Sim, isso acontece. Pois, a depender do interesse do poder, a verdade pode mudar várias vezes de opinião. A verdade pode, a justiça não, a menos que seja enganada.

Então, corromper a verdade é simplesmente torcer os fatos a seu favor. E num país de pais frouxos, de ética relaxada, os fatos são flexíveis para quem tem as mãos quentes pelo poder. Basta encontrar o ilusionista certo e ter em mãos a verdade que quiser. O magistrado é convencido por fatos, que não são reais, mas são fatos, e sabido é que contra fatos não há argumentos. No martelo final, dada a sentença, só resta o silêncio e a certeza de ter apenas o Soberano Juiz, aquele que tudo vê, como única testemunha de defesa. E assim fui levado pelos fatos torcidos pela corrupção endinheirada dos poderosos, pelo silêncio comprado e pelas hábeis mãos de um douto ilusionista, levado a cumprir minha medida cautelar, por uma loucura que nunca tive, por uma inocência que jamais foi minha. Por uma inimputabilidade comprada. Tudo na vida tem um preço, até mesmo a sanidade, eu descobriria um pouco tarde.

* * *

Absortos, Rodrigo e Amanda entreolharam-se ao final da leitura daquele trecho.

— Incrível — balbuciou ela.

— Sim, ele é surpreendente. Uma mente límpida, um redigir claro, uma linha de pensamento fácil de seguir. Eu não consigo encontrar nele os traços de sociopatia que coadunem com o assassinato. Não consigo colocar nas suas mãos uma arma. Longe disso, tem uma alma poética. A menos que realmente exista esse duplo de quem ele tanto fala.

— O tal "mal"?

— Exato! E você, o que acha? Algum traço escondido de um transtorno de personalidade?

— A princípio, nenhum. Embora não se possa afirmar sem conhecer melhor o paciente.

Nesse gesto, Rodrigo percebia o balançar dos cabelos e o cheirinho doce que vinha deles. Sem conseguir se conter, observava as leves sardas que salpicavam o rosto, a graça de uma mecha que pendia. Ao perceber que foi pego e como saído de um transe, balançou a cabeça em uma tentativa de dominar-se. Tarde demais.

— Estava no mundo da lua, Doc?

Rodrigo quis afastar-se e esbarrou na taça, que se virou no tapete e por pouco não quebrou. Correu com a mão para pegar a taça, quando sentiu a mão de Amanda sobre a sua.

— Calma, doutor! Está vazia...

Ele temia ser deselegante ou agressivo, mas o rosto de Amanda estava a poucos centímetros do seu, podia sentir o calor de sua pele, seus olhos fixos nos dele, paralisados, não tiveram reação. Ela foi se aproximando e Rodrigo sentiu seus lábios roçarem de leve os dele. Que sensação. Foi Amanda, quem tomou a iniciativa do primeiro beijo. Ao final daquele longo e indescritível beijo, Rodrigo sentiu que ela se aninhava em seu colo, era real. Só então a abraçou com força.

— Espero que não tenha feito nada precipitado, Doc.

Rodrigo percebeu que talvez seu respeito travestido de inércia, associado à imperícia e inabilidade tácita, tivessem sido interpretados de forma equivocada. Se ela soubesse o quanto Rodrigo desejou aquele beijo... Quantas vezes imaginou, sem coragem de admitir.

— De jeito algum, Amanda. Eu adorei cada detalhe.

E, sem conseguir conter-se, dessa vez, foi ele quem a beijou. Ficaram enlaçados, até que ela, gracejando, disse:

— Vamos voltar à leitura, Doc, que temos um caso para desvendar.

Rodrigo concordou, mantendo-a, no entanto, ainda em seus braços.

— Você não tem problemas para ler de perto, tem? — gracejou ele, realizado e feliz. Que noite, aquela!

Amanda retomou a leitura.

* * *

Há os que bebem, há os que choram, eu apenas me permito chorar as escolhas erradas que fiz aos borbotões pela vida.

O hospital era praticamente uma estrutura viva. O prédio era um casarão datado do ano de 1829. Funcionara, inicialmente, como uma Santa Casa de Misericórdia e, como quase todo hospital antigo, a arquitetura era clássica, típica do século XIX, e nele havia uma aura de mistério, própria de lugares que já abrigaram muitas vidas, muitas encarnações. Quem passava em frente via, através do muro baixo e das grades, um pouco, e apenas um pouco, do que se passava atrás dos portões, apenas o estacionamento.

Atrás dos portões gradeados e dos muros do hospital, havia um amplo estacionamento de pedras de calçamento, onde os médicos, enfermeiros, visitantes adentravam ao prédio e tinham acesso à recepção principal. Nenhum dos internos tinha acesso a essa área. Era tida como uma área segura. Em frente ao prédio, havia uma igreja e diariamente podia-se ouvir, às 6h, 12h e 18h, uma sinfonia de badaladas. Meio-dia! Seis da tarde! Cessadas as badaladas, o burburinho de abelhas dos internos recomeçava... aqui e ali, uma risada, acolá, um grito de dor, mais à frente, um grunhido indecifrável, ou um balbuciar inconsistente de quem tenta se comunicar de forma atabalhoada pela medicação ou pela demência. E o prédio se mantinha insensível aos apelos.

Chamavam de cela aquele ambiente porque era destinado ao cumprimento de medida de segurança. De um jeito ou de outro, os que eram mantidos ali deveriam ser tratados, mas em cumprimento a alguma pena. Cela não era bem o termo. Embora algumas tivessem grades, nem todos necessitavam de contenção involuntária. Apenas os ostensivamente violentos. Esses eram mantidos em um pavilhão à parte, chamado de pavilhão das solitárias ou pavilhão de periculosidade, com segurança reforçada. Para uns, a cela era um local de paz, para outros, podia ser denominada de despensas ou jaulas, a depender de seu próprio estado mental. O hospital inteiro, dada à sua finalidade ambígua, da qual findava por não exercer papel algum, poderia ser considerado um depósito, ou um aterro de gente.

Gente confinada para ser mantida longe, distante da sociedade a quem ferira, gente a ser banida, evitada, sem qualquer outra serventia. Nem reeducandos, nem pacientes, nem detentos, nem nada. Exclusos drogados pelo sistema até o fim de seus dias. Apenas isso. Pelo menos, nossa infeliz sina não era mais exibida à curiosidade pública, como na antiguidade. Não éramos punidos nem curados, éramos apenas mantidos.

Tampouco éramos afogados, sangrados ou eletrocutados, não éramos mais torturados para que nos comportássemos como o padrão normal da época. Que alívio! Pesquisei como era a vida nos manicômios no passado. Era para isso que serviam os livros que eu pedia emprestados na biblioteca municipal e Dona Eulália trazia, não sem antes me desfiar um rosário de recomendações de cuidado com o exemplar, e reiterar os votos de confiança em mim. "Você é bonzinho, Humberto. Mas tenha cuidado com os livros ou não nos emprestarão mais nenhum". E eu tinha muito cuidado com eles. Se lhes causasse algum dano, o único fio com a lógica seria cortado e eu ficaria definitivamente imerso na loucura. Me lembro de que Dona Eulália me tinha singular simpatia, e antes de sair da cela, ainda com sua mão ossuda segurando a porta, ela olhava para mim e dizia: "Não acredito que tenha cometido esse crime de que falam, Humberto. Não sei por que está aqui". E saía balançando negativamente a cabeça. Dona Eulália era a única pessoa que confiava em mim, mais que eu mesmo. Nem eu tinha essa sua certeza. Eu tinha ciência da minha culpa.

O hospital contava com duas alas: masculina e feminina. A maior é a masculina, e a mais agitada e barulhenta. A feminina é mais melancólica, apesar de ser a mais enfeitada. A maioria dos internos, os pacíficos ou que conservavam alguma lucidez, era mantida em alojamentos padrão, os pavilhões. Que a minha memória e a preguiça de percorrê-los permitam contar, eram cinco ou seis pavilhões concêntricos, compostos por um longo corredor de cerca de 15 metros. No início e no final dos corredores, uma porta.

Cada pavilhão dispunha de duas grandes alas brancas, uma de cada lado, chamadas enfermarias ou alojamentos coletivos, que abrigavam até 14 detentos. Cada enfermaria era limitada por uma porta e duas janelas, ambas com grade, mas viviam permanentemente abertas na maioria dos pavilhões. Dispunha também de quatro celas solitárias, duas de cada lado, os quartos brancos. Esses eram pequenos, tendo não mais que 1,5 ou 2 metros quadrados. Neles ficavam os internos com problemas de relacionamento com outros internos. A disposição dos pavilhões era idêntica para homens e mulheres, a diferença era numérica. Eram seguramente um pavilhão feminino e os demais eram masculinos. Cada pavilhão contava ainda com os banheiros coletivos, além dos individuais para os internos do isolamento.

Cada um dos quatro cubículos de cada pavilhão era composto por paredes brancas, uma pequena janela e uma porta com grades. Ao fundo, uma meia parede que preservava a intimidade do banheiro, composto por um vaso sanitário, um ralo e um chuveiro frio. Neles havia uma cama de alvenaria caiada de branco, com um fino colchão e uma mesinha de lado igualmente branca. Quem tinha TV, via TV, quem não tinha, ia ver na enfermagem coletiva ou no refeitório comum. Mais nada.

Eu ficava em uma dessas celas individuais, não sei dizer ao certo o porquê. Talvez por ter apanhado muito quando de minha chegada, acabaram constatando que eu tinha dificuldades de convivência com os outros internos e fui mantido parcialmente isolado. Eu estava inserido no paradoxo entre janelas e portas abertas e gradeadas, e, por assim dizer, estava sempre em dúvida de estar em um quarto ou numa cela.

Aquilo me inquietava, a dúvida. As grades e portas abertas me davam a sensação de liberdade vigiada, frágil, passível de ser confiscada a qualquer momento. E liberdade, se não ampla e irrestrita, se não exercida pela própria consciência e limitada pela própria responsabilidade, pode ser qualquer coisa, exceto liberdade. Por isso, de um modo egoísta, preferia que as celas não tivessem portas e janelas abertas. Eu devia mesmo ser um louco!

Modernamente denominados HCTP, hospitais de custódia e tratamento penal, já foram chamados simplesmente de manicômios judiciais, sanatórios, depósitos de doidos, com o agravante de guardar os doidos que cometeram algum delito e, por sua condição de doentes mentais, estavam protegidos dos rigores da lei. Esses hospitais de doidos criminosos ou delinquentes, como diziam alguns, poderiam ser considerados a princípio como limítrofes, visto que, a despeito de serem instituições de saúde, estavam resguardados e atuantes no âmbito do sistema prisional.

A linha muito tênue entre a saúde e a justiça perdia-se exatamente onde deveria alargar-se. Na interseção. Desse modo, a instituição não atendia bem a seus princípios de saúde, enquanto casa de tratamento, tampouco funcionava como unidade correcional, sem deixar, no entanto, de ministrar medicamentos fortes e ricos em efeitos colaterais, que, indistintamente aplicados, pioravam grandemente o estado de alguns internos. E isso, isoladamente, já era grande punição, sem ser necessariamente correcional.

É claro que a situação do interno piorava em razão direta de seu risco presumido à sociedade, à família, à equipe do hospital, aos demais internos e a ele mesmo. Os mais graves eram mantidos quase que integralmente em suas solitárias, sob o risco iminente de ferirem, violentarem, matarem ou morrerem. Os mais tranquilos, ou tranquilizados, os mais alheios passeavam para lá e para cá com seus trajes mal fechados, seu andar cambaleante e seu olhar perdido no céu. Esses podiam ficar soltos, sua medicação era em grande parte injetável e, em função do nível de inconsciência causado pela doença ou pelas drogas a ela relacionadas, eram diagnosticadas e irreversivelmente inofensivos. Estavam livres em seus mundinhos paralelos. Só não gozavam de maior liberdade pelo risco que corriam, jamais pelo que representavam.

Por fim, os internos que apresentavam certo grau de lucidez e bom comportamento tinham acesso à capela e à escola do hospital, que cuidavam da espiritualização e da educação dos jovens e adultos, em sua religação com Deus e com a cultura, numa espécie de preparação para um remoto possível retorno à vida em sociedade. Se temos que devolvê-los, também temos que contê-los de alguma forma. E assim seguia a vida dos portões do HCTP, o depósito de doidos delituosos.

Na solidão do fim da tarde, observo o mundo distante e lembro que um dia fiz parte dele, lutando por migalhas de atenção, buscando pertencer.

Agora, integrado ao grupo dos excluídos, percebo a inutilidade das coisas materiais e como desperdiçamos tempo acumulando o que não importa, esquecendo aqueles que nada têm. Privado de tudo, finalmente enxergo o valor real das coisas e, principalmente, das pessoas. A vida não é rígida como concreto ou grades, é fluidez e liberdade, moldada pelas escolhas feitas nas encruzilhadas. Não há destino culpado, apenas as consequências das decisões tomadas. Se pensássemos nisso antes, talvez não estivéssemos aqui, cegos pelo egoísmo e incapazes de enxergar além das nossas próprias dores.

O que move um ser humano a cometer os atos mais belos e os mais hediondos? O que nos leva a ser tão desumanos em certos momentos e tão solidários em outros? Se matar é errado, por que agimos como uma horda de loucos enfurecidos, tentando matar o assassino nos linchamentos? Somos diferentes deles porque estamos em grupo? A voz do povo tem o direito de condenar? O que é reabilitar? O que é voltar a viver em sociedade?

São muitas perguntas, eu sei. Mas em vinte anos, se pode elaborar muitas perguntas. Pode-se pensar em muitas saídas alternativas, em muitas escolhas diferentes em vinte longos anos. 175.200 horas preso aqui nesta instituição, 7.300 dias, 7.300 formas alternativas. E não consigo vislumbrar desfecho diferente para esta história. Pelo simples fato de que minha consciência não estava lá. Não era eu, mas o mal hediondo que há em mim. E que, sendo assim parte de mim, também sou eu! O mal é meu, porque de mim se alimenta, então, sim, não sou inocente. Matei deveras...

Embora não veja forma de me arrepender. Não quero ser exemplo de nada. Tampouco me orgulho do que fiz. Fiz, está feito, estou aqui. Mas julgar não procede. Julgar seria cometer o mesmo erro que eu cometi. Tomar uma decisão errada, baseada na visão distorcida de uma situação sombria. Pode alguém acertar um tiro no escuro? Pode. Só não dá para saber, ao puxar o gatilho, se se terá sorte ou azar.

* * *

Quanto mais liam, mais queriam ler. Combinaram, entre risos bobos, de ler mais um capítulo, ou muitos...

— Mais uma tacinha de vinho? — perguntei.

Amanda, contidamente, respondendo.

— Amanhã trabalhamos cedo. Aceito mais um cafezinho delicioso, Doc, ou vários. Para que a pressa?

— Claro, senhorita. E mais um capítulo? — perguntei zombeteiro, enquanto servi mais duas xícaras do fumegante cafezinho da vovó.

— Ou vários... — respondeu ela gargalhando.

* * *

O frio das madrugadas de agosto intensificava minha solidão e trazia lembranças dolorosas dos tempos de fartura. As grades não impediam o vento gelado que atravessava nossos corpos, uivando pelas frestas abertas das janelas. Eu, que era condenado à solidão, sentia ainda mais severamente aquele inimigo fiel e constante.

Pensava, então, naqueles que estavam em situação ainda pior: os moradores de rua, privados até mesmo do nosso cobertor velho e mofado. Esse pensamento aliviava minha dor, numa espécie amarga de consolo, lembrando-me também da minha responsabilidade em tudo aquilo. Quanto sofrimento ajudei a causar, quantas pessoas foram prejudicadas pelas minhas ações corruptas?

Reconhecia minha parcela de culpa num sistema falido e injusto, que também me descartara quando deixei de ser útil.

Diário de um institucionalizado

O bom de se morar em um hospício é que meus vizinhos, ao contrário dos seus, não terão qualquer preocupação com status, estética, valores materiais ou outros tipos de competição fálica que os homens ditos normais estipulam para dar sentido aos seus dias. Aqui dentro, os dias não têm sentido. Não esse sentido materialista que têm aí fora. Os dias aqui dentro são sentidos. Sentidos pelos cinco sentidos: do visual, que não é dos melhores, ao tato da maca de ferro frio, passando pela audição dos mais diversos barulhos, lamentos e gritos, pelo paladar da comida mista de cadeia e hospital, e do olfato, que creio dispensar comentários.

Mas o que é mais sentido aqui é a sensação de nada. De não ser nada, da efemeridade da vida.

É desse ponto de vista que eu, o louco, o inimputável, consigo avaliar os sãos em suas mansões opulentas, em seus carrões do ano, arruinando sua saúde de ferro com festas regadas a muito álcool e outras drogas. As pessoas não se satisfazem com nada. Quanto mais têm, mais querem. O instinto de sobrevivência, que deveria impulsioná-los a crescer e multiplicar, paradoxalmente, é o que os leva à exaustão, à depressão por não alcançar a satisfação.

É verdade! Aqui dentro, as coisas têm outro valor, têm outra cor, outro sentido, mas visto de perto, aqui dentro, como lá fora, são as pessoas e não o mundo que fazem suas vidas. É o que tenho sentido. Nesse sentido e em todos os outros também.

Nós, os surtados de toda natureza, éramos um exército de excluídos. Mas éramos um exército, 192 internos, 143 homens e 59 mulheres.

Muitos de nós estamos aqui devido à "mardita", como dizem, da cachaça. O alcoolismo já internou muitos aqui. Muitas vezes não vêm por causa do álcool, mas de suas consequências. O álcool libera o mal em nós. Alguns ficam ricos, outros sedutores, outros violentos, batem na mulher, espancam as crianças, outros arranjam rixa na rua e acabam por bater, violentar ou matar alguém. O álcool é um mal sem limites, mas como é um mal permitido, vamos nos matar licitamente.

Muitos dos companheiros surtados entraram naquele lugar pela porta larga do álcool e foram enlouquecendo ano após ano, dia após dia, de medicação equivocada ou de medicação adequada para o problema errado, somada à presença ali dentro, o confinamento, a convivência com os outros. Não havia como sair dali equilibrado. Pouco a pouco, pessoas que, inicialmente, teriam alguma chance de recuperação e reabilitação iam se dissociando da realidade, cruzando a barreira da loucura, da qual não havia mais retorno. Vinham as crises de abstinência, depois as medicações, a seguir a remoção das medicações, o que ocasionava a crise de dependência das medicações, a depressão, mais drogas para a depressão e assim sucessivamente, até que o alcoólatra se tornava um lunático. A família, livre daquele problema, frequentemente agradecia que a instituição o guardasse longe de suas vistas.

A distância da família não era comum apenas entre os alcoólatras. Quase todos os pacientes psiquiátricos iam, paulatinamente, perdendo o contato com suas famílias, que os abandonava na instituição. A entrada ali, fosse pela porta que fosse, era uma viagem sem volta. Mas o álcool era uma das portas mais frequentes para aquele lugar.

Não foi a minha. Eu não tinha o hábito de beber, e, após o episódio da sacristia da igreja, então, menos ainda. Tomei aversão àquilo. E fiquei apartado da bebida grande parte de minha vida, até que as convenções sociais me atiraram em copos e mais copos, e garrafas de *whisky* escocês 18 anos.

Depois que Gregório, apreciador do malte, associou-se a mim, vieram também a riqueza, o sucesso e as bebedeiras intermináveis. Bebíamos por tudo: pelos casos vencidos, pelos corruptos libertados, pelas negociatas bem-sucedidas. Formávamos uma grande dupla de pilantras. Gregório me trouxe o mal, o álcool também. Porém, o álcool não era o maior dos males; era, sim, uma chave que liberava o monstro que habitava em mim, um monstro descontrolado e sombrio. Demorei a perceber o real perigo daquela bebida. Foi esse excesso que levou ao episódio patético de assédio à estagiária, resultando na chantagem que destruiu Arlene.

Aqui, no fim da linha das nossas vidas, alguns vícios são tolerados. Afinal, quem questionaria o bem-estar ou a qualidade de vida de pobres loucos sem razão? Otto tenta fingir boa vizinhança conosco, mas é uma tentativa inútil. O homem é primo-irmão do demônio. Suas concessões não enganam os internos que, mesmo privados da razão, conservam alguma intuição ou bom senso. Talvez seja aquele cheiro de enxofre que exala dele que nos causa tamanho horror.

O fato é que, para quem quer dar vazão aos vícios, não há empecilhos aqui. Exceto as drogas ilícitas. Cigarro é permitido, mesmo os de palha, de fumo. Mesmo nas enfermarias masculinas e femininas, onde paira permanentemente uma fumaça branca oriunda das brasas das bagas acesas e das baforadas de fumo, distribuída a granel pelo próprio estado.

Ali, além das grades e dos muros, éramos reféns da rotina: acordar, banhar, comer, banho de sol, atividade externa, almoço, atividade externa, jantar, TV nas enfermarias ou celas que tinham o aparelho. Ou para os loucos que ainda detinham requisitos mínimos de razão para compreender o que se via ou ouvia na TV.

Igualmente, era banhar, comer e as atividades externas. Por banhar, leia-se tomar jatos frios num banheiro coletivo dos pavilhões, refrescante no calor, mas insuportável no frio. Sem maiores luxos, um sabonete de mula, da pior qualidade, suficiente apenas para extirpar os odores bestiais.

Comer era um ritual motivado pela necessidade imperativa da fome. E era um ato postergado até que fosse impossível resistir, até que fosse necessário ingerir qualquer porção. Mesmo aquela gororoba grudenta, insípida e inodora. O mingau da manhã era ralo e frio. Ao meio-dia, era servido o angu ou uma lavagem com algumas verduras dentro. Ou um prato de arroz quebradiço, com água e alguns grãos de feijão. À noite, havia uma sopa, servida na caneca, mais água que o mingau e o feijão. Às vezes, quando tínhamos sorte, lembravam-se de adicionar verdura, quando nada, o caldo era garantido.

Por atividades externas e banhos de sol, tínhamos um bando de doidos, torpes e esfarrapados, desfilando por entre os pavilhões, nos horários da manhã e da tarde, para que as jaulas fossem higienizadas.

No reino de Otto, o boçal, não havia atividades educacionais nem recreativas. Eu conhecia bem as regras daquele jogo sujo: ele embolsava as verbas destinadas ao hospital, deixando à míngua os internos sem ninguém que zelasse por eles. Eu me consolava imaginando os castigos que Otto sofreria após a morte, embora às vezes suspeitasse que ele próprio fosse o imperador das profundezas e meu esforço fosse inútil. Ainda assim, confortava-me planejar seu inferno pessoal, semelhante ao nosso sofrimento cotidiano naquele lugar desolado.

Sem motivação ou assistência, apenas vigiados, os momentos ao ar livre eram nossa única e triste fonte de prazer. Para alguns internos, eram apenas mais uma parte da rotina mecânica e vazia, uma existência vegetativa à qual não tinham sequer a possibilidade de renunciar.

    O enlouquecimento nosso de cada dia. A loucura, ainda que não seja contagiosa fisicamente, é contagiosa na subjetividade da mente humana. De tanto conviver com o anormal, acabamos por duvidar da normalidade. Habituamo-nos às estranhezas, mesmo sofrendo. Talvez a dor seja o preço inevitável da existência: afinal, já nascemos sofrendo, já chegamos a este mundo perdendo um pouco da nossa sanidade.

* * *

    Eram já três e meia da madrugada, o café havia esfriado. Apenas um leve torpor e um sono que se avizinhava.

    — É tarde, pequena... E não posso deixá-la ir.

    Amanda já havia tomado a iniciativa antes, talvez os próximos capítulos coubessem a ele. Mas hoje, não. Foi até o quarto e retornou com roupas de cama, travesseiro e um edredom. Indicou o quarto com a cabeça:

    — Para a cama, mocinha. Já é sexta, mas ainda é madrugada de sexta.

    — E esse relato sobre o diretor? O que havia de concreto a esse respeito?

    — Amanhã, prometo.

    Algo dizia que precisava investigar essa ligação. E era exatamente o que ele faria em breve, cedinho, pela manhã.

TRINTA E UM

No dia seguinte, sexta-feira, às 7h, Rodrigo e Amanda chegaram juntos ao HCT. Era final de setembro, e o jovem médico estava se aproximando do quinto mês de gestão. Vinha fazendo avanços. Renovando a equipe, operacionalizando padrões de qualidade e protocolos de atendimento.

Amanda fazia, por sua vez, um magnífico trabalho de terapia, escuta e prevenção com os internos. Era querida, respeitada, mesmo pelos funcionários mais velhos e mal-acostumados, como Mirtes e Nogueira, mas que, concursados, continuavam a se considerar acima de tudo e de todos. Por vezes, suas atitudes debochadas e pouco humanizadas com alguns dos pacientes irritavam o jovem diretor, mas era então que Amanda pousava a mão sobre a dele.

A mensagem do olhar dizia: calma, segura a onda. Eu entendo, mas eles ainda são os intocáveis, esfria a cabeça. Aquele olhar acalmava as ideias de Rodrigo. Ao mesmo tempo em que fazia ferver seu coração. Dia após dia, ele se sentia mais atraído por ela. Muito embora ela também fosse igualmente intocável, dado seu ar de mistério.

Embora pretendesse investigar a gestão de Otto no Hospital São Lázaro, parecia sempre se deparar com Mirtes e Nogueira. Como não havia relatórios, nem protocolos de registro na época do antigo diretor, restara apenas a boca miúda dos que lá trabalhavam na época. Os funcionários antigos, no entanto, pareciam paralisados quando viam um dos dois esgueirando-se pelos corredores, e temiam falar desse passado. O tempo passava e Rodrigo não conseguia progredir em suas investigações sobre a antiga gestão. Pensou que talvez encontrasse algo registrado sobre Otto nos escritos de Humberto. A saída, então, seria seguir pesquisando.

O casal se reunia quase todos os dias no apartamento de Rodrigo, mais tranquila e longamente às quintas ou sextas-feiras, para prosear, ler os escritos de Humberto e degustar as harmonizações dos dons culinários de Amanda. Quando ficava tarde, ela dormia no quarto dele, que se abrigava no sofá. De vez em quando, o clima perfeito pintava com muita força e era impossível para Rodrigo não tomar Amanda nos braços e beijá-la. Beijos fortuitos, distantes do HCT, eram inevitáveis. Mas havia algo nas entrelinhas que não lhes permitia ser um casal. Assim como todos os demais, ele a respeitava em sua distância, mas jamais poderia dizer que lhe era indiferente.

Paralelamente, no mesmo grau de dificuldade para ele, era compreender a suposta autoridade de Mirtes e Nogueira na instituição. Deliberadamente, buscavam contrapor as novas orientações, burlar, boicotar, de forma dissimulada e perversa, evidentemente. Uma pergunta torturava a mente obstinada do médico: De onde vem esse poder?

E ele sabia exatamente quem poderia lhe contar: Dona Eulália, os olhos que tudo viam, os ouvidos que ouviam, e o principal, os lábios que por muito tempo se calaram, mas que confiavam em seus propósitos. Ter a confiança e a colaboração daquela mulher era um trunfo e tanto para Rodrigo e Amanda.

Num desses momentos insuspeitos, Rodrigo perguntou à Dona Eulália o que Nogueira e Mirtes tinham de especial.

— São os cães de guarda do Dr. Otto, o diretor — afirmou ela.

— Otto...

— Sim, Dr. Otto Junqueira, o ex-diretor do hospital.

— Hum, e o que tem ele?

— O Dr. Otto era um homem muito frio. Vinha aqui somente nas segundas e quartas. Não era como o senhor. Ele dizia que tinha mais o que fazer do que cuidar de malucos. Cansei de vê-lo maltratar os doidos.

— Dona Eulália... doidos, não...

— Oh, verdade. Me desculpa, doutor. Os pacientes... mas, era verdade, ele os chamava de pedaços de gente, punha os mais bobinhos, como o Tonho, para ajoelhar e amarrar suas botinas e, muitas vezes, em seus dias de ira, até os chutava depois. Certa vez, eu vi que ele apagou um charuto nas costas do Arnaldo. Era muito perverso.

— Nossa, muito desumano! Deu sorte que nunca lhe tenha acontecido nenhuma agressão por parte dos internos.

— Sorte não, doutor. Ele andava armado. Pra cima e pra baixo pelos corredores com aquele revórvão lustrando de brilhante na cintura. O povo aqui é doi... é... o povo aqui é doente mental, não é besta não.

— É uma pena, Dona Eulália, ver gente como a gente sendo tratada como bicho, ou pior...

— Exato, doutor. Nogueira e Mirtes eram os cupinchas dele. Os paus-mandados faziam todas as barbaridades que ele mandava. Sem peso na consciência. Com uma alegria tamanha, que a gente até estranhava. Eles devem estar informando tudinho para o antigo diretor.

— E por que ele saiu, Dona Eulália, a senhora sabe?

— Dizem que sabia demais. Começou a querer muito dinheiro pelo silêncio, se aposentaram. Foi um tiro no pé.

— Um tiro no pé.

— Foi, disseram que tinha sido um acidente. Mas esse tiro acidental foi de 12. Quase destruiu o pé do diretor. Ninguém sabe o que aconteceu. Só se sabe que foi logo uns dias após ele discutir com uns grandões aí sobre o mudo. O diretor queria que ele saísse daqui, mas acabou que quem sumiu foi ele, Otto, o maldito.

— Nossa, literalmente, um tiro no pé.

— E o que tinha o diretor a ver com Humberto? — perguntou Amanda, que tinha estado entretida em seus relatórios, mas de repente sentiu-se atraída pela conversa.

— O diretor não gostava do mudo. E nem o mudo dele. Era uma antipatia só.

— Não? Mas por que não? — perguntou Rodrigo.

— Isso eu não sei. Talvez porque o mudo brigasse com o Dr. Otto por causa da gente, por causa dos do... internos. Eles se batiam de frente quase todos os dias. O mudo levantava a voz por nós e pelos internos.

— É mesmo? E como aconteciam esses embates? Humberto tinha acesso à sala de Otto?

— De jeito nenhum, doutor, os internos não podem entrar no pavilhão administrativo. O Lopes não deixa de jeito nenhum. O senhor nunca notou que ele parece um leão de chácara? Se orgulha de dizer que, antes de trabalhar aqui, era segurança de boate na capital. E já teve que arrancar muito doido a unha de dentro da boate, e repetia o gesto com a mão fechada e o polegar erguido em direção à boca, que indicava que se referia a bêbados.

— E onde brigavam?

— No meio do pátio mesmo. O mudo, que no início falava e muito, não aguentava ver o Dr. Otto no pátio, que soltava o verbo. Apontava pra ele e falava pra quem quisesse ouvir: isso aí é o demônio! É por causa dele que estamos assim. Não tem forro nas camas, não tem cobertor, não tem comida decente, não tem escola, não tem psicólogo...

Rodrigo e Amanda ouviam atentamente, tentando imaginar a cena.

— Dr. Otto aguentava calado o mais que podia, mas chegava uma hora que começava a juntar gente. O senhor sabe como são essas coisas...

— Sei. — Amanda balançava a cabeça afirmativamente.

— Quando não aguentava mais ouvir as verdades do mudo, ele gritava de volta que não era o governador do Estado, que nunca trabalhou em campanha de político, que não tinha as mãos sujas de sangue e que o mudo calasse a boca porque quem tem telhado de vidro não apedreja o vizinho. Ordenava que Mirtes e Nogueira trancassem o mudo lá nas solitárias por 10 dias e só levassem comida no terceiro dia. E era assim mesmo que eles faziam. Mas assim que saía e encontrava o diretor de novo no pátio, o mudo não se calava.

— Diante dessas revelações, já posso até imaginar como era o clima dos internos por aqui — disse Amanda.

— Ah, doutora... pense num inferno, era isso aqui.

Quando Dona Eulália saiu, Amanda olhava para Rodrigo, balançando negativamente a cabeça em tom de desaprovação.

— Que loucura, Rodrigo. Quem, em sã consciência, colocaria um torturador desses para tomar conta de um hospital psiquiátrico?

— Eu entendo sua indignação, minha cara, mas para muita gente empoderada, os pacientes psiquiátricos, em especial os delituosos, são párias da sociedade, sub-humanos, que podem, em sua mentalidade tacanha, subjugar.

Amanda seguia calada, com ar de perplexidade, e para animar a parceira, Rodrigo falou:

— Mas vamos falar de coisas boas, pedi um frango grelhado com espaguete para dois. Será que a jovem almoçaria comigo?

— Claro, meu bom doutor. Aproveitaremos para seguir com nosso estudo de caso, temos ainda muito a ler. Que acha?

— Perfeito. Faltará apenas uma taça de vinho.

— Concordo. E como hoje é sexta-feira, e dia de sarau de caso clínico, poderemos adiar esse vinho apenas em algumas horas.

— Nossa! Eu topo, mocinha. Com uma condição...

— Pois diga...

— A pizza de logo mais é por minha conta.

— Pode ser. Mas eu estava pensando em fazer um jantar para nós dois.

Rodrigo ergueu os olhos da tela do computador e quase deixou cair o mouse.

— Cancelem a pizza!

* * *

Entre os profissionais, havia os verdadeiramente dedicados e outros que apenas cumpriam burocraticamente sua função. Na administração, destacavam-se negativamente Otto, o diretor-geral, um homem desumano, rude e tirano, acompanhado pelo truculento Horácio, diretor de segurança. Em contraste, havia Conceição, enfermeira-chefe e a Dra. Ednalva, psicóloga e diretora administrativa, cuja presença trazia algum conforto, além das psicólogas Alice e Vanda, sempre prestativas.

Um dia, tudo mudou. Otto, imbuído de algum poder das esferas políticas, autoproclamou-se diretor único, instaurou um regime de terror, demitindo profissionais essenciais, eliminando terapias, e mantendo apenas serviços que lhe eram lucrativos, como o setor de radiologia, explorado para ganhos pessoais. Esses anos, sob o domínio impiedoso de Otto e seus capatazes, transformaram aquele lugar em um verdadeiro caos, onde pacientes voltaram a ser tratados apenas como loucos, privados não só da razão, mas também da dignidade.

***

Os fortes relatos de Humberto, associados à descrição de Dona Eulália a respeito do antigo diretor, reforçavam, em Rodrigo a suspeita de que muita coisa errada ocorria entre os muros do HCT. Muita coisa deslizava por baixo dos lençóis que cobriam as macas do São Lázaro.

— Talvez por isso sejamos vistos como alienígenas ou páreas, Doc — comentou Amanda. — Eles estavam acostumados aos desmandes de Otto. Por quantos anos? Você reparou?

— Não, não vi um período especificado, mas me parece que foram longos anos.

— Que secretamente são capazes de fazer muito do que Otto permitia, por baixo do pano, como você bem disse, inclusive...

— Inclusive.

— Inclusive, matar — falou finalmente, olhando os olhos da moça, que sacudia a cabeça atordoada. — Amanda, pensa comigo, quem controla os fármacos no hospital? Na teoria, nós. Tá, mas sabemos que, na prática, não é assim, sempre que há falta de medicação, é: doutor, precisamos repor ou sobrou tal medicação, doutor, ou seja, as medicações não são dimensionadas.

— Meu Deus! — Ela levou a mão à boca, espantada.

— A diferença entre o veneno e a cura é a dose usada. Pense no que seria possível fazer apenas alterando as doses prescritas ou as drogas indicadas para cada paciente.

— Rodrigo, nem consigo imaginar. Em tese, eles seriam capazes de transformar internos calmos em bestas ferozes, provocar surtos, tumultos, desviar a atenção, dopar, entorpecer ou até mesmo... matar algum dos pacientes.

— Ou pior... um paciente em especial.

— Exatamente! Você se lembra de que o quadro de Humberto foi descrito inicialmente como overdose?

— E como um paciente em overdose poderia pendurar-se em um lençol, atar o lençol à grade e atentar contra a própria vida?

— Pode não ter sido uma tentativa de suicídio?

— Exatamente, minha querida. E vou repetir para você a pergunta que fiz há pouco: Na prática, quem é que controla as medicações?

— Mirtes.

— Exato! E quem as administra?

— Nogueira. Será que encontraríamos provas disso nos relatos?

— Acho pouco provável. Sendo relatos de um homem à margem da sociedade e reconhecidamente insano, seria uma chacota, por mais coerentes que sejam. Tanto que sempre tomamos o cuidado de comparar o que está escrito aqui com os relatos das testemunhas que trabalhavam no HCT à época.

— Fato — concordou, Amanda. — Isoladamente, isso aqui não prova nada. Mas nos dá um relato bem próximo do que ocorria nos muros do HCT.

— Tem razão, por isso precisamos correr com a leitura, pois o tempo de Humberto também pode estar sendo contado — finalizou Rodrigo, voltando a concentrar-se na leitura dos escritos.

* * *

Uma forma de contar o tempo ali dentro era pelo calendário festivo anual. Ano entrava e saía com festa e os fogos de réveillon vistos das grades da janela. E pelo espelho de plástico que Dona Eulália me trazia todas as manhãs: Seu espelho, doutor! O tempo podia ser contado em minhas rugas que se acentuavam, na barba por fazer, na sobrancelha que ia se tornando grisalha, nas entradas que cresciam na testa, ano a ano. Seu espelho, doutor! todas as manhãs, carinhosamente, todos os dias.

De tanto me chamar doutor, acabei ganhando essa alcunha. Pior, acabei ganhando esse ofício extraoficialmente. Era o doutor das almas, o que ouvia.

Vinham até mim: "Você é o doutor? Pois bem, doutor, eu tenho isso e aquilo. Doutor, a minha situação é injusta, a minha mulher me deixou; a família virou as costas..." Quase alienados, e eu, como louco doutor, os compreendia como nenhum outro doutor fazia.

Na verdade, no desgoverno de Otto, foram afastados todos os profissionais que poderiam oferecer qualquer apoio moral, ajuda humanitária ou acolhimento aos internos. A seleção de Otto era feita com base na truculência e obediência às suas ordens descabidas. Não era de se estranhar que logo, logo, esse benefício que os internos estavam recebendo de serem ouvidos e acolhidos chegasse aos ouvidos de Otto, através de seus dois concursados, Mirtes e Nogueira.

É claro que havia internos que rejeitavam minha escuta solidária e questionavam minha intenção. Com o tempo, passaram a me acusar de charlatão. Explicar que eu era doutor em leis, não em medicina, era inútil. Diziam que, se eu fosse tão bom, já teria libertado a mim mesmo. E tinham razão. Se como advogado não consegui sequer defender minha liberdade, como poderia ajudar alguém? Percebi então que o silêncio era meu melhor aliado. Calado, eu sofria menos.

Eu pensei que num lugar como esse uma rebelião seria algo impensável. Pensei. Mas eis que, há alguns meses, chegara por essas paragens, um ruivo contrariado, o capataz. Não se sabia ao certo seu nome. Se alguém da diretoria sabia, vindo de sua extensa ficha criminal, não nos deu maior participação. O recado que veio através dos funcionários era: deixem o capataz em paz. Era homem violento, executor de muitos, carregava longa ficha criminal.

Saia de perto dele, Humberto! Me segredou Dona Eulália, minha fiel protetora. É homem de alma obscura. Quem disse isso, Dona Eulália? O Tonho... o cozinheiro, você sabe, ele tem essas visões. Todo mundo sabia. Tonho era um negro alto, corpulento e dono do tempero mágico que salvava as refeições sem graça do hospital. Era conhecido, também, por suas famosas ausências, nas quais dizia comunicar-se com o outro mundo e de onde voltava trazendo sempre novidades quentes. Se ele ia lá ou não, não sei. Mas que alguém lhe soprava dicas preciosas, lá isso sim.

Lembro que um dia, de prosa com Tonho, perguntei a ele por que seus guias não lhe davam os números das apostas milionárias das loterias, ou dicas que lhe mudassem o destino. Por que um homem com aquele dom era não mais que um cozinheiro de manicômio judicial? Eu achava, em minha petulância burguesa, que sucesso é ter dinheiro. Mas o que ele me respondeu, me deixou calado.

Seu Humberto, em primeiro lugar, quando usamos esses dons em favor próprio, os guias se afastam, ficam só os zombeteiros. Os zombeteiros não ajudam ninguém, só se divertem. Hora dão boas dicas, outras só falam bobagem. E depois, eu sou muito rico. É? Sou. Tenho a família que mereço, um trabalho digno e alegria de viver. Além de tudo isso, ainda posso ajudar alguém com esses palpites que recebo. Pra que mais? É...

Dizer o quê? Ele tinha razão. Nesse dia, como me contou Dona Eulália, o Tonho tinha dito que muito sangue rolaria pelas escadas do hospital e não deu outra. O sol já ia ao meio do dia, quando tudo começou. O capataz espancou um paciente que sofria de severo retardo cognitivo e intelectual. O rapaz, chamado por todos de Lico, nada fazia de perverso, vivia a zanzar, sujo e roto pelos corredores, parecia um morto-vivo, mas se visse alguém comendo qualquer coisa pelos corredores, corria atrás e agarrava a pessoa para tomar-lhe o alimento, passando ele mesmo a comer vorazmente. E esse foi seu pecado. Um dia, o capataz estava comendo um prato de macarronada no corredor. O pobre rapaz o viu e partiu para cima do capataz, que não cedeu e rolou uma briga das brabas no pátio.

Otto desceu de seu gabinete espumando de raiva e, enquanto os enfermeiros tentavam apartar a violenta briga do capataz com o Lico por um prato de macarronada, calçou as esporas e começou a distribuir cacetadas a três por dois. Sobrou para o capataz, para o Lico, para os demais internos que aderiram à briga, para os enfermeiros e até para Mirtes e Nogueira, que tentavam proteger o diretor, com seu excessivo babar de ovos.

O Lico foi ferido gravemente na cabeça e o capataz, machucado, partiu para cima do diretor, aos murros. Agarrou Mirtes pelos cabelos, empurrou o Nogueira, que voou longe. Vendo o Otto desprotegido, os doidos começaram a se juntar para descer a madeira nele. Chamem a polícia! É uma rebelião!

Não era. No máximo, uma revolta dos internos contra as sempre violentas medidas repressoras de Otto, que deixava esfomeados, eu incluso, nas solitárias, tratava a todos com castigos medievais, e reduziu em cerca de vinte por cento a população de internos do HCT, sem ter concedido uma alta, ou reavaliação de medida cautelar, mas muitos, muitos sumiços.

E, por fim, após muita pancadaria e bestialidade, entre tantos feridos de ambos os lados, e com a intervenção da tropa de choque, todos se salvaram, exceto o Lico, que morreu de traumatismo craniano. Seu sangue foi lavado, escorreu pelas escadarias da ala, como previra o Tonho.

Nesse dia, estava trancafiado em uma das solitárias, sem alimento ou água há mais de 24 horas, por meus desentendimentos com o competente diretor. Não pude intervir, mas soube, pelos relatos dos enfermeiros da noite, que a coisa foi feia e que o sangue de fato rolou, escada abaixo.

* * *

Assim, pausaram, temporariamente, a leitura de mais um capítulo.
— Estou com fome — Rodrigo, tentou amenizar o clima dos relatos.
— Vamos jantar.

Pratos postos, sentaram-se para a refeição, voltando depois para o felpudo tapete da sala.

Lado a lado, desfrutavam do pão, do vinho e de uma intrigante leitura... quem poderia imaginar? Que loucura. E o que poderiam querer mais? Afinal, a companhia era maravilhosa, riam muito juntos, não tinham compromisso, era sexta-feira. E se abraçavam, revezavam-se na leitura e olhavam-se de forma cúmplice. A história os irmanava numa busca frenética. Sim, a história. E a história estava tão envolvente naquela sexta-feira, que decidiram abrir mais uma garrafa de vinho. A cabeça meio que girava, mas Rodrigo sentia-me o mais feliz dos homens.

A proximidade dela, o cheiro doce de seus cabelos graciosamente desarrumados, o cheiro do vinho que vinha dos lábios dela, subitamente, os olhos pousaram nos lábios dela... não se sabe ao certo o que aconteceu, quem tomou a iniciativa, nenhum dos dois lembrava bem. Uma lamentável amnésia alcoólica para os detalhes que Rodrigo adoraria rememorar. Lembrava-se apenas do inesquecível sabor *Malbec* nos lábios quentes de Amanda e da impossibilidade absoluta de refrear seu desejo.

A sequência parecia um filme de comédia romântica, "dois quase ébrios em uma noite quente", talvez fosse um bom título. Não faltaram os momentos desastrados, os beijos intermináveis, nem o calor das mais loucas paixões de Almodóvar. Apenas se entregaram...

No sábado, às 6h20, o despertador do celular de alguém gritava incessantemente. Aquela sensação da luz rompendo o escuro e de voltar do nada para onde estou? De repente, a nudez dos dois.

Foi ela que primeiro recobrou o espírito e, sem maiores cerimônias, colou seu corpo às costas do rapaz:

— Não se preocupe, Doc, eu não conto nada, se você não contar.

Era muito reconfortante para ele saber que, apesar da sua inabilidade e amadorismo, ela gostara tanto quanto ele.

Recobrando o espírito, ouvindo o barulho do chuveiro, lembrou-se de que ela deveria estar faminta e resolveu fazer o café da manhã.

Pouco depois, Amanda entrou na cozinha. Vinha do quarto chamando seu nome e a sensação de vê-la, vindo com os cabelos molhados, soltos sobre os ombros nus, enrolada na toalha de banho, foi devastadora.

Nooossa! Se ontem à noite ela já era linda, agora, vista ao raiar do sol, era mais linda ainda! Estou perdido.

— Poderia me emprestar uma roupa? Trago lavada e passada na semana que vem.

— Claro. Já trago.

— Eu faço as torradas — conhecendo a cozinha em detalhes, ela foi abrindo gavetas e preparando o que faltava.

Café pronto, leite quentinho, Rodrigo aproveitou a deixa para ir tomar um banho. E na volta, tomaram talvez o café da manhã mais maravilhoso de suas vidas. Amanda ia conduzindo os assuntos com leveza, como que a poupá-lo de seu próprio embaraço.

— E então, Doc? Estaríamos nos reunindo daqui a uma ou duas horas. Eu iria para casa e voltaríamos a nos encontrar após o almoço. Não tome isso como uma ousadia de minha parte, mas em vez de ir para casa, do outro lado da cidade, você se importaria, se eu fosse até o açougue e preparasse um estrogonofe?

O convite era inesperado, mas adorável. Na hora de responder, quase se engasgou e ela provavelmente interpretou isso como um não.

— Se preferir que nos reunamos à tarde mesmo ou que paremos o trabalho por aqui, também não tem problema.

— De forma alguma! — ele sacudia o dedo negativamente, entre tosses e quase aos berros.

— Não, doutor, de verdade. Me perdoe, não quis ser invasiva. Na verdade, nem me toquei de que talvez não tenha sido agradável para você o que ocorreu ontem.

— Foi muito agradável, eu só... — tentou iniciar uma explicação que simplesmente não lhe vinha à mente em meio ao patético acesso de tosse.

— Ou talvez você tenha alguém, já. Mas não se preocupe. Não houve nada demais... — disse ela, fazendo menção de levantar-se.

— Para mim, houve sim...

— Então foi isso. Fui invasiva mesmo, me perdoe — insistiu, levantando-se. — Eu já vou indo, nos falamos depois, doutor.

— Calma — Rodrigo pousou o dedo indicador suavemente nos seus lábios de Amanda — Shhhhh, me deixa explicar. Não tenho namorada, não tenho outra pessoa. A noite de ontem foi maravilhosa! Para mim, foi muito especial. Foi única... Foi a primeira... — Ela arregalou os olhos, ele tentou emendar — Foi a primeira noite em que estivemos juntos — suspiraram em uníssono. Ele de alívio, ela, aparentemente, de um misto de prazer e pesar.

— Você é uma companhia adorável, Amanda. Sua presença me faz feliz e dá sentido aos meus almoços e jantares solitários. Finalmente, é muito bom ter companhia inteligente e engraçada, e unir diversão e trabalho no melhor tom. Por favor, fique. Podemos ir ao mercado, preparar o almoço, o jantar, o café da manhã de amanhã... Se não tiver compromisso, podemos ficar aqui e viver esse momento. Será um enorme prazer para mim. E eu prometo não queimar a cebola do refogado dessa vez.

Ela sorriu o sorriso mais lindo do mundo. Sem pensar em mais nada, sem avaliar se era o certo ou o errado, fazendo apenas o que desejava naquele instante, ele a beijou. E nascia, um doce e juvenil, embora tardio, romance.

Seguiram pela primeira vez juntos de mão dadas ao mercado. Vez por outra, o assunto ia deles, para Humberto:

— Segunda-feira, após a visita ao HCT, vou procurar o delegado do caso — anunciou Rodrigo.

— Tomara que ele decida colaborar — concordou Amanda.

— Se ele me contar o que a polícia sabe, já me dou por satisfeito. Não confio nos dados que temos no HCT.

Amanda concordou.

TRINTA E DOIS

Incansáveis, Rodrigo e Amanda angariavam aliados para Humberto ter investigação e defesa justas e transparentes. Antes de tudo, eles queriam entender, para depois poder ajudar. Sabiam que ele era um assassino confesso, sabiam que cometera um crime. Mas a parte hedionda de tudo isso não condizia com o que adivinhavam de sua personalidade. Não apenas por serem profissionais de saúde mental, mas parecia-lhes que era nítido, e que qualquer pessoa de bom senso, a exemplo de Dona Eulália e Felício, poderiam atestar que o Humberto descrito em suas memórias não guardava muito em comum com o descrito pelas fichas do arquivo do hospital e pela imprensa da época. Precisavam ir a uma fonte mais confiável de informações: o inquérito policial.

Do outro lado, sem que suspeitassem, representavam uma ameaça à tranquilidade e "inimputabilidade" do velho sistema, pois pretendiam investigar o caso até as últimas consequências. E o caso de Humberto tinha suas obscuridades escondidas nas gavetas das escrivaninhas das mais altas esferas de poder nacional.

A patologia que o levou à inimputabilidade nunca foi definida sem margens para dúvida e ainda assim cumpria pena em uma instituição para doentes mentais. Seria mesmo um caso de esquizofrenia hebefrênica em um homem maduro? Seria ele um paranoico? Ou um sociopata, capaz de fingir todas aquelas belas palavras para encobrir seus reais impulsos?

Talvez a patologia não fosse intrínseca a Humberto, mas sistêmica, como a corrupção que ainda estendia seus tentáculos para dentro dos muros do HCT. Munidos de machados éticos e morais, Amanda e Rodrigo elegeram Humberto como motivo e, através dele, se propunham, logo de cara, a eliminar os tentáculos corrompidos, como Mirtes e Nogueira, dos pátios do São Lázaro. Esses pareciam fortes motivos pessoais para que ambos fizessem um bom trabalho.

Vivendo um doce romance pessoal que os unia em torno do mesmo objetivo e de posse de dados, relatos e ideologia curativa, precisavam ter acesso ao inquérito, para aprofundar a investigação, mas seus poderes eram limitados aos dados de saúde do paciente.

Para conhecer os dados do inquérito, precisavam procurar um homem da lei. E quem poderia ajudá-los? O nome que figurava nas investigações, que assinava os relatórios e arrolara as fotografias da autópsia presentes nas fichas, era o de Augusto Barros. Partiram então para encontrar o delegado responsável pelo caso, Barros, o homem da lei.

Foi um extenso trabalho de pesquisa que Rodrigo e Amanda empreenderam nas delegacias, cartórios e carceragens em busca do endereço ou do paradeiro do delegado Augusto Barros.

Colegas do ex-delegado informaram que ele se mudou para o interior e morava atualmente em uma chácara, aberta à visitação por tratar-se de uma espécie de horto ou orquidário. Ele e a esposa atualmente viviam das plantas que cultivavam. E foi através da internet, num perfil profissional, que Amanda encontrou pistas do paradeiro do policial aposentado: Horto da Serra.

De posse do endereço, lá foram eles, dispostos a inicialmente fazer-se passar por um casal interessado em plantas. Ao chegar, foram recepcionados por Dona Rosa, uma senhora aparentando uns 70 anos. Morena, baixinha e simpática, olhar acolhedor, sorriso franco e encantador, que fazia suas bochechas rosarem. Eram 9 horas da manhã de uma quinta-feira, o Horto da Serra tinha acabado de abrir as portas e estava praticamente vazio. Dona Rosa se mostrou muito alegre em apresentar as diversas espécies de plantas aos seus primeiros clientes do dia, sem sequer mencionar preços. Juntos, os três percorriam toda a chácara, ziguezagueando entre estufas, prateleiras e bancadas com grande diversidade de cores, mas até então, nada do delegado. Talvez tivesse saído ou aquele nem fosse o endereço dele de fato.

Queriam perguntar diretamente à senhora se conhecia o delegado, mas temiam levantar suspeitas ou causar algum temor desnecessário. Por isso, e pela beleza do lugar, seguiam caminhando com a velha por entre as alamedas sombreadas do Horto.

— Aqui, meus caros, é onde ficam as composteiras, veem aqueles tambores? São depósitos de material orgânico que originam um excelente adubo líquido, o chorume, que pode ser diluído e usado na irrigação das plantas. Daí conseguimos extrair também o humus de minhoca.

— Que maravilha, Dona Rosa! Então, seu cultivo é orgânico?

— Na maioria, sim, meu filho. Visamos ser sustentáveis em nosso horto. Aqui também fabricamos o substrato para as orquídeas, que não são plantas terrestres e precisam de substrato de cascas de madeira para lançar suas raízes. Muitas pessoas perdem suas orquídeas por plantá-las na terra.

— Eu mesma, se recebesse uma, certamente a plantaria na terra — disse Amanda, ruborizando.

— Ah, é? Então vou dar uma para ver se você já assimilou os ensinamentos de Dona Rosa.

Todos riram.

— Venham, vou mostrar o que é substrato e como é feito. Essa tarefa é do meu marido, ele entende tudo dessas misturas e faz o melhor substrato do mundo.

Fazendo a mistura dos ingredientes do substrato para orquídeas, com uma enxada nas mãos, estava o senhor moreno. Pele bronzeada da lida sob sol, vestia uma calça jeans e uma camiseta regata branca e estava concentrado no seu labor.

— Aquele é Augusto, meu marido — disse Dona Rosa, lançando um olhar de ternura para o marido. Ao ouvir a menção a ele, retribuiu o olhar para a esposa, meneando a cabeça para o casal, em suave cumprimento.

Rodrigo e Amanda acenaram de volta. Pelas fotos que viram, aquele era mesmo Augusto Barros, o delegado do caso Marcos Alcântara.

Nesse instante, a senhora pediu um minuto de licença.

— Vou buscar água para meu marido, vocês aceitam também?

Rodrigo e Amanda assentiram, e aproveitaram a deixa para se aproximar do homem.

— Bom dia, delegado — acenou Rodrigo. O homem parou subitamente, apoiou um dos braços na enxada e, lentamente, fitou o casal à sua frente.

— Pelo jeito, não são as orquídeas que vocês desejam. O que querem aqui?

— Doutor delegado, estamos aqui por Humberto Marcos Alcântara Lustosa. Vimos que o senhor atuou no caso dele e queríamos algumas informações. — O rosto do homem, de crispado e preocupado, relaxou para um ligeiro sorriso.

— O caso foi resolvido. Foi reaberto?

— Não, não, ainda não, mas estamos trabalhando para isso.

— São da polícia?

— Não, senhor — respondeu Amanda.

— Afinal de contas, quais violas vocês tocam?

— Eu sou médico. Meu nome é Rodrigo, e essa é a psicóloga Amanda.

— Humberto estava custodiado, cumprindo medida de segurança no HCT, Hospital de Custódia e Tratamento do Estado, pelo qual Rodrigo é o responsável legal — informou Amanda.

— E o que vocês desejam?

— Mais informações sobre o caso — respondeu Rodrigo.

— O que exatamente vocês querem saber? Querem condenar ou defender?

— Nós só queremos entender.

— Meus caros — ele relaxou —, esse caso é muito complexo. Até hoje, com 35 anos de polícia e oito de aposentado, eu nunca entendi. Será um desafio e tanto... mas eu topo o desafio. Podem contar comigo, com uma condição. Eu gostaria que deixasse a formalidade de lado e me chamassem de Barros ou de Augusto mesmo. Sentem aqui, vou narrar como tudo aconteceu.

O delegado contou os pormenores do que havia visto, sem omitir detalhes. Depois de algum tempo de narrativa, comentou:

— E foi assim, Rodrigo, que tudo se deu, é o que me lembro. Mesmo depois de tanto tempo, ninguém me tira da cabeça que havia algo relacionado a feitiçaria ou sacrifícios.

— Feitiçaria, delegado? — assustou-se Rodrigo.

— O que o leva a pensar assim? — insistiu Amanda.

— Sangue. Muito sangue.

— Ué, e isso não é corriqueiro em uma cena de assassinato? — perguntou Amanda.

— Veja bem, alguma coisa naquele caso não fecha. E não fecha porque não queriam que fechasse, entende?

Rodrigo e Amanda sacudiram lenta e negativamente a cabeça.

— Acompanhem comigo. Era uma cena de assassinato, certo? Tudo bem, segundo o inquérito, o corpo levou um balaço na testa. Se a intenção era o que parecia ser, queima de arquivo ou crime passional, bastava isso. Um tiro.

— Na testa — corrigiu Amanda — é o que relata Humberto.

— Pois é, mas conforme eu e meus parceiros apuramos depois, a vítima não morreu por causa do tiro na testa — O delegado olhou de um para o outro, abanando as mãos e prosseguiu

— Como assim — Rodrigo estava boquiaberto.

— E tem mais, como o corpo foi encontrado? — Barros sorriu e ergueu as sobrancelhas.

— Destruído — apressou-se Rodrigo.

— Pelo que li, em um estado pavoroso — comentou Amanda.

— Exato! Estão começando a entender? Acontece que o corpo, além do tiro na testa que não teria sido a causa mortis, passou por alguma espécie de tortura, aparentava estar ralado, como se tivesse sido arrastado, apresentava escoriações, marcas de laceração, havia cortes por todo lado, o rosto foi o mais destruído, praticamente esfolaram o rosto da mulher, a marca do tiro estava no osso frontal, mas não na pele.

— Como que escalpelaram o corpo...

— Exato, como em algum ritual satânico, como que para dilacerar o corpo e principalmente o rosto — Barros olhava fixamente para os dois — É como se o tiro tivesse sido dado depois da morte.

— Entendi... — disse Amanda.

— E há mais um dado relevante que constatamos, mas que simplesmente sumiu dos relatórios do inquérito.

— O quê?

— Havia muito sangue. Muito mais sangue do que um corpo de mulher poderia ter perdido por um tiro na testa. Mesmo tendo sido arrastado, esfolado, ou seja, lá o que. Era sangue demais, como se houvesse mais de uma vítima.

Rodrigo apertou os olhos, como se estivesse novamente perdido:

— Não faz nenhum sentido para mim.

— Nem para mim, por isso saquei uma pipeta estéril dos bolsos e colhi uma amostra do sangue ainda na cena do crime. Mandei para o laboratório e pedi que fizessem alguns testes. Eu tinha grandes amigos nos laboratórios forenses e acabei por descobrir que o sangue que recobria o corpo e se espalhava por toda a cena não era da vítima.

— Não?

— Não! A menos que ela fosse uma vaca no sentido literal da palavra. O sangue na cena do crime era bovino. É por isso, meus caros, que eu continuo achando que tem muito mais nessa história do que querem que a gente saiba que tem. Talvez algum ritual macabro que use sangue de animais em sacrifício. Vai saber...

— Certo, delegado, supondo que, para fazer essas afirmações, o senhor tenha mandado repetir os testes no material.

— Três vezes!

— E os resultados foram conclusivos.

— Nesse ponto, sim. Havia na época tecnologia forense capaz de determinar que o DNA do sangue encontrado não era humano, assemelhando-se em 90% ao DNA bovino. Dada a contaminação da cena, ao escarcéu que foi feito, muito pouca coisa pode ser coletada pela perícia oficial. E vocês não vão encontrar isso em nenhuma parte do inquérito. Nenhuma referência à quantidade discrepante de sangue ou à natureza genética dele. Muitas páginas de meus relatórios foram subtraídas do inquérito oficial. Mas tenho algumas coisas guardadas e tenho meios de conseguir mais.

— Isso seria ótimo — afirmou Amanda.

— Você continua na polícia, Barros? — perguntou Rodrigo.

— Me aposentei. Não suporto mais sirenes. Sou investigador particular, mas escolho criteriosamente os casos e me dou ao luxo de não atuar em alguns. E tenho muitos amigos lá dentro, ainda.

— Entendi. E quanto ao caso do Humberto, por que você acha que fizeram isso com a Arlene?

— Doutor... se a moça foi assassinada, foi por alguém que não gostava nada dela, pelo que foi feito com o corpo.

— Ou... por alguém que não gostava nada do suposto assassino e queria esconder algo... — Amanda opinou, incrédula.

— Esse é o meu palpite, Barros. Estamos formando uma força tarefa para desencavar alguns ossos. Vamos precisar de alguém com o seu perfil. Gostaria de contar com sua ajuda, topa?

— Se não tiver sirenes, doutor, eu tô dentro! Vamos ver o que a Rosa preparou para nós.

TRINTA E TRÊS

NOVAMENTE, A ESCURIDÃO. Seguida pela luz incômoda. Apaguem essa luz, pensava, mas não se movia. Aquela fresta, persistente... o mesmo zumbido agudo, o mesmo cheiro desagradável. Podia sentir aquele gosto de ferro, sal e amargor: sangue. Estava com sangue na boca e a garganta cheia de dor e secreção. Podia respirar, mas não podia fechar a boca, nem engolir, havia algo em minha boca, que descia pela goela. Um tipo de cano. Era isso. Haviam posto um cano em minha boca. Meu primeiro impulso foi de arrancar o tubo. Mas me senti deitado de costas numa cama. Queria se mexer, era impossível. Parecia amarrado à cama. Que espécie de tortura era aquela? A boca úmida, o gosto de sangue, o dorso da cabeça espalmado contra a cama. Como se a parte inferior do corpo estivesse semiparalisada, adormecida, em cãibras, há anos. Foi um breve segundo, tentei abrir os olhos. Uma luz intensa, quis coçar os olhos, mas não pude. Aquela sensação de desconforto na garganta, aquele artefato incômodo. Precisava arrancar. Quis me levantar, mas não deu. Estava atado à cama. Preso, mais uma vez.

Morri, pensei.

Estava outra vez dolorido e quebrado, como se tivesse levado uma surra de vinte garotos no colégio interno. E fraco. Queria mover os músculos, queria me libertar e arrancar aquele tubo, mas não deu. Tentei apurar a visão e o borrão iluminado foi se configurando em um quarto todo branco. Era um lugar desconhecido. Temi estar mesmo morto. Senti aquele cheiro característico de éter no ar, e havia os barulhos de *pif paf*, contínuos, ritmados, sincronizados a lufadas de ar que inflavam, mesmo a contragosto, os pulmões. Escancarou os olhos em agonia, aquela sensação insuportável da dor na garganta, de respirar forçosamente, de querer gritar e não poder.

Enfermagem, preciso de reforço urgente na ala 2, leito 7. O paciente está entubado e consciente. Vamos, rápido, venham! Precisamos extubar!

Um enfermeiro? Significa que estou vivo!

* * *

Eram 23h41 do dia 02 de outubro, Rodrigo acabara de pegar no sono. O trinar insistente do aparelho, a vibração incessante, uma luz incômoda, sugava de volta sua consciência.

— Alô...

— Ele acordou, senhor! — informou a voz do outro lado da linha.

— Estou indo!

Sala vermelha 3.

Segundo corredor à direita.

Rodrigo passou pela enfermeira-chefe, quase gritando.

— Senhora, eu sou Rodrigo Arante! Diretor da Colônia Penal.

— Identificação?

Ele buscou na carteira sua identidade e estendeu à moça.

— Ah... Dr. Rodrigo!

— Estou em busca de Humberto Marcos, um paciente nosso que está internado com vocês há algum tempo. Há um membro de minha equipe aqui acompanhando o caso e acabo de ser informado de que o paciente saiu do estado de coma. Preciso ir vê-lo, imediatamente.

Em resposta, a mulher magra e antipática, com cara de poucos amigos, abriu caminho com o corpo e indicou o corredor principal para que ele a seguisse "por aqui".

Hospital público é assim, enquanto alguns abnegados literalmente dão o sangue pelo amor ao ofício, outros simplesmente se recusam a trabalhar e ninguém parece ser capaz de motivá-los. Ao contrário, tudo lhes desmotiva, é o salário baixo, é a rotina longa, é o tédio, é a insalubridade, a falta de segurança, de condições de trabalho, mas não pediam demissão, o que era incrível.

Dobraram à direita, seguiram por uns 100 metros, dobraram à esquerda e, no final do corredor, lá estava a sala vermelha 3. A mulher consultou a prancheta na entrada da unidade.

— É necessário paramentação. Calce os protetores, ponha o gorro e esse jaleco descartáveis. Use o álcool gel e pode entrar. O leito que procura é o segundo do lado esquerdo.

— Obrigado.

— Como está, meu caro Carlos?

— Bem, doutor, e o senhor?

— Estou ótimo! E nosso paciente?

— Sedado.

— Sedado?

— Sim, senhor. Ele acordou entubado, foi preciso sedar para extubar.

— Mas que coisa... queria vê-lo.

— Compreendo, doutor. Mas ele já saiu do coma e já não está mais na UTI. Agora ele está ali na enfermaria.

— Sozinho?

— Não. Há outro paciente no quarto, mas a enfermagem o classificou como fora de risco. A própria assistente social conversou comigo.

— Entendi, se você me garante.

— Sim, senhor. Fique tranquilo. Permanecerei aqui. E caso haja alguma mudança, comunico.

— Obrigado, Carlos.

— Vá descansar, doutor.

TRINTA E QUATRO

Chovia aquela chuva fina e incessante de final de inverno. Noite alta, estava na rua outra vez. Aquela rua no meio do nada, a mesma rua onde tudo aconteceu. Eu e Arlene, vestida de *Bond Girl*, ria de sua ansiedade, enquanto dava continuidade à chantagem. Incansável, queria mais e mais dinheiro. Não mais!

Gregório pressionava no escritório. Cibelle, em casa, dizia que eu tinha um caso na rua. Que andava estranho, que iria colocar detetive atrás e tirar tudo o que tinha. Mas se vivia uma vida emprestada, o que tinha mesmo? Nada, apenas uma dívida de gratidão por um benfeitor, que me impedia de sair daquele ciclo vicioso. Era um nada. Um ninguém.

E Arlene se ria de meu mal-estar, exigia mais dinheiro e isso precisava parar. Conduzira Arlene até ali na esperança de que, intimidada, ela se desse conta de seu equívoco e cedesse, renunciando à chantagem. Mas quem acreditaria nessa esperança pueril? Ninguém! Nem eu acreditava. Vi Arlene precipitar-se para o chão e um estampido. Um tiro! E escuridão.

Despertei com o olhar cadavérico de Arlene fixo ao meu. O olhar pétreo, gélido e vitrificado. Abri os olhos pesados, sentia-me imóvel. Aos poucos, a figura cadavérica ia se descortinando num branco luminoso. Achei que estava enlouquecendo. E o branco ficava mais nítido. Tentava mover algo do corpo enrijecido. Dor, muita dor... tanta dor, que era melhor ficar parado. Grunhi. Voltei a cerrar os olhos incomodados pela luz. Em pouco tempo, apaguei.

Mais uma vez, da densa escuridão, os olhos se abrindo e a pupila contraindo fortemente pela luminosidade. Vi, com muito esforço, uma parede ou teto branco. Os olhos pesados doíam, as pálpebras recusavam-se a permanecer abertas. A garganta ainda incomodava um pouco, como se tivesse engolido brasa. A boca, ressequida, sentia sede. Parecia acordar de uma fortíssima ressaca.

De repente, uma figura masculina de vestes claras aproximou-se do leito. Percebi que o vulto se curvava sobre mim, passando a mão atrás de minha cabeça, erguendo-a e, com a outra mão, oferecia um copo; senti o frescor da água umedecendo os lábios e a língua, percorrendo, como um bálsamo, a garganta áspera. Que sensação maravilhosa!

* * *

— Ei! O senhor não pode fazer isso. Esse paciente estava em coma...

Coma? O senhor quem? Não pode fazer o quê? Pensou, fitando o rosto de seu benfeitor, que, afobado, tirava o copo e devolvia sua cabeça ao leito, cuidadosamente. Coma? Como assim? Onde estou? Pensou de olhos fechados.

— O senhor não pode fazer isso, Dom Raimundo! — disse a enfermeira que, entrando no quarto, surpreendeu o velho sacerdote. — Não fará bem ao paciente, nem ao senhor, que também deveria estar no leito.

— Eu sei, minha filha. Perdão. Mas esse rapaz acordou e clamava por um gole de água. É minha missão, minha filha. Disse o Mestre: Dai de beber a quem tem sede... Foi só isso que eu fiz. Fiz mal?

— O senhor ainda vai me colocar em encrenca, padre. O senhor vigia, padre — falou enquanto ajeitava Humberto no leito, após aferir os sinais vitais.

— Ele apagou.

— Desmaiou? — perguntou Raimundo.

— Não. Dormiu — tornou ela. — É comum, nesses quadros de pós--coma. Ainda está regulando o organismo ao desmame da medicação.

— É, ele conversa bastante enquanto dorme.

— São delírios, padre. Isso é comum — disse a moça.

— Minha filha, se isso são delírios, não sei o que seria mundo real...

— Ele vai ficar mais algum tempo assim, até ir recobrando paulatinamente a consciência.

— Horas?

— Impossível afirmar com certeza. Varia de paciente para paciente. Alguns levam apenas horas, um dia, outros ficam nessa intermitência por alguns dias. O importante é descansar, inclusive para o senhor, Dom Raimundo. Se não se comportar, vou mudá-lo de quarto.

O velho padre limitou-se a rir e balançar a mão no ar em sinal de despedida. Novamente em silêncio, olhou para o rapaz no leito ao lado e voltou à leitura do Evangelho segundo o Espiritismo.

Humberto despertou mais algumas vezes naquele dia e aos poucos os períodos de consciência aumentaram, a sonolência diminuiu, até que, com mais um dia e meio, estava mais desperto. Dom Raimundo procurou respeitar o lento retorno do rapaz. Cerca de três horas após acordar e manter-se vigilante de forma mais estável, iniciaram a alimentação parenteral. Era então o momento da sopa. Puseram Humberto sentado de frente para a mesa de alimentação e uma enfermeira auxiliava-o na retomada da alimentação.

— Vamos lá, senhor Humberto, é um caldinho bem líquido, o senhor vai tomar tudinho, mesmo após tanto tempo.

Humberto colaborava em silêncio, afinal realmente tinha fome e sede. Comeu a sopa rala, com muito entusiasmo, e observou, de soslaio, que o velhinho o observava no leito ao lado.

— O senhor também, Dom Raimundo. Trate de se alimentar.

— Já comi o suficiente, minha jovem.

— Mas o senhor mal tocou na sopa. Vamos lá, me ajude...

— Quando ela fala que a sopa está rala, não está brincando, não é? É só água com um pouco de tempero e cheiro de frango — falou o padre para Humberto, assim que a moça saiu. Humberto, entre apavorado e inseguro, permaneceu calado.

Ao fim de alguns minutos, o velho tornou:

— Não vai responder? Queria saber pelo menos o seu nome?

Humberto seguiu calado, com medo de falar.

— Não vai me dizer seu nome? Vamos lá. Eu sei que você fala. Sei que seu nome é Marcos, mas aqui só se referem a você como Humberto. Você não precisa se fazer de mudo. Ouvi algumas histórias enquanto dormia, mas não se preocupe. Sou um sacerdote, meu filho, seu segredo estará guardado comigo.

— Eu não sou mudo. E não gosto de sacerdotes.

— É um direito que lhe assiste, meu filho. Muitas pessoas não gostam. Sinceramente, nem eu mesmo gostava.

Humberto fez silêncio, mas ficou curioso diante da ironia. Não sabia onde estava, nem porque estava ali, não lembrava exatamente o que acontecera.

— Se não gosta de padres, por que se tornou um?

— Mães... teve uma?

— Hum-huum...

— Pois é. Mães sabem ser convincentes. A minha era uma papa-hóstia convicta e prometeu que o filho caçula, caso o mais velho se curasse de uma queda de cavalo, seria, padre. Bem, o meu irmão é médico. E aqui estou eu. Mas não foi uma escolha ruim. O sacerdote olhava o teto branco, as mãos pousadas sobre o peito. Humberto virou-se dolorosamente no leito para ver melhor o simpático velhinho calvo no leito ao lado.

— Quando adolescente, eu amei uma jovem, que me rejeitou terrivelmente, então, troquei esse amor mundano não correspondido pelo incomensurável amor a Jesus Cristo. No início, mais lamentava do que aprendia no seminário. Chorei muito. Mas Cristo é um consolador e sua doutrina nos faz compreender que a vida é um sopro e a existência maior é o mundo para o qual retornaremos um dia.

— Ah, tá — respondeu Humberto ironicamente. — Um padre espiritualista!

— Não conte a ninguém. Creio na vida após a vida, meu amigo. Uma existência única não faria sentido algum, nem filosófica, nem teologicamente. Creio que, secretamente, muitos sacerdotes creem nisso. Mas é uma discussão que não seria relevante, um dia descobriremos se esse velho padre estava certo ou não. — Humberto assentiu, afirmativamente.

— Onde estamos?

— Hospital da Sagrada Família.

— Outro hospital?

— Bem, convenhamos que é melhor que o inferno, não é?

— Ora, ora! Céu e inferno, enfim o viés católico vindo à tona sob o manto espiritualista.

— Eu sou um padre da igreja católica, meu filho. Não poderia ser diferente. Mas preciso confessar uma coisa, eu não acredito em inferno.

— Não?

— De jeito nenhum! E muito menos na figura do demônio. Não consigo acreditar nisso.

— Como assim, não acredita em inferno e em demônio?

— Meu filho, não quero cansar você com longas discussões filosóficas, mas eu só creio em Deus. Deus é tudo o que há. E para mim não existe nada, nem ninguém capaz de confrontá-lo. E inferno? Fogo eterno? Castigo eterno?

Humberto seguia com ar atônito.

— Você é pai? — perguntou Raimundo.

— Minha mulher teve dois filhos.

— Pois bem, imagine que uma dessas duas criaturas cometesse uma falta grave, ainda crianças ou já adultos, você os trancaria no porão de casa, sem água, comida ou contato, e os deixaria lá até o último dia de suas vidas?

— Não! De jeito nenhum. Seria um absurdo.

— E você considera que Deus é um pai pior que você, que é um humano? Um pai seria capaz de relegar um filho seu a castigos eternos, sem direito ao perdão? O problema do ser humano, meu filho, é querer criar um Deus à sua imagem e semelhança, em vez de aceitar a natureza divina, como algo ainda inimaginável, em toda sua bondade, generosidade e amor. É tarde, precisamos descansar. Boa noite, meu filho.

— Boa noite.

Homem interessante, aquele. Muito interessante, mesmo para um padre.

TRINTA E CINCO

ÀS 8H45 DE UMA TERÇA-FEIRA QUALQUER, toca o telefone no escritório suntuoso do homem poderoso. Uma mão enrugada, um descomunal rubi no anular, atende um tanto impaciente:

— Pois não... como assim? Mas não é possível... Bando de incompetentes! — Desliga o telefone com violência — Jarbas?

— Pois não, meritíssimo senhor Ministro.

— Seu telefone...

— Sim, senhor!

— É um daqueles que se coloca crédito?

— Pré-pagos, senhor?

— Isso mesmo.

— Sim, senhor.

— Preciso dele, agora!

— Pois não, senhor, aqui está...

Alguns segundos depois, o homem vociferava.

— Gregório, seu imbecil! Como assim, quem fala? Claro que sou EU! Estou ligando para saber o que diabo está acontecendo aí nesse cafundó de Judas? Eu achei que esse problema já tinha sido resolvido! E você, Jarbas, está fazendo o que ainda aqui? Saia!

— Desculpe, meritíssimo, eu estava aguardando o celular.

— Essa porcaria? Passe na recepção e peça a Laura que compre outro, esse será destruído.

— Ma... meus contatos, minhas fotos...

— Já era! Não valiam nada, agora saia daqui.

Não sei por que ainda trabalho para esse homem, pensou.

Mas sabia. Devia-lhe favores. Há algum tempo, o ministro havia salvado a vida de seu filho, que se meteu em alguns embrolhos com a lei. O ministro era a lei, e Jarbas tornara-se seu aliado. Deteve-se um pouco ao lado da porta, ouvindo o som abafado dos gritos.

— Você é mesmo um idiota, Gregório! Como é que esse homem ainda está vivo? Eu achei que o assunto já tinha sido resolvido. Já movemos céus e terras. Agora recebo a notícia de que o homem está vivo e consciente mais uma vez. Você sabe que isso é um enorme problema para o sistema, Gregório... Sujar as mãos? As suas mãos são imundas, Gregório! Não há como sujar mais do que isso. Resolva esse problema! Anule esse homem, faça uma lobotomia, uma overdose de barbitúricos! Você estava com a faca e o queijo nas mãos. O homem institucionalizado e você erra esse tiro? Eu não quero nem saber! Já afastamos o Otto pelo mesmo motivo, o próximo é você. Resolva o problema ou assuma você mesmo toda a culpa! Não quero essa merda respingando em mim. E acho que o senador e os demais também não vão querer, se é que você me entende. Você é peixe pequeno, Gregório, mas os tubarões são famintos e precisam comer. A roda precisa girar, não se esqueça disso. Se girar, todos ganham. É roda, não é engrenagem, não seja dente, não atrapalhe. Seja liso ou vai rodar!

Deus não devia dar asa à cobra... Jarbas seguiu até a recepção para seguir as orientações do ministro.

— Dona Laura, o Ministro me pediu que viesse aqui falar sobre o meu celular que ele "precisou".

— O seu também? Bem-vindo ao time, meu caro, está aqui o seu novo celular.

— Mas esse é muito inferior ao meu antigo.

— Eu sei, amigo, comigo também foi assim, mas ordens são ordens. Quem vai contrariar o ministro?

TRINTA E SEIS

O PADRE RECEBIA FIÉIS DE VÁRIAS PARÓQUIAS.

— Chega, Ana, tem mais pessoas da diocese querendo ver Dom Raimundo! — gritou uma das beatas com indisfarçável aborrecimento.

— Já sei, Sueli. Estou apenas pedindo a benção ao padre. Mas o senhor está bem mesmo, Dom Raimundo?

— Estou, sim, minha filha. Melhorando conforme a vontade do Pai.

— Ana?

— Já vou. Tchau, meu santo, até amanhã.

— Até amanhã, minha filha. Mande um abraço para o Silas.

— E você, meu filho? Está bem hoje?

— Sim, estou bem e o senhor?

— Estou bem, graças a Deus. As dores voltaram e os remédios não estão mais respondendo, mas Deus está aqui ao meu lado e isso me basta.

— Está com dor? Pode pedir mais remédios, não? Ou falar com um médico, sei lá, ou com uma de suas paroquianas, não?

— Não, que nada. Para que incomodá-las com isso? A dor é parte do meu processo de cura. Elas não precisam saber.

— O senhor não se cansa? — Quis saber, Humberto.

— De receber afeto? Você se cansaria? Creio que não, Humberto. Eles são minha família.

— Entendo...

— Sabe, meu filho? O sacerdócio é mais que o ofício. É uma missão. Eu sempre busquei construir pontes, sempre procurei ser amigo de meus paroquianos. Deus quer todos os seus filhos perto de sua glória, mas para isso, precisa que eles caminhem por si até o Altíssimo.

— Me perdoe, padre, mas acho Deus um sádico.

— Como assim? — Raimundo riu.

— Que tipo de Deus permite que exista o mal? Que as pessoas sofram? Passem fome?

— O que é o mal, Humberto?

— É o que toma conta de mim, às vezes, sem que eu controle. Essa coisa que se apossa de mim desde pequeno e faz com que eu cometa barbaridades.

— Possessão? — perguntou Raimundo.

— Deve ser, padre. Eu não sei. Eu era pequeno quando comecei a me transformar no mal. Mas o mal não está só em mim. O mal está no mundo, em tudo. Se houvesse um Deus, que tudo pode, não existiria o mal.

— Humberto, você é um advogado, não é isso? Estudou física em sua formação? Então me responda: Existe frio?

— Claro! O senhor não sente frio?

— E escuridão? Existe?

— Mas é lógico! Quando o sol se vai, há escuridão.

— Você poderia repetir o que disse, por favor?

— Eu disse que à noite há escuridão, quando não há luz, há escuridão.

O padre fez cara de Marcela antes de um xeque-mate.

— Pois é... a noite é falta de sol, correto? Então, Deus disse: "Faça-se a luz!". A luz, que dissipa as trevas. A luz que espanta a escuridão. O calor que anula o frio. Luz é física, senhor Humberto. Calor é físico. Luz existe, calor existe. Frio e escuridão são apenas os espaços vazios, onde faltam calor e luz. Imagina Deus como sendo luz... O mal seria...

— A ausência de Deus... então, se o senhor estiver correto, eu lhe devo mesmo desculpas, padre.

— Mas não é a mim que deve desculpar-se, filho. É com Ele.

— Certo, se Ele existir, e for justo e bom como o senhor diz, vai perdoar minha ignorância.

— Não tenho dúvidas disso.

— Então me explica mais uma coisa, padre. Suponhamos que Deus exista, conheceria seus filhos e a índole de cada um, não é isso?

— Sim, meu filho, isso mesmo.

— Então por que ele escolheria uns para serem ricos, outros para serem pobres, uns para serem sãos, outros para nascerem doentes, uns para serem santos, como o senhor, e outros para serem tentados, como eu?

— Parece que não faz sentido algum, não é, Humberto? Para que ser bom, afinal, se todos morrem, não é? Para que se esforçar para ser melhor?

— Exatamente!

— Mas e se a vida não fosse só uma? E se a existência terrena fosse um ano letivo da escola ou um dia ou um período. Depois da lição, cada um retornaria para casa.

— Achei que o senhor fosse católico, não espiritualista, mas já vai começar com esse papo de ressurreição...

— É reencarnação, meu filho. Descobri que Deus não fica triste se eu for um católico que acredita em vida após a morte. A bondade de Deus é infinita. Nós seres humanos nos endividamos muito às vezes, fazemos as escolhas erradas, magoamos pessoas, tiramos a paz de nossos irmãos e, assim como Deus é justo, e a lei do retorno não falha, adquirimos dívidas. Sejam elas contra o nosso próprio corpo ou contra nossos irmãos. Nascemos com a missão que escolhemos para resgatar nossos débitos. Deus não é cego, nem sádico, nem injusto. Mas pense bem, se você devesse um bilhão e alguém se oferecesse para pagar cem, em cem parcelas de um, você aceitaria? Se tivesse certeza da lei do retorno, você não entenderia que muitas coisas são como têm que ser por conta de nossas próprias escolhas tortas?

— O senhor fala como se acreditasse realmente nisso. Eu queria ter essa fé.

— Não se trata de fé, mas de lógica. Se você ouvir a voz da sua consciência, em qualquer momento da vida, sabe que Deus habita em você e fala com você diariamente através da sua consciência. A morte é uma velha companheira, que me aguarda há 78 anos, desde que nasci. E mais, saiba que se confessar é terapêutico. A pessoa sai mais leve, crendo-se perdoado por um ser humano, falho, igual ao que pecou. Para nós, padres, também não é fácil ouvir uma confissão.

— Não? — Humberto surpreendeu-se.

— Não. Uma das coisas mais difíceis para um ser humano é não julgar. Jesus sabia disso, e nos alertou a não julgar. Ouvir sem julgar é muito difícil, meu filho.

— Eu gostaria de me confessar se eu tivesse fé, mas não tenho.

— Um dia terá, um dia terá...

Mais um dia na rotina hospitalar de Humberto e Raimundo caminhava para o fim. As extensas visitas dos paroquianos tinham se encerrado, o padre recebera e abençoara muitos fiéis. Agora, estava deitado, com os olhos fechados. O tempo passava e Humberto não via melhora nas dores, nem no estado geral de Raimundo, que não se queixava e Humberto não tinha coragem de perguntar. A porta do quarto abriu repentinamente e Humberto cerrou os olhos.

— Aqui está o seu paciente, doutor. Ele acordou do estado de coma, mas não se comunica com a equipe, apenas se mantém assim, embora os enfermeiros afirmem que o tenham visto acordado e conversando.

— Entendi, senhor Marcos. — Rodrigo aproximou-se do rosto imóvel de Humberto, seus lábios se moveram silenciosamente, segredando algo que só foi ouvido pelo suposto adormecido:

— Olá, meu amigo! Sei que me ouve. Não tivemos tempo de nos apresentar formalmente. Mas eu conheço você e estou certo de que posso ajudar. Nos dê uma chance. Eu tenho uma certeza diagnóstica improvável ainda, de que você não é inimputável.

Humberto se manteve impassível.

TRINTA E SETE

O TRABALHO NO HCT CONTINUAVA: muita evolução, a saúde sendo trabalhada com prioridade. O trabalho do Dr. Rodrigo rendia elogios e trazia recursos para a instituição. As semanas voavam e, em casa, a relação com Amanda, cada vez mais íntima do profissional para o pessoal. Os olhos que se buscavam, paixão pela psiquê, pela gastronomia e pelo vinho.

A noite de paixão, no entanto, não voltara a acontecer. Muita cumplicidade, afeto e mesmo amizade, estranhamente, voltaram à friend zone.

Almoçaram juntos naquela sexta-feira, e haviam combinado de jantar logo mais à noite e, por sugestão da própria Amanda, ela cozinharia.

Sentou-se no sofá, 19h05. Nada de Amanda. Passava das 20h40 e Rodrigo já cochilava no sofá, quando Amanda chegou.

— Desculpa, Rodrigo, não estou no clima de fazer nosso jantar.

— Ah, poderíamos pedir algo... aconteceu alguma coisa?

— Nada novo, está tudo bem, mas se você não se incomodar, eu realmente preferiria deixar nosso compromisso para outro dia.

— Claro! Não tem problema algum.

Ela saiu. Ele correu para a janela, a tempo de ver Amanda passando aos prantos pela portaria.

Ouvia em pensamentos a avó que instigava: Meu filho, você vai deixar a moça sair assim, a essa hora, nesse estado? Vá logo atrás dela. Ele a alcançou antes que embarcasse em um taxi.

— O que aconteceu? Você é uma pessoa muito especial pra mim, muito querida mesmo.

— Não foi nada.

— Nada não machuca as pessoas. Nada não deixa uma mulher chorando, desnorteada e ferida como você está agora.

— Mas eu realmente preciso ir!

— Sinto muito, mas além de seu amigo, eu sou médico, não posso permitir que você se exponha a riscos. Se não quer falar, eu entendo, mas pelo menos permita que eu a leve em casa.

Afastando-se dele, Amanda virou-se de costas, ainda sacudindo negativamente a cabeça em um claro sinal de desespero, ainda mais veemente agora. Ele percebeu que havia algo muito errado. Respeitando sua recusa em encará-lo, ele virou-se para as costas dela e apenas as amparou pelos ombros.

— Por que não?

— É complicado.

— Se me falar o que está errado, talvez eu possa ajudar você, Amanda.

— Apenas me deixe ir. Eu preciso ir...

— Vou com você.

— Não! — assustada, seu corpo retesou-se.

— A rua é pública. Por que não? Me diga e eu deixo você ir.

— Existe uma pessoa...

— Uma pessoa... — repetiu, aparentando tranquilidade, para encorajá-la a prosseguir.

— Uma pessoa em minha vida...

— Você é casada?

— Não, não sou casada!

— Noiva?

— Não! Nem noiva. Não tenho namorado ou compromisso com ninguém. Mas estou longe de ser livre e desimpedida.

— Como assim, querida, não consigo entender.

— Me envolvi com um homem há algum tempo. No início, pareceu uma boa pessoa, mas por fim, foi-se mostrando violento. Muito violento. Nosso relacionamento acabou há mais de um ano. Mas ele não aceita. Me persegue, me ameaça, me agride verbal, moral e fisicamente. Ele não vai desistir. Ele não vai parar. Ele não admite que tenha terminado.

— Amanda, isso é realmente grave, entendo o seu medo. Você corre risco de vida. Mas olha pra mim... eu estou aqui. Você não está só e eu vou ajudar. Com todo o respeito, Amanda, não acho prudente você voltar sozinha.

— Não! Ele me segue, me espera perto de casa para saber se cheguei e se estou só, não admite que eu me relacione com ninguém. Hoje ele quase descobriu.

— Muito bem, agora chega! Está decidido! Você mora com quem?

— Eu moro sozinha!

— Morava! A partir de hoje e até que acabe esse pesadelo, você mora comigo. O apartamento é amplo, cabe a nós dois com segurança e tranquilidade, além do mais, eu já ando enjoado da minha companhia, você será um alento para meus dias.

— Mas, não posso... E minhas coisas, e meus gatos?

— Gatos? Adoro gatos! Estão alimentados por hoje?

— Sim, estão, mas...

— Ótimo. Vamos buscá-los amanhã com todas as suas coisas. Considere-se de mudança. Amanda o abraçou, ainda incerta de ter aceitado a oferta. Por um lado, seria maravilhoso, mas por outro poderia estar colocando muita coisa em risco.

***

"Olá, meu amigo! Sei que me ouve. Não tivemos tempo de nos apresentar formalmente. Mas eu conheço você e estou certo de que posso ajudar. Nos dê uma chance. Eu tenho uma certeza diagnóstica, improvável ainda, de que você não é inimputável".

A sentença ficava martelando na cabeça de Humberto.

Em sua condição de recém-saído de um coma, sem referências temporais, com muito mais questões do que certezas e que acabara de despertar em um leito desconhecido, ao lado de um estranho homem que oferecera mais autoconhecimento em alguns dias do que recebeu em toda a sua existência, uma oferta de ajuda apenas corroborava sua suspeita de que morrera e estava diante do juízo final, prestes a ascender ou a sucumbir eternamente.

Era muita coisa para uma mente cansada e doente como a de Humberto, tanta que poderia estar à beira de uma crise de ansiedade, como as inúmeras que tivera no HCT e que haviam sido regiamente medicadas com doses cavalares de sossega-leão: barbitúricos, ansiolíticos, antipsicóticos.

Se isso não fosse uma réstia de esperança, capaz de tirar um rato assustado da segurança de sua toca, ele não sabia o que era.

TRINTA E OITO

No dia seguinte, um sábado, 7h35, Rodrigo e Amanda chegaram ao pequeno apartamento. Os gatos os receberam famintos. Um deles tinha a pelagem cinza clara, com detalhes discretos de branco e cinza-escuro nas patas. Rodrigo, um exímio "desconhecedor" de gatos, descobriu depois que se tratava, na verdade, de uma gata. O outro, esse sim um gato macho, misto de preto e cinza com alguns pelos brancos disformes e maiores que os demais, tinha também um defeito no olho direito, havia sido batizado de Nick e a pequena gata, dona de lindos olhos acinzentados, quase azuis, Amanda havia chamado Luna, provavelmente pelo tom prateado de seus pelos. Alimentados e mais tranquilos, foram aquietar-se nos cantos frescos do imóvel, enquanto Rodrigo e Amanda começavam a separar e encaixotar as coisas.

Foi um processo relativamente rápido, poucas coisas e meticulosamente organizadas.

Apesar de estar acompanhada e dentro de casa, Amanda estava visivelmente tensa, sobressaltada. Olhava ansiosamente para fora através do vidro da janela, como se temesse receber visitas, como se temesse estar sendo vigiada.

Tocaram a campainha. Rodrigo foi atender. Do outro lado da porta, uma jovem que aparentava uns 19 anos, vestia uma saia jeans e regata azul celeste. Perguntou por Amanda, que ao ouvir sua voz, correu para abraçá-la efusivamente: Tácia! Que bom que veio! Tácia é uma amiga muito querida, é advogada. E esse é Rodrigo. Feitas as apresentações, Tácia entrou e se pôs a ajudar na mudança de Amanda, enquanto se punha a par dos acontecimentos.

* * *

Do outro lado da cidade, na Santa Casa, Dom Raimundo repousava, fraco, pálido, respirava pesadamente, a maior parte do tempo, provavelmente, lidando com as dores da patologia que apresentava.

Sem querer incomodar o vizinho com suas reflexões, mas incapaz de desacelerar a própria mente, Humberto acordou assustado com o terrível pesadelo. Mais uma vez com a noite do crime.

Se Dom Raimundo acordasse, talvez pudesse se confessar. Humberto velava seu sono, ansiando um dia poder encontrar a paz que emanava dele.

TRINTA E NOVE

Rodrigo, Amanda e Tácia se sentaram em torno da mesa para almoçar. Haviam pedido boxes de comida chinesa, improvisado mesa posta com jogo americano, pratos e talheres, tudo para que Amanda se sentisse bem, na nova casa.

— Amiga, estou muito feliz por você. Sério, você é uma mulher guerreira, sempre trabalhou e estudou muito. Competente, dedicada, merecia destino melhor do que lidar com aquele crápula.

— Tácia, esse assunto é um pouco indigesto.

— Mas precisa ser falado. Não sei se você sabe, mas Amanda sofreu por seis anos. Ele se aproximou dela ainda no ensino médio, vivia de malandragem, envolvia-se com as piores espécies e, evidentemente, começou a usar drogas. Chegava na casa dela bêbado e arrumando confusão. Ela sempre lutou para ser independente. Aproveitando o auxílio inicial dos pais, estudou e fez estágio, arrumou seu cantinho... éramos todos colegas de cursinho. Nunca vi esse relacionamento com bons olhos, mas sempre respeitei seu espaço. Até que ela começou a aparecer ferida nas aulas. Emagreceu, entristeceu, mas não aceitava apontar o culpado. Foi difícil se livrar dele.

— E o pesadelo voltou. Rever Alexandre parado na porta de casa foi muito ameaçador.

— Recentemente, após conhecer você e começar a trabalhar no HCT, Amanda ganhou novo ânimo e vinha retomando a vida com tranquilidade, vendeu uma velha moto, mudou-se para aquele apartamento, o novo trabalho e a sua presença, tudo lhe fazia muito bem. Mês passado, parece que trocaram os porteiros do prédio e o cara apareceu lá na porta do prédio de Amanda.

— Ele veio em meu encalço, falando que só queria conversar, que sentia minha falta. Entrei no primeiro táxi e fui correndo para a casa de Tácia, que me acompanhou à delegacia. Prestamos queixa e consegui uma medida protetiva. Os policiais foram até a casa dele, mas parece que não o encontraram. Mas recebeu o recado e passou a rondar meu apartamento e a me mandar mensagens ameaçadoras pelo celular. Voltei a viver em pânico. Eu vinha à sua casa, Rodrigo, porque queria muito ouvir as histórias de Humberto, primeiro por questões profissionais, depois, porque queria ver e estar com você, mas sabia que corria muito risco. Por isso, quando me convidava, acabava aceitando, mas temia que você me achasse oferecida.

— Eu jamais pensaria isso de você, Amanda. Você é uma companheira de trabalho ímpar e uma companheira de vida excepcional. Me sinto completamente à vontade com você. Você é muito bem-vinda nesse lar e em minha vida.

QUARENTA

— *Estamos estudando o caso de um interno* conduzido ao HCT há mais de 10 anos por conta de um crime hediondo que cometeu e confessou — disse Amanda.

— Interessante — comentou Tácia. — E vocês passaram a examinar em conjunto o caso? Entrevistaram o paciente?

— Não, ele está internado — respondeu Rodrigo. — Foi encontrado quase sem vida, preso numa forca improvisada há alguns meses, logo quando comecei no HCT.

— Suicídio? — Tácia ergueu uma sobrancelha.

— Não exatamente... Os exames iniciais indicaram overdose de medicação.

— Ué, mas não são vocês que controlam as medicações?

— Sim, teoricamente os enfermeiros e o pessoal da dispensação medicamentosa da farmácia. Mas esses não são muito próximos de nós.

— Mas isso também não está claro — respondeu Amanda. — Porque o paciente poderia ter guardado a medicação de vários dias para tomar tudo de uma vez, caso pretendesse cometer suicídio.

— O caso não fecha. E não fecha por vários fatores. O diagnóstico de esquizofrenia não bate, ainda mais hebefrênica e diagnosticada tardiamente em um adulto... E tem os escritos dele...

— Que escritos? — perguntou Tácia. — Há uma carta de suicídio?

— Não, está mais para um diário — respondeu Amanda.

— O cara se formou, casou-se, conduziu um dos maiores escritórios de advocacia do país e, do nada, era esquizofrênico — observou Rodrigo.

— Escritório? — interrompeu Tácia, franzindo o cenho.

— Sim, Braga & Alcântara Associados.

— Nossa! É o caso do Dr. Marcos Lustosa?

— Ele mesmo — confirmou Amanda.

— Mas esse cara matou e esquartejou uma mulher que diziam ser sua amante.

— Pois é — desdenhou Rodrigo. — O que também não bate com os relatos. Do ponto de vista médico, encontramos diversas incongruências com a personalidade dele, com a empatia que demonstra nos textos, com a clareza de ideias.

— Clinicamente impossível não é, mas seria, no mínimo, incomum — aduziu Amanda. — Dista muito do perfil de alguém que cometeu um crime tão cruel. Não parece ser a mesma pessoa, entende? É como se encontrássemos escamas de peixe em um galinheiro. Galinhas não têm escamas, se estão ali, a princípio não parece que alguém as colocou lá?

— Entendi — disse Tácia.

— Esse caso nos uniu — comentou Rodrigo. — Passamos a ficar mais tempo juntos, além do horário de trabalho, líamos avidamente os escritos de Humberto e íamos discutindo o caso, anotando pontos de vista relevantes à luz da psiquiatria e da psicologia.

— E o que concluíram? — perguntou Tácia.

— Nada ainda, nos falta muito a pesquisar e não temos muito tempo — disse Rodrigo.

— Humberto acaba de voltar do coma, está internado, sob vigilância de gente nossa.

— Entendi, e juridicamente, como está o caso?

— Um embrolho maior do mundo — respondeu Amanda.

— Como assim? — perguntou Tácia.

— Se clinicamente nada faz sentido, juridicamente, faz menos sentido ainda. E disso não entendemos.

— Mas eu entendo!

— Não acho legal que receba as informações já contaminadas com nosso ponto de vista — falou Amanda. — Seria bom se conseguisse estudar o caso juridicamente a partir das fontes: os escritos de Humberto e as cópias de documentos que conseguimos reunir dos anais do HCT.

— Que maravilha, isso é muito bom!

* * *

Uma semana depois, reuniram-se no apartamento de Rodrigo.

— Meus caros — começou Tácia. — Fiz uma análise inicial do material, pesquisei também em processos, matérias da época e parece um caso juridicamente intrincado. Ia para um lado, de repente pendeu para outro lado. Tem muita gente importante envolvida e, se vocês querem a minha opinião, tem gato nessa tuba.

— Foi o que imaginamos — lembrou Amanda.

— Tem dedo de gente poderosa nessa história. Não sei se vocês dois sabem com quem estão se metendo. E isso não é uma ameaça, é uma simples constatação. Mover o judiciário assim ao bel-prazer, com a mídia em cima, num caso como foi o de Marcos Alcântara, não é coisa de amadores.

— Imagino — disse Rodrigo. — E já havia dito isso a Amanda. Tanto que já tínhamos combinado que me responsabilizo por toda a investigação e questionamentos em caso de algum problema. Quero isentar vocês de qualquer risco.

— Rodrigo, agradeço a preocupação — afirmou Tácia. — Mas não somos crianças e acho que falo por nós, estou errada, Amanda?

— Certíssima, eu já estou inserida nesse mistério até a raiz dos cabelos — respondeu Amanda.

— Vamos fazer a divisão de tarefas investigativas e documentais — propôs Tácia. — Sugiro que Rodrigo vá a campo para as investigações, e nós colocamos as coisas no papel.

— Fechou — concordou o médico, e assim, foi feito.

QUARENTA E UM

Às TERÇAS, AO SAÍREM DO HCT, RODRIGO E AMANDA rumavam para o hospital, na esperança de conversar com Humberto, mas ele sempre estava alheio. Numa dessas visitas, Rodrigo pediu a Carlos que acompanhasse mais de perto a rotina de Humberto e, havendo sinais de que ele estava de fato acordado, que o chamassem. Mas Humberto, quando percebia qualquer movimentação estranha, já se refugiava no mutismo. E ia esticando a paz e a convivência salutar com o padre.

Carlos, que além de enfermeiro era católico, um dia, em um dos intervalos dos fiéis do padre Raimundo, entrou no quarto e os surpreendeu debatendo sobre virtudes, a vida e a morte.

— Sua benção, padre.

— Que Deus o abençoe, meu filho.

— Amém — respondeu o primeiro, fingindo não se preocupar com a presença de Humberto no quarto. Em pouco tempo, os três trocavam ideias e o recém-chegado parecia tão simpático, que suas reservas de temor foram caindo por terra.

— O senhor é padre, também?

— Quem me dera, ser um homem sábio e santo assim! Sou um leigo, cheio de falhas.

— Entendo, e o senhor está aqui se recuperando de alguma doença grave? Meu nome é Carlos, a propósito, esqueci de me apresentar.

— Sou Humberto... estou aqui para curar males da alma.

— Entendo, bem, não os incomodo mais por hoje, outro dia retorno para conversarmos. Foi um prazer, fiquem com Deus e com saúde.

— Igualmente, até breve.

— Boa noite.

Ao deixar o quarto e chegar ao corredor, Carlos ligou para Rodrigo.

— Doutor, tenho boas notícias.

No dia seguinte, no mesmo horário, Carlos entrou novamente na enfermaria em que se encontravam Humberto e Raimundo. Após as saudações de praxe e um breve bate-papo, Carlos anunciou:

— Senhores, gostei tanto de conversar com vocês no outro dia, admirei tanto seus conhecimentos filosóficos, que trouxe comigo um colega, gostaria que conhecessem.

— Claro — concordou Dom Raimundo.

Humberto ficou calado, quando viu o médico cruzar a porta, teve um *flash*. Lembrou-se imediatamente do dia em que viu Rodrigo pela primeira vez. Estava na cela do hospital naquele momento, em um estado real de mutismo e alheação. Registrou quando o homem perguntou ao perverso enfermeiro quem era aquele deitado em andrajos no canto da cela.

— Como está, meu amigo?

Rodrigo puxou uma cadeira, sentou-se diante de Humberto e explicou toda a situação. Falou de seus escritos, das suspeitas diagnósticas, da equipe que se dispunha a estudar e conhecer melhor a situação real do enfermo. Explicou que sabiam da chantagem. Falou por longo tempo, mas Humberto apenas ouviu.

Dom Raimundo interagia com o médico, dava de Humberto as melhores referências, falava da alma elevada.

— Então, Humberto, não quer mesmo falar? Eu respeito seu momento, meu amigo. Mas tenha em mente que estamos aqui para ajudar e precisamos que nos ajude. Seus textos já nos disseram muito, a ponto de chegarmos à conclusão de que há muitas incongruências no caso. Mas só você esteve lá e só você pode nos elucidar.

Rodrigo fez uma pausa, esperando a resposta de Humberto, mas ela não veio.

— Bem, eu vou indo, espero que em breve deseje nos contar mais um pouco de sua história, Humberto. Vamos, Carlos!

Ao sair da enfermaria com Carlos, Rodrigo foi ao encontro de Amanda.

— Conseguimos um primeiro contato.

— Que bom. E o que ele disse, ajudou?

— Ele não disse nada, minha querida, mas foi uma promissora primeira vez. Eu procurei ser o mais honesto possível, para que ele não temesse, e tentamos deixá-lo muito à vontade. A abordagem inicial de Carlos foi perfeita. Mas ele ainda não está pronto, e precisamos respeitar isso.

— Claro!

— Essa é minha garota — comemorou Rodrigo, tocando docemente a ponta do nariz de Amanda. — Para casa?

— Vamos!

Despediram-se de Carlos, que também estava trocando o plantão com o companheiro de turno, e desceu com eles até o estacionamento. O telefone de Rodrigo tocou no bolso. Era o delegado Barros, trazendo informações que acabara de apurar de suas fontes. E era mesmo uma grande novidade. Além do que todos já conheciam, a investigação do delegado revelou a existência de um vídeo incriminador e o motivo da chantagem: pedofilia. Esse era o conteúdo do DVD que motivara a chantagem de Arlene.

Rodrigo ouviu mais do que falou, decidiu guardar para si as últimas informações e conversar no dia seguinte, em vez de incomodar Amanda sobre suspeitas de um assunto tão pesado. Consolava-se repetindo mentalmente, você não errou no diagnóstico, ele não tinha mesmo esquizofrenia hebefrênica.

Já Humberto varou a madrugada calado, em silêncio. Não quis alimento, não aceitou água. Queria apenas ter seguido em paz e não temer pelo amanhã.

QUARENTA E DOIS

Era sábado, por volta das 13h. Rodrigo, Amanda e Tácia se reuniram para a leitura dos últimos escritos de Humberto.

— Eu tenho uma questão que queria ver com vocês — falou Tácia. — Há relatos ou exames, realizados na Santa Casa ou no HCT, que detectam overdose no sangue de Humberto?

— Sim, logo após o internamento no hospital, o Carlos me ligou dizendo que haviam constatado um coquetel de drogas em altas doses no sangue de Humberto.

— E vocês não acham isso estranho? — disse Tácia.

— Achamos na época, mas com tantas informações, acabamos passando batido sobre isso, por que você pergunta, Tácia?

— Me ocorreu que Humberto poderia estar sendo drogado deliberadamente por alguém no hospital. E esse alguém poderia estar a mando de outro alguém. A questão é se essas drogas teriam capacidade de mudar o comportamento dele de alguma forma?

— Radicalmente, respondeu Rodrigo. A diferença do remédio para o veneno é a dose. Uma mistura errada de medicações ou uma superdosagem de barbitúricos e outros psicoativos podem, sim, simular ou mimetizar quadros de esquizofrenia, quadros de psicose e paranoia.

— E isso poderia levar o paciente a alucinar?

— Sim, pode gerar um grau tamanho de desorientação que simula surtos — sugeriu Rodrigo. — Ainda não se sabe ao certo que tipo de efeitos colaterais poderia provocar um coquetel aleatório de medicações psicotrópicas.

— Isso é grave — comentou Tácia. — Significa que, quando atentou contra a própria vida, Humberto poderia estar sob efeito de drogas, além de forte impacto emocional.

— Sem dúvida, mas o que há de relevante nisso? — perguntou Amanda.

— O relevante é que talvez possamos encontrar o culpado e imputá-lo — disse Tácia.

— Eu não acompanhei — falou Amanda.

— O problema do Humberto não é justamente que ele se tornou inimputável por ser "louco"?

— Sim, mas e daí? — perguntou Amanda.

— Daí que, se ligarmos o quadro ao excesso de drogas, poderemos encontrar o culpado de estar enlouquecendo o Humberto de propósito e dar a culpa a quem tem — concluiu Tácia.

— Então conseguiríamos provar que há alguém que está por trás desse quadro de Humberto e deliberadamente o mantém dopado por drogas psicoativas que sequer conversam entre si, podendo causar efeitos aleatórios, conflitantes e devastadores — sugeriu Rodrigo. — Entendeu, Amanda?

* * *

Na segunda-feira seguinte, Mirtes e Nogueira foram chamados à sala do diretor. Além da psicóloga e do médico que os recepcionou, estavam na sala a secretária Rosana, munida de um bloco de papel e uma caneta, e uma jovem, vestida elegantemente em seu terninho chumbo, cabelos atados em um rabo de cavalo e óculos.

Foram indicados dois lugares frente à mesa do diretor médico, que era ladeado pela psicóloga. Rosana e Tácia sentavam-se mais atrás.

— Pois não, doutor, como podemos ajudar? — perguntou Nogueira. Rodrigo sorriu, levantou-se de sua cadeira e começou a explicar, dando voltas em torno dos dois enfermeiros.

— Bem, vocês foram convidados hoje para uma reunião administrativa, há algumas coisas que precisamos esclarecer sobre questões internas do hospital. Na verdade, essa reunião está prevista há muito tempo, mas aguardávamos a oportunidade. Vocês são os enfermeiros-chefes, correto? Eram, portanto, os responsáveis pela dispensação e, segundo consta nos relatórios a que tivemos acesso, eventualmente também pela administração das medicações dos pacientes da noite. Confirmam?

— Sim, ainda somos — confirmou Mirtes.

— Ainda são... E como é feito o controle dessas medicações?

— Através das prescrições dos médicos — respondeu Nogueira, girando as mãos no ar, como que a expressar a obviedade da informação.

— E quem controla a dispensação dos medicamentos? — perguntou Amanda.

— Nós. Nós fazemos o controle, nós fazemos os relatórios e passamos para os demais enfermeiros.

— Hum, entendo. Então, apenas de forma hipotética, isso quer dizer que, se vocês ou um de vocês quisessem, poderiam alterar as medicações de quem quer que fosse, não é isso?

— Sim, doutor em tese, poderíamos.

— Mas por que faríamos isso? — emendou Nogueira, com voz firme. — Somos profissionais comprometidos, concursados, com anos de experiência no HCT.

— Sei — disse Rodrigo secamente. — Há relatos de que, em todos os plantões de vocês, alguns pacientes pioravam de quadros estáveis, apresentando repentinos e inesperados surtos psicóticos, alterações severas do estado de consciência. Vocês têm conhecimento disso?

Os dois se entreolharam e balançaram a cabeça negativamente.

— Não, não, não temos nenhum conhecimento disso. — Mirtes adiantou-se a falar.

— Isso é fofoca, doutor — respondeu Nogueira. — O senhor agora deu para acreditar em doidos?

— Quando cheguei aqui ao hospital, o controle de fichas e relatórios de pacientes era, digamos, escasso. Várias páginas faltavam, diversas fichas tinham sido removidas, inclusive fichas com o diagnóstico de alguns pacientes. Como se a ideia fosse exatamente provocar uma desordem tal que desestimulasse qualquer pessoa a entender o funcionamento desse hospital — prosseguiu Rodrigo. Mirtes baixou a cabeça, Nogueira encarava o médico, com ar de tranquilidade, mas o balançar incessante de suas pernas o denunciava.

— Observamos que a maioria dos prontuários relatava diagnósticos incompatíveis, medicações ultrapassadas e posologias que poderíamos considerar, com muito boa vontade, como sendo um pouco elevadas — informou Rodrigo, aproximando-se dos dois com um rosto impassível. — Um prontuário em especial nos chamou a atenção, o de Humberto Marcos Alcântara Lustosa.

— Doutor diretor — começou Mirtes —, não sabemos nada sobre isso, só cumpríamos ordens...

— Mirtes! — interrompeu Nogueira. — Deixe que eu explico. Doutores, o que minha colega Mirtes quer dizer é que aqui somos do escalão que cumpre ordens, não prescrevemos medicações, apenas as administramos. — Rodrigo fingiu concordar.

— Claro, claro! E nesse caso, quem aplicou, sem registro ou prescrição, tratamentos medievais, a exemplo de convulsoterapia com choque insulínico e drogas como paraldeído, trementina e mescalina, que há anos não são mais prescritas em psiquiatria? Poderia me dizer também quem inseriu nos registros deles, em especial de Humberto, diagnósticos absurdos? Já que é o senhor que fala, enfermeiro Nogueira, poderia, por gentileza, me informar?

O homem empalideceu, emudeceu. Mirtes olhou para ele, como que aguardando uma resposta.

— Essas drogas não estavam nas prescrições dos pacientes do HCT, doutor — interrompeu Nogueira, caindo na armadilha.

— Exatamente! — afirmou Rodrigo, girando nos calcanhares, para encarar os dois. — Mas estavam no sangue de Humberto Marcos Alcântara Lustosa, colhido pela equipe da Santa Casa, assim que ele deu entrada no hospital, após o episódio que o vitimou naquele dia. O senhor saberia me explicar, enfermeiro Nogueira? — O jovem médico olhava fixamente para a dupla de enfermeiros. Mirtes, cabisbaixa e em silêncio, tentava conter um tremor, mantendo ambas as mãos entre as pernas. Nogueira baixou a vista, permaneceu em silêncio, suas mãos se contorciam. O médico repetiu pausadamente a pergunta, acentuando cada palavra:

— Pior, onde vocês conseguiram essas drogas, banidas há muito do rol de medicamentos prescritos em psiquiatria? — perguntou o médico. Nogueira seguiu com os olhos plantados no chão. Mirtes ergueu nervosamente uma das mãos, limpando do rosto voltado para o solo, o que pareceu suor ou lágrimas. Diante do silêncio, Rodrigo continuou.

— Esta é uma reunião administrativa, senhores enfermeiros-chefes. Gostaria de informar aos senhores que tudo o que disserem constará em ata, e esse é o motivo da presença no recinto da Dra. Tácia e da nossa secretária Rosana — informou o médico, fazendo uma pausa para engolir um gole de água em sua mesa. — Vou seguir com os informativos e dar-lhes mais tempo para pensar. Dona Rosana, quero que conste em ata que os enfermeiros chefes não apresentaram o nome dos responsáveis pelas prescrições.

— O que nos faz pensar, Dr. Rodrigo, que talvez não haja outros responsáveis senão eles mesmos — aduziu Tácia, finalmente tomando a palavra. Mirtes sacudia negativamente a cabeça, em um silêncio tenso. Nogueira mantinha a máscara de estabilidade emocional.

— Recentemente, tivemos acesso ao diagnóstico correto de Humberto Marcos Alcântara Lustosa: epilepsia — informou o jovem médico. — Mas vocês já sabiam que ele sofria de epilepsia e não esquizofrenia hebefrênica ou psicose maníaco-depressiva, ou paranoia, como consta em suas muito rasuradas fichas clínicas, não é? — arguiu Rodrigo, num tom de ameaçadora verdade, com uma segurança na voz que os enfermeiros desconhecem.

— Não, doutor, não tínhamos conhecimento! — respondeu Mirtes, sem dar ao parceiro, tempo para elaborar uma resposta convincente.

— Não é o que o médico que trabalhava aqui na época nos informou recentemente, enfermeira Mirtes — disse Rodrigo.

— Que médico, doutor? — perguntou ele, erguendo as sobrancelhas, em tom inquisitivo.

— O médico que era responsável clínico pelos pacientes. Ele nos atestou que o Hospital de Custódia e Tratamento tinha pleno conhecimento do quadro de epilepsia do paciente Humberto. Nós temos uma cópia do relatório aqui.

— Bem, nós não temos essa confirmação, não tínhamos certeza de nada — falou Mirtes.

— Nós não sabíamos de nada — repetiu Nogueira.

— Suspeitávamos — disse Mirtes. Nogueira olhou para ela, inspirando fundo mais uma vez, com rosto crispado. — Todos suspeitavam!

— E o que foi feito da prescrição de medicações para controle da epilepsia que o paciente tinha, cuja receita encontramos junto aos arquivos de outros pacientes? — perguntou Rodrigo.

— Eu não sei dizer e não sou culpado pela desorganização dos arquivos do hospital.

— Ah, não? Então vamos ver o que o nosso convidado tem a dizer — disse Rodrigo, dirigindo-se à psicóloga. — Amanda, por favor, peça ao nosso convidado para entrar.

Amanda saiu da sala e voltou trazendo o delegado Barros, acompanhado de outro homem. O delegado sentou-se à frente de Mirtes e Nogueira. O outro homem postou-se de pé, com as mãos unidas à frente do corpo, em posição de espera.

— Muito bem, doutor, que provas o senhor nos traz hoje? — perguntou Rodrigo ao delegado, que não foi apresentado aos confusos e apreensivos enfermeiros.

O homem estendeu para Rodrigo um calhamaço de papéis presos por um clip reluzente no interior de uma pasta plástica.

— Aqui estão seus relatórios, Dr. Rodrigo.

— Com base nesses relatórios e provas periciais, vocês dois cometeram vários crimes, entre eles prescrição de medicação desnecessária, alteração de dosagem de medicamentos, sonegação de medicação indicada para moléstia de paciente diagnosticado em instituição de saúde pública — informou Rodrigo.

— Isso é grave. — Tácia levantou-se de onde estava, ladeando Amanda, também de braços cruzados.

— Dr. Rodrigo, diga de uma vez, o senhor vai nos demitir, é isso? — perguntou Nogueira, de cara amarrada, exasperando-se e enfrentando o olhar inquisitivo da equipe. Mirtes começou a soluçar alto.

O homem de bigodes densos, sentado à frente deles, inclinando-se para a frente e sustentando o olhar de Nogueira, falou de forma cautelosa:

— Não, não é o caso de demissão — disse Barros. Mirtes e Nogueira respiraram fundo, aliviados por alguns segundos, mas o delegado continuou. — Meu nome é Augusto Barros, sou delegado de polícia e investigador particular. Aquele ali atrás é o capitão da Polícia Militar, Pedro Novaes, e, por todos esses crimes, senhor Antônio Nogueira e senhora Mirtes da Silva, vocês estão presos. Esses são os seus mandados de prisão. Além de demitidos por justa causa, será aberta uma sindicância para descobrir os demais crimes por vocês praticados entre os muros dessa instituição e com a ajuda de quem, já que se recusam a dar nome aos bois.

Mirtes soluçava.

— Estamos mortos, Nogueira! Estamos mortos! Caímos! Estamos mortos!

— Mirtes, cale-se, mulher! — berrou Nogueira, rispidamente.

— Vocês têm a opção de delação premiada, mas precisariam ter provas robustas do que quer que afirmem — informou o delegado Nogueira, olhando para Mirtes.

— Eu não tenho nada a dizer — comentou Nogueira.

Mirtes sustou o choro por breves segundos e encarou o delegado, calada, como se quisesse lhe dizer algo. Mas calou-se e baixou a vista diante do olhar ameaçador de Nogueira. Rodrigo e Barros souberam imediatamente que era uma questão de tempo, ela era o elo fraco da corrente, que derrubaria toda uma construção de mentiras.

QUARENTA E TRÊS

Eram 15h38 de uma quinta-feira. O dia seguinte seria feriado religioso, um típico feriadão para o corpo administrativo do hospital. Não para Amanda e Rodrigo, que, mesmo em feriados, costumavam passar uma parte do dia ou pelo menos ligar para a turma de enfermagem, responsável pelo apoio aos internos. Costumavam também acompanhar mais de perto o estado de Humberto.

O interfone tocou várias vezes durante a tarde, anunciando a chegada de colaboradores. Dessa vez, ao atender o interfone, Amanda pediu um minuto e dirigiu-se a Rodrigo.

— Rosana informa que uma senhora chamada Marcela está aí para falar com você. Creio que não é do corpo de profissionais do HCT, mas posso mandar entrar?

— Marcela... ah, sim, claro. Por favor, peça a ela que entre. Você terá a oportunidade de conhecer uma pessoa ímpar.

— A Marcela?

— Ela mesma — respondeu Rodrigo, dirigindo-se à porta. — Seja bem-vinda ao HCT, Dona Marcela, por favor.

— Obrigada, Dr. Rodrigo — disse ela, sorrindo com sinceridade.

— Dona Marcela, essa é Amanda, nossa psicóloga clínica e nossa vice-diretora honorária, resolve tudo em minha ausência e me acompanha na investigação do caso de Humberto Marcos.

— É um prazer conhecê-la pessoalmente, Dona Marcela — informou Amanda. — E não se preocupe, se ficar constrangida em falar em minha presença, posso me retirar.

— O prazer é todo meu, minha querida. Sempre bom ter uma alma feminina para ouvir histórias do coração.

— Que alegria recebê-la, Dona Marcela, confesso que já não tinha muitas esperanças de que viesse nos procurar.

— Meus caros doutores, tenho algumas informações que podem ajudar no caso. Mas, para diminuir a formalidade entre nós, eu gostaria de pedir que me chamassem apenas de Marcela. A Dona me faz sentir um pouco mais o peso da idade.

— Claro!

A porta se abriu e Dona Eulália entrou com a bandeja. Rodrigo aceitou café, Amanda e Marcela, chá.

— Muito obrigado, Dona Eulália.

— Sempre um prazer poder servir, doutor.

— Essa senhora cuidava com carinho de Humberto aqui há muito tempo. Tem por ele grande respeito e pelos escritos que ele deixou. Ele também guardava por ela grande afeição.

— Ah, mas vê-se em sua aura o quanto é um ser de luz — completou Marcela. — Então, doutores, gostaria de agradecer o empenho. Sabemos que o caso de Humberto teve grande repercussão nacional. Sabemos que ele foi acusado de um crime grave. Sabemos que ele vivia jogado aqui no hospital, sem desejar contato com o mundo exterior. Mas vocês o acolheram, deram voz à sua história e estão buscando um meio de resgatá-lo.

— É a nossa obrigação, Marcela — disse Rodrigo. — Juramos buscar a cura para os que precisam.

— E é um caso muito intrigante — completou Amanda. O caso de Humberto nos cativou desde o princípio, porque não fecha.

— E eu sei que não fecha mesmo. Em sua visita, doutor, o senhor me perguntou se eu acreditava na inocência de Humberto. Eu disse e repito que acredito... não sei quem cometeu esse crime, mas não foi Humberto.

Pelo menos não como estão dizendo, como uma fera que cai sobre uma mulher e dilacera seu corpo.

— Suas informações são muito relevantes para nós, Marcela — comentou Amanda.

— Desde a infância, sempre o amei. Vivemos o melhor da infância e da adolescência juntos. Ele não seria capaz de maltratar uma formiga. Preferia tomar picada de abelha a esmagá-las sem piedade. Namoramos por pouco tempo, embora escondido, nossa proximidade incomodava tanto os pais dele, que o mandaram embora de Brejo das Neves, para nunca mais voltar. Eu também fiquei por lá, apenas por pouco tempo, e me expulsaram de casa também. Vim sozinha para a capital, trabalhei como doméstica na casa da patroa de meus pais, que desde pequena sempre teve por mim imenso carinho. Quando estavam na capital, ela e o marido me levavam a recitais, peças de teatro, espetáculos de balé e, à ópera. Cresci no berço da cultura e, trabalhando, consegui pagar por aulas de balé, com a ajuda de minha benfeitora, a senhora Giulia Gasppari. Me tornei bailarina clássica e fiz uma carreira. Com o tempo, montei minha própria escola de balé, além das alunas regulares, sempre fiz questão de ter alunas bolsistas. Mas não tive mais notícias de Humberto. Quando a mãe dele adoeceu, depois de muito buscar seu paradeiro, descobri que trabalhava num escritório de advocacia e enviei cartas a ele com notícias de sua mãe. Até que ele foi preso. Eu o visitei e ele me pareceu ficar muito feliz, mas proibiu novas visitas. Creio que não queria que eu o visse aqui no hospital de custódia.

— Sim, muito — confirmou Rodrigo. — Mas queria pedir mais uma coisa. Humberto está aos poucos retomando a consciência, mas não quer conversar conosco. Não sei se por medo, mas ele não aceita interagir. Teria algo que pudesse nos dizer para ajudar a romper essa resistência dele?

— Diga a ele que proteja a rainha para salvar o rei. Ele vai saber que confio em vocês, pode ser que ajude.

— Faremos isso, sim — concordou Amanda. — E você, se casou?

— Eu tenho uma filha, o Rodrigo a conheceu. É minha família. Ela é pianista, e dona de um piano-bar. Nos faria muito felizes recebê-los dia desses para o jantar, doutores.

— Que convite maravilhoso — agradeceu Rodrigo. — Vamos, sim, não é Amanda?

— Claro!

— As suas informações nos ajudaram muito a conhecer esse Humberto de Brejo das Neves — completou Rodrigo.

— Não se parece em nada com o Humberto Marcos da cidade grande — corroborou Amanda.

— Acho que é a mesma pessoa, sim, habitando a pele de outra — comentou Marcela. — Creio que em algum momento se escondeu, ou se calou e deixou que os outros falassem e agissem por ele. Talvez por respeito ou amor, algo o levou a anular-se e deixar que o transformassem nesse tal Marcos Alcântara, que desconheço.

— Quando a visitei, você falou algo sobre espelhos e verdades — lembrou Rodrigo.

— Eu disse: "numa sala repleta de espelhos, nada é o que parece ser. Mas é preciso escolher bem o momento de revelar a verdade".

— Exatamente! O que quis dizer?

— Já esteve em uma sala de espelhos, Rodrigo? Eles criam um fundo infinito, reflexo dos reflexos dos reflexos. Isso gera imagens que parecem ser como miragens. Nada é o que parece, tudo é ilusão.

Marcela abriu sua bolsa e retirou um envelope amarelado que estendeu para Rodrigo e Amanda, com um pedido.

— Eu recebi essa carta de Bertinho há alguns anos, não sei como encontrou meu endereço. Está assinada por ele, mas não é do Bertinho que eu conheci. Talvez seja desse Humberto que vocês conhecem ou mesmo do tal Marcos Alcântara. Há muitas faces nesse caleidoscópio, mas, no fundo, sei que há apenas um coração e a boa alma que conheci na infância. Por favor, aguardem que eu saia. Penso que enviou isso para ter algum tipo de salvaguarda, ou para confessar-se. Meditei se deveria ou não entregar o documento. Usem com sabedoria. Há uma verdade, mas talvez dê um pouco de trabalho para chegar a ela. Desculpem, meus queridos, está na minha hora.

— Obrigada por sua visita — despediu-se Amanda. — Foi um imenso prazer conhecê-la!

Marcela manteve a mão de Amanda em uma de suas mãos e apertou a que Rodrigo estendia, uniu ambas as mãos nas dela, olhou para eles com ternura, comentando:

— Será lindo o amor de vocês. — Fez uma breve pausa ante as caras de espanto dos dois e continuou. — Tenho um pedido para fazer a vocês.

— Diga, Marcela.

Amanda estava curiosa.

— Pode pedir.

— Não desistam de Bertinho. Ele precisa de vocês para descobrir quem matou e quem morreu.

QUARENTA E QUATRO

Foi difícil segurar a ansiedade após a saída de Marcela. Amanda, com a carta entre as mãos, como que segurando um desejado brinquedo. Rodrigo tinha ímpetos de pedir a ela que começasse a leitura de imediato, mas a moça estava irredutível:

— Amor, já esperamos até agora, são quase cinco da tarde, vamos finalizar o expediente e encontrar a Tácia, lembra? Assim teremos mais privacidade.

— Parece que nosso amigo está mais enrascado do que tudo o que já sabemos. Há um vídeo que o incrimina e é a fonte da chantagem de que ele foi vítima — lembrou Rodrigo.

— Ligado à política?

— Não, pedofilia.

— Pedofilia? — interferiu Tácia. — Isso é terrível!

— Nem me fale! Estou em choque.

— Eu jamais defenderia um pedófilo, nem um estuprador. Não gosto da ideia.

— Eu entendo — concordou Rodrigo. — Mas dê o benefício da dúvida?

— Como? — perguntou a advogada.

— Parece que tem um vídeo incriminador, precisaríamos de acesso a esse DVD.

— Sei não...

— Precisamos tentar pegar o tal DVD.

— Onde?

— No lugar para onde o Humberto foi após o crime.

— Na chácara? — questionou Amanda.

— Sim, temos que ir ver o caseiro do sítio, lembra? Poderíamos tentar...

— Bem, você vai, mas não me peça para ver vídeo, não que não tenho estômago — disse Amanda.

— Tenho certeza de que Humberto é inocente.

E se reuniram em torno da mesa e da carta de Humberto para a leitura tão aguardada.

* * *

A quem interessar possa, preciso confessar:

Sonhei mais uma vez com a noite do crime. Nos poucos momentos em que pregava os olhos, era a minha própria chaga aberta, putrefata, que não me deixava repousar.

No sonho, o cenário era outra vez aquele terreno baldio. Eu não sei se saberia chegar de novo àquele lugar. A memória me traía na localização e na cronologia dos fatos. Eu estava novamente ali, na atmosfera lúgubre e funesta daquele lugar. Me sentia tremer e suar frio novamente.

Via Arlene, os cabelos com cheiro de chocolate e a sensação do mal se aproximando. Sentia que tomava conta de mim, sentia a ânsia. Queria sair dali. Mas nem que conseguisse, a obrigação não permitia. Você precisa acabar com isso, seu incompetente! As palavras de Gregório ecoavam na cabeça confusa daquela noite. Queria ir embora dali, repito, mas o mal também não permitiria que eu desistisse daquele ato criminoso.

Não havia como fugir dele. E sentia que ele chegava. Arlene, junto a mim, poderia fugir. Mas por que não fugia, aquela maldita? Agarrado aos cabelos dela, que tremia e gritava de horror, me vi caindo, ouvi o tiro, em seguida uma série de imagens distorcidas. O mal me tomara. Era sonho? Não me lembro. Não consigo fugir! Como se eu estivesse no primeiro carro da montanha-russa mais veloz, chacoalhando, balançando, nauseado. Quando o carro parava, sentia uma mão tocar meu ombro, me despertando e, quando me virava, era ao rosto cadavérico de Arlene.

Dessa vez, o sonho foi ainda mais macabro. Ouvia Arlene falar:

"A arma, o que fez com a arma?"

Não sei! Não lembro! Me deixe em paz! Não lembro!

Não suporto mais viver com essa dor. Não suporto mais a companhia do mal e do cadáver de Arlene a me perguntar pela maldita arma. Preciso achar coragem para pôr um termo em tudo isso.

Ah, Arlene, por que começou toda essa chantagem? Por que me acusou de um crime tão terrível? Por que contrataram aquela estagiária? Por que fui àquela festa? Por quê? E agora, não me lembro... mas há o vídeo que diz que eu sou um criminoso terrível, uma abominação, não tenho coragem sequer de me olhar no espelho e imaginar um pedófilo, mas se o fiz, não me lembro.

Essa seria uma carta de confissão, mas não guardo essa odiosa cena. Não me recordo se fiz ou não fiz. Gregório prometeu me auxiliar, para evitar que uma acusação tão séria manchasse a reputação do escritório, ou de algum dos eminentes políticos, empresários e demais poderosos que mantinham o escritório de advocacia no topo da lista de referências em direito no país. Ele ficou de conversar com Arlene, não resolveu, eu paguei a primeira extorsão, assim como as outras três. Mas ela não entregava o maldito DVD incriminador.

Em uma festa corporativa, há cenas comprometedoras, com uma estagiária jovem. Eu não me lembro dos detalhes. Sei apenas que, nessa noite, bebi demais. Muito mais do que tinha costume. Gregório estava incrivelmente animado com os resultados do escritório e nos trouxe de *whisky* 18 anos. Eu não costumava beber *whisky*. Eu não costumava beber... E, enfim, temos um vídeo incriminador e uma menor que me acusa de estupro, assédio sexual e que sumiu. Será que eu também a matei? Há uma série de lacunas não preenchidas entre o mal e eu. Entre o meu mal e minha memória. Graças a essa lacuna se iniciou a maldita chantagem, que levou a um crime e a toda essa derrocada. Arlene tinha um DVD. Até então, eu só era pedófilo, e Gregório, meu amigo. As coisas que começam erradas, só tendem a piorar.

Gregório sugeriu que déssemos um susto nela, e pegássemos o DVD à força. Combinamos de levar Arlene para um local onde poderíamos pressioná-la. Eu a levei até o lugar combinado e ela me entregou espontaneamente, assim que viu a arma em minhas mãos. Foi uma insistência de Gregório, que eu a levasse, mas por fim, ele não apareceu. Só me recordo de acordar devastado, após a possessão do mal, e ver Arlene morta em minha frente, lavada de sangue e lama. Levantei-me, entrei no carro e fui para o sítio. Não atropelei, dilacerei ou passei por cima do corpo de Arlene. Estou certo disso, me lembro, de ter visto o corpo ficando para trás, enquanto eu dava a marcha ré em busca da estrada. Disso me lembro.

Ao chegar no sítio, tirei as roupas e, ao remover o paletó, o DVD caiu no chão do banheiro. Não me preocupei em esconder ou assistir o DVD, já sabia o que continha. Creio que ficou por lá, embaixo do armário sob a pia do banheiro.

E foi assim que tudo aconteceu naquela noite. Essa é a confissão inteira do que nem mesmo eu sei com certeza. Com toda a verdade que há em mim, Humberto Marcos Alcantara Lustosa.

* * *

— Olha, eu sei que não temos muitas provas do que vou dizer agora, mas me chama a atenção o confronto com a realidade dá a impressão de que ele foi usado. Pior, de que nada poderia mudar aquela realidade que ele mesmo escolheu.

— Dá a impressão de que a partir dali a vida dele se tornou ainda mais insuportável — comentou Rodrigo. — Ideias suicidas, desistência da vida em vida, abdicação de si.

— Exato! — concordou Amanda. — De acordo com esse relato, ele vivia desesperado com as próprias memórias e a falta delas, dando vazão às influências nefastas de Gregório, e isso poderia ter motivado a tentativa de suicídio.

— E somado à associação aleatória dos fármacos, ao excesso das medicações e às sugestões desastrosas de Gregório que já o haviam abalado antes, Humberto é vencido pelos pavores.

— Desesperado, ele escreve a carta para Marcela, e o resto da história já conhecemos — lembrou Amanda.

— Isso é um fato! — afirmou Rodrigo. — Ele já vinha sendo medicado de forma criminosa por Mirtes e Nogueira, com o estopim de Gregório.

— Não acompanhei... — disse Amanda.

— Queima de arquivo — sugeriu Tácia, como quem tem uma percepção. — A morte de Humberto era do interesse de Gregório...

— Isso, e de toda a organização — concordou Rodrigo. — Já que enlouquecer Humberto não tinha sido suficiente, dado ao seu grau de lucidez e resiliência, matá-lo seria a alternativa.

— Ou... fazer com que se matasse!

— O suicídio de Humberto foi um crime, não apenas um suicídio? — Amanda arriscou, ainda sem muita certeza de ter entendido.

— Isso, garota — brincou Tácia — Gregório poderia cair por ter influenciado na tentativa de suicídio de Humberto.

— Uma pena que não possamos provar. — comentou Rodrigo, encolhendo os ombros.

— Podemos sim! — Discordou Tácia, com ar de mistério.

— A carta?! — Amanda lembrou que eles tinham provas sobre essa questão.

— Claro! A carta, o depoimento de Dona Eulália, os escritos do próprio Humberto, tudo aponta para o dolo de Gregório em levar Humberto ao suicídio.

— Sim, mas e daí? — questionou Rodrigo.

— Daí que é crime induzir alguém a tentar suicídio — afirmou Tácia.

— Sério? — Amana estava surpresa.

— Sim, é uma tentativa de homicídio. A lei entende que você atuou como influenciador, incentivador ou mandante na morte de alguém.

— *Yes!* — gritou Rodrigo! — Pegamos ele!

— Ah, meu amigo, pegamos sim — concordou Tácia.

A conversa seguiu animada, por fim, cada um tomou seu rumo e a noite ia acabando por ali.

— Amor? — falou Amanda no escuro do quarto, ainda acordada, já alta madrugada.

— Hum? — respondeu Rodrigo, sonolento.

— Essa história não me convenceu.

— Que história, amor?

— A do suicídio de Humberto.

— Nem a mim. Clinicamente, acho pouco provável que um paciente, naquele quadro de absoluta confusão mental e dopado por doses gigantescas, fosse capaz de premeditar um atentado contra a própria vida.

— Pois é, psicologicamente, também não. Não acredito que ele tenha tentado o suicídio. Sim, ele vinha em profunda depressão, mas arquitetar um suicídio? Enforcar-se? Creio que não.

— Acho que as mesmas pessoas que adulteraram as prescrições medicamentosas e as administraram loucamente também tiveram papel nesse suicídio.

— Mas a tese de prender Gregório com base nisso foi tão bem construída, que eu não quis dizer nada.

— Isso é irrelevante, meu amor. Mesmo que ele não tenha cometido o suicídio, o fato de pretender fazê-lo sob influência das palavras de Gregório já o põe em maus lençóis juridicamente.

— Espero que sim. Há de haver alguma maneira de pôr as mãos naquele homem e evitar que ele faça ainda mais malefícios.

— Tem razão. Mas agora vem aqui, deixa eu te abraçar e vamos tentar dormir para estarmos plenos amanhã para o trabalho. Temos algumas reuniões relevantes. Boa noite, princesa.

— Boa noite, amor.

QUARENTA E CINCO

Era final de tarde. Raimundo dormia grande parte do tempo, sob efeito dos fortes analgésicos. Recebeu a visita de outro sacerdote, que parecia tratar-se de um bispo, e deu a unção dos enfermos.

Raimundo não iria melhorar, ao contrário dele, cuja saúde se recuperava a cada dia. E eles nunca haviam falado sobre isso. Humberto sentiu-se egoísta. Por todo aquele tempo, Raimundo havia calado as próprias dores em favor das dores de Humberto. Em silêncio, acompanhou a prece litúrgica. Orou de coração, como fazia na infância, antes de o padre excomungá-lo praticamente por algumas gotas de vinho diluído em água que escapou do sanguíneo, contidas num cálice eucarístico na igrejinha de Brejo das Neves. Orou de verdade. Para ele, o melhor era que o padre melhorasse. Para Deus, que a missão de Raimundo fosse cumprida, e para o próprio Raimundo, que as dores cessassem.

Humberto, já capaz de se levantar, sentou-se no leito.

— Ainda com dor, meu amigo?

— A dor é um remédio amargo, meu filho.

— Qual é o quadro, padre?

— Cuidados paliativos, tenho câncer metastático, começou no intestino, há alguns anos.

— Entendo... Sem esperança de cura?

— Apenas um milagre.

— Para Deus, nada é impossível.

— Mas para mim, o muro está chegando. O corpo cumpriu sua missão. E eu fiz o que pude. Acho que é hora de ir. Filho, isso tudo aqui é passageiro, eu estou voltando para casa e sigo em paz. Eu não desperdiçaria um milagre comigo, mas talvez valha a pena que Ele gaste um com você.

— Eu não valho uma prece, meu bom pastor. Quanto mais um milagre.

— Jesus dizia que tinha vindo para os doentes, não para os sãos. Você é uma alma boa, Humberto. Lute por você. Não deixe que os outros escrevam a sua história. Escreva você a sua verdade.

— Eu matei uma pessoa, padre! E fiz coisas muito piores.

— Nisso não acredito e esse pessoal que vem aqui, atrás de você, também não acredita. Me parece que você é o único que acredita nisso. Você precisa dizer a verdade, meu filho.

— Mas eu não me recordo o que aconteceu, padre.

— O que não significa que tenha acontecido alguma coisa, você já pensou nisso?

A enfermeira entrou no quarto e administrou os analgésicos.

— Eu vou adormecer por conta da medicação, mas preciso que me prometa uma coisa, meu filho.

— Claro, padre!

— Não desista de você, busque a verdade. Na próxima vez que eles estiverem aqui, não gaste mais o tempo Dele... nem o seu.

— Ele não tem muito tempo, não é? — perguntou Humberto à enfermeira.

— Infelizmente, não, fizemos o que era possível, é uma questão de tempo.

— Quanto tempo?

— Difícil precisar, horas, talvez. Você precisa estar forte. Ele está preparado para a viagem. Você também precisa estar.

A porta do quarto se abriu e surgiu o casal de jovens, acompanhado de Carlos.

— As visitas foram suspensas — informou Humberto. — Ele está partindo.

Era a primeira vez que Humberto falava.

— Quer que a gente fique aqui com você? — perguntou Amanda.

— Vocês fariam isso por ele? — perguntou Humberto.

— Sim! E por você também, Humberto.

— Eu agradeço, mas acredito que esse é um momento nosso, obrigado, de verdade.

Todos assentiram com a cabeça e, num respeitoso silêncio, se retiraram.

QUARENTA E SEIS

Rodrigo chegou por volta das 15h ao portão da Chácara dos Lustosa. Celso veio até ele e, após cumprimentos e apresentações iniciais, abriu os portões da propriedade.

— Quer conhecer a casa?

— Não, não é necessário. Podemos conversar aqui fora mesmo. A maior relevância no caso do Humberto é o fato de a polícia ter vindo prendê-lo aqui, pelo que lemos nas memórias dele, não é isso?

— É isso mesmo — confirmou Celso. — O patrão, vez ou outra, esquentava a cabeça lá com Dona Cibelle e vinha pra cá, descansar. Antes, era a velha, a mãe dele, que morava aqui. Mas ela não gostava de papo, o tratava muito mal. Eu cresci na fazenda em Brejo das Vacas, nas propriedades dos pais de senhor Humberto. Vim com eles pra cá, e sempre soube, de ouvir dizer, que os pais detestavam Humberto, tanto que o tocaram de lá. A gente achava que o senhor Humberto não prestava, mas quando chegamos aqui, vimos que ele era uma boa pessoa. Simples, humilde, bom, se sentava com a gente para almoçar e sempre trazia alguma coisa da cidade, um feijão-de-corda, um frango assado. Nunca chegava de mãos abanando. A velha, sim, era ranzinza demais, amarga demais, que Deus a tenha — finalizou Celso, fazendo o sinal da cruz.

— Quanto ao crime, Celso, você acha que Humberto o cometeu?

— Doutor — começou Celso, coçando a cabeça suada, por dentro do boné. — Eu não acredito. Não é porque é meu patrão, não, que coitado, perdeu a vida lá para as bandas do hospital, faz tempo que nem vejo, nem sei se vai voltar. Mas nunca vi senhor Humberto machucar um bicho, quanto mais gente.

— Poderia me contar o que aconteceu na noite do crime?

— Isso, o patrão chegou aqui alta madrugada — contou Celso. — Sujo, como um porco na lama. Cara, camisa, mãos, tudo sujo. Perguntei a ele se estava tudo bem. Ele estava com o rosto todo melado e molhado de suor, vinha como se tivesse vindo da guerra, cabelos desgrenhados e sujos de terra também. Estava meio trupicante...

— Trupicante?

— Sim, meio bêbado, eu acho. Perguntei se tinha bebido e precisava de ajuda, ele me disse que sim, estava estourando de dor de cabeça e muito enjoado. Perguntei se queria que chamasse o médico, mas ele disse que não. Se eu não insistisse muito, não comia nem bebia água. Até que a polícia veio. Não sei o que ele fez do celular dele, que não vi tocar. Acho que deixou no carro. Mas o fato é que quando a polícia chegou, achou desse mesmo jeitinho. Deitado no sofá, largado. Só levantou as mãos e se entregou. Aí foi uma confusão, veio delegado, veio advogado, veio meio-mundo, para a porta desse sítio. E o doutor lá, olhando para o nada, como se tivesse tomado um choque no meio da cabeça.

— E depois?

— Depois ele foi preso, eu nunca mais o vi, nunca mais conversei com ele. Me faz falta o Dr. Marcos. Só o vi de longe no julgamento, ou pela televisão, e isso aqui está praticamente abandonado, já que a família dele nunca quis saber dessas bandas.

— Celso, você sabe que estamos tentando entender o que de fato aconteceu nessa história, não é? Seu patrão deixou uma carta em que ele menciona um objeto que estava na casa. Quem costuma fazer a limpeza da casa?

— Eu mesmo, passo uma vassoura e um pano. Não gosto de ficar dentro daquela casa depois de tudo o que aconteceu, doutor.

— Procuramos um DVD de capa azul.

— Ah, sim. Eu vi um DVD de capa azul caído de um envelope no chão do banheiro há algum tempo, coloquei de novo no envelope e botei na estante.

— Sabe onde está?

— Sei sim. Se esperar um instante, vou pegar.

— Claro, aguardo!

— Quer uma água?

— Não, só o DVD mesmo.

Celso retornou com o objeto na mão.

— É esse?

— Isso mesmo!

HUMBERTO MARCOS ALCÂNTARA LUSTOSA, endereçado a ele, como se contivesse um documento do escritório, e dentro, Rodrigo apalpou o DVD.

— Obrigado, Celso — agradeceu Rodrigo. — Você já ajudou muito!

— De nada, doutor!

— Ah, se for necessário colher depoimentos, estaria disposto a ajudar?

— Claro — respondeu Celso. — Meu patrão era um homem bom, faço o que for preciso para ajudar, estou aqui para dizer a verdade.

Rodrigo percebeu que Celso não tinha acesso à casa da chácara quando ele estava lá em crise, ouvia barulhos, mas não sabia mais detalhes, não lhe era dado conhecer. O misterioso mal, epilepsia não tratada, não medicada, que atacava em momentos de estresse e alterações subidas.

Humberto é o MAL!

Estancou, segurava o envelope com o nome de Humberto voltado para cima: as iniciais do sobrenome Marcos Alcântara Lustosa: MAL.

QUARENTA E SETE

TÁCIA ESTAVA IMERSA EM PENSAMENTOS. Qual o real papel de Gregório em toda a história? Apesar de fisicamente exausta, sua mente arguta necessitava de respostas.

Retornava cansada de uma audiência longa e enfadonha na vara de família, não sei por que ainda aceito esses casos, pensava, por trás dos charmosos aros de tartaruga, enquanto o casal de clientes batia boca na mesa de audiência. A meritíssima pedia calma e ela tentava obter um segundo de atenção da cliente, que se exasperava com as barbaridades trazidas pelo advogado do ex-marido. Pensa nas contas, Tácia.

Findada a torturante audiência, a advogada rumou para casa, cheia de ideias. E deu de cara com o casal de amigos. Amanda balançava no ar um envelope branco:

— Saíram os resultados dos exames de imagem e eletroencefalogramas de Humberto. A doença dele, comprovadamente, não é esquizofrenia, mas epilepsia. Esse é o mal.

— Como assim? — Tácia apertou os olhos sem entender.

— Sim. Nos escritos, Humberto relata que o mal começou após um traumatismo craniofacial, ele levou um tapa e chegou a ficar inconsciente. Nós suspeitávamos pelas descrições do que chamamos "aura", uma série de impressões sensoriais que um epiléptico experimenta um pouco antes de ter uma crise. Ele não se lembra do que aconteceu porque entrou em uma crise de epilepsia no momento do assassinato, por isso não pode ter sido ele quem matou. — explicou Rodrigo.

— Tá, certo, mas por que ele chama a doença de "mal"?

— Primeiro, porque além de não ser nada agradável, a doença acaba sendo mal interpretada como se a crise fosse algo contagioso ou perigoso para alguém além da vítima. Infelizmente, há um grande estigma envolvendo a epilepsia, que precisa ser desconstruído. Além disso, a doença era chamada, na década de 60, de "o grande mal". Humberto nasceu no fim da década de 50. Algum médico relatou a doença aos pais como "O grande mal" e ficou assim, mal interpretado. Para uma criança, a associação deve ter sido feita de forma errada e ele achou que o mal o possuía.

— Então, né?! Uma grande falta de informação ocasionou essa relação ruim de Humberto com a epilepsia, doença perfeitamente tratável. Se ele tivesse mesmo seguido a carreira médica, teria entendido as origens de seu problema e tratado. Eu mesma tenho amigos portadores com essa doença que utilizam muito bem as medicações e não apresentam mais episódios de crise.

— Isso mesmo, Tácia. Agora voltando ao âmbito jurídico, fica uma dúvida: epilépticos não são inimputáveis? — questionou Amanda.

— Não creio que haja justificativa para alegar insanidade nesse caso. — Tácia negou com a cabeça.

— A epilepsia não o induziria a perder a razão e cometer um crime, não o levaria a ficar fora de si. Epilépticos não alucinam, nem ouvem vozes que os induzem a cometer essa ou aquela ação, é um problema neurológico, não psiquiátrico — explicou Rodrigo.

— Não, mas sofrem de ausências durante e após as crises, e as crises podem ser consequência de um estresse como estar sendo chantageado por alguém, que foi o que aconteceu — ponderou Amanda.

— As medicações que ele tomou no HCT devem ter mascarado o quadro, visto que nos registros, não constam muitos episódios de crises ou ausências — respondeu Rodrigo.

— É, mas aqueles registros também, valha-me Deus — lembrou Amanda.

— Gente! — Tácia estava empolgada. — Então, agora o caso muda de figura. Já temos provas.

— Mas não acho prudente falar com ele sobre isso — tornou a psicóloga.

— Ainda não, muito cedo — concordou Rodrigo, rindo. — Até porque nem conseguimos falar com ele.

— Mas essa informação será relevante para nós —Tácia aplaudia, triunfante.

— Sim, com o fato do acróstico que descobrimos mais cedo para ligar essa ideia fixa de Humberto com o mal. — Rodrigo sorriu.

— Como assim? — perguntou Tácia.

Após explicado, poderiam partir de outro paradigma.

QUARENTA E OITO

No branco asséptico do hospital, Humberto estava claramente enlutado. Movia-se lenta e repetidamente de lado a lado, como se ninasse e acolhesse a si. Olhos marejados, perdidos, como que a contemplar um imenso buraco no assoalho do quarto. Sua tristeza era quase palpável. Quando o corpo de Raimundo foi removido, não se mexeu. Em seu desespero, Humberto não se deu conta da chegada de Rodrigo e Amanda, que o observavam da entrada do quarto. Humberto prostrou-se com o rosto no chão e contraiu-se até cair em posição fetal. Tocado com a catarse emocional de Humberto, Rodrigo quis dar um passo à frente, mas Amanda o conteve delicadamente com a mão, acenando com a cabeça.

Rodrigo e Amanda aguardaram imóveis.

— Por quê? Por que você me odeia, pai? — urrou Humberto.

— Ele não odeia você — respondeu Amanda por fim, se agachando ao lado dele e usando a abordagem terapêutica. — Às vezes não dá para entender mesmo... Às vezes, a dor de quem fica é tão grande que se esconder em si parece a melhor escolha. Humberto, queremos que saiba que estamos na sala ao lado, para quando puder e quiser conversar.

Humberto não foi nem naquele dia, nem no seguinte. Rodrigo e Amanda revezavam-se em conversas com Carlos, que permanecia sentado à frente da porta do quarto de Humberto. Em uma dessas visitas, o diretor da Santa Casa abordou Rodrigo.

— Doutor, seu paciente está de alta. Posso saber por que ainda não foi removido? Precisam removê-lo. Não há indicação de mantê-lo aqui. Ele precisa retornar ao HCT.

— Claro, Dr. Argel, eu compreendo. Eu peço mais alguns dias, para que ele lide melhor com a perda do pai. Só mais uma semana. E depois o removemos.

— Perda do pai? Pelo que me consta, ele perdeu apenas o companheiro de quarto, se muito. Que pai?

— Acabou de sair do coma e afeiçoou-se ao padre, como se fosse o próprio pai, já falecido. Dê-lhe somente mais uma semana, colega.

— O doutor tem a clara noção do que isso representa para os cofres públicos, não é?

— Sim, eu tenho, caro colega. Mas o gasto que ele representa aqui é menor do que teria no HCT, sairá daqui estável e muito melhor do que o zumbi que deu entrada nesta unidade.

Rodrigo ganhou uma semana antes de precisar remover o paciente.

Ao sair do hospital, ligou imediatamente para Tácia, querendo saber o que seria possível fazer para evitar o retorno dele ao hospital.

— Só se conseguirmos a custódia — informou Tácia.

— Consiga isso, por favor — pediu Rodrigo.

— Não é simples assim, ainda mais em uma semana, nossa justiça é lenta, dizem que precisa ser provocada, mas a nossa precisa ser empurrada ladeira abaixo para se mover. Há bons juízes comprometidos e céleres, façamos a nossa parte e confiemos o restante à boa estrela de Humberto — afirmou Tácia, já abrindo o notebook para redigir a petição.

Meia hora depois, Rodrigo e Amanda chegavam ao apartamento da advogada. Tácia os recebeu na porta.

— E aí, novidades? — perguntou Amanda, ansiosa.

— Boa noite, amiga! Eu estou bem, e você?

— Boa noite! — acenou Rodrigo.

— Peticionamos, pedimos urgência da concessão da liminar, alegando risco iminente à vida de Humberto em uma possível volta ao HCT, vamos ver o que o juiz responde.

— Ufa! — respirou Amanda. — Não temos tempo a perder. Humberto precisa de nós.

— E vocês? — questionou Tácia. — Alguma novidade?

— Humberto está muito abalado, acabou de perder o companheiro de quarto, um padre a quem havia se apegado nos últimos tempos. Conversavam muito...

— Está de dar pena — completou Amanda. — Mas não nos rechaçou ou ignorou, como das outras vezes. Acho que vai cooperar, assim que superar o luto.

— Isso é muito bom.

— Sim, e ainda precisamos ver aquele vídeo com ele — emendou Rodrigo.

— Que vídeo? — perguntou Tácia.

— Um vídeo da investigação...

— Hummm.

O plano era assistir ao vídeo com Humberto e só depois comentar.

— O que temos para a reunião de depois de amanhã? — perguntou Amanda.

— Algumas ideias que quero discutir com vocês e com os outros — respondeu Tácia.

— Ótimo! — respondeu Rodrigo. — Todos confirmados, Amanda?

— Delegado Barros e Marcela confirmaram.

— O jantar está servido — gritou a advogada, da cozinha.

— Parabéns, Tácia! Delícia de jantar! — Rodrigo foi sincero.

— Já pode casar, amiga!

— Ah, tá! – Gracejou Tácia — Todos alimentados, vamos ao vídeo indigesto?

QUARENTA E NOVE

Rodrigo pediu a Carlos que, com muito jeito, explicasse a Humberto que o tempo estava se esvaindo. A semana que conseguiu do diretor da Santa Casa logo acabaria.

— Mas eu já disse que não me lembro de nada, não sei no que posso ajudar.

— Eu entendo, meu amigo, mas talvez possam lembrar juntos. O doutor disse que precisam ver o vídeo com você.

— Se eles querem tanto ver esse vídeo, que vejam, eu não quero ver!

— Eles já viram o vídeo, homem. Agora falta você.

— Está bem — Humberto fechou os olhos, inspirou e falou por fim. — Que seja!

No dia seguinte, Rodrigo avisou Carlos, que viria à tarde para assistir ao vídeo, e tratou de certificar-se com a enfermagem de que Humberto estivesse bem, confortável e alimentado. O cuidado do diretor despertou nele um senso de zelo há muito esquecido e ele pediu à enfermagem que o barbeassem.

Mas, no fundo, não confiava totalmente na simpatia do médico. As visitas constantes faziam-no sentir-se vigiado. Se pudesse, fugiria dali.

Humberto estava nesse dilema interno, quando Rodrigo chegou. Conversava com dois policiais na porta do quarto, além do enfermeiro Carlos.

Rodrigo atravessou a porta, com um computador de mão sob o braço direito, puxou a cadeira do acompanhante e sentou-se. Trouxe a mesinha de refeições para cima do corpo de Humberto e dispôs sobre ela o notebook. Antes de prosseguir com a exibição, Rodrigo disse:

— Preciso que assista atentamente a esse vídeo que você chama de incriminador. Me deu um bocado de trabalho consegui-lo.

Humberto nada disse. Nas imagens turvas da câmera de segurança, aparecia com pouca nitidez a sala de reuniões onde ocorrera a festa daquele final de ano do escritório. O tempo foi passando na gravação, as pessoas foram indo embora, crescia o teor alcoólico dos que ficavam e começou a parte vulgar da festa.

— Eu não tinha o costume de beber. Sempre me fez enorme mal.

Gregório surgia no vídeo constantemente com um copo na mão para oferecer a Humberto, parecia encarregar-se pessoalmente de embriagá-lo. Muita bebida e... drogas. Rodrigo suspeitava de que ele não tivesse visto o vídeo original, mas um editado. Seu rosto estampava surpresa, decepção e deixava claro que ele não se recordava de nada disso. Estava bêbado, mas nunca usou drogas. Nas imagens, Gregório oferecia uma bandeja com carreiras de pó branco e um canudinho e praticamente a enfiava em sua cara desconfigurada.

Arlene e a estagiária novinha passaram a desfilar em roupas íntimas na frente das câmeras.

Era uma sexta-feira. Pelos dados do vídeo da câmera de segurança, já era de madrugada. Humberto assistia perplexo, não se recordava de nada, ele deitado na mesa, com a estagiária praticamente nua se contorcendo sobre seu corpo. Pediu ao diretor, com um aceno de mão, que desligasse o vídeo.

— É o suficiente, já vi tudo, já confessei, sou culpado, não quero ir além, não é preciso ver tudo, pare com essa tortura, doutor! — Mas Rodrigo deixava o filme seguir. — Por favor, eu suplico, vi o vídeo até esse ponto, não precisa ir adiante e me expor mais.

— Tudo bem, Humberto, já parei. Mas me diga o que nessas imagens perturba tanto?

— A chantagem... a vergonha. Uma semana depois da festa, recebi a carta dessa estagiária, com algumas dessas fotos, alegando profundo abalo emocional causado por ter sido abusada sexualmente por mim. Fez várias outras acusações graves, como ter sido induzida ao abuso de álcool e de drogas oferecidos por mim na festa. Temi ainda mais pela segurança da família. O risco de Cibelle descobrir era iminente. Havia frases no verso das fotos, com as acusações de pedofilia e assédio. O risco de exposição me atemorizava. Perder minha carreira, meu diploma, a família estruturada que construí.

Rodrigo deixou pausado o vídeo, serviu um copo com água. Pacientemente, aguardou que ele se acalmasse e falou com voz pausada e serena:

— Humberto, não compreendo, por que está tão descontrolado?

— Doutor, não compreende? É a prova da minha desgraça! Tudo começou daí!

— Alguma vez você assistiu ao vídeo inteiro?

— Esse é o vídeo inteiro...

— Podemos continuar?

— Doutor, não há o que continuar. O vídeo acaba ali na frente. Disso, lembro bem. Na primeira vez em que o assisti. Foi quando descobri ser Arlene, a chantagista. Gregório tinha acabado de me avisar, mas não ficou para pressioná-la.

— O seu vídeo acaba... — corrigiu Rodrigo.

— Sim, o vídeo da minha desgraça.

— Engano seu, Humberto — disse Rodrigo. — Eu gostaria que assistisse ao final comigo.

A cena da garota sobre ele aparece na tela, mas o vídeo continua e segue por mais alguns minutos, até que, subitamente, ela dá um pulo de cima dele, como se tivesse visto um fantasma. Essa parte era inédita. Chegou mais perto, na tentativa de enxergar o que a assustara, e foi quando viu seu corpo debater-se e contorcer-se violentamente sobre a mesa. Pela primeira vez e de forma inequívoca, viu o mal tomando conta dele. Então, era assim que ele agia. Seu corpo torcia-se em espasmos descontrolados sobre o tampo da mesa do escritório, chacoalhava, seus membros debatiam-se. Hipnotizado, viu que todos se afastaram, alarmados. Gregório, Arlene, a mocinha, que fora parar do outro lado da sala. Em seguida, passado o horror e o asco iniciais, Arlene e Gregório aproximaram-se. A estagiária ficou onde estava. Arlene agitava as mãos como se pedisse instruções a Gregório, que a essa altura já não parecia tão bêbado, com a calça e a camisa desabotoada. Aquela parte, chamou a atenção, lembrava de tê-lo visto desnudo e descomposto antes no vídeo. Naquele instante, na tela, apenas Humberto, que convulsionava descontrolado sobre a mesa, e as duas moças estavam em roupas íntimas.

    O ataque havia durado aproximadamente três minutos, ninguém fez absolutamente nada para acudir, apenas olhavam, perplexos. A menina, juntou as roupas e pareceu sair da sala. Quando o ataque acabou e seu corpo se aquietou, todos se retiraram da sala e apagaram a luz. Cerca de meio minuto depois, no entanto, a luz acendeu novamente. Apareceram Arlene e Gregório. Arlene procurou nos bolsos do paletó a carteira e a esvaziou, retirando as roupas de Humberto, depois sacudiu a mão, enojada. A filmagem seguiu pela madrugada, até que mostrou Humberto despertando, passado o estado de torpor, sozinho. E saindo da sala, antes que os funcionários da limpeza o surpreendessem.

    Os vídeos da segurança registraram o corrido, mas não foram monitorados. Tempos depois, segundo constava nos relatórios aos quais os advogados tiveram acesso, foram pedidos por Arlene no planejamento de sua chantagem, a pretexto de ter perdido a bolsa durante a festa. Ficou claro que, assim, ela traçou sua estratégia de enriquecimento.

    — Está vendo, meu amigo, era isso o que assustava?

    — Eu não cometi um crime de pedofilia? Não abusei de uma menor de idade?

    — Não, você não cometeu. Estava vestido, bêbado, drogado, inconsciente, enquanto a jovem, que diziam ser menor, fazia movimentos lascivos sobre o seu corpo.

    Não foi real? Ele olhava incrédulo para a tela, enquanto o diretor continuava a falar.

    — A bebida e as drogas devem ter provocado uma descompensação química em seu cérebro que, somada ao estresse emocional, provavelmente o levou a convulsionar.

— Então, não foi o mal?

— Não dá para dizer ao certo o que ocorreu com base apenas nas imagens. O que fica claro é que você teve convulsões. Todos saem da cena. Creio que o ataque mudou os planos. Arlene e Gregório, no entanto, no final do vídeo, voltam à sala e, num improviso, ela rouba seu dinheiro e remove sua roupa. Ao acordar, extenuado pela convulsão, confuso pela bebedeira e uso das drogas, você se convenceu de que havia participado de uma orgia. Orgia essa, que nunca aconteceu. Como pode ver, meu caro amigo, você não abusou de ninguém. Você foi abusado.

— Eu sou... inocente? — os olhos de Humberto marejavam.

— Completamente! Foi tudo uma armação.

— Uma armação... Arlene armou pra mim. Por causa de dinheiro...

— Talvez não, como eu disse, ainda é cedo para afirmar qualquer coisa, mas tenho a impressão de que você foi vítima de uma armação maior.

— Eu não sei o que pensar...

— Meu amigo, veja bem, você foi tomado pelo medo e por emoções conflituosas. Temeu pelo mal e acabou se envolvendo em coisa muito pior. O vídeo não é nítido, careceria de um estudo mais profundo. Além disso, a moça se insinua, mas não há relação sexual. Você não a assediou, o assediado foi você. —Elucidou Rodrigo

— Mas há a carta, o senhor não sabe da carta!

— Sei, sim, li os seus relatos. De quem era a carta?

— Da jovem! Ela sumiu e deixou uma carta, dizendo que estava bêbada e que eu abusara sexualmente dela, que iria se vingar e faria um escândalo a menos que eu a ajudasse financeiramente. Até pensei, inicialmente, que ela fosse a autora da chantagem. Só depois descobrimos que era Arlene.

— E quem assegura que foi ela e não a própria Arlene quem escreveu a carta?

— Não, não é possível.

— Não diria que foi ingênuo, mas foi temeroso. Aceitou a versão de terceiros sem questionar as aparências. Isso, sim, é muito perigoso.

— Matei por isso? Por uma insinuação? Por uma armação?

— Muito cedo para apurar culpas, meu velho. Vou deixá-lo agora. Pedi reforços na sua segurança. Esses dois homens que estão aí na porta são companheiros do delegado Barros, se lembra dele?

— Sim, claro, ele me prendeu. Era um homem obstinado. Quase me espancou na cadeia. Parecia me odiar. Como esquecer dele?

— Pois bem, esse homem obstinado está do nosso lado. E esses dois policiais, vieram para garantir que ninguém entre aqui para colocar sua vida em risco.

— Minha vida corre risco?

— Muito mais que imagina, amigo. Mas fique tranquilo, está protegido aqui.

— Eu não entendo...

— Gostaria que tentasse se recordar dos fatos, mas me arrisco a dizer que nada, ou quase nada, é o que parece ser.

Humberto ficou com as imagens do vídeo indigestas repetindo na cabeça. Tanta coisa passava a fazer sentido para ele: talvez, embora o mal fizesse parte de sua vida, ele não fosse tão mal assim.

CINQUENTA

Sentaram-se no gabinete do HCT, no início de uma tarde chuvosa, o médico, a psicóloga e o delegado. Reuniram-se para avaliar o material que já haviam compilado: o vídeo, as cartas, as entrevistas... Contaram resumidamente as visitas a Gregório, Cibelle, Marcela e ao caseiro Celso e sobre o que seria "o mal" na opinião de cada um e as respostas coletadas.

Basicamente, cada um dos "entrevistados" respondeu às mesmas perguntas: O que se recordavam da época, qual era a relação de cada um com Humberto, como era o comportamento dele antes e após o homicídio, se achavam que ele era ou não culpado (ou se havia alguma dúvida). Quem era Humberto Marcos para cada um, quais seriam as motivações do crime, quais seriam as motivações da pena. Se julgavam que o destino de Humberto era justo ou merecido.

Ao ter contato com o questionário, o delegado Barros o considerou estranho. Não se encaixava em nenhum padrão investigativo.

— Foi elaborado de forma a sondar cada entrevistado subjetivamente, doutor delegado — respondeu Amanda. — Note que temos, através dos relatos escritos de Humberto, acesso a informações privilegiadas e subjetivas dele.

— Ele pode ter mentido em tudo o que escreveu — informou o delegado.

— Sim, de fato, poderia. — concordou Rodrigo. — Mas do ponto de vista psiquiátrico, o quadro não fecha. Veja, é evidente que não conhecemos Humberto. Não além de seus relatos no cárcere. Mas na psiquiatria, há alguns padrões que observamos. Há os sociopatas, há os *borderlines*, há os bipolares, os esquizofrênicos, os paranoicos, mas os relatos de Humberto não se encaixam completamente em nenhum deles.

— Mas vocês não podem diagnosticar alguém baseados apenas em escritos antigos — objetou o delegado.

— Os relatos não são antigos, doutor — respondeu Amanda. — Cessam algum tempo após a última visita que Humberto recebeu, quando ele entra no que parece um estado de catatonismo, segundo os relatos dos cuidadores da época. Mas nada pode ser comprovado. Nada foi documentado. É tudo muito vago, como se ele estivesse sendo deliberadamente mantido fora de alcance. Fora de combate, entende?

— Ele pode, muito bem, estar simulando tudo isso.

— Se esse homem fosse um sociopata, ele teria renunciado a seus próprios anseios para ajudar o velho Feliciano? Ele teria aceitado tacitamente ser retirado de casa por pais abusivos? Esses pais não teriam sido suas primeiras vítimas? Pior, teria ele cuidado da família do Feliciano após sua morte, e da própria mãe até o fim? Sociopatas têm as emoções embotadas, delegado. Sociopatas não se emocionam, não empatizam, não têm compaixão. Esses relatos são repletos de compaixão, o caso não fecha.

— Acho que vocês confiam demais nesse maluco, com o perdão da má palavra.

— Está tudo bem, delegado — contemporizou Rodrigo. — Sabemos que é da sua profissão esse dom de desconfiar e ver diversas possibilidades, e isso será ótimo para nos dar um devido parâmetro ao caso. Mas peço antes que receba e analise nossos escritos, que realize um interrogatório fictício, ouça o depoimento escrito de Humberto, como nós o fizemos, e depois, sim, nos dê um retorno com as suas considerações — pediu Rodrigo, estendendo ao delegado uma grossa pasta. — Tome, doutor, e não se preocupe, são cópias, os originais estão guardados, para evitar que os documentos antigos sejam danificados pela frequente manipulação.

O delegado estendeu a mão ainda com certa dúvida, meneou a cabeça, esticando as sobrancelhas e franzindo o canto da boca, parcialmente escondida pelo espesso bigode, detonando claramente um fio de dúvida.

— Obrigado por tudo, delegado, sabemos de suas reservas. Até pela grosseria das provas e gravidade dos ferimentos à vítima, nossa primeira tendência é, de fato, detestar o criminoso. Mas nos cabe investigar. Obrigado por confiar em nossa percepção e por doar o seu tempo.

— De toda sorte, continuem contando comigo. Vou ler os relatos do ma... paciente... desculpem, força do hábito.

* * *

Reuniram-se às 19h30. Rodrigo explicou a Tácia e Amanda as acusações que pesavam sobre Humberto, falou da ida à chácara, da recuperação do DVD e do fato de ter ido à Santa Casa ver o vídeo em presença de Humberto.

— Eu nunca tive dúvidas de que ele era inocente — comentou Amanda.

— Conversei recentemente com a família de Humberto. Se é que se pode chamar aquilo de família. Perguntei sobre o mal, que ele tanto descreve em seus relatos e que suspeitamos ser epilepsia. Os filhos que, pela descrição de Humberto, eu imaginava como sendo crianças ou adolescentes amorosos, estudiosos e inocentes, me pareceram um par de adultos materialistas, fúteis, frios e insensíveis ao estado ou futuro do pai. Capazes de proferir frases do tipo: "Dizem que ele matou porque quis, e que arque com seus crimes", "Melhor seria que não fossem de sua família, para não ter os próprios sobrenomes ligados ao homem". Quanto ao mal, citado pelo pai, disseram com profundo ar de desprezo que "ele sempre foi um doente", e não demonstraram nenhum interesse em ajudar, investigar ou conhecer do que se tratava essa suposta patologia do pai. Cibelle é uma mulher ainda mais frívola. Mas tem a consciência de que precisa manter as aparências, afinal, legalmente ainda é casada com Humberto, embora separados já há muito de corpos e desquitados de direito. Para ela, Humberto é um fraco, um inerte incompetente, que herdou todos os créditos baseado na amizade que tinha com o pai, quando, na verdade, deveria ter sio Gregório, seu atual esposo, o escolhido pelo pai. Parece que, na verdade, muito embora fosse casada à época com Humberto, ela jamais aceitou a escolha do pai. Disse que Humberto era asqueroso. E que vivia mais tempo recluso em seu quarto, que agradeceu aos céus pela decisão dele de se apartar, e que percebia que ele aparentava algo muito estranho, mas ela imaginava ser da própria doença mental. Não fazia ideia do que fosse o mal a que ele se referia. Contou, por fim, que Humberto não era mais assunto de interesse daquela família, por decepcioná-los e envergonhado demais.

— Dessa família, formada por Cibelle, os filhos e Gregório, meus amigos, não receberemos nada — lembrou Amanda.

— E o Gregório? Que disse? — perguntou Tácia.

— Gregório é profissional, com aquele falso ar polido, é advogado de defesa de Humberto, tem seus interesses no caso, não há como confiar cem por cento no que diz. Definiu Humberto como sendo o próprio mal. Ele disse textualmente que "o mal" é Humberto. Segundo ele, Humberto desgraçou, palavras dele, a vida da esposa devotada, dos filhos, dos pais e de todos ao seu redor, e só não destruiu o escritório, graças a ele, Gregório.

— Um poço de humildade, o rapaz — disse Tácia.

— Pois é, minha amiga. O narcisista típico! — replicou Amanda.

— Acredito que estejamos com a pauta pronta para nossa próxima reunião com o delegado e o juiz — sugeriu Tácia.

— Agora, com a relevação do conteúdo do vídeo, que foi enviado junto com a pasta ao delegado, ele deve ficar mais confiante em nossa teoria.

— Isso mesmo — concordou Rodrigo. — E Humberto? Como andam as petições, Tácia?

— Aguardando deferimento, meu nobre. Fiz o que pude, pedi urgência, mas você sabe... Depende da boa vontade dos magistrados desse país.

— Oh, se sei. — Rodrigo, revirou os olhos — Hoje a escolha musical para o jantar é minha. —Aproximou-se do aparelho de som, acionando um jazz contemporâneo.

— Vamos à massa, pessoal — instigou Amanda, colocando na mesa a travessa fumegante de talharim a carbonara, que degustaram com uma excelente garrafa de carmenère.

CINQUENTA E UM

Encontrar o magistrado Heitor Lessa exigiu um pouco de tempo e trabalho. Após ter exercido os mais altos cargos em uma carreira ilibada como magistrado, ele se aposentara há alguns anos como desembargador e, desde então, saíra dos grandes centros, indo refugiar-se na paz e no aconchego da sua casa, no interior.

Rodrigo, o delegado Barros e Tácia hesitaram antes de bater à porta da casa simples, mas impecavelmente bem tratada, com pintura recente, árvores podadas e calçada limpa.

— Minhas fontes me disseram que era aqui — informou o delegado Barros.

— Era — concordou Rodrigo. — O magistrado pode ter se mudado?

— Estão procurando alguém? — perguntou, do outro lado da rua, um senhor grisalho, meio calvo, com uma densa barba longa, igualmente grisalha, sentado em um banco sob uma árvore, em frente à suposta casa do magistrado. O homem tecia uma rede de pesca.

— Ah, bom dia, meu senhor, tudo bem? — apressou-se Tácia. — Estamos procurando por um desembargador aposentado e nos informaram que ele mora nessa casa, por acaso o conhece?

— Ele está encrencado?

— Não, não, de forma alguma — respondeu Tácia.

— Então, por que trouxeram um delegado de polícia para vê-lo?

O delegado Barros ficou surpreso e apurou as vistas:

— Excelência... Dr. Lessa! O senhor se recorda de mim? Me perdoe, não o reconheci.

— Não estou buscando mesmo reconhecimento, Barros. O motivo que os trouxe até aqui é o mesmo que ainda me tira o sono, suponho.

— Sim, senhor. Esses jovens me procuraram para tentar entender o caso Marcos Alcântara. Tínhamos esperanças de que, ouvindo o senhor, conseguíssemos encontrar alguma luz no fim desse túnel.

— Não é um túnel, meu caro. O caso Humberto Marcos Alcântara Lustosa é um labirinto obscuro de poder e podridão. Vocês me ajudam com essa rede, meus jovens? Eu faria sozinho, mas demoraria mais do que o necessário. Vamos entrar? Creio que nossa conversa será longa.

— Claro, Excelência.

— A *Excelência*, se algum dia existiu, ficou nos domínios do tribunal. Aqui sou apenas Heitor ou Lessa, como preferirem. Deixemos a formalidade de lado, afinal estamos entrando no meu santuário, meu lar, e aqui não é lugar para esse tipo de máscara social.

Respeitosamente, entraram na casa. O juiz os conduziu a uma sala simples, com muitas fotos antigas nas paredes e uma mesa de madeira de lei trabalhada com azulejos no centro sobre a qual se estendia um trilho de mesa todo feito em crochê.

— Essa casa era de minha mãe, nasci aqui e lá se vão quase oitenta anos. Minha família inteira viveu nessa casa, pai, mãe e doze filhos. Todos se foram. Eu também. A casa ficou abandonada com suas memórias. Com o tempo, fui resgatando, comprando a parte dos outros, fiquei com a casa e a história da família. Eu era o mais novo, sabe como é, os caçulas têm essa missão de contar a história da família.

— Que bela história, doutor — opinou Tácia. — O senhor não sente falta da cidade?

— Eu sentia falta era daqui, minha filha. Fui de trem para a capital, morar na casa de uma irmã mais velha para estudar. Em pouco tempo, trabalhava, estudava, prestei a prova para a advocacia, passei, me formei advogado. Atuei por algum tempo, enquanto estudava para Juiz. Aprovado, fui empossado e transferido para comarcas do interior, onde conheci minha amada esposa, comecei família e construí a vida. Passei boa parte da vida longe deste lugar, vindo apenas visitar mamãe, que morreu com setenta e dois anos, três anos a menos do que eu tenho agora. Um dia, a minha família também cresceu, vieram os filhos, uma menina e dois meninos. Fui ascendendo na carreira até passar a atuar como juiz na capital. Virei desembargador. Um dia, o amor da minha vida também se foi para os braços do Pai. Aposentado, viúvo, retornei à minha paz. Hoje vivo aqui e passo meus dias entre a pesca, os contos e os conselhos para quem de mim necessita.

— É uma narrativa e tanto, Dr. Lessa! — comentou Tácia.

— Me chame apenas de Heitor.

— Mil perdões, Heitor. É a força do hábito, somos treinados a jamais faltar com respeito ao magistrado, ainda mais com o seu currículo. — Tácia tentou explicar.

— Heitor é meu nome. Não estamos em uma audiência, mas em um papo coloquial, os títulos são desnecessários aqui. Deixe a formalidade para a presença de estranhos. Eu já estou a mais de meio caminho do muro que separa a vida da morte. Isso é irrelevante. Então, Barros, como posso ser útil a vocês hoje?

Barros pigarreou, esforçando-se para não cometer a gafe de chamar o homem pelo título solene.

— É... é... Heitor...

— Então, senhor! Pronto, senhor. Melhor assim, afinal, é um senhor mesmo — falou Tácia. — Estamos aqui para falar do caso Marcos Alcântara, senhor. Chamar de senhor, pode, né?

— Pode, sim. O que tem o caso Marcos Alcântara?

— O senhor foi juiz do caso dele, não é isso? — perguntou Rodrigo.

— É o que diz a sentença, mas, na verdade, jamais o julguei.

— Como assim?

— Eu jamais julguei o caso dele. É fato que recebi o processo para avaliação, mas encontrei inúmeras incongruências, muita coisa que não fazia sentido. O inquérito conduzido por Barros veio o mais caprichado que as condições permitiam — desenhando as aspas no ar com as mãos. — O caso chegou pronto para nós. O réu confessou o crime, embora tenha escapado do flagrante, mas negava ter um relacionamento com a vítima. Havia um caso de extorsão. Um advogado pouco interessado em livrar a pele do cliente, a esposa que localiza provas contumazes contra o marido e deixa acidentalmente a polícia saber. Tudo vinha de bandeja para que ele fosse condenado pelo crime hediondo de que era acusado.

O juiz fez uma pausa para beber um gole de água. Tácia, sempre arguta, tratou de perguntar.

— E isso não ajudaria no julgamento, teoricamente, não faria sentido?

— Até aí, sim, mas pouco após ir para a penitenciária, a coisa mudou de figura. Creio que as partes se desentenderam e começou a haver um movimento para transformar o assassino em louco. Creio que Barros deve concordar.

— É claro que há casos evidentes e lógicos, onde não há sombra sobre quem matou quem, com que arma e quando. Tipo aquele jogo...

— Detetive — disse Tácia.

— Isso mesmo. Mas na vida real, meus caros, a maioria dos casos não acontece assim: o réu quer escapar, a defesa e a família querem ajudá-lo a se safar, e não o contrário.

— No caso de Alcântara, de repente, o advogado de defesa pareceu mudar da água para o vinho e veio com uma nova tese: insanidade mental como base para o crime. Do nada, apareceu um relatório médico atestando surtos, agora pré-existentes, e laudos de corpo de delito de violência doméstica que não constavam nos autos antes. Resumo: o tipo de crime não condizia com o perfil do acusado. Os motivos eram forçados, as provas do que precisavam brotavam como água de nascente. Queriam me convencer de que não havia uma motivação clara, que tudo não passara de um surto psicótico. Isso me chamou a atenção. É claro que eu não aceitei — continuou o magistrado. — Comecei a questionar, pedi novas perícias, pedi exumação do corpo, que ora aparecia de um jeito no depoimento do réu, ora de outro nas fotos periciais. As provas periciais não eram conclusivas, embora apontassem fortemente para o suspeito. Conversei várias vezes com o delegado Barros, que também desconfiava da lisura do caso, nos empenhamos na investigação e estávamos perto. Foi quando, um dia, recebi em meu gabinete um envelope lacrado, sem remetente, contendo algumas fotos de meu filho mais velho, que fazia faculdade em outra cidade. Nelas, com data do dia anterior, ele aparecia sendo abordado em uma blitz e preso por dirigir embriagado. No envelope, havia também algumas fotos de trouxinhas de entorpecentes, maconha, cuja posse e o uso ele sempre negou. Admitia que havia ingerido álcool, estava a poucos metros de casa, num condomínio vizinho com amigos, estudando e tomaram uma cerveja antes de se despedirem. Não havia usado drogas. Ele me garantiu, pediu para fazer exame pericial e eu acreditei nele. Mas a lei é para todos, se ele ingeriu álcool, mesmo em quantidades mínimas, e dirigiu, era lícito que apreendessem o carro. Mas queriam mais. Supostamente — desenhando as aspas com os dedos — as drogas haviam sido encontradas pelos policiais no carro dele. Guardei o envelope, decepcionado, e ainda sem fazer relação entre as coisas. Era uma sexta-feira. Na segunda seguinte, recebi do advogado de Marcos Lustosa uma petição com provas e novos laudos alegando que ele seria imputável por ser esquizofrênico, o pedido de relaxamento imediato da prisão e transferência para uma instituição de custódia e tratamento, onde ele pudesse cumprir seu mandado de segurança.

    O juiz fez uma breve pausa e continuou.

    — Não havia histórico médico, relatório de internações prévias, apenas o laudo de um único psiquiatra. Respondi à petição mantendo a prisão preventiva, já que o réu havia confessado o crime, e informando ao advogado que as provas arroladas não me conduziam à conclusão de imputabilidade, que aquele crime carecia de profunda investigação. Dois dias depois, recebi a visita do assessor de um importante político, acompanhado de um advogado ligado às mais altas esferas do poder jurídico, que me trazia um claro recado do Supremo. Eles sabiam que meu filho havia cometido crimes, estava respondendo processo por porte e tráfico de drogas e poderia ser preso a qualquer momento ou imediatamente. Aquilo me assustou. Meu filho era um jovem e promissor estudante de Medicina, um ótimo aluno, assíduo, responsável. Estava dirigindo sob efeito de álcool, na época isso nem era crime. Só em junho de 2008 entrou em vigor a lei seca. Com a droga, qualquer quantidade encontrada caracterizava tráfico e poderia, sim, terminar em prisão. Meu filho negava e até hoje nega veementemente a posse dos entorpecentes. Hoje, como médico, faz campanhas antidrogas. Fora um erro dirigir após ter consumido álcool, mas estragar o futuro de um jovem médico. Desconhecia os motivos para Marcos Alcântara ter aquele nível de proteção, mas me senti impotente. Pedi algum tempo para pensar. Eles ficaram de voltar em duas semanas. Na segunda-feira seguinte, recebi outro envelope pardo. Dessa vez, as fotos eram de minha filha de dezessete anos, saindo da escola e entrando no veículo de um dos mais conhecidos traficantes de drogas. Aquilo, me chocou. Fui imediatamente para casa e confrontei-a com as fotos. Ela respondeu que o rapaz era conhecido de algumas de suas amigas e que ofereceu uma carona ao grupo, esclareceu que jamais ficou sozinha com ele, que tinha provas e que mal o conhecia, apenas entrou no carro com mais três colegas de classe. Expliquei que era um risco andar com desconhecidos e, assustada, ela prometeu que não repetiria. Foi um alívio momentâneo, meus filhos haviam sido flagrados por câmeras muito atentas em horas erradas. Estavam sendo seguidos, fato. Mas eram inocentes. No dia seguinte, no entanto, fizeram chegar às minhas mãos mais um envelope similar aos anteriores. Esse não continha fotos, mas uma mensagem feita com letras recortadas, onde se lia: "A verdade é relativa e forjável, contra fotos não há argumentos". Eu entendi o recado.

CINQUENTA E DOIS

RODRIGO, TÁCIA E BARROS, SENTADOS AO REDOR da mesa com Heitor, ouviam atentamente.

— Então o senhor não concordava com a sentença? — perguntou Tácia.

— Claro que não. Mas neste país, vocês sabem, manda quem tem poder, obedece quem tem juízo. Meus filhos foram oferecidos como boi de piranha, mas não tinham culpa de serem meus filhos. Aparências forjadas por mãos poderosas poderiam facilmente condená-los. Recebi mais de uma vez a dupla de pilantras em meu gabinete e eles foram categóricos, queriam ver decretada a inimputabilidade de Marcos Alcântara Lustosa. E assim foi feito. Essa é a mancha em minha carreira. E o velho juiz finalizou o relato.

Rodrigo se antecipou.

— Então, o senhor concorda que Humberto pode não ser inimputável?

— Lógico, meu ponto de vista jurídico desapareceu por completo numa canetada que torna o ilícito em lícito.

— Que bom, Dr. Heitor — comentou Rodrigo. — Pois, como sou o médico que acompanha o Humberto no HCT, sempre senti que o perfil dele não bate com o de um psicopata, eu estava confuso com o diagnóstico.

— Rodrigo, precisamos ter muito cuidado com o que escrevemos, pois para um juiz como eu e para um médico como você, a caneta tem tinta de ouro ou de sangue. Sentenciar, como diagnosticar, tem o poder de mudar vidas. Precisamos ser imbuídos de extrema ética e moral. No meu caso, falhei no meu julgamento por amor aos meus filhos. Me consola o fato de que era o que o réu queria. Marcos Alcântara engrossava o coro da inimputabilidade que, supostamente, o livraria do cárcere.

— Ledo engano dele, doutor — interferiu Tácia. — Se tivesse matado e sido preso, já estaria solto, agora carrega a pecha de louco, o que é indelével. Por mais que ele não o seja, para a sociedade está mudo, castrado, morto.

— De fato — concordou o magistrado.

— Além de ouvir do senhor a sua verdade dos fatos, viemos aqui também para explicar que estamos tentando corrigir a injustiça feita, ainda que a pedido do próprio Humberto, injustiça cometida não pelo senhor, mas pelos alicerces do poder e corrupção nacionais. O senhor estaria disposto a nos ajudar nessa empreitada?

— Sim, também quero recolocar a justiça nos trilhos, contem comigo. O que foi feito de Humberto? Achei que já tivesse morrido ou enlouquecido de fato.

— Ele está internado, sofreu um acidente ou tentativa de suicídio — informou o médico, acentuando as aspas com movimentos das mãos no ar à moda do juiz. — Mais parece tentativa de homicídio. Mas está se recuperando bem e sob vigilância diuturna de nossa gente.

— Enfim, uma boa notícia — concordou o juiz.

— Sim, a doutora Tácia conseguiu algumas benesses para ele.

— Eu soube que tinha talento desde que a vi, doutora. — O juiz sorriu com genuína admiração — É advogada há muito tempo, doutora?

— Sou formada há cinco anos, doutor.

— E o Dr. Rodrigo, qual seu propósito? — perguntou o juiz.

— Sou responsável legal por Humberto, eu o conheci em estado letárgico, assim que cheguei no Hospital de Custódia e Tratamento, onde ele cumpria a medida de segurança. Em seguida, veio o acidente suspeito e ele foi internado na Santa Casa. Descobri e me encantei com os relatos dele e foi assim que percebi, nessa anamnese às avessas, que o quadro não batia.

— E você, Barros, como entrou nessa empreitada? — perguntou o velho magistrado.

— Estou aposentado também, doutor. Entrei na história quando o

Rodrigo apareceu do nada em minha porta, assim como aparecemos na sua, e me explicou suas suspeitas, que também eram minhas.

Mais tranquilos, tomaram café, coado pelo próprio juiz. Agradeceram a acolhida e retornaram para casa, pois havia muito chão até a cidade.

CINQUENTA E TRÊS

Na sala do apartamento, sentados lado a lado na mesa redonda de jantar, estavam o delegado Barros, que trazia sob o braço um calhamaço de pastas, Amanda e Tácia, com alguns relatórios, e Marcela, sentada de forma pouco confortável, como se estivesse pouco à vontade ou como se não estivesse entendendo seu papel naquilo tudo.

Era dia de colocar as cartas na mesa, atualizar todos os membros da força-tarefa dos últimos acontecimentos.

— Podemos começar? — questionou Amanda.

— O médico não vem? — perguntou Marcela, estranhando a ausência de Rodrigo.

— Sim, Marcela, ele está chegando. Foi resolver um pequeno detalhe e daqui a pouco estará conosco, mas já podemos começar.

Tácia recapitulou os fatos desde a chegada de Rodrigo ao HCT, de suas suspeitas em relação às incongruências do caso. Fez correr entre os presentes cópias de relatórios, fichas médicas e dos escritos de Humberto que corroboravam a tese de que ele sofrera uma injustiça, aventou as teses jurídicas levantadas e disse que eram unânimes na ideia de que o caso dele merecia ser investigado a fundo. Apresentou o delegado Barros a Marcela e explicou de forma sucinta sua participação nas investigações, que foram retomadas por ele informalmente e estavam em curso.

— O padrão comportamental de Humberto não bate nem com o descrito nos relatórios do HCT, nem com as acusações que lhe foram imputadas — alertou Amanda.

— E que ele confessou, diga-se de passagem — completou Tácia.

— Os relatos de Humberto também denotam empatia, coerência e senso comum, o que, do ponto de vista médico e psicológico, dista do perfil de um assassino. Mais que isso, Humberto vive consumido pela culpa, não pelo ódio, não pela vingança, o que corrobora com nossa tese.

— Agora que fizemos essa breve introdução...

Amanda foi interrompida pelo barulho da chave na fechadura da porta. Rodrigo entrou. E entrou acompanhado.

— Entrem, por favor, sejam bem-vindos!

Na soleira, indeciso entre entrar e fugir, estava um Humberto completamente diverso do que Marcela se lembrava. Curvado, vestia uma calça caqui folgada e um moletom provavelmente emprestado de alguém, já que era claramente muito grande para aquele corpo magro. Tinha uma sacola, aparentemente vazia, nas mãos. Não usava algemas, mas comportava-se como as usasse ainda. Inconscientemente, mantinha a postura de preso, encarcerado que estava em suas próprias mazelas.

Havia alguém atrás dele. Percebendo sua atitude vacilante, Rodrigo colocou delicadamente um dos braços no trono dos ombros de Humberto.

— Ora, meu amigo, deixe disso. Vamos, estamos entre amigos. Venha, Carlos, entre também.

Conduzido até o sofá, Humberto foi ladeado por Rodrigo e Carlos. Marcela, foi até ele em silêncio e, emocionada, agachou-se. Suavemente, colocou o rosto do homem entre as mãos.

— Ah, Bertinho!

Ao ouvir a voz doce de Marcela, Humberto ergueu os olhos opacos que se encheram do brilho típico da esperança.

— Marcela! Não vi você...

— Eu vejo você, meu amor! Como sempre vi. Eu vejo e amo você, meu amor. E não aceito perder mais um minuto sem dizer isso. Meu amor, estamos aqui por você e para você. Acreditamos que, se você finalmente enfrentar a verdade dos fatos, conseguirá libertar-se dos terrores que o atormentam e viver a paz que merecemos. — Marcela fez uma pausa. — Por muitos anos, fiquei calada, me sentindo abandonada. Quando você partiu, achei que não me amasse. Vivi a minha vida sem querer incomodar. Mas agora vejo que você precisa de mim e estou pronta para ficar ao seu lado. E hoje digo, destemida de rejeição, mesmo que você não me ame, estarei ao seu lado até o último dia de nossas vidas, como amiga dedicada.

— É o que mais quero, amada minha. É o que eu sempre quis... por favor, não me deixe.

Todos se sentiram tomados pela emoção. Ainda mais quando Humberto falou:

— Dra. Tácia, soube que sua petição foi brilhante, obrigado.

— Humberto, se alguém aqui tivesse que ser chamado de doutor, seria você, além do mais, tenho a idade da sua filha, pode me chamar de Tácia. Você, para mim, é uma lenda viva, mas nem por isso vou chamá-lo de senhor.

Após alguns momentos de reencontro, os ânimos foram acalmando, Amanda trouxe um chá de maçã com canela, que enchia o ambiente com cheirinho de casa. Havia também café e rosquinhas e o lanche fez todos se recuperarem do impacto da chegada de Humberto.

Reapresentado ao delegado Barros, Humberto ouvia maravilhado as notícias das novas investigações que o delegado e seus colegas policiais da ativa estavam fazendo ainda de forma informal e era colocado a par dos resultados das investigações. Não estava acostumado a sentir-se acolhido, bem-quisto e amado. Sentia-se em um milagre. E brotava dentro dele uma vontade de lutar, de participar da força tarefa. Estava finalmente pronto para pagar pelas consequências de seus atos. Não queria mais ser inimputável. Sentia a necessidade de remover o manto da invisibilidade e juntar-se à plêiade de destemidos detetives, em prol da verdade e do bem.

Rodrigo mostrou o quarto, o banheiro e algumas mudas de roupas. Ele já não precisaria viver de camisolas e roupões de hospitais, andrajos velhos ou roupas emprestadas. Tinha, finalmente, roupas e sapatos limpos, sentia-se acolhido por todos e amado por Marcela. Por ordem judicial, não podia sair do apartamento, exceto com autorização do magistrado que expediu a liminar. Cumpria prisão domiciliar, mas não havia problema algum, tudo melhorava imensamente em sua miserável vida. E sabia que, de alguma forma, era reflexo das potentes e generosas preces de Raimundo que, de onde quer que estivesse, olhava também por ele.

Graças às petições de Tácia, foi possível resolver dois problemas: sua permanência prolongada na Santa Casa e o justificado pavor de retornar para o HCT. Enfim, estava sob custódia para cumprir medida de segurança domiciliar em função de seu estado delicado, tendo Rodrigo e Amanda como tutores.

Por volta das 20h30, dispensadas as visitas, Amanda, Rodrigo e Humberto sentaram-se após o primeiro jantar e puderam conversar. E foi então que Rodrigo conseguiu fazer a pergunta pela qual tanto aguardara:

— Humberto, por quê?

O homem sentado à sua frente procurou resgatar de súbito muitos anos de tristeza e, com a expressão séria, balançou negativamente a cabeça. Rodrigo imaginou que ele fosse dizer que não sabia. A resposta era a ponta de um fio enovelado. Talvez Humberto precisasse de muitos dias para pensar, meses, quem sabe, para descobrir os porquês. Mas, num fio de voz, respondeu à pergunta com outra pergunta:

— Pode alguém ser refém dos próprios atos, da própria culpa?

— Desculpa, não entendi.

— A culpa sempre esteve comigo, doutor, desde as primeiras gotas de vinho na eucaristia. Nunca fui amado pelos meus, separei-me de quem amei, segui caminhos que não escolhi. Quis ser médico, tornei-me advogado. Quis me casar por amor, fui casado por conveniência. Aceitei suceder a Feliciano, achando que fazia o certo, mas apenas perpetuei um império de corrupção. E, no fim, matei alguém... não há mistério, nem questionamentos. Foi minha culpa. Sempre minha. Por nunca saber dizer não, por nunca tomar a decisão certa.

— Você não precisa ter pressa, pode também, se preferir, escrever uma resposta — sugeriu Amanda, contemporizando, ao perceber a crescente agitação de Humberto.

— Não precisa. Finalmente, sei a resposta, sei o motivo. Foi por culpa, que transformei em gratidão. E por gratidão, me enfiei nessa enrascada. Por respeito ao velho Feliciano, tomei rumo diferente do pensado para minha vida. E passei a viver a dele para não desamparar sua família, para não abandonar o seu escritório. Achei que estava fazendo o bem, enquanto contrariava os planos de quase todos ali. A resposta certa era: Não. Mas eu dizia sim. Resultado, fui me comprometendo mais e mais. Não poderia ter feito diferente.

— Entendo perfeitamente — afirmou Amanda.

— Você não tem medo de mim?

— Não, claro, que não. Você nunca foi ao médico? — Amanda estendeu as mãos e tocou as dele.

— Eu achava que teria que ir à igreja. Ao terreiro, ao centro espírita. Andava com o mal. Era um possuído. Por que iria ao médico?

— Nunca lhe ocorreu que isso poderia ser uma doença?

Humberto sacudiu a cabeça, com cara de incredulidade.

— Mas é uma doença, Humberto — afirmou Rodrigo, calmamente. — Eu sou seu médico e posso dizer com toda segurança que você tem uma doença neurológica que ocasiona o que você denomina "o mal".

Humberto olhava de um para o outro, incrédulo.

— Tenho exames que podem comprovar o que digo, eis aqui o seu eletroencefalograma, tomografias e ressonâncias magnéticas do seu cérebro. Leia o laudo.

Humberto tomou os papéis nas mãos e leu: epilepsia.

Rodrigo continuou explicando.

— A ressonância magnética identifica a presença de cicatrizes como possíveis causas estruturais das crises e a tomografia computadorizada, embora menos detalhada, identifica, através das cicatrizes, as lesões traumáticas ao encéfalo, ocorridas no passado. Estas são regiões de cicatrizes no encéfalo, localizadas no lobo frontal e no occipital. O eletroencefalograma detecta ainda uma série de padrões anormais na atividade elétrica do cérebro típicos de epilepsia. Há atividades que podem provocar crises, eventos ansiogênicos, que levam à hiperventilação, ou estimulação luminosa. É por isso que, em momentos de forte estresse ou sob iluminação intensa ou oscilante, você podia ter as crises. E sem medicação, as crises podem ser mais intensas ou frequentes, é difícil afirmar.

— Mas o fato mais importante é que, ao contrário do que você imaginou, você não é o "mal", não tem nenhuma possessão, não provoca náuseas, nem nojo nas pessoas — lembrou Amanda. — Precisamos desconstruir esse preconceito. A epilepsia é uma doença neurológica benigna, não infecciosa, que não causa males a terceiros. Pode ter alguns episódios desafiadores, mas, com a medicação correta, você não terá mais crises. E eu conheço um certo médico que pode prescrever a dosagem correta de sua medicação.

Humberto caiu num choro aliviado. Agora compreendia.

Descobriu que fora drogado por Mirtes e Nogueira, que acabaram sendo descobertos e presos. Ficou sabendo do gigantesco empenho e comprometimento de Rodrigo e Amanda, e do esforço da advogada Tácia, para conseguir sua saída da Santa Casa.

Ainda havia pontos obscuros e tanta coisa das quais não se lembrava. E havia o crime. Mas era tarde, e após entender, concordar e tomar as suas medicações corretamente, pediu licença, levantou-se e saiu, já sonolento, em direção ao quarto.

— Boa noite, doutores — acenou, voltando-se da porta do quarto. — Vocês estão me devolvendo a vida. Obrigado. Fiquem com Deus.

— Boa noite, Humberto. Amém!

— Como imaginar que uma criatura assim tenha cometido um crime, não é?

— É, minha querida, difícil imaginar.

CINQUENTA E QUATRO

Cooperativo, Humberto tenta relatar os ocorridos, mas fica claro que ele não se recorda dos detalhes. O excesso quantitativo e qualitativo de medicações havia de alguma forma bloqueado algumas partes de sua memória. A luta entre o desejo de seu corpo por cooperar e a recusa de sua mente em responder o põe sob pressão.

— Tudo bem, Humberto, já temos alguns dados na carta que Marcela nos entregou. A carta conta sobre os motivos da chantagem e a sua verdade sobre o dia do assassinato.

— Isso, e a carta também fala de sua chegada — completou Humberto.

— Não, nenhuma menção a mim. E olha, me sentiria lisonjeado se tivesse sido citado no seu relato, eu certamente me lembraria. Essa carta nos chegou por Marcela.

— Algo errado? — perguntou a psicóloga.

— Essa última carta a que se refere, doutor, foi enviada à Marcela. Mas tenho certeza de que mencionava o primeiro contato com o senhor... O senhor a teria aí?

— Claro, posso ler para você?

— Por favor! — agradeceu Humberto.

Rodrigo pigarreou e começou a leitura. Humberto sacudia negativamente a cabeça.

— Está tudo bem, Humberto? — questionou Amanda. — Talvez não seja uma boa ideia continuarmos com a leitura dessa carta.

— Não, doutora, não é isso, essa não é a última carta.

— Como? Há outra carta? — Rodrigo estava surpreso.

— Sim! Estou certo disso. Há uma carta final que menciona a chegada do médico. Essa carta ficou no HCT, como uma garantia de que a verdade que eu conhecia viesse à tona em caso de atentado contra a minha vida.

— Por que não nos disse antes?

— Não tinha certeza, a cabeça anda estranha. Mas quando o senhor começou a leitura, vi que não era a última. Eu relatei a sua chegada, até para me proteger. Eu o via como uma ameaça, uma extensão de Otto, Cibelle, Mirtes e Nogueira, por isso não quis conversa com vocês, quando me procuraram na Santa Casa.

Aos poucos, Humberto foi revelando detalhes daquilo de que recordava e do conteúdo visceral dessa mensagem. Lembrava-se de tê-la ocultado na mobília. Rodrigo e Amanda se entreolharam preocupados, será que a carta ainda estaria lá?

Deixando Humberto aos cuidados de Carlos, voltaram imediatamente para o HCT. Vasculharam a solitária e, no caminho, trombaram com Dona Eulália. Se havia alguém ali que sabia das coisas, era ela.

— Dona Eulália, bom dia!

— Ô doutor... Doutora... Bom dia! Já cedo na labuta?

— Estamos procurando algo que o Humberto deixou por aqui, foi dado como perdido, ou escondido, não sabemos bem.

— Como ele está, doutor?

— Está melhorando, finalmente conseguimos algum contato com ele.

— Foi um ano em que o mudo passou bem abilolado, mas a pá de cal foi quando ele recebeu aquela visita e ficou estuporado de vez.

— E a senhora não sabe quem era a visita? — perguntou Amanda.

— Ah, doutora, eu não conheço o homem não, mas era um homem branco, cabeçudo, meio atarracado e careca, cabelo empastado pro lado.

— Gregório! — sugeriu Rodrigo.

— Dizia que era amigo dele, mas eu acho que era o advogado, pois vira e mexe estava aqui para ver o seu Humberto. E não parecia ter carinho de amigo, parecia uma treta. Os dois bateram boca dentro da cela. Até o mudo, que era sempre calmo, se alterou.

— Precisamos que procure uma coisa na cela dele, com urgência.

— Claro, o que seria?

— Uma carta, Dona Eulália — informou Amanda.

— Carta? Agora, a senhora me pegou. Onde achar uma folha de papel?

— Na mobília, ele disse.

— Só se for nos canos da cama hospitalar, vou lá ver!

Amanda e Rodrigo despediram-se dela e seguiram rumo ao almoxarifado, onde ficavam os prontuários, dispostos a recolher também o máximo de dados e fazer cópias dos documentos. Algum tempo depois, Dona Eulália entrou na sala, esbaforida.

— Doutor... Doutora... achei o papel! Não sei se é o que vocês queriam. O Tonho e eu fomos lá, desmontamos e achamos esse papel escondido no cano da armação da cama. — A senhora sacudiu o papel no ar com risco de rasgá-lo, Rodrigo correu para pegar, mas Amanda foi mais rápida.

— Dona Eulália! Precisamos ter muito cuidado com ele. Pode ter muitas respostas aí. É um papel velhinho, né? Vai que rasga...

— Tem razão, doutora, tá aqui.

— Obrigada, Dona Eulália, a senhora salvou o dia.

A vontade irresistível de abrir e ler o conteúdo era imensa, mas o cuidado com a integridade do que poderia ser uma prova relevante fez com que Rodrigo e Amanda aguardassem mais uma vez, para abrir a carta na presença do delegado Barros e de Tácia, fiel depositária de algumas revelações. Finalmente, a última carta seria lida para todos, inclusive Humberto.

* * *

Após quase 19 anos de institucionalização, eu havia feito as pazes com minha culpa, mesmo dentro desse inferno branco. O tempo acomodou as revoltas abafadas, os suicídios silenciados, as intrigas constantes. Funcionários fingiam trabalhar, outros nos tratavam com um mínimo de humanidade, e até a medicação foi reduzida. Os médicos diziam que eu evoluía bem, de uma doença que nunca tive. Aceitei que não tinha família, advogado ou direitos civis. Fui apenas um covarde, fugindo do peso das consequências. Meus únicos laços eram os internos, companheiros de jornada. As visitas cessaram. Cibelle e as crianças, agora adultos, nunca voltaram após minha transferência e a assinatura dos papéis que me tornaram, oficialmente, um incapaz.

Fiz certa amizade com alguns funcionários, embora ninguém queira realmente ser amigo de um louco. No hospital, acreditava-se que um doido ocupado era um doido manso, e talvez por isso me trouxeram livros, papéis e canetas, tentando me manter distraído. Eu agradecia do meu jeito, ajudando na cantina, limpando o chão. De algum modo, gostavam de mim. Ia vivendo em relativa paz.

Um dia, tudo mudou. Eu reconheci Gregório de pronto. Antes mesmo de Dona Eulália anunciar: Esse veio lhe visitar. Sumira pouco mais de um ano após a internação. Há nãos não via aquela víbora. O tempo passou, mas sua presença ainda me trazia as piores recordações do mundo exterior. Os piores laços. Eu reconheceria aquele olhar de hiena raivosa, mesmo em meu leito de morte. O olhar apertado das falcatruas, o mesmo olhar especulativo dos esquemas superfaturados. Grande parte do mal que havia em mim foi fruto da maldade dele. Aquele era o meu sócio, "Gregório, o que agregava", como costumava se autodefinir, sempre com um braço a envolver o ombro de alguma vítima. Um filho gestado no ventre da falta de ética e acalentado no berço do mau-caratismo. Era o Gregório que eu conhecia.

O que eu não reconhecia, por mais que tentasse atinar, era o motivo que o trazia até ali, já que ele jamais fazia coisa alguma sem que levasse algum tipo de vantagem, preferencialmente, às escondidas. O que viera fazer aqui e que tipo de vantagem queria tirar de mim?

Esperou pacientemente que Dona Eulália se retirasse. Uma vez a sós, sem qualquer cerimônia, puxou a cadeira de ferro e se sentou à minha frente.

Olá, meu velho amigo, como está você? Velho amigo, que ironia, pensei, a quem está tentando enganar? Ajeitando-se na cadeira infinitamente menor que seu corpo, disse: pra que tanta hostilidade? Afinal, livrou-se da cadeia. Isso não é bom? E ganhei um universo cheio de nada. Está sendo ambicioso, não se pode ter tudo, meu amigo. Sou um assassino, não tem medo de mim, Gregório? Se eu quisesse, poderia matar você nesse exato minuto. Duvido! É preciso coragem para se cometer um crime, meu amigo. Você teve a chance de matar Arlene. Eu o faria mesmo com uma arma de brinquedo.

Desumano. E pior, era um dos raros momentos em que Gregório parecia dizer a verdade, eu era mesmo um covarde. Vim porque queria olhar para você, para me certificar de que você estaria realmente morto e não poderia mais me prejudicar. E qual a sua conclusão? Morto. Bem morto! Então, veio me matar? Matar você, de novo? Claro que não! Não precisei me dar a esse trabalho. Você já fez isso por mim.

Não estou morto, Gregório! Bastava procurar a imprensa. Contar tudo o que sei e você estaria aqui, junto comigo. Ou pior, na cadeia, você e os grandes. A imprensa, meu caro? A mesma que o condenou? Sou um homem honrado, temente a Deus, trabalhador. Você é o culpado! Mas isso não é a verdade! A verdade? A verdade não existe. Vivemos num mundo de aparências. E, aparentemente, eu sou inocente e você, o único culpado. Isso não é justo! O mundo é dos injustos. Os justos são os otários que pagam para gente como eu e você ficarmos ricos. Eu não tenho consciência dos erros, por isso, não tenho culpa de nada. Culpa é coisa de gente primária, como você, meu caro Marcos Alcântara, seu jogo foi encerrado.

E as crianças, como estão? Perguntei apressado, antes que ele saísse. Estão bem, na faculdade. A mãe é um pouco ausente, mas foram bem orientados pelo pai, e em minha tosca inteligência, fiquei surpreso. Um elogio depois de tudo, obrigado!

Gregório, que já ia saindo, voltou-se e deu um forte murro em meu rosto. Seu verme! Não me faça lembrar que a minha mulher um dia se deitou com você. Ele me empurrou contra a parede. Não estava me referindo a você! Eu sou o pai deles. Agora legalmente. Me casei com Cibelle e os perfilhei.

Fiquei mudo, perplexo, meu estado catatônico aumentou o seu prazer: Na verdade, você sempre suspeitou que eles fossem muito mais meus do que seus, não é? Nunca desconfiou que seu, digo, nosso primogênito, nasceu grande demais para sete meses? Que ingênuo!

E então partiu, deixando um cadáver atrás de si. Fui envenenado pela picada da víbora peçonhenta. Fui um joguete, uma marionete. Ele mandava em tudo. Tudo uma grande armação. O mal estava chegando. Como sempre, me tomou. Apaguei. Quando acordei, não tinha vontade de conversar, de ler, de escrever, de comer, de andar, não tinha vontade de respirar.

Está cada vez mais difícil me mover, mas enquanto posso, vou relatando aqui o que me motiva a dar um fim à minha vida. Há dias em que meu corpo amanhece completamente estático. E quando dou conta, escrevo um pouco a cada dia.

Hoje, vi pela abertura da janela que um novo médico chegou ao hospital, quis saber de mim, serei mais uma vez alvo das atenções. Mas eu só quero morrer.

Minha cabeça oscila entre a terra e o céu, sinto-me dopado e, ao mesmo tempo, cheio de vontade de morrer. O mal visitava-me com frequência, sei pelo estado em que meus olhos se abrem, com a cara espalmada no chão. Minha vida tornou-se uma sucessão de atos humilhantes. Assim que meus braços e pernas me obedecerem, assim que tiver forças, cumprirei a minha sentença.

Finalizo aqui essa carta com mãos que se recusam a escrever mais.

* * *

Ao finalizar a leitura, Humberto chorava, sincero e silencioso.

— Não é de estranhar que, a partir dali a sua vida tenha se tornado insuportável. — Amanda aproximou-se dele, pousando a mão em seu ombro. — Seu inconsciente, quebrado, acabou preferindo paralisá-lo através da catatonia a permitir que tomasse mais decisões, a seu ver, equivocadas.

— Certo, até aí, todos compreendemos. O que não me entra na cabeça é que esse homem, mal coordenando os membros, possa ter atentado contra a própria vida, numa tentativa de enforcamento. Não parece estranho? — questionou Tácia.

Silêncio geral.

A pequena advogada, de dimensões intelectuais gigantescas, estava correta mais uma vez.

Até que o delegado Barros falou:

— A menos que ele não tenha feito isso...

— Exato, doutor. Creio que ele de fato não ... — Tácia ia seguir, mas como num estalo, mudou o rumo da prosa — por enquanto, é só, vou voltar para casa agora mesmo e redigir os termos da petição.

Por fim, dirigindo-se a Humberto, disse:

— Erga essa cabeça. Não jogue a toalha ainda. Você não sobreviveu a tudo isso para desistir agora, não é mesmo? — E olhando para Rodrigo, Amanda e Barros, piscou: — Meus caros doutores, aguardem e confiem!

CINQUENTA E CINCO

— *O QUE VOCÊS PRETENDEM FAZER QUANDO* chegarem frente a frente com o muro? — perguntou Humberto.

— Como assim, Humberto? — questionou Marcela, evasiva, mas sincera.

— Quando eu me sentava na beira do rio em Brejo das Neves com você, Marcela... lembra que você sempre me perguntava o que eu faria no dia em que a minha estrada chegasse ao grande muro?

— Grande muro? — repetiu Amanda.

— Sim, doutora! A morte... — respondeu Marcela.

— Ela não falava em morte. Nessa época, falávamos dos nossos caminhos, o que seria de nossas vidas. Se pudéssemos, faríamos o tempo parar para seguir. Mas sabíamos que nossos caminhos seguiriam, como seguiram, rumos diversos.

— Era a nossa primeira vez. Havia muito a viver. Estávamos muito distantes do muro, querido, lembra, Bertinho? — perguntou Marcela. — Devíamos ter uns quinze anos.

— Como se fosse hoje, minha amada — Humberto recostara no colo de Marcela e olhava para o teto. — Tínhamos tantos planos, futuro, filhos... Eu preciso confessar algo a vocês. Além de toda a armação, o que mais me doeu muito na visita de Gregório foi perder meus filhos. Nunca fomos chegados, é verdade. No fundo, eles até pareciam saber. Mas para mim, eram uma esperança.

— Como assim uma esperança? — perguntou Tácia. — Com filhos como aqueles, não creio que restassem muitas esperanças, meu caro! Eles não têm mesmo nada de você.

— Tácia! — Amanda tentou questionar o comentário da colega.

— Tem razão, doutora, hoje vejo que nunca foram meus. Mas era a esperança de ter filhos um dia. Eu tive caxumba no internato, agravou, diziam que a caxumba desceu para as gônadas. E que eu não poderia ter filhos nunca mais. Por essa razão, mesmo sendo quem são, os filhos de Cibelle eram uma esperança para mim, que sempre quis ser pai.

— E vocês? — perguntou Humberto. — Já pensaram no que farão quando chegarem ao muro?

Rodrigo e Amanda fizeram que não com a cabeça.

— Eu não gosto de falar de morte — completou Tácia.

— Entendo, doutora. Mas pensando ou não, ela um dia virá — lembrou Marcela com voz embargada.

— Às vezes, acho que o meu muro está próximo. Já não sinto mais culpa. — Humberto sorriu.

— Não diga bobagens! – Ralhou Marcela.

— Vou fazer um café, vocês aceitam? — Humberto levantou-se, ainda com um sorriso. Todos quiseram.

* * *

Ao longo do processo todo, muitas vezes com a presença do Dr. Heitor ou Barros, Tácia repassava os detalhes do caso e concluíam que ainda havia indícios de erro. Baseavam suas investigações nas três perguntas fundamentais em qualquer investigação: Quem, como, quando? Isso levava à motivação. A motivação até então parecia ser poder e vingança. E Humberto não parecia ser movido por nenhum dos dois sentimentos.

Ainda assim, era Humberto quem cumpria medida de segurança enquanto o verdadeiro assassino estava à solta. Seu caminho para a liberdade passava pelo cumprimento da pena pelo assassinato de Arlene. No manicômio judiciário passara agruras que não contaram um só dia para a redução de sua pena efetiva.

Tácia pleiteava também retirar Gregório do pedestal de santo e colocá-lo no banco dos réus. Pretendia que ele fosse indiciado por homicídio doloso, por ter influenciado na tentativa de suicídio de Humberto.

— Acho ousado — argumentou Heitor.

— Arrojado, talvez. Mas é tudo ou nada. E o não, já temos, doutor! — completou Tácia.

Heitor olhou para Barros, que disse:

— Desculpa aí, chefia, mas estou com eles. Eu também arriscaria.

— Que seja então — riu Heitor, divertido. — Sou voto vencido. Orar para que peguem um juiz mente aberta e não um da velha guarda, como eu.

— E nossa carta na manga, Barros? — Segredou Tácia.

— Estamos progredindo, doutora — Respondeu ele. — A questão é o prazo.

CINQUENTA E SEIS

— *Meritíssimo, para a defesa, fica a cada dia* mais claro que o senhor Humberto Marcos Alcântara Lustosa não cometeu esse crime — disse Tácia.

— E como a senhora pode provar isso, doutora? — perguntou o juiz.

— É sabido, excelência, que o paciente é portador de epilepsia, doença cujas crises são desencadeadas por forte tensão emocional. Seria impossível imaginar que, diante de um assassinato iminente, o paciente estivesse tão tranquilo e calmo, a ponto de não ter uma crise de epilepsia. Pelo contrário, sabemos pelo relato dele que ele estava "ausente" da cena do crime, não se recordando de nada do que aconteceu. Tanto que atribui ao "mal" a realização do ato.

— E que provas a doutora traz da doença do acusado?

— Aqui estão, meritíssimo, os exames de imagem realizados no paciente, assim como os exames de eletroencefalograma. Há também os relatos clínicos de um neurologista que passou a acompanhar o senhor Humberto, após a custódia concedida ao Dr. Rodrigo, podendo constatar que, de fato, o paciente apresenta crises eventuais de epilepsia crônica não tratada.

— Essas provas estão nos autos, doutor? — perguntou o promotor público.

— Estão sendo juntadas, meritíssimo — respondeu a advogada.

— O promotor tem alguma objeção à juntada desses documentos? — perguntou o juiz.

— Nenhuma, meritíssimo.

— Muito bem, peço que conste em ata a juntada dessas novas provas e que sejam disponibilizadas para a promotoria. Mais algum ponto a ser discutido, doutor? — arguiu o juiz.

— Sim, meritíssimo, como já foi constatado, o nosso cliente não sofre de transtornos mentais do tipo que o incapacitem de ser imputado por eventuais crimes ora cometidos, assim sendo, solicitamos a este juízo que seja revogada a inimputabilidade conferida ao senhor Humberto Marcos de Alcântara Lustosa.

No auditório, ouviram-se vozes de espanto, como assim os advogados depunham contra o próprio cliente?

— É o desejo da nobre advogada que o seu cliente venha a ser imputado? — perguntou o promotor. — Seria isso, doutora?

— Exatamente, senhor promotor! — repetiu Tácia. — A defesa do senhor Humberto Marcos gostaria que fosse revogada a sentença de inimputabilidade do cliente, visto que ele não apresenta nenhum quadro psiquiátrico que o prive da razão e do discernimento. Como acabamos de provar, o que ele apresenta é um quadro neurológico que causa crises convulsivas capazes de deixá-lo desacordado, em situações de risco ou estresse.

— O promotor tem alguma consideração a fazer? — perguntou o juiz. — Não? Muito bem, o juízo vai analisar o pedido de imputabilidade do senhor Humberto Marcos, que fique registrado. — disse o juiz, batendo o malhete. — Os nobres advogados gostariam de fazer mais alguma consideração?

— Sim, meritíssimo, temos uma última consideração a fazer — informou Tácia, levantando-se e caminhando calmamente em direção ao juiz e ao promotor. — Uma vez que o senhor Humberto Marcos de Alcântara Lustosa sofreu um episódio de enforcamento no Hospital de Custódia e Tratamento São Lázaro, vindo em seguida a ficar internado por longo período na Santa Casa, como é de amplo conhecimento e, considerando que, após perícia, configurou-se o ato como um atentado contra a própria vida, ou seja, uma tentativa de suicídio nós temos provas de que esse suposto suicídio foi incitado pela pessoa do senhor Dr. Gregório Tavares, à época advogado do nosso cliente, devendo ele ser indiciado por tentativa de homicídio doloso contra nosso cliente.

Mais uma vez, ouviu-se uma algazarra na plateia.

O juiz pediu ordem, enchendo o dedo na campainha várias vezes.

— Ordem! Silêncio! Silêncio, por favor! — gritava o juiz.

Gregório, na plateia, com a tez de um vermelho vivo, arregalou os olhos.

— Que provas os senhores têm dessas afirmações que acabam de fazer? — perguntou o juiz.

Tácia conduz o documento graciosamente até a mesa do magistrado, que contempla a carta de Humberto, onde ele relata em trechos grifados a visita de Gregório e a devastação emocionou que essa ocasionou.

— Mas trata-se da palavra de um contra a do outro. Essa prova, isoladamente, não é suficiente, doutora — informou o promotor. — Há alguma testemunha?

— Sim, meritíssimo. Gostaríamos de pedir que fosse ouvida em juízo a senhora Dona Eulália dos Santos Lima, funcionária antiga do hospital de custódia e testemunha ocular da visita de Gregório e da depressão ocasionada.

O promotor permitiu que Dona Eulália fosse ouvida. Seu depoimento confirmou a alteração de Humberto associada à visita de Gregório, que ela reconheceu e apontou facilmente no tribunal. Isso, associado à carta rica em detalhes, corroborava para a tese de que Gregório tivera influência na tentativa de suicídio de Humberto.

O promotor pediu que Gregório fosse ouvido. Sem ter como negar a presença no HCT no dia citado, ele confirmou o teor da conversa, mas negou ter incitado o suicídio de Humberto.

— Então, o senhor nega ter dito "morto, bem morto" como o senhor Humberto estaria naquela situação de cumprir mandado de segurança na instituição? — perguntou o promotor.

— Não, eu... — começou Gregório.

— O senhor nega ou não, senhor Gregório? — reiterou o juiz. — Atenha-se à pergunta, por favor.

— Não, não nego. Mas isso não influenciou...

Não foi ouvido. A algazarra feita pelos presentes na plateia do tribunal não permitiu que fosse ouvido.

— Bem, nesse caso, a contar pela fragilidade emocional do paciente, o Ministério Público vê, sim, indícios de influência em ato suicida — afirmou o promotor.

— Assim sendo, meritíssimo, pedimos que o senhor Gregório Tavares seja conjuntamente arrolado neste processo, pelo crime de tentativa de homicídio contra Humberto Marcos Alcântara Lustosa, por influência direta em sua tentativa de suicídio — concluiu Tácia, em um tom vitorioso.

Gregório tentou manter-se impassivo.

— Senhor Gregório, o senhor confirma que esteve no Hospital de Custódia e Tratamento na data referida?

— Sim, senhor.

— Gostaria de lembrá-lo de que, enquanto testemunha, o senhor deve saber disso, como advogado que é, que está sob juramento e tem a necessidade de dizer a verdade, podendo ser indiciado ainda por perjúrio.

O homem assentiu afirmativamente com a cabeça, dando ciência ao que dizia o juiz.

— O senhor de alguma forma ameaçou, torturou psicologicamente ou agrediu verbalmente o senhor Humberto Marcos, como consta nessa carta, sim ou não?

— Sim, não posso negar que estive no hospital de custódia, mas não influenciei de forma alguma na decisão desse senhor de se suicidar ou não — respondeu Gregório.

— Quero que faça constar na ata da audiência o que acaba de declarar o senhor Gregório e que fique registrada também a presente carta para ser analisada como prova pelo júri. Peço vista para que o promotor possa também analisar os documentos. Esse julgamento está suspenso. Voltaremos a nos reunir em quinze dias para novas deliberações — finalizou o magistrado, batendo o malhete.

* * *

Após a primeira vitória no julgamento, a força tarefa seguia reunida na incansável busca pela verdade que Gregório e sua horda de poderosos não conseguiam manipular. Rodrigo seguia no comando do HCT, dando o melhor de si pelos que realmente necessitavam expiar seus crimes motivados pela perda da razão. Amanda, além de dedicar-se à terapia dos pacientes do HCT, propiciando o alívio e a organização mental oferecidos pela Terapia Cognitiva Comportamental, em casa, cercava Humberto com os carinhos de uma filha, auxiliando na lida com as próprias mazelas emocionais.

Tácia revezava-se dos teclados dos computadores para os gabinetes dos juízes, diligenciando com esforço máximo a justiça por vezes lenta e inerte, para que também não continuasse sendo omissa no caso de Humberto.

Paralelamente, o delegado Barros conduzia investigações sobre a morte de Arlene, esmiuçava os relatórios periciais internos, conversava com grandes amigos peritos antigos, que conheciam novos peritos, que contavam com as mais recentes armas da investigação forense, arquivos, bancos de dados, dentistas, necrotérios, cemitérios. Colheram amostras de DNA, compararam arcadas dentárias. Investigaram também, agora com força policial e com a anuência do diretor Rodrigo, todos os arquivos de documentos e medicamentos do HCT. Tudo o que tinha registro foi buscado, lido e catalogado por Augusto Barros e seus colegas da polícia. Seguiram, com o auxílio inovador da tecnologia, o caminho do dinheiro e perceberam que havia ramificações internacionais de envolvidos. Bastou seguir o rastro do dinheiro para entender muita coisa que estava oculta.

O telefone de Tácia tocou. Ela atendeu.

— Obrigada, Barros! Isso é maravilhoso. Me mande tudo o que tiver por e-mail.

Desligou. Não se conteve e deu três pulinhos. Foi uma madrugada de petições, digitando velozmente, sem parar. Na alvorada, estava exausta, mas feliz.

A justiça arrastou-se para se pronunciar em resposta às petições de Tácia. Reunidos na sala de estar do apartamento de Rodrigo e Amanda, onde já se encontrava um ansioso Humberto e para onde se dirigiram o delegado, o magistrado e Marcela, ela anunciou:

— Foram meses de espera, meus amigos, mas a tese de imputabilidade foi acatada em parte pelo juízo. Conseguimos duas vitórias. Primeiro, Humberto foi imputado, ou seja, irá a julgamento como réu comum e, por se tratar de um crime hediondo, provavelmente irá a júri popular. Segundo, Gregório também foi indiciado.

Todos comemoraram, abraçando-se.

— Disso resultam duas coisas — informou Tácia, não tão animada. — Haverá um novo julgamento. Gregório, que até agora era testemunha, passa a ser réu e já deve ter sido intimado sobre seu indiciamento por tentativa de homicídio, por influenciar na tentativa de suicídio de Humberto.

Humberto franziu o cenho, sem entender.

— Como assim?

— Ao visitar você no HCT e dizer tudo o que ele disse, o instigou a cometer um ato suicida. Isso é crime.

— Sim, mas eu não... — começou Humberto.

— Shh ... Não importa... discutiremos o mérito depois. Você se sentiu morrer após o encontro devastador com Gregório, sim ou não?

— Sim, mas...

— Teve vontade de tirar a própria vida?

— Sim.

— Se tivesse meios, o faria?

— Bem, talvez, sim, mas...

— Pronto! Deixe o resto comigo, você precisa confiar em mim. Esse caso não será fácil. Estamos em desvantagem e precisamos que tudo o que você diga seja apenas o que eu perguntar. A segunda questão é a seguinte: você e Gregório ficarão no banco dos réus, terão que estar frente a frente. Você aguenta? Você passou por todas essas humilhações, pagou sem dever, levou a culpa por tanta coisa, sofreu horrores na fábrica de doidos que era aquele hospital... sem ofensas.

Humberto baixou os olhos e seguiu fitando o chão, calado.

— Então — continuou ela —, será que já não está na hora de partir para o tudo ou nada? Eu tenho uma chance em um milhão de ganhar esse caso, mas somente se você estiver comigo. Não posso garantir que venceremos, as chances são mínimas, mas tudo de que tenho certeza nesse momento é que não consigo sem você. Com você, somado a todo mundo aqui, a gente tem uma chance. E enquanto tiver um porcento de chance, temos noventa e nove por cento de vontade de vencer, isso eu garanto. Olhe para cada um nesta sala, estamos aqui por você.

Humberto ergueu o olhar de um para outro e sentiu uma réstia de esperança.

— Estou com vocês! Vamos juntos. Meu corpo vai ter que superar mais essa — respondeu Humberto, resoluto.

Marcela veio lentamente, como se flutuasse.

— Isso, meu amor. Estamos com você! A rainha está de pé e a salvo. Agora é a hora do xeque-mate!

— Ótimo! Vamos lá, então: haverá um novo julgamento, você e Gregório no banco dos réus, por motivos diferentes. Muito provavelmente será um júri popular. Gregório está sendo indiciado por induzir você a ideias suicidas. E você responderá pelo assassinato de Arlene.

Marcela se assustou:

— Ué, mas ele não vem pagando por esse crime já há tantos anos?

— Não, querida, esse é o problema — interferiu Humberto. — Estou cumprindo mandado de segurança, por conta de uma suposta insanidade, jamais fui apenado.

— Exatamente — concordou Heitor. — Fomos compelidos a conceder a isso.

— Ou alguém o conduziu a pensar que essa seria a melhor saída, alguém que manipulou toda a situação para apontar uma vítima, estimulou a vingança de Humberto contra Arlene e saiu inocente.

Humberto recordou em um *flash*.

— Gregório... Isso é verdade, foi ele quem veio com a ideia de inimputabilidade.

— Como é? — perguntou Rodrigo, atônito.

— Pois é — disse Tácia. — Me lembro de ter lido isso nos relatos. Agora precisamos descobrir as motivações. Todo crime tem alguma motivação. Encontrando os motivos corretos, encontraremos os verdadeiros culpados. Gregório foi o indutor direto de Humberto, que não percebeu a manipulação em momento algum.

— Mas, por quê? — perguntou Rodrigo.

— Pergunta do milhão, meu caro! Há fatos novos que preciso analisar, o julgamento já foi agendado para daqui a uma semana. Precisamos nos preparar.

— Nós precisamos que você se esforce para lembrar de detalhes, Humberto, e qualquer coisa, conta pra gente. — Tácia girou nos calcanhares, encarando o juiz — Dr. Heitor, o senhor, por acaso, conhece o juiz do caso? Poderia me informar se ele é do tipo correto?

— Corretíssimo! — afirmou o magistrado. — Ezequiel é um jovem juiz, cuja fama de diligência, honestidade e coerência já corre solta. Ele está sendo cotado para promoções em função de sua árdua luta em favor do bem. Observei ao longo do processo, e me corrija se eu estiver errado, que todas as demoras ocorreram por questões burocráticas ou processuais. Tanto ele, quanto o promotor, têm sido extremamente rápidos em suas decisões.

— Graças a Deus — disse Tácia.

— Isso não assusta? — perguntou Humberto.

— De forma alguma, Humberto, isso aumenta nossas chances. Estamos buscando a verdade. Não é nossa intenção mentir ou enganar ninguém. Talvez não consigamos provas para convencer o júri popular, mas levaremos ao tribunal a verdade dos fatos.

— Obrigado! Me senti agora representado pela lei, ironicamente.

— Aceite a decisão do juiz, tentaremos reduzir a pena que vier. Você já confessou o crime, apenas aceite pagar por eles. O resto será usado como atenuante. — aconselhou Heitor.

— Sei que você não era criminalista, Humberto — lembrou Tácia. — Mas confie.

— Eu vou ter que começar tudo de novo, não é, doutora? Como deveria ter sido desde o começo.

— Como deveria ter sido no começo — reafirmou Tácia.

Marcela se levantou e abraçou os três.

— Não importa, o que virá, Bertinho, estaremos juntos dessa vez. Boa sorte, meus queridos. Que a verdade esteja com vocês!

O momento de congraçamento da força tarefa foi interrompido por insistentes ligações para o celular do delegado Barros, que, aborrecido, decidiu deixar discretamente a sala.

— Barros, pois não! — Fez-se uma pausa. — Sim... claro! Europa? Isso é excelente! Quando será? Sim, preciso disso o mais breve possível. E o nosso outro assunto? Perfeito! Vou aguardar notícias suas. Muito obrigado!

Quando desligou, Barros sorria por baixo do farto bigode amarelado de nicotina.

CINQUENTA E SETE

— *Declaro reaberto o julgamento público* de Marcos Humberto Alcântara Lustosa e Gregório Tavares — informou o magistrado, dando continuidade ao júri. — Chamamos o réu Gregório Tavares para depor. Com gestos pesados, exalando sua contrafeição, Gregório se dirigiu para o púlpito. Não sem antes fuzilar Humberto e sua advogada, Tácia. — Com a palavra, a advogada de defesa do senhor Humberto Marcos — finalizou o juiz.

— Senhor Gregório, o senhor soube ou ouviu dizer que este homem, Humberto Marcos Lustosa, tenha assassinado de forma brutal a senhora Arlene Sousa e Dias?

— Sim, ele a matou e confessou — confirmou Gregório, com ódio no olhar.

— O senhor acredita que ele realmente a matou?

— Sim, ele saiu com a vítima naquela noite, foi a última pessoa vista com ela em vida.

— Certo, então o senhor poderia reafirmar aqui, perante este júri, que o senhor Humberto Marcos Alcântara Lustosa é culpado pelo crime hediondo de assassinato da senhora Arlene?

— Sim, doutora. Será que, a essa altura do campeonato, ainda pairam dúvidas a esse respeito?

— Claro, senhor Gregório — disse a advogada, girando e dirigindo-se ao juiz. — Meritíssimo, eu gostaria de pedir que fosse adicionada ao processo a prova pericial de número 209, que apresento neste momento. Após exumação do corpo sepultado como sendo da senhora Arlene, observou-se que não está comprovado que o corpo era efetivamente dela. Permissão para me aproximar... Como pode ver, mais uma vez, o Dr. Gregório mente em suas afirmações diante deste juízo.

No auditório da câmara do júri, o alvoroço crescia com os comentários diante da informação.

— Como não? Mas é um absurdo o que esses advogados recém-formados fazem para ganhar fama! — gritou Gregório.

O juiz apertava o botão da estridente campainha, dirigindo-se simultaneamente a Gregório e, aos berros, solicitou ordem e silêncio. Somente findado o burburinho, o magistrado estendeu a mão a contragosto para Tácia, recolheu e examinou os documentos, em seguida, pediu vista, suspendendo o julgamento por uma semana.

Tácia retornou para junto de Humberto, sentou-se e sussurrou nos ouvidos dele:

— Pronto, Humberto, está tudo saindo conforme planejamos. A raposa está atiçada pelo cheiro do galinheiro, ele vai ficar instável, é a sua chance.

Subitamente, Humberto ergueu os olhos para o teto, levantou-se, decidido, de queixo para o alto.

— Eu vou! — Era outro homem que surgia ali. — Estava apenas rezando.

Humberto passou pela figura esguia plantada à sua frente e seguiu em direção ao corredor do tribunal. Tácia permaneceu com as mãos erguidas.

— Oremos. — Tácia olhou para Amanda, que sacudia negativamente a cabeça no plenário, em sinal de desaprovação.

Humberto deixou a sala do júri e cruzou o corredor em direção à saída. Gregório levantou-se e o seguiu. Era o esperado acerto de contas. Humberto entrou no banheiro masculino. Ao entrar no recinto, observou por baixo das portas das cabines se havia mais alguém no banheiro, vazio. Gregório entrou, investiu contra ele e o pegou pela garganta, empurrando-o com toda a força e peso de seu corpo roliço, contra a parede fria do banheiro.

— Qual é a sua, cara? Por que você simplesmente não morre? — Humberto foi genuinamente pego de surpresa, as mãos de Gregório sufocavam-no. — Cara, você sabe no que está se metendo? Sim, você sabe no que está se metendo! Os grandões estão no meu encalço. Você poderia apenas sumir... mas não!

— Eu não a matei. Foi você, não foi? Já destruiu a minha vida, Gregório! Estamos só nós dois aqui, custa admitir a verdade uma vez na vida?

— É a verdade que você quer?

Em um empurrão, Gregório jogou Humberto no chão. Colocou-se sobre ele, forçando o excesso de peso sobre a magreza cadavérica.

— Pois é a verdade que você vai ter. Era para eu ser o dono e o presidente do escritório. Eu seria o marido legítimo de Cibelle, herdeiro e sucessor do Dr. Feliciano, mas você apareceu do nada e se meteu em minha vida. Se não fosse você e aquele velho idiota! Tão idiota, que deu a você e não a mim, crédito, amor, sua herança e a mão de sua única filha.

Humberto sufocava.

— Não sei o que aquele velho estúpido viu em você. Não foi difícil providenciar as ervas certas para intoxicá-lo lentamente. Você nunca suspeitou de nada, não é? Nem a demente da Dona Berta, minha querida e falecida sogra. Lamentável, não é? Não quis ouvir as minhas insinuações de que o marido havia sido envenenado por alguém estranho na casa, no caso, você. Tadinha, a diabete piorando... toda vez que ia visitar a mamãe, trocava a insulina de menor concentração pelo frasco de insulina rápida, muito mais potente. E você, o guardião impoluto da família de Feliciano, falhou mais uma vez. Mas a minha pobre mãezinha, tão dedicada aos patrões, começou a ligar as minhas visitas às crises de Dona Berta, então não me restou alternativa. Foi encontrada morta, de hipotensão. Pobre mamãe... E a culpa de tudo isso era sua! Se você não existisse, eu seria genro de Feliciano e todos estariam vivos.

Humberto se sentiu livre do peso da culpa, entregou-se ao peso de Gregório e fechou os olhos.

As portas dos banheiros se abriram e o delegado Barros, gritou:

— Mãos ao alto! Você está preso!

— Quem você pensa que é? Você sabe com quem está falando? Sou

Gregório Tavares! Dono do escritório Braga & Tavares Associados. Você não tem poderes para me prender, seu velho! Está aposentado, não tem poderes de polícia!

Entra, aos trancos, um grupo da tropa de choque, imobilizando e algemando Gregório.

Rodrigo entrou em seguida, examinou o desacordado Humberto.

— Rápido, doutor! Acho que ele não resistiu — relatou Barros.

Rodrigo cerrou o punho e direcionou um murro bem no centro do tórax. A seguir, iniciou o processo de reanimação cardiorrespiratória. Nos intervalos do PCR, gritou:

— Depressa! Chamem os paramédicos, tragam um desfibrilador! Esse homem não merece morrer aqui.

Amanda, que entrou no banheiro, ajoelhou-se ao lado de Rodrigo, assumindo a parte respiratória da ressuscitação cardiorrespiratória, enquanto ele seguia com a massagem cardíaca.

— Não desista, Humberto! Nós não vamos desistir de você.

Os paramédicos chegaram, usaram um desfibrilador e os batimentos voltaram. Humberto tinha ainda um fio de vida.

— É parente seu? — perguntou o paramédico a Rodrigo.

— Paciente... e amigo....

— Lamento, mas o estado dele é muito grave, não podemos garantir que vá sobreviver ao transporte para a unidade hospitalar e não há como prever se não haverá sequelas após tantos traumatismos. Infelizmente, o prognóstico é sombrio.

— Estamos cientes disso, mas não desistam dele.

— Ele vai para a UTI da Santa Casa — informou o socorrista.

— Estamos indo pra lá!

— Conseguimos pegar tudo, áudio, vídeo, temos todas as provas — informou Barros para Tácia, quando ela chegou. — Doutor, eu fiquei aguardando o sinal para intervir. Quando percebi que estava demorando demais, precisei sair, mesmo sem receber o sinal.

— Não consegui abrir a porta.

— Não se culpe, amor! — Amanda abraçou Rodrigo.

— Como não, meu amor? — retrucou Rodrigo. — Foi minha culpa, sim, arriscamos demais. Cabia a mim julgar o grau de periculosidade de Gregório. Eu errei, subestimei-o. E agora...

— Amor, meu amor...

Deixaram o fórum tristemente e se dirigiram à Santa Casa. Toda a força tarefa unida. Lado a lado, no corredor frio do hospital, o médico, Amanda, Tácia, o delegado Barros, o magistrado e Marcela, amparada por Angélica, todos, num petitório simbólico pela vida de Humberto.

No leito da UTI, Humberto permanecia ligado a aparelhos, monitorando os sinais vitais. Mesmo assim, sentiu uma presença amiga ao seu lado. Em meio à luz, surgiu um vulto... baixinho, curvado, meio calvo.

— Padre... eu pequei e preciso confessar! — pediu Humberto.

— E quais foram seus pecados, meu filho? Você não mataria uma esperança... nem com arma de brinquedo — o espectro ergueu as mãos em uma benção. A arma era de brinquedo?! Pensou Humberto. Por isso não era tão pesada quanto a de Gregório. Eu não poderia tê-la matado nem se quisesse.

— Vá em paz, meu filho! Você não tem pecados, além dos que lhe foram imputados e que você mesmo acha que tem. Deus abençoe! Reconstrua sua família, Humberto! Você tem família! — emitiu Raimundo, voltando para a luz e fazendo com as mãos um sinal da Cruz.

Do lado de fora, as horas foram passando.

Rodrigo e Amanda aguardavam, mão na mão, as notícias. Não arredaram pé da sala de espera. Era quase de manhã, quando o médico veio falar com eles.

— Humberto está estável, passou por oscilações na madrugada, cheguei a pensar que o perderíamos, mas agora todos os sinais vitais se estabilizaram.

— Colega, acha que ele vai sair dessa? — perguntou Rodrigo ao residente encarregado de Humberto.

— Difícil afirmar, vai depender muito do organismo dele. Estamos fazendo tudo ao nosso alcance.

— Sabemos disso — comentou Amanda.

— Vão para casa — aconselhou o médico plantonista. — Ele vai precisar de algum tempo para ficar bem.

— Vamos, meu amor!

* * *

Duas semanas e meia após o primeiro episódio do julgamento, que acabara de forma trágica, as coisas seguiam em compasso de espera. Humberto estava estável, Marcela revezava-se com Angélica diuturnamente, enquanto aguardavam alguma decisão do juiz a respeito do prosseguimento do júri.

Tácia trabalhava incansavelmente. Agora, muito mais do que antes, pois, com a repercussão do caso Marcos Alcântara Lustosa, havia ganhado notoriedade no meio jurídico e recebeu casos e mais casos com pedidos revisionais.

Rodrigo e Amanda levavam o hospital com o mesmo carinho de sempre. Os internos tinham acesso a higiene, cuidado, alimentação, medicação, acolhimento e terapia. A repercussão dos cuidados havia reverberado positivamente junto aos secretários do estado, que se viram cobrados pelos poderosos e impelidos a investir mais verbas no hospital. A mídia voltara seus holofotes para o HCT, e seus invisíveis de antes, execrados e marginais da sociedade, voltaram a ser considerados gente pela opinião pública.

Gregório, preso em flagrante ainda no banheiro do tribunal, desde então vinha cumprindo pena, sem que seus advogados revogassem a prisão preventiva. Os fatos estavam muito evidentes, como nervos expostos, para que qualquer dos poderosos tentasse beneficiá-lo de alguma maneira ou prejudicá-lo, pois, àquela altura, após aventarem a possibilidade da fraude sobre a morte de Arlene, Gregório via seu castelo de cartas ameaçar ruir, e era, ele mesmo, o maior e mais perigoso arquivo vivo de todo aquele caso. Sua vida estava em risco e ele sabia disso. Mas fingia ter uma carta na manga e uma vantagem oculta sobre os poderosos que protegia. Acreditava que isso ainda o manteria vivo.

CINQUENTA E OITO

Por fim, chegou a notificação pela qual esperavam, o reinício do júri fora agendado para dali a cinco dias. A mobilização recomeçaria.

No dia determinado, estavam todos no tribunal. Humberto seguia internado, mas foi representado pela competente advogada. Gregório foi conduzido algemado para o banco dos réus. Dessa vez, parecia mais calado, talvez temendo pela própria vida, talvez pensando em algum estratagema para escapar.

Rodrigo, Amanda, Barros, Heitor e Angélica estavam no plenário. O júri tomou seus devidos assentos. O promotor aguardava. Todos ficaram de pé para a entrada do juiz.

Após ouvirem a decisão do juiz de acatar as novas provas e ordenar uma ampla investigação, foi pedido ao júri que considerasse a hipótese de que Arlene não tivesse sido assassinada por Humberto. Posto que isso ainda seria matéria de investigação, ouviram-se protestos dos advogados de Gregório, que argumentavam que naquela fase do inquérito era um absurdo considerar provas subjetivas, sem qualquer fundamentação prática, apenas suspeitas de que o corpo não fosse de Arlene.

Ao receber a palavra, Tácia fez contundentes acusações a Gregório, rememorando as confissões realizadas de forma inconteste, que justificavam a ausência de Humberto, com base no fato de que ele quase foi assassinado a sangue-frio pelo réu ali presente, no julgamento anterior. Apresentadas as novas provas contra Gregório, colhidas pela autoridade policial e testemunhadas por Rodrigo, as penas imputadas a Gregório iam se somando: falsidade ideológica, roubo, duplo homicídio contra Feliciano, a esposa e a própria mãe, suspeita de vilipêndio de cadáver, além é claro de uma segunda tentativa de homicídio contra Humberto. Para corroborar com sua tese, chamou um perito criminal que exumou o cadáver de Arlene:

— Havia perfuração a bala no corpo encontrado?

— Sim, havia. Mas essa não foi a causa da morte.

— E qual foi a causa da morte?

— Atropelamento. Por isso as diversas fraturas, escoriações presentes nas fotos da primeira perícia etc. O ferimento à bala ocorreu após o óbito.

— Sem mais perguntas, meritíssimo.

O plenário e o júri estavam abismados com as revelações. A sala foi tomada de denso burburinho. O juiz acionava a campainha e pedia ordem. Quando tudo se acalmou, pacientemente, Tácia expôs ao júri a fragilidade do caso. Alegou que todos são inocentes até prova em contrário. Elencou, de forma brilhante, diversas evidências de fraude processual: corpo não identificado, causa de morte divergente, presença de sangue não humano na cena do crime, e reitera que, sem a efetiva comprovação da identidade de Arlene, o restante das acusações contra Humberto não se sustentava. O júri ficou tocado com a argumentação de Tácia, mas não ficou convencido. Tácia pediu que Humberto, mesmo ausente, saísse da audiência custodiado por Rodrigo e Amanda para responder ao processo em liberdade, reiterou que não houve crime e que, em breve, seria capaz de provar.

Sob veementes protestos dos advogados de defesa de Gregório, que acusaram a advogada de estar protelando o feito, Tácia continuou em sua argumentação, construindo a tese de absoluta inocência de Humberto, defendendo que ele não matou ninguém, que a cena foi forjada, fraudada e o cadáver vilipendiado, não por Humberto, que estava inconsciente, em crise epilética, mas por Gregório que esteve todo o tempo assistindo escondido à cena.

Entre muito alvoroço e pedidos de silêncio, os patronos de Gregório, acabaram por influenciar o magistrado, que admitiu não haver as provas materiais do que alegava a advogada e, aborrecido com a demora na argumentação de Tácia, acatou a tese dos advogados de Gregório de que as manobras protelatórias só estavam resultando em perda de tempo para o tribunal.

Tácia parecia estar ficando tensa e sem argumentos. Fez-se um súbito silêncio, o juiz ordenou que fossem concluídas as argumentações e que o caso prosseguisse. Naquele momento, Barros do plenário ergueu uma das mãos, sinalizando com um polegar em riste o sinal de positivo para Tácia.

— Meritíssimo, confesso que de fato estávamos usando um ardil protelatório, não para gastar o preciosíssimo tempo de Vossa Excelência e das demais autoridades aqui presentes. Estávamos, ao contrário, tentando ganhar tempo para que a polícia pudesse trazer a prova que peço juntada nesse momento. Peço aos agentes da Interpol que façam entrar a prova.

A porta da sala de júri se abriu e um par de policiais trajados de negro entrou conduzindo uma pessoa, usando um moletom com capuz. Uma mulher pequena e curvilínea, de cabelos claros, algemada, foi conduzida para uma das fileiras próximas à mesa do juiz, mas permaneceu com a face baixa e oculta.

— Doutora! Aproxime-se, por gentileza. Doutora, eu gostaria de saber, finalmente, qual o seu objetivo ao tentar transformar minha sessão em um circo?

— Meritíssimo, peço-lhe as minhas mais respeitosas escusas, compreendo a sua irritação, nobilíssimo juiz, mas não havia como trazer a testemunha que chegou há pouco à nossa cidade, conduzida de seu refúgio no exterior... se me permitir, já vou explanar o que descobrimos e inquirir a testemunha.

— A senhora tem 15 minutos para finalizar essa palhaçada, doutora.

Tácia olhou para Heitor, sentado no plenário, agradecida pela dica que dera de que o juiz do caso era honestíssimo. Outro juiz, menos ético, teria colocado a perder todo o esforço de Barros e sua equipe para capturar a figura algemada.

— Meritíssimo, caros jurados, colegas advogados, venho diante de vocês nesse momento requerer o indiciamento de Gregório Matos como mandante e coautor do suposto crime de assassinato contra a senhora Arlene e por crime de vilipêndio de cadáver.

— Suposto crime? — vociferou o promotor, levando as mãos ao rosto, em um gesto claro de impaciência. — Há provas materiais, fotos do corpo dilacerado, doutor!

— Correção, nobre promotor, há fotos de um corpo. De uma vítima não identificada, ou melhor, supostamente identificada e apenas reconhecida como sendo Arlene por um suposto parente que nunca existiu. E identificada apenas pela posse de joias. Arlene não era a vítima. O corpo da suposta Arlene, a vítima, era, na verdade, de uma indigente, atropelada no dia anterior. Havia sido furtado do IML, conforme consta nesses documentos. A vítima, senhor juiz, na realidade, deveria estar aqui nessa sala, tendo sua inocência reconhecida nesse momento. A vítima era Humberto, que teve mais uma vez a vida prejudicada pelos ardis dessa quadrilha e cuja vida quase foi ceifada por esse assassino que aqui está. Arlene não passou de uma personagem. A suposta vítima, por cujo crime Humberto penou por mais de 15 anos em uma instituição para infratores, está viva, Excelência. Sim, viva e aqui mesmo nesta sala. Eu gostaria de convocar para depor a senhora Dalva Maria da Silva.

A algazarra voltou a dominar o plenário. Barros e Heitor riam disfarçadamente, Gregório, com a cabeça baixa, parecia antever o final trágico de sua história.

O magistrado enfiava novamente o dedo na campainha e gritava por silêncio e ordem. A mulher, cabisbaixa, foi conduzida pelos policiais até a cadeira de depoimentos.

— Essa, Meritíssimo, é Dalva Maria da Silva, atriz, golpista, indiciada várias vezes por estelionato e que vocês conheceram aqui nesse inquérito, pelo nome de Arlene, que conforme aleguei anteriormente, era uma identidade falsa de alguém que nunca existiu.

O plenário quase veio abaixo.

— Silêncio! Silêncio! Se não houver silêncio, vou suspender a sessão!

Tácia apontou firmemente para Dalva:

— Essa mulher que aqui se apresenta foi presa pela Interpol, polícia internacional, no exterior por falsidade ideológica. Ela usava passaporte falso e sua identidade também não era real. Para quem não a reconheceu ainda, ela é a suposta vítima do assassinato brutal do qual Humberto Marcos Alcântara Lustosa é acusado. Ela, que está aqui, diante de vocês, viva e plena. Esta mulher esteve ao lado de Gregório para incriminar Humberto e ajudá-lo a tomar o poder no escritório do Dr. Feliciano. Meritíssimo, peço que essa mulher seja arrolada como ré com Gregório neste processo, que sejam condenados e apenados, embora saibamos que isso não restituirá os anos perdidos de um inocente, que agora luta pela vida, inconsciente, em um leito de UTI, após ser agredido por este monstro que aqui está diante de vocês.

— Ordem! Silêncio! — gritou o juiz. — Declaro suspenso este julgamento. Retornaremos em uma semana. Peço que o Ministério Público se manifeste a respeito de tudo o que foi visto e ouvido aqui. A sessão fica adiada por uma semana.

Angélica correu para o hospital e relatou o julgamento.

Aliviada, Marcela a abraça.

— Finalmente, a verdade! Bertinho, a justiça está sendo feita. Como eu disse, você não é capaz de matar sequer uma esperança. Arlene está viva e conseguiram provar. Agora volta, meu amor, vem desfrutar comigo de sua liberdade. E Marcela teve a impressão de sentir um leve tremor na mão de Humberto que mantinha entre as suas.

— A senhora nunca me contou quem era meu pai... Não precisa, mãe, eu já sei...

EPÍLOGO

DALI A DUAS SEMANAS, O JÚRI SE REUNIU pela última vez. Humberto foi julgado e inocentado, por unanimidade. O juiz leu sua sentença de liberdade e, uma vez que não houve o crime de assassinato, Humberto foi considerado inocente e expedido seu alvará de soltura.

Ficou comprovado que o cadáver apresentado como sendo o corpo de Arlene foi, na verdade, furtado por Gregório. Diante das tantas fraudes praticadas pela atriz Dalva, os crimes de agressão contra Arlene acabaram não sendo comprovados, e já teriam sido prescritos.

Descobre-se também, por meio do processo disciplinar instaurado contra Mirtes e Nogueira, que, há muito, eles alteravam prescrições médicas, usavam medicações em doses aleatórias. Não restou comprovado o vínculo direto a nenhum poderoso, mas confessaram a ligação a Gregório, em sua sanha por manter Humberto enlouquecido e fora de combate. Responderam por exercício ilegal da medicina ou da farmácia, uma vez que enfermeiros podem administrar medicações de uso controlado, mas não podem prescrever. Foram apenados em seis anos de reclusão, mas saíram cumprindo um terço da pena por bom comportamento.

Um teste de DNA, pedido posteriormente sob solicitação de Gregório, alegando direitos à herança de Feliciano, comprovou que era ele e não Humberto o verdadeiro pai dos filhos de Cibelle, acelerando o processo de divórcio de Humberto e o casamento com Marcela.

Falcatruas de Gregório no escritório para beneficiar políticos influentes foram descobertas e sua ligação era direta com a alta corrupção de todas as esferas de poder. Gregório é indiciado e condenado pelos mais diversos crimes, desde tráfico de influência, formação de quadrilha, diversos homicídios dolosos e tentativas de homicídio. Foi condenado também por falsidade ideológica, pelo mando e execução do suposto crime contra Arlene, roubo, ocultação de corpo, violação e vilipêndio de cadáver, para simular um crime hediondo. O cadáver que Humberto viu ao acordar após a crise epiléptica era uma encenação de Dalva, que estava viva e apenas depois foi substituída pelo cadáver roubado do IML, que sofreu tortura e escoriações em função do atropelamento de que fora vítima e para ocultar a verdadeira identidade, simulando a identidade de Arlene. Dalva foi presa como coautora dos crimes de Gregório contra Humberto, contra o cadáver, além de falsidade ideológica.

Por fim, o instinto de vingança de Gregório contra Feliciano e Humberto, aliado à paixão por Cibelle e ambição pelo poder, haviam sido os motivos. Sem saída, Gregório confessou em juízo o conteúdo das gravações do banheiro. Cibelle alimentava uma paixão juvenil por Gregório, a ponto de sujeitar-se passionalmente a ele na vingança contra Humberto, mas não sabia que ele era o algoz de seus pais e da própria mãe.

Poderosos foram expostos, havendo abalos nos bastidores da política, que como sempre, após alguns anos, ficaram por resolver, assim que esquecidos pela opinião pública. E, anos depois, nenhum deles seria indiciado, preso ou condenado pelos crimes cometidos. Os políticos continuam políticos, os magistrados envolvidos se aposentaram.

Cibelle apelou para seus bons advogados e, dizendo-se chocada ao conhecer o verdadeiro motivo da morte de seus pais, mudou-se para Paris. Dalva recorreu da sentença nas várias instâncias e passou para o regime semiaberto. Os filhos já adultos de Gregório e Cibelle seguem suas vidas com tranquilidade, já que, além de fúteis, omissos e egoístas, não têm maiores culpas na história. Julgaram não ser problema deles o destino do pai preso ou da mãe exilada, pois nunca tiveram amor por ninguém.

Gregório, o único condenado, passou a cumprir medida de segurança por tempo indeterminado, num presídio de segurança máxima. Soube-se depois que, um dia, se indispôs com um detento mais violento e acabou sendo morto. Queima de arquivo? Jamais saberemos.

Humberto recebeu alta médica. Agradecido ao casal e em liberdade, ele se mudou para o apartamento de Marcela e de sua única filha, Angélica, cujo nome foi dado por Marcela em homenagem ao personagem da filha dedicada ao pai na ópera *Gianni Schicchi*, de Puccini, em clara referência às tardes à beira do rio de Brejo das Neves. Humberto exultou de felicidade e orgulho de ter uma filha pianista, concebida antes da caxumba no internato. Juntos, cuidam do piano bar.

Rodrigo salvou o HCT, transformando-o em um hospital referência na reabilitação de pacientes com transtornos psiquiátricos, ao lado de Amanda. Meses depois, a força tarefa reencontrou-se na cerimônia de casamento de Amanda e Rodrigo. É lá que Tácia vai conhecer seu futuro marido, também advogado.

Amanda, segura e feliz em seu relacionamento com Rodrigo, começou a superar as mazelas de seu relacionamento abusivo. Souberam pelo delegado Barros, que passou a monitorar o sujeito à distância, que o abusador reincidiu episódios de violência contra outras mulheres e acabou preso.

Barros, por sua vez, finalmente descansou ao lado da esposa no Orquidário Sítio da Serra, após resolver o caso. Heitor se regozijou por ter colaborado para recolocar a justiça nos trilhos e dedicou-se, sem culpa, aos prazeres da pescaria em sua pequena vila de pescadores.

No ato da doação do escritório, Humberto, mais uma vez, abraçou efusivamente sua pequena advogada brilhante:

— Você é a advogada que eu sempre quis ser e o escritório de Feliciano merece ter você no comando. Peço, como um pai, que continue assim e jamais se deixe desviar do caminho da ética e do bem.

Honrada, Tácia recebeu do único dono do escritório, a maioria das co tas da sociedade, com o compromisso firmado de torná-lo um centro de defesa e justiça.

Em paz, ao lado do amor de sua vida, Humberto retomou a escrita e, um ano depois, estava ao lado da esposa e da filha, sentado atrás de uma mesa, lançando, numa concorrida sessão de autógrafos, seu primeiro livro: *O inimputável – à margem da loucura*.

Com o livro autografado nas mãos, alguém iniciou a leitura em voz alta.

* * *

Prefácio

O que se conta a seguir é real, creia leitor, uma história verídica, que se passa em um país inominado, por pessoas ficcionais, cujos nomes reais não serão mencionados. Quis manter-me a uma distância segura dos fatos, são relatos de quem as viveu em primeira pessoa. Ou pensa que as viveu, jamais se saberá.

Um

"Uma angústia inominável. Era o que invadia minha alma naquele momento. Um aperto, uma falta, uma agonia, uma necessidade. Algo que carecia, que incomodava, algo que doía, discordava. No entanto, não consegui encontrá-la, que dirá bani-la. Uma angústia sem porquês e sem precedentes. Sem começo e, pior, parecia sem fim."

A AUTORA

CRIS VACCAREZZA NASCEU EM 1972, em Salvador, e vive em Feira de Santana, na Bahia. Esposa, mãe e avó, a família é seu alicerce e inspiração. Trabalha com Radiologia Odontológica e tem formação em Psicanálise. Dedicada à poesia, sua relação com a escrita começou como forma de expressar as próprias reflexões e observações do cotidiano, explorando a complexidade das emoções humanas, as belezas e desafios da vida, sempre buscando conduzir os leitores a uma jornada de autodescoberta e reflexão.

É autora do blog *Poesias Acidentais* e das páginas *Poesias Acidentais* e *Vivendo com Alzheimer*, no Facebook.

@escritora_cris_vaccarezza

Este livro foi impresso no outono de 2025.

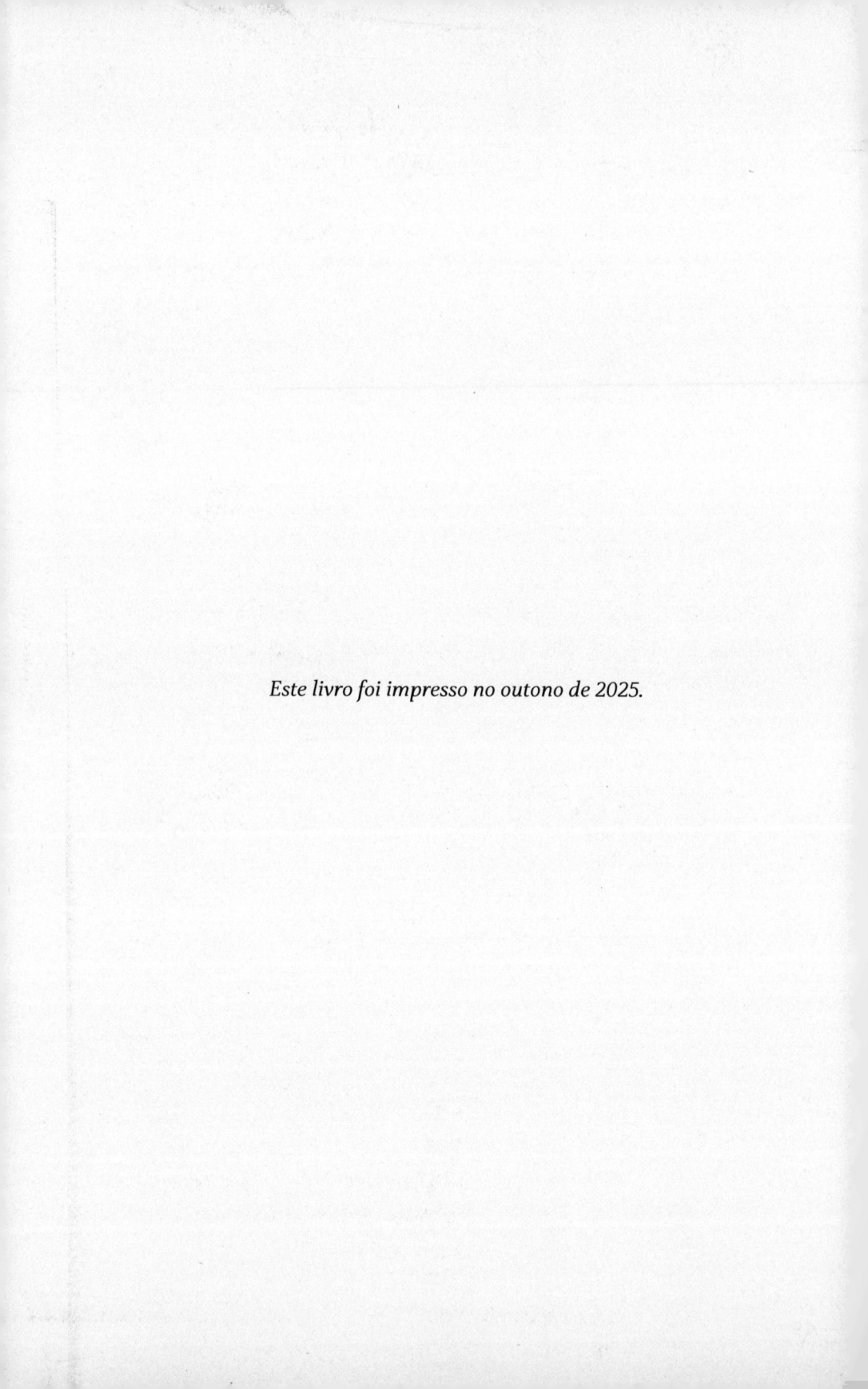